# Bruno Wille

# Der Maschinenmensch und seine Erlösung

Verone

**Bruno Wille**

# Der Maschinenmensch und seine Erlösung

1st Edition | ISBN: 978-9-92500-175-0

Place of Publication: Nikosia, Cyprus

Erscheinungsjahr: 2016

TP Verone Publishing House Ltd.

Bruno Wille

# Der Maschinenmensch und seine Erlösung

## Zum Geleit

Zu Bruno Willes siebzigstem Geburtstag, 6. Febr. 1930 kann aus seinem Nachlass – dank der unermüdlichen Arbeit des Verlags – sein letzter Roman »Der Maschinenmensch und seine Erlösung« der Öffentlichkeit übergeben werden. Auch dieses Werk ist – wie »Der Ewige und seine Masken« – in den letzten Leidensjahren des Dichters entstanden, und trägt unverkennbar den Stempel der Ewigkeits-Schau. An einem ergreifenden Einzel-Schicksal wird gezeigt, wie alle Irrungen und Leiden des Lebens zur Erlösung führen sollen, und so werden alle, die ernstlich um den Sinn des Daseins ringen, in diesem Buch eine Gabe von unvergänglichem Wert empfangen.

*Emmy Wille.*
*Stuttgart*, im Januar 1930.

## 1. Besetztes Gebiet

»Was gibt's denn eigentlich? Wie lange soll man hier noch warten?« murrte das Reisepublikum. Aber noch immer blieb die Abfahrt dem D-Zug versagt, obwohl die Pass- und Gepäckkontrolle durch die Franzosen schon längst beendet war. Bis auf zwei Reisende, die man im Stationsgebäude zurückhielt, befanden sich alle auf ihren Plätzen. Aus den offenen Wagenfenstern lehnten kecke Männer mit Sportmützen, entrüstet über die Verspätung.

»Zum Donnerwetter!« schnarrte eine Kommandostimme, aber gedämpft, dass es die Franzosen nicht hören sollten – »fahr doch endlich mal los!« In einer Art Bauchrednerei rief jemand »Abfahrt! Wir wollen zu Muttern!« Ein anderer schnauzte halblaut »Wo hapert's denn noch?« – »Koooks fehlt!« grölte der Bauchredner; das Publikum schmunzelte, denn unkenhaft wurde gestöhnt: »Koooks!«

Diesen Laut verstand der Stahlhelm-Franzos, der bei der Bahnsteigsperre Posten stand; gereizt durch solche Anspielung auf das Heizmaterial, nach welchem die Franzosen im Ruhrgebiet lüstern waren, und durch das höhnische Grinsen der Boches, suchte der Posten sich den Spötter herauszufischen, fand ihn aber nicht und musste seinem Ärger durch Ausspucken etwas Luft machen.

Selbst dem abgehärteten Personal des Zuges wurde dies Warten zu dumm. Auf dem Bahnsteig standen die Schaffner, finster raunend. Der Zugführer mit umgehängter Tasche lief aufgeregt die Front des Zuges entlang und wollte vom Stationsvorsteher erfahren, was es denn eigentlich gäbe. Der Rotbemützte hatte nur schweigendes Achselzucken, als ob ihn die Sache nichts anginge.

Jetzt traten aus dem Stationsgebäude zwei französische Beamte. Der eine war dem Publikum bekannt, weil er mit seinen Leuten das Gepäck durchschnüffelt hatte. Der andere musste wohl Oberkontrolleur sein; der Gewehrposten erwies ihm militärischen Gruß. Aufgeblasen, zwischen den Lippen die qualmende Zigarette, winkte der Oberkontrolleur: »Que'est-ceque ca, Zugführer! sehet den Pass hier! Wo ist der Mann?«

Der Zugführer winkte die Schaffner herbei, und einer meldete: »Der sitzt im Wagen Numero zwei, erster Klasse! Ein alter Herr mit einer Krankenschwester! Bei dem fehlt's im Oberstübchen.« »Wo?«, fragte der Oberkontrolleur an den Schaffner gewandt. – »Hier oben!« antwortete dieser, mit dem Zeigefinger an seine Stirne tippend und lächelte dazu.

Das war für ein paar Beobachter Anlass, zu grinsen, und nun fühlte sich der Oberkontrolleur angeulkt. Kollernd wie ein Puter rief er den Gewehrposten heran, und es wäre wohl zur Verhaftung des Schaffners gekommen, wenn nicht ein Reisender in fließendem Französisch das Missverständnis aufgeklärt hätte, der Schaffner habe bloß gemeint, bei dem alten Herrn sei es im Kopfe nicht richtig.

Noch ein paar finstere Blicke warf der Oberkontrolleur dem Schaffner zu, dann blätterte er wieder im Reisepass: »Und dieser Idiot, er fahrt erste Klasse?« –

»Oui, monsieur«, antwortete der Schaffner, »er hat ein ganzes Coupé erster Klasse, reist mit einer Krankenschwester und einem Diener; will ungestört bleiben und absolut nicht aussteigen. Da is nischt zu machen!« –

»Ich will sehen den Mann, wie heißt er?« Und er blickte in den Pass. »Lamettrie? Das is französischer Nam', mais der Pass sagt, er is americain? Ich will verhören. En avant, conducteur!«

Ein junger Mann, zum Coupé-Fenster hinausgelehnt, hatte die Worte des Oberkontrolleurs vernommen und wandte sich betroffen an einen Mitreisenden: »Helmut!«, flüsterte er, »hast Du den Namen gehört? Ich meine, Lamettrie habe er gesagt.« Der Angeredete nickte: »Auch mir fiel der Name auf – so hieß ja jener französische Philosoph am Hofe Friedrichs des Großen ... aber was ist Gerhart? Kennst Du den Mann?« – »Es ist mein Onkel – ich muss zu ihm, sofort!«

Nicht verstanden war dies Gespräch von den anderen Insassen des Coupés, und es fiel nicht auf, dass sich der junge Mann, vor Aufregung erblichen, zwischen den Damen und Herren hindurchwand zum Wandelgang nach vorn.

Helmut nahm Platz und starrte vor sich hin. Er mochte wie sein Freund dreißig Jahre zählen und hatte wie dieser ein angenehmes Gesicht, nur dass sein Ausdruck vorwiegend beschaulich war gegenüber der straffen Tatkraft des andern. Lamettrie? Sann Helmut – diesen Namen hat Gerhart mir gegenüber nie erwähnt. Aber freilich, unsere Freundschaft besteht erst seit Kurzem. Immerhin! Als wir beim Hermannsdenkmal Brüderschaft tranken, hat er mir sein Herz eröffnet und lebhaft von seiner Familie geplaudert. Da spielte zwar seine Cousine eine Rolle, die hieß aber nicht Lamettrie, sondern Belling, soviel ich weiß.

Aufs Neue lehnte sich Helmut zum Coupé-Fenster hinaus, um zu sehen, wie sich die Passgeschichte entwickelt habe. Vorn versuchten Leute, die ausgestiegen waren, von außen in das Coupé des beanstandeten Reisenden hineinzuspähen. Gleich darauf stieg der Oberkontrolleur wieder aus dem Zuge und winkte lachend: »Allons – Abfahrt!«

Unverzüglich reckte der Stationsvorsteher seine weiße Scheibe empor, und durch das Reisepublikum ging ein Aufatmen. Während sich die französischen Kontrolleure ins Bahnhofsgebäude begaben, setzte sich der Zug in Bewegung, und eine übermütige Stimmung kam im Publikum auf. »Kikeri«, wurde gekräht und sogar gesummt: »Drum Franzmann, weine nich! Die Kohlen kriegste nich!«

Nun war Gerhart wieder da und winkte an der Coupé-Türe dem Freunde zu: »Bitte, reiche mir meinen Koffer und Mantel! Nimm auch Du Dein Gepäck und komme mit!« Im Wandelgang voranschreitend, wandte er sich um: »Es stimmt also, wir hatten richtig gehört. Nun bittet uns der Onkel, zu ihm überzusiedeln. Er möchte Dich kennenlernen und mit uns plaudern. Meine Cousine ist auch dabei, Hulda Belling, von ihr hast Du ja schon gehört ... Ah Herr Friedrich! Sie wollen uns tragen helfen?« – »Wenn ich bitten darf, Herr Linde!« erwiderte der galonierte Diener, ein schon ergrauter Mann, der an Statur und Gesicht den Yankee zeigte. Auch Helmut musste ihm den Koffer übergeben.

Als die Freunde in jenes Coupé erster Klasse traten, erhob sich schüchtern ein junges Mädchen, das eine Haube nach Art der Krankenschwestern trug, während ihre sonstige Kleidung nicht uniformiert, nur sehr schlicht war. Gegenüber am Fenster saß ein alter Herr, aschfahlen Angesichtes und glatt rasiert; lodernde Schwarzaugen rollten in dunklen Höhlen, und gleichfalls erhob er sich – eine hager lange Gestalt.

Gerhart Linde stellte vor: »Hier also ist mein Freund Doktor Helmut Burger. Meine Cousine Fräulein Belling und mein Onkel Lamettrie.« Des alten Mannes Blick war seltsam durchdringend, die dargereichte Hand hatte kräftigen Druck. Fräulein Belling, eine zarte Blondine, lud die Herren ein, Platz zu nehmen.

Als der Diener Friedrich das Gepäck verstaut hatte, erhielt er von seinem Herrn die Weisung, den Kellner aus dem Speisewagen herzuschicken mit einer Flasche Sekt seiner Marke – und vier Gläsern. Er, Friedrich, könne dort bleiben und sich beliebig erfrischen. »Zu Befehl, Herr Baron!«, antwortete Friedrich und ging.

»Na, und wohin zieht Deine Fahrt, Wahlneffe?« wandte sich Lamettrie mit müder Stimme an seinen Neffen.

»Zu den Eltern. Und mein Freund kommt mit. Wir sind einigermaßen erholungsbedürftig nach der Schufterei des Examens. Vorige Woche haben wir in Berlin den Doktorhut der Philosophie erworben.«

Wieder fühlte Burger das glühende Auge auf sich gerichtet, es war, als wühle sich eine Bohrmaschine in die Erde, um ein Kohlenlager zu finden: »Ihr Beruf, Herr Doktor?«

Verlegen lächelte Burger und zuckte die Achseln: »Mein Beruf? Wie soll ich sagen? Schuster bin ich, neuerdings Inhaber eines Schuhwarengeschäftes im Norden Berlins.«

Lamettrie hörte das, ohne zu stutzen, es regte sich kein Fältchen seines ziselierten Gesichtes, nur dass er die Augen niederschlug: »Schuster? Und Ihnen fehlt ein Finger? Wo haben Sie den *verloren?*« – »Bei Verdun, Herr

Baron« – antwortete Burger, verdutzt darüber, dass dieser angebliche Geistesschwache so scharf beobachten konnte.

»Baron nennt mich mein Friedrich«, sagte milde der Greis – »das ist so unser Brauch, wenn wir auf Reisen sind, und hat seinen Zweck. *Sie* aber bitte ich, Lamettrie zu sagen; mein genauer Name ist Offroy de La Mettrie. So steht es sogar in meinem Pass ... Sie stutzen, Herr Burger?«

»Nun ja, weil genau so der Name jenes berühmten Philosophen lautet.«

»Selbstverständlich!« lächelte der Sonderling überlegen und richtete sich auf, indem sich ihm die Nüstern blähten und das Auge etwas Feierliches hatte – »selbst – verständ –lich! Ich bin ja derselbige Philosoph.«

»Aber«, entgegnete Dr. Burger verdutzt – »der Philosoph Lamettrie ist ja vor fast zweihundert Jahren verstorben.«

»*So heißt* es!«, sagte der Greis mit spöttischem Lächeln – »aber das ist ein verzeihlicher Geschichtsirrtum. Sie sehen hier vor sich jenen Philosophen Lamettrie, der es verstand, sein Leben bis jetzt zu *erhalten*.«

Dem scheint es allerdings zu rappeln! Dachte Helmut – schwieg verlegen und starrte zum Fenster hinaus.

## 2. Doppelgängerei

Wie ein gespreizter Fächer lagen die frühlingsgrünen Äcker und Wiesen in der Abendsonne. Zuweilen kamen schieferumkleidete Häuschen und rote Fabrikgemäuer nebst hohen Schornsteinen. »Das hier ist meine Poesie!«

schwärmte Lamettrie – »im Industrieland fühl ich mich
daheim, wo überall ein paar Dutzend Schlote qualmen
und Zechen wie Maulwürfe den Leib der Erde durchwühlen, wo bei Nacht elektrische Sonnen blitzen, und
der Himmel sich rötet von all den Funken sprühenden
Betrieben. Oh, da schwillt mir das Herz, ich fühle so
recht als Maschinen-Mensch, als eine Art Prometheus ...
In einem Gedicht hab ich mal die Worte gelesen: Such'
ich, oder bin ich die Größe der Welt?«

Als ob er eine Vision anstaunte, hatte der Greis gesprochen. Wie ein Erwachender wandte er sich zur Gesellschaft: »Welch eine bezaubernde Fee ist doch die Illusion! Mit ihr allein bringt man es fertig, diese Posse Leben
so lange durchzuhalten. Ja, mit dir, du holde Lügnerin,
und mit ein paar ehrlichen Kumpanen, wie Ihr jungen
Dachse seid, kann es der vergrillte Ahasver wohl noch
ein Weilchen aushalten ... Schenket ein!«

»Ach Onkel, sei vorsichtig!« mahnte Hulda. Er aber
winkte lächelnd ab: »So etwas wirft mich nicht um. Meine Ähnlichkeit mit Sokrates besteht darin, dass dieser
Philosoph am Ende des berühmten Gastmahls, als jün-
gere Gäste bereits zu lallen begannen, den Bowle-Napf
an seine Lippen hob und bis zur Neige leerte. Unbe-
sorgt, Huldchen, ich scherze bloß – zu solcher Kraftleis-
tung schwingt sich Dein 215jähriger Onkel nicht auf,
trotz seinem Lebens-Elixier. Wohl hätt' ich das Temperament dazu, und der Stern meines Lebens heißt ja ver-
klärtes Vergnügen. Übrigens wird Dr. Burger wissen,
dass mich die Geschichte zu den Epikuräern rechnet,
mir sogar nachsagt, ich sei beim Schlemmen erstickt, an

einer Pastete nämlich ... Ach, ihr prüden Schulmeister, wenn ihr wüsstet!«

»Was denn, Onkelchen?«

»Na die Pasteten-Geschichte von 1751 mein' ich. Vom wahren Sachverhalt haben die Schulmeister keine Ahnung.«

»Na und?«, fragte Gerhart – »wie verhielt sich denn die Sache?«

»Ach, lasst gut sein!«, wandte Hulda ein – »Onkel hat ja doch schon wiederholt davon erzählt.«

Offenbar zum Plaudern darüber aufgelegt, meinte Lamettrie: »Vielleicht interessiert sich Dr. Burger dafür. Nun denn, Sie wissen ja, dass die Historiker behaupten, ich sei damals gestorben und in Berlin begraben. Aber das war Täuschung. Mein Dämon, mein Doppelgänger, hat diese Täuschung inszeniert, um mich aus versumpften Verhältnissen herauszureißen und zu einer neuen Lebens-Phase zu erlösen. Ich war Vorleser des großen Königs und bei ihm beliebt, aber des höfischen Daseins überdrüssig und für mein Tätigkeitsbedürfnis ganz und gar nicht ausgefüllt. Da nun geschah es, dass ich von der Tafel, wo allerdings geschwelgt wurde, aufstand und ins Nebengemach ging. Auf einmal tritt mir ein Kavalier entgegen, genau wie ich gekleidet, dieselbe Statur, dasselbe Gesicht – kurzum wie mein Spiegelbild.«

»Es war vielleicht nichts anderes, als Dein Spiegelbild«, wandte Gerhart ein – »Du wirst in einen großen Wandspiegel gesehen haben.«

»Unsinn! Mein *Doppelgänger* war's – er hat ja zu mir *gesprochen* ... Was meinen *Sie* dazu, Herr Burger? Sie gehören doch nicht etwa zu jenen Superklugen, die von vornherein ungläubig lächeln, wenn man von einem Doppelgänger spricht?«

»Nein!«, erwiderte Burger einfach – »Doppelgängerei kommt vor – ist eine Realität des Seelenlebens. Auch die Psychiatrie kennt seltsame Spaltungen des Ich-Bewusstseins ...«

Lamettries Gereiztheit beschwichtigte sich: »Das ist wenigstens ein halbes Zugeständnis. Was freilich die Psychiatrie betrifft, so gehört sie nicht hieher. Eine Halluzination ist in meinem Fall ausgeschlossen, weil mein Doppelgänger einen übermenschlich geistigen Charakter hat. Alles nämlich, was er mir damals vorhergesagt hat, ist genau eingetroffen. Denn – hören Sie zu! Die Hand erhoben und gebieterischen Blickes hat er mir zugeraunt: Lamettrie geh auf der Stelle zum Palais hinaus in den Park und steig in den Reisewagen, der dort bereitsteht. Er führt Dich zu einem neuen Leben. Dein hiesiges aber überlasse mir, ich will's zu Ende führen. Werde mich an die Tafel begeben, an deinen Platz, und natürlich wird man glauben, du wärest es. Nur ein Weilchen will ich deine Rolle spielen, dann plötzlich tot umfallen, sodass man mich begraben muss. Du wirst davon in der Zeitung lesen, wenn der Reisewagen dich nach Hamburg gebracht haben wird. In Hamburg sollst du zehn Tage im Gasthause wohnen, darfst dich freilich nicht Lamettrie nennen; denn vom Philosophen Lamettrie wird bald was Auffälliges in der Zeitung stehen. Wenn du das gelesen hast, begib dich zum Hafen und frage nach dem Ostindien-Fahrer. Er liegt zur Abfahrt bereit, nur dass ihm noch der Schiffsarzt fehlt. Sage nun dem Kapitän, du seiest der Doktor Ignatius Möller und möchtest die Arzt-Stelle annehmen ... Wohlan denn, mein anderes Ich, tue, was ich dir befehle! Im Lande der Wunder und geheimen Weisheiten soll der Philosoph von Neuem geboren werden ... So hat mein Doppelgänger gesprochen und ich bin seiner Weisung gefolgt. In Hamburg kam alles so, wie er's angekündigt hatte. Im Fremdenblatt stand als große Neuigkeit aus Berlin, es sei daselbst der berüchtigte Atheist, Baron de Lamettrie, Vorleser seiner Majestät des Königs von Preußen, beim Souper an einer Pastete erstickt. An seinem Grabe auf dem Berliner Friedhof sei eine Rede des Königs verlesen worden, die er dem Andenken des Philosophen gewidmet habe ... Was nun soll – so frage ich Sie, Herr Burger, mein wunderbares Erlebnis mit Psychiatrie zu tun haben?«

Während dieser seltsamen Erzählung des Greises hatte sein Auge funkelnd, wie schwarzer Diamant, misstrauische Blicke nach Burger geschossen, und jetzt wollte er die Maske der Gleichmütigkeit, die jener junge Mann aufgesetzt hatte, schier durchbohren.

Aber dessen Gesichtsausdruck war ohne Hinterhalt, und Herzlichkeit klang in seiner weichen Stimme: »Das ist ja in hohem Maße interessant, Herr Lamettrie, obwohl noch nicht aufgeklärt. Solche Fälle von Doppelgängerei und Zweitem Gesicht sind durchaus beachtenswert, nämlich an so vielen Orten von vertrauenswürdigen Persönlichkeiten bezeugt, dass es unhaltbar erscheint, sie rundweg als Aberglauben, Einbildung oder Schwindel abzutun. Kein Geringerer als Goethe erzählt, er habe seinen Doppelgänger prophetisch gesehen. Sie kennen doch die Geschichte? Nun denn: Als Straßburger Student kam er von Sesenheim auf dem Fußpfad nach Drusenheim geritten, nachdem er die geliebte Friederike noch einmal – wie er meinte, zum letzten Mal – besucht hatte. Da sah er mit den ahnenden Augen des Geistes – sich selbst! Und zwar kam er denselben Weg in umgekehrter Richtung geritten – angetan mit einem Anzuge, wie er ihn bisher nie gehabt hatte – hechtgrau mit etwas Gold. Nur ganz kurze Zeit währte die Erscheinung – dann zerrann sie. Besonders seltsam war es nun, dass Goethe acht Jahre später in demselben Reitfracke, den sein Doppelgänger angehabt hatte, und am gleichen Orte sich befand, auf der Heimkehr von seiner Friederike, die er jetzt wirklich zum letzten Male besucht hatte ...«

Ein Laut des Erstaunens aus Huldas Mund unterbrach die Darlegungen und mit großen Augen meinte das Fräulein: »Ach wirklich?«

»So darf man allerdings fragen, und der Zweifel an diesem Berichte ist umsomehr berechtigt, als er in Goethes Dichtung und Wahrheit steht, also in einer dichterisch wiedergegebenen Lebensgeschichte. Ein Kritiker hat bemerkt, diese angebliche Vision sei nur ein künstlerisches Darstellungsmittel; sie habe die Aufgabe, die Tragik des Abschiedes von Friederike zu mildern, indem die Trennung und alles Spätere als etwas vom Schicksal längst Bestimmtes hingestellt werde. Diese ästhetische Bemerkung ist zutreffend – nur beweist sie nicht, dass Goethe die Vision glatt *erfunden* hätte. Denn wie der Traum ein feiner Künstler ist, so erst recht die bedeutsame *Vision*. Zusammenhänge des ewigen Schicksals erschauend, reiht sie, was man sonst für Zufälligkeit hält, in die logische Architektur des Kosmos ein, sodass alle Einzelheiten als Glieder der Schicksalskette auftreten, als etwas Unvermeidliches, erhaben über Anklage und Reue. Schopenhauer, der aus eigenem Erleben einen Fall von Zweitem Gesicht berichtet, nimmt Goethes Vision ganz ernst.«

»Sie halten also den Doppelgänger für ein *Zweites Gesicht*, das einen gespenstischen Eindruck macht, insofern es die Schranken der Zeit überspringt. Das ließe sich hören – indessen wäre, was meinen Fall betrifft, nicht erklärt, wie der Doppelgänger, wenn er eine Vision wäre, es anstellen kann, auch *anderen* Menschen zu erscheinen, – an der Souper-Tafel zu sitzen, beim Verschlingen einer Speise zu ersticken, sich davontragen und vom Arzt untersuchen zu lassen, endlich in den Sarg gelegt und begraben zu werden, sodass niemand ahnt, es sei dies alles eine bloße Spukerscheinung gewesen. Immerhin, mein verehrter Herr Burger! Ihre Darlegung *passt* zu meiner Weltansicht, insofern auch Sie im Universum eine *ungeheure Maschinerie* sehen, in der jedes Rad, jedes Kettenglied und jede Regung als Einzelbestätigung des Ganzen unausbleiblich funktioniert, daher für den Kenner berechenbar.«

»Erscheint Ihnen, Herr Lamettrie, unser Dasein etwa schöner und besser, indem Sie darin nichts als Mechanismus sehen? Anderen kommt es auf diese Weise vielmehr *verödet* vor. Die Gleichsetzung von Gott-Natur und Maschinerie könnte erst dann einigermaßen einleuchten, wenn es dem Menschen gelungen wäre, Maschinen zu konstruieren, die nicht Produkte von bloß materieller

Art sind, sondern geradezu *lebendig*, nämlich ein *Innenleben* haben, – eine *Gefühlsmaschine – Gedankenmaschine*!«

Mit einem stechenden Blick erwiderte der Greis: »Wenn Sie gelten lassen, dass ich ja nur ein erster Techniker lebendiger Maschinen bin, so will ich Ihnen Einblick gewähren in mein Museum.«

Burger wusste nicht recht, wie er diese Einladung verstehen solle; aber sein Freund Gerhart meinte: »Ja, Helmut, das musst Du sehen! Staunenswertes ist meinem Onkel gelungen. Eine maschinelle Nachahmung organischen Lebens, die manches Verblüffende hat.«

Mürrisch warf Lamettrie ein: »So sagst Du. Übrigens ist Dir noch lange nicht alles bekannt, was meine Kunst geschaffen hat. Hast ja eigentlich bloß mein Figuren-Kabinett gesehen, und das enthält meine noch stümperhaften Anfänge. Doch seltsame Geheimnisse birgt mein unterirdisches Reich – Einblick in diese habe ich selbst meinem Friedrich einstweilen nur mit Zurückhaltung gewährt.«

»Herr Friedrich, der jetzt im Speisewagen sitzt« – so erläuterte Gerhart – »ist nämlich das allergetreueste Faktotum unseres Onkels, ein zuverlässiger und sogar erfinderischer Mechaniker.«

Lamettrie nickte wehmütig: »Und leider sei es gesagt, bislang ist Friedrich der einzige Mensch, der mein Streben versteht. Sonst – Sie sehen ja, Herr Doktor Burger, – wie vereinsamt ich bleibe. Es müsste denn sein, dass Sie selber meinem Standpunkt näher kommen. Ich hoffe noch immer ...«

# 3. Gespaltenes Ich

Lamettrie sann zerstreut und unruhig. Er fühlte den Trieb, die abgebrochene Unterhaltung wieder aufzunehmen: »Was Sie erwähnen, Herr Burger, veranlasst mich zu einer Frage. Vorhin wiesen Sie auf pathologische Fälle hin, die Psychiatrie kenne seltsame Spaltungen des Ich-Bewusstseins. Was für Fälle schweben Ihnen dabei vor? Können Sie Beispiele anführen?«

»Gewiss, Herr Lamettrie!«, erwiderte Burger freundlich – »die Wissenschaft vom Seelenleben hat darüber beträchtliches Material. Was der Mensch sein Ich nennt, ist kein geschlossenes Ding, auch keine isolierbare Seele, sondern gewissermaßen eine Funktion des Alls, und zwar eine solche, die sich aus immer wiederkehrenden Beziehungen des eigenen Lebens bildet. Insbesondere hängt unser Ich zusammen mit dem täglichen Erleben unseres Körpers und unserer engeren Welt sowie mit der Konstanz unserer Erinnerungen und Interessen. Ich bin Ich, insofern ich dasselbe erlebe. Das geben Sie zu? Gut! Wenn nun aber Störungen erfolgen, in den Erinnerungen wie in den Interessen eines Menschen, kann es vorkommen, dass er sich nicht mehr genau am Vergangenen orientiert, und ihm der Zweifel auftaucht: *Bin ich dieser?* Oder bin ich ein *Anderer?* Auf solche Weise bilden sich in seinem Bewusstsein zwei Knotenpunkte, oft recht extreme. Nicht gerade auf eine grobe Störung des *Geistes* lässt solcher Ich-Dualismus schließen. In jeder Persönlichkeit walten eben jene *zwei Pole*: Das enge, niedere, vom Körperlichen beherrschte Ich, der Mensch als bor-nierter Egoist, andrerseits aber das bessere Selbst, der vergeistigte, mitfühlende, dem All hingegebene Mensch.«

Geweiteten Auges hatte Hulda diesen Darlegungen gelauscht. Dann meinte sie schüchtern: »Darf ich eine Zwischenbemerkung machen? Meint nicht der Apostel dasselbe, wenn er von einem Gesetz in unseren Gliedern spricht, das dem Gesetz in unserem Geiste widerstreite? Und was Sie, Herr Doktor, das bessere Selbst nennen, ist es nicht jene menschliche Gemütsart, die ins Unendliche gesteigert, unseren sogenannten Gotteskeim ausmacht und den himmlischen Menschen?«

In strahlender Herzlichkeit nickte Helmut: »Gewiss, es führt zu dem, was Paulus den inneren Christus nennt. Zu dem, was der Bergprediger meint, wenn er spricht: Ich und der Vater sind Eins. Zu dem, was jeder wahre Mystiker als seliges Einswerden seines Ich mit dem Unendlichen empfindet; und was der Schlichteste aus dem Volke erleben kann, in seiner Hingabe an das Wohl anderer Geschöpfe, in seiner Güte und Begeisterung ... Wo solch allhaftes Erleben erwacht, da erstrahlt, was ich für den einen Pol seiner Persönlichkeit, für sein All-Ich halte. Die alten Römer nannten dies höhere Selbst des Menschen seinen Genius; Sokrates meint dasselbe, wenn er behauptet, in allen wesentlichen Entscheidungen leite ihn sein persönlicher Dämon, und das sei in jedem Menschen sein göttlicher Ursprung und seine ewige Bestimmung ...«

»Göttlicher Ursprung? Ewige Bestimmung?« sagte Lamettrie spöttisch, »hm! Bitte, ein Beispiel dafür!« Burger versetzte schlagfertig: »Franz von Assisi! Er war ein junger Lebemann; aber eine Sehnsucht seines bis dahin unbefriedigten Lebens bestimmte ihn, sich auf einmal von Grund aus zu bekehren zu dem, was Christus vom reichen Jüngling verlangt: Verkaufe alles, was du hast und gib es den Armen! Ein erschütterndes, ein weltbewegendes Bild, wie Franziskus in der Auseinandersetzung mit seinem geld- und adelsstolzen Vater sich radikal von ihm und seinem alten Leben lossagt, indem er alle irdische Habe von sich weist – nackt, wie er aus Schöpfers Hand hervorgegangen, möchte er nunmehr einzig nach dem Willen dieses himmlischen Vaters leben – in Liebe zu allen bedürftigen Mitgeschöpfen.«

Hulda war entzückt: »Ach ja, Franz von Assisi! Der ist ein Heiliger! Und nicht wahr, Onkel? Mit dem sind wir von Herzen einverstanden, obwohl unser Vollbringen noch allzu schwächlich ist ... Ach, Herr Burger, die Liebe zu den Armen und zu aller Kreatur, sogar zu Raubtieren, wie Wolf und Falke, sein zärtliches Naturgefühl macht diesen Heiligen zu einem Evangelisten, der himmelhoch emporragt über manche Kirchenchristen ... Aber ich freue mich, hier noch ein Wort zugunsten meines Onkels Lamettrie anknüpfen zu können. So mechanisch, wie er sich hier gibt, ist er durchaus nicht immer, sondern er hat sich, wenn auch verstohlen, sein Kindergemüt bewahrt ... na, Sie werden ja hoffentlich selber sehen ...«

Lamettrie lächelte mit Behagen: »Der Maschinen-Mensch ist also kein Ungeheuer, und wenn Sie ihn demnächst besuchen, lieber Burger, werden Sie allerdings nicht bloß einen Meister im Berechnen finden, sondern zugleich einen Kindskopf, der mit ein paar guten Viechern herumalbert. Gut also, die Zweiseelenschaft ist, wie bei allen Menschen, so auch bei mir zu finden ... Aber wir haben bisher vorwiegend den einen Pol ins Auge gefasst, das sogenannte bessere Selbst. Wie aber steht es mit jenem anderen Pol, der nach Ihrer Theorie, Herr Burger, infolge einer Spaltung des Ich-Bewusstseins als gesonderte Persönlichkeit auftreten kann? Auch für diese Erscheinung, die Sie als etwas Krankhaftes betrachten, hätt' ich gern historische Belege.«

»Momentan kann ich nur ein paar Fälle anführen. Ein gebildeter Mann gesetzten Alters, zwar kein Familienvater, sondern einsamer Junggeselle, immerhin ein geachteter Staatsbeamter, Kanzleisekretär in Berlin, hatte die geheime Sucht, neben seinem normalen Leben, das ihm wohl zu langweilig war, noch ein zweites zu führen: Verkleidet besuchte er Nachtspelunken und drehte mit Kumpanen manch deftes Ding als Einbrecher, als Geldschrank-Knacker.«

»Auch mir ist der Fall bekannt« – sagte Gerhart – »dabei kommt noch in Betracht, dass der Mann seine Einbrüche nicht etwa aus Habgier verübte, sondern geradezu aus *Liebhaberei*. Seine Spießgesellen haben das ausgesagt, und seltsamerweise haben sie zuvor keine Ahnung gehabt, dass er ein Doppel-Leben führe.«

»Die Motive dazu« – fuhr Doktor Burger fort – »liegen nicht immer in sportlicher Richtung, sondern zuweilen in aparten Lebensverhältnissen oder abenteuerlichen Schicksalen. Ein katholischer Student der Theologie, der also auf Ehelosigkeit gefasst war, hatte die Sucht, in Badeorten ein zweites Leben zu führen, unter der Maske eines flotten Ausländers – verdrehte er einem jungen Mädchen den Kopf und ...«

In plötzlicher Unruhe erhob sich Gerhart: »Wir sind gleich am Ziel! Wo bleibt Friedrich? Wir müssen ja aussteigen!«

Hulda stutzte: »Wieso denn? So eilig ist es doch nicht! Erst in einer Viertelstunde sind wir da.«

»Wenn auch!« entgegnete Gerhart nervös und machte nicht Miene, wieder Platz zu nehmen.

»Was ist denn?«, fragte Hulda befremdet – » *setz* Dich doch! Friedrich wird schon kommen, wenn's so weit ist.«

Lamettrie starrte düster vor sich hin, seine Gesichtsfarbe war besonders fahl. Jetzt wandle er den Kopf zum Fenster und diesen Moment benutzte Gerhart, um seinem Freunde zuzuraunen: »Nichts weiter von dem Fall!«

Als sei ihm das Getuschel aufgefallen, drehte sich Lamettrie wieder herum: »Wir haben ja noch genug Zeit, Kinder, trinket den Sekt aus! Und Sie, Herr Burger, besuchen Sie mich recht bald, damit wir das Gespräch fortsetzen können. Für heute erlauben Sie mir noch die Frage: »Was Sie da erzählt haben – das von dem angehenden Geistlichen« ... Lamettrie zögerte und blickte durchbohrend, fuhr aber mit bitterem Lächeln fort: »haben Sie das aus einem *Buche*?«

Den Freund mit einem Blicke streifend, sah Burger, wie dieser hastig mit dem Kopfe schüttelte. Dazu passend lautete die Antwort: »In einem Buche steht das nicht.«

»Also wohl in einer *Zeitung*?«

»Auch das nicht! Es ist eine *Familien*geschichte – nur *Wenigen* bekannt.«

»Ach so!«, sagte der Greis und hatte wieder seinen forschenden Blick.

Gerhart, der auf einmal beruhigt schien, lächelte sacht, als er die Gläser füllte: »Na, prosit, Helmut!«

Während der Zug zu bremsen begann, erschien der Diener Friedrich an der Coupétüre und meldete: »Wir sind da, Herr Baron.«

»Gut!« nickte Lamettrie – »Bezahlen Sie den Kellner und seien Sie hier, wenn wir einfahren!«

»Also, lieber Herr Burger, stoßen wir noch einmal an! Prosit tibi, Piccolomini! Und auch Euer Wohl trink ich, Hulda und Gerhart! Du, Neffe, hast Dir ja einen rechten Pfiffikus zum Freund erlesen. Ich ahne schon, der kriegt mich schließlich doch noch rum. – Euch zwei hat er schon.« Seinen Rest trank der Greis und warf das Sektglas zum halb geöffneten Fenster hinaus, sodass es klirrte.

»Wieder den jungen Leuten zugewandt, die sich zum Aussteigen bereit machten, fügte er vergnügt hinzu: »Das war ein famoser Abschluss meiner Reise. Und jetzt keine Umstände! Scheiden wir! Auf Wiedersehen!« Und er schüttelte den jungen Männern die Hand. Diese bedankten sich bei ihm und bei Fräulein Hulda, ergriffen ihre Handkoffer und verließen das Coupé. »Auf Wiedersehen!« winkte man sich zu – dann gingen die Freunde durch die Sperre.

»Was war denn eigentlich?« wandte sich Helmut an Gerhart – »wieso war meine Geschichte von dem Geistlichen geeignet, Deinen Onkel aufzuregen?«

»Darüber später mal!«, antwortete Gerhart. »Lass Dich nie darauf ein, dieses Thema zu behandeln! Wenn der Onkel darnach fragen sollte, musst Du Dich irgendwie herausreden. Ist die rechte Zeit dazu gekommen, werde ich Dich schon aufklären ... Dies hier ist unser Auto – steigen wir ein!«

## 4. Mensch in Eisen

Herr Lamettrie hatte telefoniert, es werde ihn freuen, Herrn Burger nebst Gerhart an einem der nächsten Vormittage bei sich zu sehen. Nun saßen die beiden Freunde im Auto, um zunächst der Lindeschen Fabrik einen Besuch zu machen und im Anschluss daran dem Lamettrieschen Landhause.

Der Maimorgen war schwül und dunstig. Als das Auto aus den Häusermassen heraus war und über die Brücke fuhr, fühlte sich Helmut geradezu erschüttert von der Wucht dieses Industriebezirkes. Es wimmelte von Lagerplätzen für Kohle, Holz, Alteisen; von Schienenbahnen, Waggons, Kanälen und Schiffen, von Molen aus befrachtet mittels Kranen – wimmelte von geschwärzten Fabrikmauern, qualmenden Schloten. Nur ab und zu ein schiefergedecktes Häuschen mit Gemüsebeeten und einem Blütenbaum. Die Wege schwarzgrauer Staub, aufgeschüttete Schlacke. Hastige Geschäftsleute auf knatternden Benzinrädern, schwerfällige Last-Autos. Ach, allenthalben Unrat und Staub, Getöse und Gestank.

Aus Großbetrieben heulten Sirenen und dröhnte Hämmern. Auf die Nerven fiel ein bohrendes Quietschen. »Zum Teufel!«, schimpfte Helmut – »das ist ja wie beim Zahnarzt! Als würde man plombiert: hui –i –i! Das ist ja eine Folter!«

»Freilich!« lachte Gerhart – »und die Teufel mit glühenden Zangen wirst Du auch noch erleben. Aber was Du mit Deiner Liebe fürs Naturhafte eine Folter nennst, bedeutet für Onkel Lamettrie die Hochburg seiner Götter – oder sagen wir: die Erstürmung des Himmelreichs durch den erfinderischen Riesen Prometheus und seine Zyklopen. Was meinen Vater betrifft – je toller es hier dröhnt und rußt, desto behaglicher reibt er sich die Hände. Na, hier haben wir ja unsere Fabrik. Chauffeur, zur Direktion!«

An der Einfahrt stand der Portier mit seiner Dienstmütze und grüßte. Nun hielt das Auto, die Freunde stiegen aus, und sofort trat ihnen aus dem Bürogebäude der Vater Gerharts mit freundlicher Geschäftigkeit entgegen: »Schön, Herr Doktor Burger, dass Sie unser Werk besuchen.«

»Danke, Herr Direktor! Wenn ich darf, möcht' ich mir solch Erlebnis nicht entgehen lassen.«

»Na freilich, Helmut«, sagte Gerhart – »wer unsern Onkel besuchen und verstehen will, muss sich orientieren über sein Steckenpferd, die Macht der Maschine.«

Herr Direktor Linde räusperte sich: »Steckenpferd! Gewissermaßen ja! Das Maschinenwesen bedeutet was Großartiges. Unser Betrieb freilich gehört nicht gerade zu den erstrangigen Eisenfabriken des sonst weltberühmten Ruhrgebietes – leider noch nicht. Und in dieser kritischen Zeit sind wir schon froh, wenn sich die Arbeit halbwegs durchhalten lässt. Indessen gibt es auch bei uns Interessantes zu sehen. Herzlich gern würd' ich Sie herumführen – momentan hab ich wichtigen Geschäftsbesuch.«

»Wir wollen ja auch nicht stören, Papa – Du selber hast den Anlass gegeben – warst so freundlich, zu uns herauszukommen ..«

»Ei, versteht sich! Wenigstens die Hand schütteln wollt ich unserm lieben Gaste – und Dir sagen, dass Du ihn herumführen sollst. Weihe ihn mal ein bisschen ein in den Elementarstoff der modernen Maschine: in den Stahl und seine Herstellung! Also Herr Doktor, auf Wiedersehen heut' Abend!«

Stramm verabschiedeten sich die jungen Männer von Herrn Linde, der in sein Büro zurückkehrte.

Unsicher blickte Helmut auf das Reich, das nun besichtigt werden sollte. Diese Anlagen, deren Funktionen nur der Spezialtechniker fasst, diese polternden Maschinenhallen und sauergasigen Schmelzöfen – und dort die Gruppe rußiger Heizer, von der Glut angestrahlt, herkulische Gestalten im Schurzfell, die sich im Hantieren mit Schaufeln und Stangen ebenso wenig stören lassen, wie die schnurrenden Treibriemen, die Schwungräder und ausholenden Kolben. All das hatte etwas von der Unheimlichkeit eines vielgliedrige Riesenpolypen. Helmut dachte an den sagenhaften Nordmeerkraken, der von Seefahrern für eine Insel gehalten wurde und dann plötzlich das Schiff in seinen Fangarmen hielt ...

»Vorsicht!«, brüllte jemand, und Helmut fuhr zusammen – aber mit ruhiger Sicherheit hatte ihn Gerhart am Arm gepackt und mit einem Ruck seitwärts gezogen. Zwei Arbeiter, eine Schiene auf der Schulter, schritten vorbei.

Auffallend waren birnförmige Heizanlagen mit Schloten, die wohl zwanzig Meter emporragten. Gerhart erläuterte: »Da wird das Eisen geschmolzen und von der Kohle gereinigt, sodass es gussfertig herauskommt. Du siehst die Treppe, die an jedem Schornstein emporführt zu einer Brücke. Von dort wird Koks und Eisen in die Gischt eingeworfen, schichtweise abwechselnd. Durch ein Windgebläse wird die Heizung angeregt, und im Sauerstoffgehalt der eingeblasenen Luft reinigt sich das geschmolzene Metall vom Kohlenstoff. Verbrennung, Schmelzung, Reinigung erfolgen im unteren Teil des Ofens, dann fließt die Masse heraus.«

Helmut nickte: »Der Schmelzofen ist also eine Art Wurm, der oben sein Maul hat, das in den Verdauungskanal übergeht.«

»Allerdings! Und sogar Wiederkäuer gibt es hier. Dadurch, dass wiederholt verdaut wird, wie Du Dich ausdrückst, säubert sich die Schmelzmasse vom Kohlenstoff und ergibt ein besonders starkes, schmiegsames und elastisches Metall. Bester Stahl ist ganz von Kohle befreit.«

»Das ist also ein Stoffwechsel und erinnert an den Verbrennungsprozess der Lebewesen. Indem wir Luft einatmen, werden wir Kohle los, die sich mit dem eingeatmeten Sauerstoff zur Kohlensäure verbindet. Was wir

Leben nennen, hat viel Ähnlichkeit mit einer Flamme, die Sauerstoff verzehrt.«

»Onkel Lamettrie würde Dich gerne so reden hören.«

»Ich müsste freilich die Einschränkung machen, dass mein Vergleich sich nur auf die *sinnfällige* Seite des Lebendigen erstreckt. Die *mechanische* Weltansicht, wie sie Herr Lamettrie vertritt, lässt lediglich die *eine* Seite gelten. Wir hingegen, nicht wahr, Gerhart? Wir halten uns an die Tatsache, dass Lebendigkeit nicht etwas bloß Sinnfälliges, ein außen Gegebenes sein kann, weil es ja sich *selbst erlebt.*«

Anerkennend nickte Gerhart: »Leben ist kein *Ding*, sondern ist Erleben; zu unseren Erlebnissen gehört unser Körper. Wenn aber Onkel Lamettrie sich darauf versteift, den Menschen eine Maschine zu nennen, so bleibt er stecken in der oberflächlichen Ähnlichkeit des Lebens mit einem Mechanismus.«

Inzwischen waren die Freunde in eine Halle gelangt, die etwas von einem großen Bahnhof hatte. Unter der kuppelförmigen Glasbedachung waren Brücken, auf denen Arbeiter hantierten. An den Ketten mächtiger Kranen hing zusammengebündeltes Metall und wurde in bereitstehende Eisenbahnwagen befördert. Und siehe da, eine Kanne von der Größe einer Stube füllte sich an einem Stahlofen mit einlaufender Glutmasse, um alsdann durch einen der Krane mit bedächtiger Sicherheit seitwärts befördert zu werden. An die Arbeitselefanten Indiens wurde Helmut gemahnt, die auf einen Wink des Menschen mit ihrem Rüssel eine schwere Masse auspacken und mit ruhevoller Geschicklichkeit hierhin, dorthin heben. Im vorliegenden Fall war der »Elefant« eine *Maschine*. Und jetzt wurde die große Kanne zangenartig angepackt – war's von einem riesenhaften Gorilla? Langsam kam sie in eine schräge Lage, sodass ihr glühender Inhalt in Formen floss.

»Stahlmasse ist das – Gussstahl! Bessemer hat diese birnförmigen Gefäße erfunden. Von der Luft in wundervoller Verteilung werden sie durchströmt, sodass sich das Metall sauber badet und durch den starken Verbrennungsprozess ganz flüssig wird ... Nun aber komm! Auch vom *Walzen* des Stahls müsst Du etliche Vorstellung bekommen. Du kennst das berühmte Gemälde Menzels Eisenwalzwerk? Also!« Und Gerhart leitete seinen Gast durch ein Wirrsal von Geräten und Lagerungen. Auf einer Strecke standen Arbeiter, als hätten zwei Parteien sich zu einem Wettspiel gruppiert, etwa zum Fangball; nicht Ballschlägel hatte man in der Faust, sondern mächtige Zangen, und nicht geworfen wurde, sondern gerollt, erst hierhin, dann wieder zurück – und es waren glühende Eisenstangen. Anfangs kurze, klobige. Indem sie mittels der Zangen in Lücken zweier Stahlwalzen geklemmt und gewalzt wurden, nahm ihre Dicke ab, die Länge zu. Mehr und mehr – je öfter sie die Walzenklemme passierten. Zuletzt hatte Helmut den Eindruck, als komme von drüben eine glühende Riesenschlange daher geschossen und fahre durch die Walzenlücke. Ihr Angriff, der bedrohlicher war, weil sie sich unberechenbar schlängelte, als wolle sie den gegenüberstehenden Arbeiter überrumpeln, wurde von diesem kaltblütig abgewartet. Sobald ihm der Schlangenkopf bis auf einen Meter nahe war, packte ihn die Zange, hatte ihn nun in ihrer Gewalt und lenkte die glühende Schlange so sicher, dass sie im Hin- und Rücklauf immer dünner gewalzt und endlich vom drüben befindlichen Partner abgetan wurde.

»Das sieht aus« – raunte Helmut – »als ob Söhne des Herkules in der Unterwelt ein Spiel mit Höllenschlangen treiben. Diese wilden Germanen-Kerle! Diese sehnigen Arme und keulenartigen Fäuste. Breit wölbt sich der Brustkasten unter vorgespannter Lederschürze. Von der Stirne perlt Schweiß, zur Tatkraft gespannt jeder Gesichtszug, jeder Muskel an Bein und Arm. Und jeden Augenblick der Situation muss der Geist beobachten, beherrschen ... Alle Achtung vor solchen Helden der Arbeit!«

»Ja wohl!«, triumphierte Gerhart – »solch eine geschulte Stahlmannschaft bringt Frankreich nicht auf die Beine, und sein Raubzug ins Ruhrgebiet zwingt uns nicht auf die Knie. Deutschland kommt wieder hoch, Junge!« Zur Bekräftigung kniff Gerhart seinen Freund in den Arm.

Heiter versetzte dieser: »Ganz gewiss! Und zwar vor allem durch deutschen Sinn. Der ist nichts Mechanisches – und überhaupt der Mensch keine Produktionsmaschine. Wenn Dein Onkel sagt: l'homme machine! Setz' ich dagegen das Wort eines deutschen Kesselschmieds. Im Kesselrohr hämmert er Nieten und schwitzt in solcher schwülen Enge – aber seine Menschenseele hält er heilig – zu unseren besten Lyrikern gehört er.«

»Du meinst Heinrich Lersch?«

»Ja, den Industriearbeiter von München-Gladbach. Aus seiner Dichtung, die mir dieser Tage handschriftlich begegnete, stöhnt es wild:

O Mensch! Wo bist du? Wie ein Käfertier
In Bernstein eingeschlossen, hockst du rings in Eisen,
Eisen umpanzert dich in schließendem Gewirr.
Im Auge rast die Seele, arm und irr.
*Heimweh* heult wahnsinnswild,
Heimweh reimt süße Weisen
Nach *Erde, Mensch und Licht* ...
So schrei doch, *Mensch in Eisen*!

Das ist ein Aufschrei der Natur, die zur Sklavin der Maschine werden soll. Im Menschen der keimende Gott lässt sich nicht ersticken. Und mag er, wie ein Käfer in Bernstein ins Widernatürliche eingetaucht sein – es kommt einmal die Zeit, wo der Käfer erlöst wird, der Vogel aus der Eierschale schlüpft, der mechanisierte Mensch zur vollen Lebendigkeit aufersteht.«

## 5. Wahlverwandte

Als sie wieder am Direktionsgebäude waren, wo das Auto bereitstand, kam der Portier mit einem Brief: »Herr Direktor Linde hat mir aufgetragen, Herrn Doktor Helmut Burger diesen Brief einzuhändigen, er sei soeben mit der Post gekommen.«

Nordamerikanische Marken waren auf der Hülle, und erfreut sagte Helmut: »Ein dicker Brief! Von meinem Vetter, der nach New York ausgewandert ist.«

»Im Auto kannst Du ja lesen. Bitte, steig ein!«

Helmut tat es und öffnete den Brief. Während das Auto hupend losfuhr, überflog er die Zeilen und schmunzelte: »Ein Beitrag zu unserem Gespräch über Mensch im Eisen. Mein Vetter, der neugebackene Yankee, schildert hier eine Landpartie, die er mitgemacht hatte. Famos, haha!«

»Beim Onkel magst Du vorlesen, somit hätten wir einen Plauderstoff.«

Den Brief einsteckend, wandte Helmut seine Aufmerksamkeit der Umgebung zu, durch die das Auto raste. Das Gebiet der Fabriken hatte hier aufgehört, es gab Handelsgärtnereien mit Salatbeeten, gab Einfamilienhäuschen mit Laube, gab sogar ein Kleefeld, wo Ziegen weideten.

»Helmut?«, fragte Gerhart mit einem Seitenblick, der etwas Spähendes hatte, »was ist das für ein Vetter? Der da in New York. Ist er mit Deiner Mutter blutsverwandt?«

Helmut stutzte: »Blutsverwandt? Ein Erlenbach ist es! Also blutsverwandt! Er ist der zweite Sohn des Forstmeisters. Was veranlasst Dich zu der Frage?«

»Veranlasst? Hm! Wie soll ich sagen? Ein ungewöhnliches Interesse für Deine Herkunft.«

»Was möchtest Du denn wissen?«

»Näheres über Deine Mutter und besonders über den *Vater* Deiner Mutter! *Kennt* man ihn überhaupt?«

»Über den hat meine Mutter *geschwiegen*.«

»Und nichts ist Euch zu Ohren gekommen?«

»Meine Verwandten wünschen nicht, dass über diese Dinge geredet wird – und bekannt ist Dir ja schon, dass meine Mutter uneheliches Kind war.«

»Auch dass Deine Großmutter ihre Mutterschaft mit Tapferkeit ertragen und ihre Tochter treu bei sich erzogen hat, bis diese in Deinem Vater den Gatten fand.«

»Würdest Du mir den Gefallen tun, schon in den nächsten Tagen nach Berlin zu reisen, um Deine Familien-Urkunden herzuschaffen?«

»Weshalb hast Du sie nicht schon in Berlin verlangt? Was ist denn plötzlich los? Hat Dich meines Vetters Brief aus New« York etwa eine Dollar-Erbschaft entdecken lassen?«

Das Auto fuhr nun mit verminderter Geschwindigkeit, weil die Straße ein ansteigendes Gelände schräg durchschnitt. Gebüsch und Wald krönte die Hügelkette.

»Ich schlage vor, Helmut, dass wir haltmachen. Wir kommen sonst zu früh zum Onkel. Chauffeur! *Halten* Sie ein Viertelstündchen! Wir steigen aus.«

So geschah es, und die Freunde gingen einen Feldrain entlang zu einer Gruppe alter Ulmen, wo eine Bank war, auf der sie Platz nahmen. Man sah die weite Ebene, durch die fern der Rhein floss. Saatfelder und Viehweiden, Dörfer und Industriewerke.

»Jetzt mal *ohne* geheimnisvolles Getue, Gerhart! Kann der Brief meines Vetters aus New York wirklich eine *Bedeutung* für mein Schicksal haben?«

»Jedenfalls gab er den Anlass, dass ich soeben von Dir erfahren habe, dass außer Dir und dem Forstmeister noch ein Blutsverwandter Deiner Großmutter Erlenbach lebt.«

Helmut lächelte befremdet: »Das sieht beinahe aus, als sei für uns aus Verschollenheit ein *Erbonkel* aufgetaucht. Indessen – was mich betrifft, so hab' ich *überhaupt* keinen Onkel.«

»Nun, der Erbonkel braucht nicht gerade Dein *Onkel* zu sein. Meine Cousine Hulda hat ja auch einen sogenannten Onkel, der kein *richtiger* Onkel ist.«

Helmut blickte überrascht: »Herr Lamettrie ist kein *leiblicher* Onkel von Euch?«

»Hulda ist bloß seine *Wahl*nichte. Im Grunde freilich ist das Wort »Bloß« hier nicht am Platze. *Wahl*verwandte nämlich stehen einander näher als *Qual*verwandte.«

»Hm!« schmunzelte Helmut – »aber wie denn ist hier das Wählen *zustande* gekommen?«

»Du sollst *genau* Bescheid erhalten. Kurz vor Ausbruch des Krieges weilte meine Tante Belling – sie ist die Schwester meiner Mutter – mit Hulda in Wiesbaden, und da hat sich ein Kurgast, eben der alte Herr Lamettrie, in das Mädel sozusagen väterlich vergafft. Er behauptete, Hulda habe im ganzen Wesen eine Ähnlichkeit mit einem Mädchen aus seiner Jugendzeit. Weil er seine Jugendliebe nie und nimmer vergessen könne, habe er gewagt, sich den Damen Belling vorzustellen und bitte aus bewegtem Herzen, ihm ein schlichtes Geplauder zu gewähren. Natürlich waren Huldchen und Tante zunächst betroffen. Ein Irrsinniger, glaubten sie, wolle sich an sie hängen. Allmählich aber erkannten sie, der alte Herr sei eine feine Persönlichkeit, nur dass ihn eine fixe Idee beherrsche. War ihnen der Aufenthalt in Wiesbaden bis dahin einförmig gewesen, so ließen sie sich nun durch ihn in angenehmster Weise zerstreuen. Man besuchte Konzerte und Theater, machte Autofahrten den Rhein entlang, verplauderte laue Abende in lauschigen Gärten und war bezaubert von Lamettries romantischen Lebenserinnerungen. Kein Wunder, dass die Damen, als ihre Reisezeit zu Ende ging, nichts dagegen hatten, Lamettries Besuch zu empfangen. Das Landgütchen, wo sie hausten, – Du wirst es gleich kennenlernen – war ihnen seit dem Tode meines Onkels Belling etwas einsam. Tante Belling war nahe daran gewesen, es mit einem Besitz in Bonn zu tauschen, aber Hulda, von diesem Plan bestürzt, gestand weinend, sie sei heimlich verlobt, mit einem Ingenieur meines Vaters – und möchte nicht fort. Natürlich wurde ihr Wunsch erfüllt und ...«

Betroffen stammelte Helmut: »Das hast Du mir bisher – verschwiegen.«

Prüfend sah Gerhart dem Freund ins Auge: »Verschwiegen?«

»Dass sie – verlobt ist.«

»Sie *war* es. Höre nur! Der Krieg brach aus. Huldas Verlobter ergriff den Degen und – fiel in Flandern.« Helmut schwieg. Sein Mitgefühl war treuherzig.

Gerhart fuhr fort: »Er war ein prächtiger Mensch, ihrer wert.«

Nach erneutem Schweigen wurde Helmut unruhig und meinte mit verhaltener Stimme: »Also dieser – Wahl-Onkel hat es fertiggebracht, sich einzunisten bei ... *Wie* denn aber?«

»Eingenistet hat er sich nicht. Lamettrie kann *leiden-schaftlich* auf ein Ziel losgehen, seinen *Takt* verliert er nie. Obwohl er den Maschinenmenschen herauskehren möchte und sich manchmal als Menschen *feind* gebärdet, hegt er in seiner verschütteten Tiefe ein zartes Gemüt und rührt uns durch seine kindliche Hilfsbedürftigkeit. Besonders wenn er die Maske des l'homme machine *verliert* und mal die ursprüngliche Persönlichkeit zeigt. Er nennt sich dann Möller, und, wie ich vermute, ist das sein wahrer Name. Freilich, seine Verstecktheit bringt einen auf den Gedanken, er fürchte die Entdeckung einer Schuld – ich möchte fast sagen: eines Verbrechens.«

Bestürzt blickte Helmut auf: »Eines Verbrechens? Nicht doch!«

»Dergleichen ist dem Onkel allerdings nicht zuzutrauen, einer *gemeinen* Handlungsweise ist er *unfähig*. Doch wer in jungen Jahren ... patscht durch den Schlamm dieses Lebens, ohne sich *Spritzer* von Schuld zuzuziehen? ... Ja, und Hulda – Du kannst Dir denken, dass sie *niedergeschmettert* war von der flandrischen Hiobspost. Nun aber weiter. Lamettrie erschien nach Beendigung des Krieges wieder, und als er fragte, wie Hulda den Schicksalsschlag trage, antwortete mein Vater: »Sie will als Schwester den *Verwundeten* dienen. Als im Verlauf des Gesprächs meine Mutter äußerte, Hulda beklage, dass ihr gefallener Held in fremder Erde liege, erbot sich Lamettrie, den Leichnam herzuschaffen. Hulda hatte noch den Trost, die Bestattung ihres Verlobten auf dem Friedhof des nahen Dorfes zu erleben, dann trat sie ihren Lazarettdienst in Belgien an. Der Amerikaner, der voraussah, dass seine Nation in den Krieg eintreten werde, siedelte einstweilen nach Norwegen über, in die Einsamkeit der Lofoten. Bei einer Berliner Bank hatte er für Hulda einen beträchtlichen Vorrat von Devisen angelegt, dann kaufte er Ländereien, die an Bellings Besitz angrenzen. Also gut! Du weißt nun Bescheid. Fahren wir nun zum Onkel Sonderling! Aber – vergiss nicht, was ich Dir eingeschärft habe, dass Du *schweigst* über jenen Theologen. – Auch das ist noch zu beachten: Wenn Du aus dem Briefe Deines Vetters vorliest, sprich den Namen *Erlenbach – nicht aus,* sage lieber, der Vetter heiße anders ... Verstanden? – Hölderlin hat recht, wenn er unser Menschenlos mit *Wasser* vergleicht, das blindlings von Klippe zu Klippe stürzt. Und *doch* – aus solchem Tosen hör ich manchmal ein Liedle von Mörike heraus, dass der Mensch mit Humor manches wenden könne, sei's auch nur, indem er selber seinen Kopf wendet:

> Es schlägt die Nachtigall
> Am Wasserfall;
> Und ein Vogel ebenfalls,
> Der schreibt sich Wendehals.«

Versunken hörte Helmut zu, den Arm über die Lehne der Bank gelegt. Jenseits der qualmigen Industriestädte wand sich der grüne Strom durch sprießende Ackerflächen. Die Dünste darüber bildeten jenen grau und weißen Gipfel, den man Gewitterkopf nennt. Schwül war die Luft, und bedrückt fühlte sich Helmut von einem Verhängnis, das ihm nahezurücken schien. Von hinten aus dem Wald gellte das Gelächter eines Spechtes.

# 6. Schachthof und Kosmos

Am gleichen Hügelzuge, den die Freunde hinangestiegen waren, um auf der Aussichtsbank zu weilen, lag in der Nähe eines Dorfes der Schachthof, wo Bellings wohnten und Herr Lamettrie. »Woher der Name Schachthof?« – fragte Helmut. – »Von dem Schacht, der hier vor etwa sechzig Jahren war, aber wegen mangelhaften Ertrages aufgegeben worden ist. Onkel Belling hatte dann auf den ausgeklaubten Erdmassen eine Art Weinberg angelegt – Du erkennst ihn an dem Weinberghäuschen; Onkel Lamettrie hat es sich zur Einsiedelei herrichten lassen – da haust er, wenn über ihn seine Menschenscheu kommt. Für gewöhnlich freilich wohnt er bei Bellings im Gutsgebäude oder mit seinem Friedrich im Hexenkapellchen. So nennen Leute im Dorfe Onkels geheimnisvolle Werkstätte; sie ist teilweise in den Schacht hineingebaut. Siehst Du das finstere Wäldchen an der Nordseite des Hügels? Ein stumpfes Türmchen ragt heraus – eben das Hexenkapellchen. Abergläubische Leute munkeln, dort halte der Amerikaner ein Teufelchen versteckt, das ihm Dollars präge. Den Anlass zu dem Geschwätz bildet ein hydraulischer Widder, der Wasser emporpumpt. Auch hat mal ein Handwerker nebst seinem Lehrjungen im Atelier zu tun gehabt und mit Schaudern Dinge bemerkt, die nichts anderes sein können, als Hexerei ...

Na Du wirst Dein blaues Wunder erleben. –

Dies aber ist der Schachthof.«

An der Freitreppe des Herrschaftshauses, die von erblühenden Rankrosen übersponnen war, hielt das Auto, und die jungen Männer sprangen ab, freudig bekläfft und umwedelt von einem schwarzen Pudel.

»Still, Mohrchen!«, rief eine Stimme, die Helmut Burger gern vernahm, und da stand Hulda auf der Freitreppe, diesmal nicht in strenger Tracht, sondern frühlingshaft leuchtend wie die Apfelblüte. Da sie keine Diakonissenhaube trug, kam die Pracht ihres Flachshaares zu voller Geltung. Im Aufjubeln seines Herzens fand Helmut neue Bestätigung für ein Hoffen, das ihm schon gedämmert war, obwohl er kaum daran glauben konnte: Einen Rosenblust von Schwärmerei hatte diese Frauenseele in ihm aufgeweckt. Aber dass die heimlich Angebetete ihn mit so warmem Strahl der Augen begrüßte, übertraf sein Träumen. Er wurde verwirrt und spürte, dass er rot wurde.

In diesem Moment trat Huldas Mutter herzu, und Helmut, der nun vorgestellt wurde, neigte sich über die Hand der frischen Matrone. Sie war eine Frau von sanfter Liebenswürdigkeit wie ihre Tochter und hatte ein ähnlich zartes Gesicht, wenn auch die Formen schon rundlich waren.

Als die Gäste im Flur ihre Garderobe abgelegt hatten, erschien Herr Lamettrie und schüttelte ihnen die Hände. Obwohl fahl und faltig im Gesicht, mit ernst beschaulichem Ausdruck in den schwarzen Augen, hatte der schlank gewachsene Greis noch einen Zug von Jugend. Straff und elastisch bewegte er sich im Sommeranzug von gelbweißer Seide.

Dass er seine Hand in den Arm Helmuts legte, war ein Zeichen von Zutraulichkeit, die er dem jungen Mann entgegenbrachte. Gerhart führte seine Tante und zur Linken die Base Hulda, während der Pudel wie ein Zeremonienmeister altklug vorantappelte.

In eine Diele ging es, hier war ein Kamin aus der Biedermeierzeit und eine feierlich tackende Kastenuhr. Dann in die anschließende Glasveranda, deren üppige Blattgewächse und Blumen angenehm atmeten.

Auf Frau Bellings einladenden Wink nahm man in Korbsesseln Platz, und das Stubenmädchen präsentierte eisiges Wasser nebst Fruchtarom. »Eine von Onkels Spezialitäten, Ananas mit indischen Würzen.«

»Nicht übel bei solcher Schwüle«, bemerkte Lamettrie – »in ein paar Stunden haben wir das erste Gewitter dieses Jahres. Für elektrische Spannung bin ich besonders empfindlich, und die sogenannten seelischen Einflüsse der Kosmosmaschine bilden ein Kapitel meiner Forschung, das von unabsehbarer Bedeutung für die Menschheit ist. Wofern es mir endlich gelingt, unserer Erdmaschinerie Anschluss zu verschaffen an jene Kraftströme droben. Aus fernsten Lichtnebeln der Milchstraße kommen sie, und ebenda liegt die Hauptquelle der kosmischen Energie. Sie, Herr Doktor Burger, haben ja über den Kosmos geschrieben, obwohl ... Na ja, ich sehe schon, Ihre bedenkliche Miene verrät, dass Sie mir Zweifel entgegensetzen.«

»Nicht gerade Zweifel«, erwiderte Burger, »nur, dass wir Zwei das Wort Kosmos in verschiedenem Sinne vertreten. Für Sie hat es naturwissenschaftliche, für mich philosophische Bedeutung. Und da habe ich nun wohl verraten, dass ich stutze, wenn Sie von Kosmos- *Maschi-*

*ne* und kosmischer Energie reden. Diese Aussprüche bedeuten mir einen Widerspruch in sich selbst, ähnlich wie wenn jemand sagen würde: ein *Quantum* Ewigkeit.«

»Wäre das wirklich so absurd?«

»Ich sollte meinen, Ewigkeit kann doch keine Quantität haben, ist vielmehr *erhaben* über Groß und Klein. *Quanten* von Energie sind wohl in gewissen *Natur*erscheinungen feststellbar. Aber was ich unter Kosmos verstehe, ist *Idee.* Und wie man das mathematische Dreieck nicht *grün* oder *gelb* nennen dürfte, ebenso wenig kann der *Kosmos* eine *Maschine* sein. Die Maschine ist eben ein Werkzeug, um für uns moderne Geschöpfe materielle Produkte zu schaffen. Wohl strahlt im Geiste des großen Erfinders Unendlichkeit. Die erfundene *Maschine* indessen bleibt etwas *Unlebendiges* und als solches *stupid.*«

»Oho, Herr Philosoph!« protestierte Lamettrie. Der Hieb auf seine mechanische Weltanschauung hatte ihn zur Wehrhaftigkeit gereizt.

Obwohl nun das Stubenmädchen meldete, es sei angerichtet, wies er die Zumutung, jetzt das Gespräch abzubrechen, mit erhobenen Händen zurück: »Bitte um Aufschub! Die Hummer-Mayonnaise mag füglich noch warten! Wird ja nicht kalt wie eine Suppe. Und den jungen Gänsen schadet es nichts, wenn sie noch etwas länger brutzeln.«

»Natürlich geht das Gespräch *vor*«, sagte Frau Belling, und leisen Schrittes entfernte sich das Stubenmädchen.

Lamettrie hatte sich gesammelt, vorsichtig wählte er seine Worte: »Ich verkenne keineswegs, dass noch ein Abstand besteht zwischen den von *Menschen* konstruierten Maschinen und der Allmaschinerie. Nur dass ich ihn nicht für abgrundtief halte. Sie aber unterscheiden allzu schroff zwischen *Geist* und *Maschine!* Und Ihren Kosmos-Begriff fassen Sie als ein himmelblauer *Idealist.* Fast möcht ich sagen, Ihr Kosmos ist verkappte *Theologie.* Sagen Sie doch für Kosmos lieber Vollkommenheit oder Höchstes Wesen.«

Ohne Empfindlichkeit erwiderte Burger: »Ja, so hätte ich sagen dürfen. Die Kosmos-Idee ist eine Intuition – durch sich selbst gewiss.«

»Ei, ei!«, lächelte Lamettrie – »*Durch sich selbst gewiss?* Das wäre so ähnlich, wie das Abenteuer des jagenden Münchhausen; als er in eine Fallgrube gefallen war, fasste er seinen eigenen Zopf und zog sich daran heraus.«

»Ein niedlicher Witz!« lächelte Helmut Burger – »nur widerlegt er mir nicht die Tatsache, dass es Selbstgewissheit *gibt.*«

»Eine Gewissheit,« entgegnete der Mechanist, »hat für mich nur, was ich mit Augen sehe, mit Händen greife. Meine Philosophie sind die Sinne. Nichts ist im Geiste, was nicht zuvor in den Sinnen war.«

»Einschränkend fügt Leibnitz hinzu: es sei denn der *Geist selber!* Das heißt: Nur was wir von der *Außenwelt* wissen, das haben uns die Sinne übermittelt; der Geist jedoch ist nichts, was wir sehen, tasten, hören können; sondern unsere Geistigkeit ist unmittelbar gewiss. Unter Ihrem Ich beispielsweise verstehen Sie nicht bloß Ihren Körper, sondern ein Verband von Erlebnissen *geistiger* und *gemütischer* Art, den Sie als Achse Ihres Lebens betrachten. Ihre Frage: Wer bin ich? Beantworte ich demgemäß: Sie sind wie jedes Ich ein Strahl der *Allgeistig-keit.*«

»Wären Sie, lieber Doktor, in der Lage, uns irgendeine Wahrheit zu nennen, die aus sich selbst gewiss ist?«

»Allerdings«, entgegnete Helmut. – »In jedem Dreieck ist die Summe der Winkel gleich zwei Rechten. Davon ist der Mathematiker überzeugt. Aber nicht, als ob er alle möglichen Dreiecke *ausgemessen* hätte – das könnte er gar nicht. – Sondern indem er erkennt: Durch die Spitze eines jeden Dreiecks lässt sich parallel zur gegenüberliegenden Seite eine gerade Linie denken und die drei Winkel an dieser Parallele machen einen gestreckten Winkel aus, das heißt: Zwei Rechte. Sehen Sie, Herr Lamettrie, solch unmittelbare Einsicht nenn' ich eine Vernunftanschauung, die nicht durch *sinnliche* Erfahrung erwiesen wird, vielmehr aus sich selbst gewiss ist.«

»Aber bevor man zu solch mathematischer Einsicht gelangen kann, muss man typische Eigenschaften der räumlichen Welt draußen erfasst haben.«

»Das natürlich! Sehend und tastend lernen wir, was der Raum ist, und was eine gerade Linie, was eine Parallele bedeutet, ein gestreckter Winkel und ein Dreieck. Doch schon indem wir diese Begriffe bilden, verfahren wir im Sinne des Kosmos – oder wie Sie ihn nennen – der Vollkommenheit. Ein Original der Vollkommenheit findet sich nicht in der Außenwelt. Da kommen bloß Annäherungen vor. Wenn wir eine von der Natur gegebene Gerade unter die schärfste Lupe nehmen, siehe, da ist sie nicht *ganz* gerade und nicht einmal eine stetig *geschlossene* Linie. Im mathematischen Begriff der Geraden liegt also kein Abbild äußerer Wirklichkeit vor, sondern etwas rein Gedachtes, das in der Wirklichkeit gar nicht vorkommt! Mir hat das Ideal seinen Rang himmelhoch über der sinnfälligen Wirklichkeit.«

»Wo denn aber?«, schrie Lamettrie ungeduldig – »wo in aller Welt schwebt Ihr Wolkenkuckucksheim?«

»Indem Sie nach einem *Wo* fragen, setzen Sie einen bestimmten *Ort* voraus:

> Hoch über der Zeit und dem Raume webt
> Lebendig der höchste Gedanke.

Die Sphäre des Ideals ist Unendlichkeit, Ewigkeit!«

»Und auf welche Weise sollte sie Erdgeschöpfen erreichbar sein?«

»Dadurch, dass uns Erdgeschöpfen unser Ursprung innewohnt: Das Unendliche. Es strahlt in uns. Nicht als ob es bezeugt sei durch ein Konterfei, das uns die Sinne vermitteln, sondern das *Original selbst* weset in uns.«

Sinnend starrte Lamettrie vor sich hin. Es war zu merken, dass ihn Burgers Darlegung ergriffen hatte, und dass es ringend in ihm wogte. Auf einmal entschied er sich wie zum Spotte, stand auf und bot lächelnd Frau Belling den Arm: »Nun bitte, zu Tisch, zum holden Erdenschmaus!«

## 7. Der Zufall

Als Helmut hinter Herrn Lamettrie ins Nebenzimmer trat, erhielt er sofort Eindruck von einem mächtigen Ölgemälde, das dem großen Fenster gegenüber die breite Wand einnahm. Es war eine Nachbildung des Feuerbach'schen Gemäldes »Das Gastmahl«. Platon beschreibt die Szene: Im Gespräch über das Wesen der Liebe sitzt der Weise Sokrates mit seinen Jüngern. Kontrast zu seiner beherrschten Art ist der angetrunkene Alkibiades; gestützt auf ein Mädchen schwankt der herein, würdevoll begrüßt vom Gastgeber, der dem Ankömmling, nach der Sitte, den Becher darbringt.

Weil dies Motiv in Helmuts Gedankenwelt von je eine Rolle spielte, wandelte ihn die Versuchung an, stehen zu bleiben. Aber Lamettrie ergriff seinen Arm: »Nehmen Sie zu meiner Linken Platz! Und rechts soll Huldchen sitzen, gelt?« Gerhart und Frau Belling schlossen den Kreis um den runden Tisch.

Als Tafelaufsatz inmitten der Gedecke plätscherte ein stäubender Springbrunnen über kristallinisches Gestein und saftiges Blattgewächs. Wundervoll waren die gelben Lilien mit den schwertförmigen Blättern.

Lamettrie machte vor Frau Belling eine leichte Verneigung: »Wenn das Wort Kosmos vom Schmücken herkommt, so ist Dein Werk hier in seiner Art ein Kosmos.«

»Du beschämst mich«, erwiderte sie. »Was eine Hausfrau herrichten kann, ist simpel – einem Geistesmahl gegenüber.«

»Nun denn,« lächelte Lamettrie, »solch geistige Mahlzeit lässt sich fortsetzen. Dem dürfte nichts im Wege stehen, als die Konkurrenz vonseiten der Bratgänse mit Gurkensalat.«

»Wenn die schlimme Konkurrenz nur nicht vonseiten Deines starken Burgunderweins kommt!«

»Ha Burgunder! Den trink ich zum Hummer allerdings lieber als Rheinwein. Doch bitte, jeder nach seinem Geschmack! Rhein, Mosel, Burgunder.«

Während ein Salat von grünen Sprossen und zartem Wurzelwerk herumging, und das Stubenmädchen den Hummer anbot, wartete Friedrich mit dem Getränk auf, je nachdem gewählt wurde. Voller Grandezza ließ er auch den Sektpfropfen knallen. Lamettrie hob sein dunkelrotes Glas und trällerte:

> »Dagloni gleia glühlala!
> Wir schweben
> Über dem Leben,
> An dem wir kleben!

Mit diesem Satyrlachen eines weisen Trinkliedes eröffne ich unser Symposion!« – »Heil!« jubelte Gerhart, und es klangen die Gläser.

»Ist dem nicht so?« fuhr der alte Materialist fort, »wir schweben in den astralen Regionen des Idealismus, kleben aber gleichzeitig am Staube.« Mit einer Handbewegung, die solchen Gegensatz malen sollte, warf er versehentlich ein Glas um, dass es zerbrach. Über das blütenweiße Tafeltuch ergoss sich der Purpur.

»Klinglala Scherben!« lachte der Alte – »und ein ungeheurer Klecks! Sehen Sie, lieber Doktor, dieser Unfall, oder vielmehr Umfall, herbeigeführt durch meine Ungeschicklichkeit, dieser blöde *Zufall* veranschaulicht uns die Welt *strenger Tatsachen* gegenüber jenem Vollkommenheitswalten, das *Ihnen unmittelbar gewiss* erscheint. Von der unschuldsweißen Fläche Ihrer Vollkommenheit grinst uns ein scheußlicher Klecks entgegen, es blutet das Herz Ihres Kosmos.«

Während Friedrich und das Stubenmädchen diese Chaos-Bescherung mit aufgestreutem Salz und übergedeckter Serviette unsichtbar machten, polterte Lamettrie weiter: »Ja Zufall! Dieser tückische Kobold! Dass so etwas Brutal-Täppisches überhaupt zur Welt gehört, genügt schon, um den Glauben an ewige Vollkommenheit zu widerlegen ... Halt, Mister Friedrich! Kein Rotweinglas! Zwar den Purpur will ich trinken, aber aus einem andern Glase! Wenn's auch stilwidrig ist! Das Verrückte ist nun mal meine Art. Bin ja selber ein zerschelltes Burgunderglas, das sich vertauschen ließ, mit einem – sagen wir Sektglas. – Ja, so wollen wir's halten, Friedrich!« Und sein Sektglas hielt er dem Diener zum Einschenken hin.

Nachdem er getrunken hatte, lehnte er sich in den Sessel zurück, und in wilder Schwärmerei flog sein glühender Blick nach oben, wie eine stürmende Flugmaschine. Aber sinnend verdüsterte sich das Auge, und grimm lächelnd wandte er sich zur Tafelrunde: »Apropos Zufall! Da kommt mir 'ne Erinnerung, die ich Euch zum Besten geben möchte. Ein gewisser Lundström, bedeutender Fabrikant in Kopenhagen, hat 'ne Geschäftsreise nach Stockholm vor und will gerade den Frühzug besteigen, als er, von einem Zeitungsverkäufer angerufen, zur Seite blickt und einen *Geschäftskonkurrenten* bemerkt, der gleichfalls nach Stockholm fahren will. »Fatal!«, raunt Lundström seinem Prokuristen zu, der ihn auf den Bahnsteig begleitet hat, um noch rasch etwas durchzusprechen ..., »Den Krämer da kann ich nicht ausstehen und mag ihm nicht begegnen. Drum will ich lieber *nicht jetzt* fahren, sondern *erst mit dem Nachtzuge*. Kommen Sie! Wir verlassen den Bahnsteig!« ... Dass nun Lundström seinen ursprünglichen Plan änderte, war *sein Verderben*. Vor Stockholm hatte der Nachtzug einen Zusammenprall mit Güterwagen, und es explodierte der Gasschlauch. Mehrere Wagen standen sofort in *Flammen* und nebst anderen Reisenden wurde Lundström zu *Kohle*. Schuld daran war der Umstand, dass der Ahnungslose, als er, wie gesagt, morgens hatte fahren wollen, vom Zeitungsverkäufer angerufen, infolgedessen mit dem unheilvollen Nachtzug gefahren war. Also ein *unscheinbarer Zufall*.«

Die Zuhörer waren nicht frei von Grauen, und Gerhart bestätigte: »Über unser Schicksal entscheidet manchmal etwas Winziges. Alles hat Folgen, und es kann von größter Bedeutung sein, ob wir in einem bestimmten Augenblick nach rechts oder aber nach links schauen, ob wir uns zufällig um eine einzige Minute verspäten, weil wir etwa abgehalten werden, unsere Uhr aufzuziehen ...«

Dass Gerhart stockte, kam von dem stechenden Blick, den ihm Lamettrie zuwarf, indem er lauernd sagte: »Woher – *weißt* Du das? He?«

»Was denn, Onkel?«

»Nun – das mit der stehen gebliebenen *Uhr*? Wer hat Dir's erzählt?«

»Erzählt? Niemand! Mir kam nur so ein Einfall.«

Stirnrunzelnd erwiderte der Alte: »Mir aber ist ein Fall vorgekommen, dass die stehen gebliebene Uhr zum *Verhängnis* wurde. Das heißt, *nicht meine* Uhr war's, sondern die eines *ungarischen Schauspielers*, der eine verwickelte Reise zu machen hatte, um in Westdeutschland eine Gastrolle zu geben. Als er am Abend zuvor in die Tasche gegriffen hatte, um seine Uhr aufzuziehen, war ihm die Hand an einer Stecknadel blutig geritzt worden, und dadurch abgelenkt, hatte er das Aufziehen der Uhr *unterlassen*. So war's gekommen, dass er die Stunde verschlief und als schlechten Ersatz für den versäumten Schnellzug einen Bummelzug wählen musste. Im Gewirr der Strecken fand er sich nun nicht mehr zurecht, sodass er das geplante Gastspiel *abtelegrafieren* musste.« Nach einem Aufseufzen starrte Lamettrie düster vor sich hin.

Die Zuhörer waren gespannt, wie's nun weiter gekommen sei. »Na und?«, fragte Gerhart, als Lamettrie noch immer schwieg. »Sagtest Du nicht, *Dir* sei der Fall verhängnisvoll geworden? *Inwiefern* denn Dir?«

Die Antwort lautete zerstreut und verlegen: »Ja so! Dass es so kam, ist allerdings für mein ganzes Leben – wie soll ich sagen ... nun ja, verhängnisvoll geworden. Ein *unseliges Glück* ist daraus hervorgegangen.«

»Unseliges Glück?«

»Näheres darüber will ich lieber *verschweigen*. Auch ich wünsche mir, wie jener alte Grieche, die Kunst des *Vergessens*.« Misstrauisch rollten die Augen des Sonderlings, der im Plaudern ein Kapitel aus seinem Leben berührt hatte, doch offenbar Scheu hegte, sich darüber auszulassen.

Das Peinliche des Verstummens empfand *Helmut* und wollte darüber hinweghelfen. »Sie kennen wohl Schopenhauers Studie über die scheinbare Absichtlichkeit im Schicksal des Einzelnen. Ja, so etwas kommt jedem vor, der sich klar macht, woher die entscheidenden Wendungen seines Lebens gekommen sind. Oft aus winzigen Zufälligkeiten, und die *sehen dann aus*, wie fein berechnete Hebel oder Rädchen einer Schicksals *maschinerie*.«

»Sehen Sie!«, triumphierte der Mechanist – »da gleiten Sie nun in mein Fahrwasser. Schopenhauers Darlegung ist mir bekannt, und recht hat er im Sinne Ihres Ausdrucks Schicksalsmaschinerie – sonst ist dieser Denker mir zu mystisch. Denn obwohl er nicht an Vorsehung glaubt, schwebt ihm doch etwas vor, wie ein Planen innerhalb des All-Triebes, der das Leben der Geschöpfe aus sich hervorbringt und leitet. Es ist kein Berechnen und Konstruieren nach der engen Menschenart. Es umfasst zwar die Sphäre der Endlichkeit, geht aber, wie alles Schöpferische und Leitende, darüber hinaus, ist also ein *Über*bewusstes.« »Das *wäre* ja Vorsehung«, meinte Hulda, »bloß, dass die Philosophen dafür gelehrte Umschreibungen brauchen.«

»Vorsehung«, – bemerkte Gerhart – »ist *theologisch* ausgedrückt: Der Herrgott regiert seine Schöpfung. Philosophen nehmen selten Beziehung auf biblische Vorstellungsweise.«

»Als ungelehrtes Menschenkind« – meinte Frau Belling – »bleibe ich gern bei der biblischen Weisheit, dass ohne seinen Willen kein Haar von unserem Haupte fällt. Wie solch ein fallendes Haar ist das Zufällige in unserem Leben fast immer *unauffällig, aber bedeutsam!*«

»Solche sogenannten Zufälligkeiten« – sagte Helmut – »sind Fäden, besser Nerven, Adern, Organe unseres Schicksals, das eine Lebenseinheit bildet. Jede Winzigkeit, die uns berührt, kann eine wichtige Wendung unseres Gesamtschicksals herbeiführen. Wer weiß zum Beispiel, ob Herrn Lamettries umgefallenes Rotweinglas nicht irgendetwas anrichtet, das ...«

» *Hat* es ja schon!« spöttelte Lamettrie, »soll es noch mehr anrichten? Ist nur gut, dass wir an den süßen *Schlussakt* der Futterei gelangt sind ...«

»Gewiss!« lächelte Frau Belling und nickte dem Stubenmädchen zu: »Bringen Sie die Erdbeeren!«

## 8. Rot oder Schwarz

In Grübelei versunken, *schwieg* die Tischgesellschaft. Dann wandte sich Burger an Hulda: »Sie sprachen von Vorsehung. Das Wort bezeichnet ein Sehen, ist aber bildlich. Auf Bilder und Gleichnisse sind wir eben stets angewiesen, wo es gilt, die Art des Unendlichen und Ewigen einigermaßen auszudrücken. Vorsehung nennt man das Schicksal, insofern es dem Vorhersehen und Planen der Menschen ähnlich, nur ihm unendlich überlegen ist.«

»Auch das Wort Glück«, bemerkte der Germanist Gerhart, »hat bildliche Natur. Kommt nämlich her vom althochdeutschen Luckan, Locken. Was den Menschen lockt, hält er für sein Glück. *Widriges* Verhängnis bezeichnet er scheltend als teuflisches Pech. Der sogenannte Zufall ist nichts als eine Redensart der Unwissenheit, das Achselzucken mangelhaften Einblicks in den Zusammenhang der Dinge. In Wahrheit waltet stets und allenthalben, wenn auch heimlich, jene *Ordnung*, die ich mit Burger *Kosmos* nenne. Irgendein Geschick zu tadeln oder zu loben, ist engpersönliche Wertung.«

»Un wat dem eenen sien Uhl ist, dat is dem annern sien Nachtigal«, bemerkte Frau Belling.

»Stimmt!«, rief Lamettrie und ließ sich von Friedrich Sprudelwasser einschenken. »Das sieht man besonders am Hasardspiel. Was da einer *gewinnt*, hat der andrere *verloren*. Und zwar durch Zufall. Die Roulette ist eine Maschine, um Experimente mit dem Zufall zu machen. Es waltet allerdings ein heimliches *Gesetz* im Zufall, und das, Herr Burger, ist *Wasser* auf Ihre Kosmosmühle. Drum muss ich, um gerecht zu sein, mich darüber äußern ... Aber versehen Sie Ihren Teller und Ihr Glas, lieber Burger, und wenn Sie sich bei der Mahlzeit nicht stören lassen, geb ich gern zum Besten, was ich in Spa und Monte Carlo erlebt habe. Wenn das Glücksrad kreist, bleibt es bekanntlich auf Rot oder Schwarz stehen, und weil diese Farben in der Roulette regelmäßig *abwechseln*, ist die Chance, Rot oder Schwarz zu treffen, *gleich* groß. Nach der Wahrscheinlichkeitsrechnung müssen unter tausend Drehungen der Roulette nahezu fünfhundert auf Rot auslaufen, die anderen auf Schwarz. Das ist das *eine* Gesetz im Zufall. Das andere könnte man das Gesetz der Abwechslung nennen. Solches Abwechseln ist natürlich nicht derart zu verstehen, als ob auf Rot *jedes Mal* Schwarz und dann wieder Rot folgen müsste; wenn das Mal in langer Reihe *vorkäme*, würde man starr darüber sein und würde rufen: Eine solche Regelmäßigkeit ist ja unerhört, die ist Zufall. Und dennoch! Eine *gewisse*

Regelmäßigkeit waltet auch in der Abwechslung. Zum Beispiel, wenn sich Rot vier- oder fünfmal hintereinander ergeben hat, ist große Aussicht, dass *jetzt* Schwarz, und *bald wieder* Schwarz kommen wird.«

»Das ist sonnenklar!«, rief Gerhart, »und darauf müsste sich doch ein *System* bauen lassen.«

Kühl erwiderte Lamettrie: », und zwar ein System, das logisch, nach der Wahrscheinlichkeitsrechnung, einwandfrei *stimmt*. Aber – nun gib acht, Gerhart! *Versteifst* Du Dich auf Dein System, so müsstest Du einen fabelhaften Geldbeutel haben, um den Nücken und Tücken des Zufalls gewachsen zu sein, all den Möglichkeiten, die im Rahmen des Systems ihre Geltung behaupten. Jahrelang müsstest Du Tag und Nacht am Spieltisch hocken, müsstest wohl hunderttausend Spiele nach Deiner Tabelle spielen, um mit einiger Zuverlässigkeit die *Schwankungen* zwischen Rot und Schwarz *ausnutzen* zu können ... Was mich betrifft, so hat sich mein System anfangs bewährt. Aus den sieben Goldstücken, mit denen ich am Spieltisch begann, wurden in der ersten Nacht zweiundneunzig. Obwohl ich dann dreizehn verlor, hatte ich bald über dreihundert gewonnen. Nun aber, als man mir viel Geld auf Halbpart gepumpt hatte, *verlor* ich auf einmal alles und hatte dann noch Schulden.«

»Es ist also vernünftig, sich überhaupt nicht auf Glücksspiel einzulassen«, sagte Frau Belling.

Lamettrie nickte. »Doch angenommen, jemand könnte mit seinem Spielsystem im Laufe der Jahre Goldhaufen zusammenkratzen, so würde er dabei zum *Narren* werden, falls er das nicht schon *von vornherein* war. Wer sonst brächte es fertig, sich jahrelang stumpfsinnig der Mechanik zu unterwerfen. Das ist ja schlimmer als die Gebetsmühlen in Tibet.«

»Allerdings«, sagte Gerhart – »und das entscheidet endgültig. Aber was mich an Deiner Auffassung noch besonders interessiert, ist, dass Du zugibst, in der Mechanik sei etwas Abstumpfendes. Das trifft zwar selbstverständlich nicht den *schöpferischen* Mechaniker, wie Du einer bist, aber wenn das Leben der Menschen von Mechanik so abhängig ist, wie die moderne Zivilisation, und sich ihr geradezu versklavt, so ist das eine furchtbare Gefahr. Du als Amerikaner freilich ...«

Unwirsch unterbrach ihn Lamettrie: »Weiß schon! Jetzt warnt der deutsche Michel vor dem Amerikanismus. Nun denn, mit ihrer mechanisch organisierten Macht beherrschen die United States den Erdkreis. Immerhin, was meine Gesinnung betrifft, solltest Du eigentlich wissen, dass ich durchaus nicht eingeschworen bin auf Yankee-Wirtschaft. Und gerade mit Bezug auf deutsches Volkstum gebe ich gerne zu, dass Tüchtigkeiten der Persönlichkeit mehr bedeuten als Siege des Mechanismus.«

»Darauf lief auch das Gespräch von heut Morgen hinaus«, sagte Gerhart, »während wir unser Eisenwerk besichtigten ... Aber holla, Helmut, da fällt mir ein, Du hast ja einen Brief aus Amerika erhalten, und den wolltest Du doch vorlesen.«

»Nicht gerade, dass ich es wollte«, versetzte Helmut, »Du hast es vorgeschlagen.«

»Na ja, weil's ein zeitgemäßer Plauderstoff ist.«

»Gut, lieber Burger, lesen Sie uns vor! Wer ist denn der Briefschreiber?«

»Sein Vetter, Fritz Burger!« platzte Gerhart heraus.

»Fritz heißt er nicht, sondern Hans. Nennen wir ihn kurz den Vetter Hans.«

»Name ist Nebensache«, sagte Lamettrie, »aber wer ist dieser Vetter Hans? Vermutlich ein geborener Deutscher? Wie lange ist er drüben?«

»Noch kein Jahr.«

»Und will schon ein Urteil fällen über amerikanische Verhältnisse? Es ist wohl das Urteil eines deutschen Gemütsmenschen? Wo hat Vetter Hans denn vordem gelebt?«

»In Tübingen und Stuttgart.«

»Im Ländle, haha!« lachte der Amerikaner, »dann natürlich! Wie kann man auch so komisch sein, es anderswo schön zu finden als in sei'm Häusle! Sagte die Schnecke und zog sich zurück.«

»Nun, so ganz eng ist mein Vetter grade nicht!«

»Umso besser! Also hören wir, was er schreibt!«

Indessen erhob sich Frau Belling: »Ich möchte vorschlagen, dass wir uns zunächst etwas an die frische Luft begeben und im Garten ergehen. Derweilen wird hier abgeräumt. Dann nehmen wir in der Diele den Kaffee, und dabei könnte ja vorgelesen werden.«

»All right!« nickte Lamettrie. »Die Pause wäre mir auch deshalb willkommen, weil ich mit Mister Friedrich mal auf die Sternwarte gehen möchte, um das Wetter zu beobachten. Welchen Polo-Grad haben Sie zuletzt notiert, Friedrich?«

»Siebzehn vier, und das war ne Viertelstunde vor dem Essen. Jetzt haben wir gewiss über achtzehn.«

»Sind Sie abkömmlich, Friedrich?«

»Freilich ist er's«, antwortete Frau Belling. »Geht nur! Wie lange habt Ihr etwa zu tun?«

»Keine halbe Stunde!«

»Sagen wir also um drei Uhr Kaffee auf der Diele!«

Lamettrie verneigte sich kurz und ging mit seinem Faktotum.

Erläuternd sagte Gerhart zu Helmut: »Der sogenannte Polo ist ein Apparat, den Onkel erfunden hat, um die elektrische Spannung der Wetterdünste zu messen. Das kommende Gewitter interessiert ihn.«

»Uh, das Gewitter!«, seufzte Hulda, »das macht ihm jedes Mal zu schaffen. Weißt Du, Mutter, im August, als das Wetter den Hagel und Sturm brachte, damals hat er seinen Anfall bekommen. Und heute scheint es bei ihm auch nicht geheuer zu sein.«

»Kommt mir auch so vor«; meinte besorgt Frau Belling und wandte sich an ihren Neffen: »Was hatte er denn mit Dir? Er war so merkwürdig gereizt. Weshalb denn?«

»Kannst Du noch fragen? Weil er ein armer *Narr* ist! Mir platzt auch mal die Geduld, Uff! Gehen wir an die frische Luft! Höchste Zeit, dass dies verdrehte Getriebe mal aufhört!«

# 9. Im Garten

Durch die Glasveranda, wo in Kübeln Palmen, Zimmerlinden, Araukarien gediehen, kam man in den Garten. Zunächst an einen Springbrunnen, dessen Beckenwasser von Fischlein durchblitzt wurde, während am krautbewachsenen Ranft ein paar Schildkröten kauerten. Von den hochgesprühten Tropfen ließ sich eine Marmorgestalt, ein nacktes Kind, beregnen. Bei Syringenbüschen, die schon Blütentrauben hatten, war eine vornehm gearbeitete Marmorbank, wie Gerhart sagte, die Nachbildung einer pompejanischen Ausgrabung. Davor prangten frühblühende Rosenstöcke.

»Diese duftigen Kelche müssen auf unseren Kaffeetisch«, sagte Gerhart, der mit seiner Tante ging – »denn auch *ohne* Polo-Messung lässt sich prophezeien, dass bald Regen losplatzt, der könnte sie zerzausen ... Aber sieh da, Friedrich kommt, was bringt er?«

Und Friedrich meldete: »Herr Lamettrie bittet die gnädige Frau, mit dem Kaffee nicht auf ihn zu warten, weil wir vielleicht doch etwas länger zu tun haben.«

»Gut! Herr Lamettrie soll sich gar nicht stören lassen; wir haben 's nicht eilig ... Aber nun sagen Sie, Mister, was *war* vorhin mit Herrn Lamettrie? Sie waren ja dabei, als er losplatzte wie ein Blitz aus heiterem Himmel.«

»Gnädige Frau meinen die Geschichte mit der stehen gebliebenen Uhr? An die hat er mich schon mehrmals erinnert – um zu zeigen, was für Unheil aus einem kleinen Versehen kommen kann. Aber inwiefern er *selber* betroffen worden ist von der stillgestandenen Uhr des Budapester Schauspielers ...«

»Von Budapest war er?« forschte Gerhart, »und wo denn sollte seine Gastrolle stattfinden?«

»Nach Deutschland sollte die Reise gehen – nach Aachen. So hat mir Herr Lamettrie mal gesagt, als wir noch in Amerika waren.«

»Besinnen Sie sich auf möglichst viel Einzelheiten, die Herr Lamettrie mal hat verlauten lassen, über dunkle Kapitel seines Lebens. Seien Sie überzeugt, wir brauchen dergleichen, um ihn zu kurieren.«

Unschlüssig stand Friedrich, als sei er mit Gerhart nicht ganz einverstanden: »Das wäre ja ein Segen, Herr Linde! Bloß möchte ich um alles in der Welt nicht für einen gelten, der bei seinem Herrn *herumschnüffelt*.«

Gerhart machte eine abweisende Handbewegung. Aber Friedrich fuhr fort: »Herr Linde sehen doch, was Herr Lamettrie für mich ist. Ohne ihn wär' ich so gut wie nichts. Er hat aus mir gemacht, was ich bin. In New York hat er mich sozusagen von der Straße aufgelesen. Es war der reine Zufall. Die Kiste mit dem Maschinenmenschen war ihm hingepurzelt und an der Mechanik was kaputt gegangen. Na, und da traf es sich, dass mein knurrender Magen mich wieder zu jener Hotelküche getrieben hatte, wo mir eine Abwäscherin bisweilen einen Bissen zusteckte. Die wusste, dass ich in Deutschland Feinmechaniker gewesen war, und wie ich jetzt wieder vorsprach, hieß es auf einmal: Da sei ein Hotelgast, der habe rasch einen guten Mechaniker nötig.«

Den etwas langatmigen Bericht unterbrach Gerhart: »Schon recht! Wir wissen das zu würdigen. Sie sind ein Ehrenmann, Mister, ja, Herrn Lamettries getreuer

Freund. Und niemand hier mutet Ihnen zu, herumzuschnüffeln, wie Sie es nennen ... Bloß *Beistand* möchten wir, um ihn zu *heilen* von seiner Einbildung.«

Friedrich, dessen gebildete Ausdrucksweise und gewandte Formen ihn zunächst klüger erscheinen ließen, als er war, zog die Augenbrauen hoch und starrte vor sich hin wie ein Einfaltspinsel: »Von seiner Einbildung, sagen Sie? Ja, wüssten Sie nur, *welches* seine Einbildung ist. Sie sagen, er bilde sich ein, *Lamettrie* zu sein. Ich aber muss Ihnen immer wiederholen: Er ist es. Bloß sein *Alter* weiß er nicht mehr und überschätzt es. Doch das ist keine Verrücktheit, sondern einfach Gedächtnisschwäche. Aber wenn er seinen Anfall kriegt und sich für einen gewissen *Möller* hält, sehen Sie, *das* ist seine Einbildung und Verschrobenheit.«

Gerhart sah wieder mal, dass dieser Mann Herrn Lamettrie allzu lange gedient hatte und in seine Wunderlichkeiten allzu tief eingelebt war, um nun auf einmal davon loszukommen. »Sie haben ein goldenes Herz, Mister, und Ihre Maschinen putzen Sie tadellos. Aber, halten Sie auch Ihren Kopf immer so blank und die Augen offen ... *Na* gehen Sie nun! Sonst macht sich Herr Lamettrie misstrauische Gedanken über Ihr Verweilen bei uns.«

Friedrich blickte etwas sauer, verbeugte sich steif und ging.

»Da *haben* wir's!« lächelte Gerhart mit scherzender Weinerlichkeit.

»Ach ja! In unseres Herrgotts Menagerie gibt es immer wieder dieselben Arten. Ein jeder Don Quijote findet seinen Sancho Pansa, der ihm bewundernd den Schild trägt.«

Verdrossen schwiegen die Frauen, nur dass Hulda nach einer Weile bemerkte: »Du übertreibst! Onkel ist doch etwas weit Besseres, als ein Don Quijote.«

»Na ja, weiß schon«, war Gerharts brummige Antwort. Und sinnend schlenderte man den Gartenweg dahin.

Aufseufzend, als habe sie etwas auf dem Herzen, blieb Hulda stehen: »He, Gerhart, sage mir! Was hältst Du von jenem Schauspieler?«

»Von dem ungarischen? Wie sollte ich von dem irgendetwas halten, da ich ihn überhaupt nicht kenne.«

»Du meinst also *nicht*, dass er etwa *identisch* ist – mit dem *Onkel*!«

»Das ist ausgeschlossen. Wie kommst Du auf diese Vermutung?«

»Weil Onkel Lamettrie manchmal etwas von einem Schauspieler hat.«

»Darin hast Du recht. Aber mit dem ungarischen Schauspieler ist er *nicht* identisch. Übrigens möchte ich Tante Belling bitten, mir jetzt eine Aussprache über diese Angelegenheit zu gewähren. Im Haus, Tante! Ich habe Schriftstücke vorzulegen. Du, Hulda, zeigst vielleicht inzwischen unserm Gast den Garten.«

Es war für Helmut etwas sanft Beglückendes, nun in ungestörter Traulichkeit mit dem Mädchen wandeln zu dürfen. Hulda schien auch zufrieden; und wortlos, gleichen Schrittes gingen die Beiden Seite an Seite.

Es kam ein Gewächshaus, dahinter Gemüse- und Obstgarten. Apfelbäume prangten mit rosa angehauchten Blüten. Nun hob sich sanft eine Rasenhalde. Über Stufen ging der Weg hinan, und parkartig wurde das Gelände. Ulmen wurzelten zwischen Gestein und da kam ein Bächlein geronnen.

»Haben Sie hier eine Quelle?« Bloß um das Schweigen nicht länger währen zu lassen, tat Helmut diese Frage.

»Nur scheinbar ist die Quelle; das Wasser wird hochgepumpt. Hier möchte ich Ihnen einen meiner Lieblingsplätze zeigen.«

Und zu einer Gruppe von Buchen stieg man empor. Unter dem überhängenden Wipfel einer Blutbuche war eine Bank aus knorrig gewundenem Astwerk.

Da nahm das Paar Platz, und während Helmut die Aussicht betrachtete, fragte Hulda: »Fällt Ihnen an dieser Landschaft etwas auf?«

Nach etlicher Betrachtung glaubte er herausgefunden zu haben, was sie meinte: »Hier sieht es ganz *einsam* aus.«

»Einsam – nun ja, gewissermaßen! Das heißt ... Einsamkeit kann etwas recht Schmerzliches sein. Ich bin *manchmal* einsam ...«

»Oh!«, sagte er bedauernd.

Herbe Wehmut zuckte in ihrem Lächeln. Rasch niederringend, was in ihr aufschluchzen wollte, fuhr sie mit Gelassenheit fort: »Aber schlimme Einsamkeit können Sie nicht meinen an so *lieblichem* Ort.«

»Oh keineswegs!« verbesserte er, »ich will nur sagen, dass eine süße *Abgeschiedenheit* hier wallet. Abgeschieden kommt man sich vor, entrückt dem menschlichen Getriebe.«

»Sie haben's erfasst!«, sagte sie leuchtenden Auges. »Jawohl, hier ist eine Stelle, wo man zwar einen lieblichen und fast reichen Ausblick hat, aber keinerlei Bau von Menschenhand sieht. Nichts von Onkels Anlagen, nichts von unserem Wohnhaus und von den Leutewohnungen, ja nicht einmal die Gewächshäuser. Sehen Sie, das ist meine *süße* Einsamkeit, wo ich die Menschen *vergessen* kann ...«

»Es sei denn, dass einer *neben* Ihnen sitzt«, scherzte er.

Sie lächelte herzlich: »Der *stört* ja nicht, im Gegenteil – der passt hinein in meine Abgeschiedenheit.«

»Ist das ganz wahr?«

Erst *zögerte* sie mit der Antwort, dann sagte sie: »Können Sie mir etwas anderes zutrauen?«

Er blickte dankbar, und Friede wehte um ihn. Vom Wipfel der nahen Esche zwitscherte ein Schwarzköpfchen. Unermüdlich spann es süße Weise, die ein wenig an die Lerche erinnert, nur nicht deren Schmettern hat.

In den kurzen Pausen hörte Helmut den wallenden Mädchenbusen atmen. Ganz windstill wars, gewitterschwül – einmal kam es ihm vor, als hab es ferne gedonnert.

Wie lange er versunken blieb in diese Heimlichkeit, hätte er nicht zu sagen gewusst – zeitenlos wars. Und wie einer, der aus Traum erwacht, musste er zu sich kommen, als er plötzlich wieder ihre Stimme vernahm, wie verhüllt: »Woran *denken* Sie?«

»Denken? An nichts. Oder – was hier dasselbe ist, an Unendlichkeit.«

Großen Auges blickte sie ihn mit leisem Lächeln an – auch sie schien Unsagbares zu spüren. Endlich versuchte sie, einen Ausdruck zu finden: »Sie *weihen* mir diese Stätte. Bloß Gras, Glockenblumen und Tausendschönchen hab ich hier, Baumwipfel und Gewölk – lauter unschuldige Natur. Dürften wir für immer *einstimmen* in das klingende Schweigen der Unendlichkeit!« –

Doch so sollte es nicht sein. Auf einmal ließ sich Gerharts Stimme vernehmen, und da schritt er auch schon den Weg herauf mit Frau Belling.

Das Paar erhob sich rasch. Einen wehmütigen Seufzer tat Hulda, Helmuts Auge ruhte ernst auf ihr – den Nahenden gingen sie entgegen.

9a. Zusammenfallen der Gegensätze

Nun sah Helmut auch Herrn Lamettrie, wie er auf anderm Wege den Hang heraufschritt, in der Richtung auf die Blutbuche. Dem Sinnenden entgegengehend, wagte er, eine Frage an ihn zu richten: »Dürfte ich mich nach etwas erkundigen, das Ihre Naturforschung betrifft?« Stehenbleibend erwiderte der Alte: »Bitte!«

Helmut wurde unsicher, ob solches Gespräch dem Fräulein nicht langweilig sein könnte. Hulda, zufrieden, nun einen Vorwand zu haben, um ihre Verlegenheit zu verbergen, nickte dem jungen Mann errötend zu, ergriff den Arm ihrer Mutter und ging mit dieser und Gerhart den Hang hinab. Helmut hatte sich gesammelt und wandte sich zu Lamettrie: »In Ihrer Unterredung mit Mister Friedrich brauchten Sie den Ausdruck »Polo« – Was ist das?«

»Polo ist die zwischen uns übliche Abkürzung für den Grad der elektrischen Polarität – will sagen der elektrischen Spannung in der Luft. Um diese zu messen, bediene ich mich einer von mir konstruierten Uhr. Nach ihrem jetzigen Stand sollte Friedrich sehen. Die von ihm erhaltene Auskunft berechtigt mich zu dem Schluss, das heutige Gewitter werde von *kurzer* Dauer sein.«

»Demnach könnte ihre Polaritätsuhr für die Landwirtschaft Wert haben?«

»Wenigstens in Amerika, wo heftige Gewitter und Wirbelstürme vorkommen ... Hier auf dem Schachthof freilich ist mir mehr daran gelegen, wie der Polograd mein *Gemüt* beeinflusst. – Sie wissen ja, wir sind ein Spiel von jedem Druck der Luft.«

Helmut war in Sinnen vertieft; dann wagte er sich zögernd heraus: »Hm, ich – habe lebhaftes *Interesse* für Polarität.«

Lamettrie schoss ihm einen forschenden Blick zu: »Sind Sie in der Physik bewandert?«

»Das wohl kaum. Aber mich fesselt die Frage, ob und wie der Polaritätsgedanke Anwendung auf mathematisch-philosophisches Gebiet verstattet?«

»Anwendung? – wie meinen Sie das?«

»Übertragung sollte ich sagen. Ich meine philosophische Begriffe, die sich in die Sprache der Mathematik übertragen lassen, weil sie was Ähnliches sind, wie Spannung zwischen physikalischen Polen.«

»Das wäre so 'ne Art Natur-Philosophie?«, bemerkte der Maschinenmensch kühl – »der alte Traum eines Novalis und Schelling!«

»Ein noch *viel älterer*! Vor zweieinhalb Jahrtausenden lehrte Herakleitos das Zusammenfallen der Gegensätze.«

»Und von dieser dämmrigen Trauminsel glauben Sie eine Brücke schlagen zu können zu unserem klaren mechanistischen Festlande?«

»Zum mechanistischen Festland?« entgegnete Helmut – »halten Sie das für ganz klar – alle Naturvorgänge auf *brutale Bewegung* zurückführen zu wollen?«

»Wieso brutal?« Und es sprühten die schwarzen Augen – »was sich mathematisch berechnen lässt, verdient diesen Ausdruck nicht. Mathematik gehört zur *höchsten* Geistigkeit.«

»Das meine ich eben *auch* – aber nach Ansicht der Mechanisten besteht diese höchste Geistigkeit nur für uns Menschen, so lang die *Hirn*funktionen dauern – im Tode sind das nur Bewegungen von der Art des fallenden Steins, *ohne* Leben.«

»Allerdings, wenn im Gehirn das Leben erlischt, verfällt dieses ganz und gar den Gesetzen der *leblosen Natur*, soweit es nicht Pflanzen und Mikroben zur Nahrung dient.«

»Das eben meine ich mit dem Ausdruck brutal – er bezeichnet ein *Ende* der zugestandenen höchsten Geistigkeit. Ich glaube, dass diese *ewig* sein muss!«

»Wie der Pfarrer am Grabe predigt!«, spottete Lamettrie aufbrausend – »verwehender Staub dem Staube, dass er ans Verwehen nicht glaube ... Please gentlemen, bleibt dem Maschinenmenschen mit dergleichen Kirchenfabrikat vom Leibe! Seid doch *zufrieden*, dass endlich mal das Leben erlöschen darf, und wir diese abgeschmackte Tragikomödie *los* sind.«

Helmut stutzte, betrübt darüber, dass er den greisen Sonderling, der dem Herzen Huldas so nahe stand, in neue Aufregung versetzt hatte – bescheiden fuhr er fort: »Herr Lamettrie, werden Sie nicht ungehalten, wenn ich schroff erscheine! Ich gehöre zu den Hartköpfen, die entweder ihre Überzeugung ungeschminkt sagen – oder aber sich schweigend zurückziehen ...«

Beschwichtigend legte der Alte seinen Arm in den des jungen Mannes: »Aber Herr Doktor! Ich bin Ihretwegen durchaus nicht ungehalten. Wir alle haben Sie schätzen gelernt ...«

Mit wehmütigem Lächeln entgegnete Helmut: »Jeder Ichmensch ist dem anderen ein Widerspruch, wo sein Wesen sich nicht einschmiegt ... Gläubig bin ich übrigens *nicht* in dem Sinne, wie Sie das Wort verstehen. Ich habe meinen Glauben nicht aus Vertrauensseligkeit, sondern aus Überzeugung.«

»Sie glauben an Gedanken, die durch sich selbst gewiss sind« – sagte der alte Ironiker – »Setzen wir uns ein Weilchen unter diese Blutbuche!«

»Im Grunde ist ja jede mathematische Einsicht durch sich selbst gewiss«, bemerkte Helmut.

Und der Andre ironisch: »Auch was Sie unter Polarität verstehen? Dass die echten Gegensätze in Eins zusammenfallen? Dass sie also *keine* Gegensätze mehr sind?«

»Es sind eben Pole« – war Helmuts ruhige Antwort – »positive und negative Elektrizität, wie Sie ihre Polarität nennen, fallen allerdings in *Eins zusammen*, wie im Unendlichen alle Gegensätze, denn diese kann es nur im Bereich der *Endlichkeit* geben. Soll ich Ihnen die Intuition des Herakleitos in *mathematischer Formelsprache* beweisen?«

»Schießen Sie los!«

»Nun denn: Die höhere Mathematik hat für das, was man unendlich-groß nennt, jenes Zeichen, das einer Brille ähnelt ∞, der Gegensatz ist das endlos Kleine, die Null.«

»Aber was nun weiter? Wieso fallen Unendlichgroß und Null in *Eins zusammen*?«

»Insofern jedes von beiden *jenseits* aller Größe ist, ungroß. [1] Größe hat nur, was mit Anfang und Ende gedacht wird, also das Endliche. Wenn ich gleichwohl den Ausdruck unendlichgroß gebraucht habe, so geschah es nur, um Ihrer Fantasie die Richtung auf immerwährendes Wachstum zu weisen; mit dem Unendlich *Kleinen* die *entgegengesetzte* Richtung ... Und nun suchen Sie mal diese Richtungen zu verschmelzen – das heißt, denken Sie das Unendliche ungeheuer groß, und Null denken

---

1 Vergl. dazu Bruno Wille: »Der Ewige und seine Masken«, Kap, 36, »Zweierlei Unendlichkeit und zweierlei Null«.

Sie *ganz winzig*, was *beinah* zu nichts zusammenschwindet. Wenn Sie nun die beiden Pole miteinander multiplizieren – was kommt dabei heraus?«

Lamettrie versetzte, indem er seine Gedanken scharf zusammennahm: »Unendlich mal Null? Das gibt *nichts* Unendliches!

Also irgendetwas *Endliches; alles Mögliche* kann das sein.«

»Ganz recht! Alles Mögliche! Nur eben muss es endlich sein, etwas Ganzes, eine Größe gegenüber der Ungröße, $\infty \times 1/\infty$ oder $\infty \times 0 = 1$; mit der Anmerkung, dass diese Eins in ihren Bestandteilen unbestimmt ist; ebensogut wie Eins könnte sie ja hundert, oder eine Million sein. Mit anderen Worten: Wenn $\infty \times 0$ den *polaren Gegensatz* bedeutet, so *verschmelzen* diese beiden Denkformen für Ungröße zum All.«

Lamettrie blickte dem jungen Mann ins Auge: »Das ist ja verblüffend einfach bewiesen – aber es stimmt – der Mathematiker muss es zugestehen ... Aber was folgt daraus? möcht' ich wissen ...«

»Oh, mancherlei folgt daraus! Zunächst dass $\infty \times 0$ die *schöpferische* Formel, die *Allmacht* bedeutet ...«

»Meinetwegen! Wenn Ihnen an dieser Bezeichnung gelegen ist, die der kirchlichen Glaubenswelt entstammt.«

»Sie bezeichnet nicht den Gott der Kirche, sondern den *unbekannten Gott*, den *Ewigen schlechthin*, der alle möglichen Masken der Mythologie tragen kann, wie auch alle möglichen Masken der Naturwissenschaft, Dichtung und Philosophie.«

»Sie vertreten also eine Art Glauben, in welchem alle Bekenntnisse sich einigen ließen?«

»Sofern sie nicht rechthaberisch sind, sondern gelten lassen, dass sich das große Geheimnis auch in anderen Formeln deuten ließe.«

»Ja, wenn in unserer Zeit reine Beschaulichkeit und Logik *maßgebend* wären! Aber die Menschen wollen einander *beherrschen*! Die Völker *wünschen* die Gewalt, sonst könnten sie sich gegenseitig nicht *ausbeuten*! Aber Ihnen muss ich gestehen: Ihr mathematisches Philosophieren macht mir den Eindruck ... wir müssen mal gründlich darüber reden. Für heute fällt mir das schwer – es ist zu schwül; das Gewitter beunruhigt meinen Kopf ... Sagen Sie mir noch das Eine, wie denken Sie sich das Dichterwort: Doch hart im Raume stoßen sich die Sachen?«

»Das Wesen der Materie«, versetzte Helmut – »ist *Gegensätzlichkeit*: Bewegung und Gegenbewegung, fortwährendes Hin und Her. Selbst im scheinbaren Ruhezustand zittert jeder Stoff – nur ist die Strecke der Bewegung dann annähernd gleich Null. Er schwingt wie Ein- und Ausatmen, Ebbe und Flut, Tag und Nacht, Sommer und Winter, das sind ja auch polare Gegensätze, die in Eins zusammenfallen – – –

Doch halt! Sehen Sie, wie sich der Himmel umdüstert? Ich glaube, wir täten wohl daran, ins Haus zu gehen. Da blitzt es schon!«

Lamettrie stand von der Bank auf: »Ob die Gegensätze unserer *Persönlichkeiten* auch wohl mal zusammenfallen?«

»Im Grenzenlosen« – erwiderte der junge Mann – » *fin-den* wir einander – *da löst* sich aller Widerspruch.«

## 10. Vom amerikanischen Vetter

Man saß nun in der Diele um den Tisch herum.

Auf Gerharts Frage: »Nun, wie *stehts* mit dem Wetter?« antwortete Lamettrie: »Die elektrische Spannung hat zugenommen, es wird gewittern. Der Feuchtigkeitsmesser lässt aber bei uns nur geringen Niederschlag erwarten ... Ah, da sind ja die schönen Rosen! Sehr aufmerksam von Dir, Bellchen, dass Du sie hereingeholt hast. Und überhaupt – so gemütlich hast Du alles gemacht! Für gediegenes Deutschtum hab ich doch viel übrig, obwohl ich in der Weltanschauung kein Gemütsmensch bin. Und was mein Amerikanertum anlangt, so ist das staatsbürgerlicher Art. Die Amerikaner sind ja auch keine Rasse, sondern ein Gemengsel von Einwanderern aus allerlei Staaten und Völkern ... Aber nicht vorgreifen will ich dem Vetter aus Amerika, der uns sein gemütliches Schwabenherz nun ausschütten soll.«

Duftend floss der Kaffee in die Biedermeiertassen, die Zutaten wurden herumgereicht, und als man behaglich gekostet halte, nickte Frau Belling ermunternd. So holte denn Helmut den Brief hervor und begann zu lesen:

»Lieber Helmut! Wer zu Schiff nach New York reist, wird am Hafen begrüßt von einem riesigen Standbilde. Die Freiheit hält eine Fackel erhoben, deren elektrisches Licht in die Nacht hinausstrahlt. Hiervon angelockt, sausen Wandervögel herbei und – zerschellen sich den Kopf am harten Glas, das die Lichtquelle umhüllt. Massenhaft liegen morgens die entseelten Schwärmer zu Füßen der Freiheit. Diesem Sinnbilde brauche ich nichts weiter hinzuzufügen, als dass es *mir nicht* ergehen soll, wie ungezählten Europamüden, die im gerühmten Lande der Freiheit *Opfer* des blendenden Scheins werden.

Noch mehr als vor dem Kriege ist Amerikas sogenannte Kultur zu einem Riesenpolypen geworden, einem Scheusal mit unzähligen Saugrüsseln; manche sind wie jene fabelhaften Seeschlangen, die große Schiffe umklammern – sehr viele haben Mäuler wie schnappende Haifische – das Hauptgewimmel besteht aus Warzen, die sich nesselbrandig ankleben. Und jedes dieser Organe ergreift, was ihm erreichbar ist. Gold will der Busineßman raffen, mit allen Mitteln. Gleichviel, ob er am Einheimischen schmarotzt oder am Fremdling, Unsauberkeiten im Wettbewerb, Bestechung und Rechtsverdrehung, Schmuggel und Schwindel sind erlaubt, wo wenig zu riskieren und viel zu gewinnen ist.

Wie nun das Erwerben zu einer riesigen Maschine ausgebildet wurde, so waltet der Geist des Mechanischen auch in der Art, wie das moderne Amerika sein Leben gestaltet und seine Genüsse sucht. Einen Triumph der Wohnkultur sieht man im Familienhotel, sogar im Wolkenkratzer. Die Straßen wimmeln von Autos, die Flugmaschine erobert das Himmelreich, und die dollarmäßig abgestuften Kirchen sorgen dafür, dass man sich im Reiche Gottes nicht zu langweilen braucht. Das Flache und Kitschige beherrscht den Geschmack. Leistungen roher Kraft und Zähigkeit werden bewundert, Konkurrenzen reizen zu leidenschaftlichen Wetten. Als Helden feiert man den brutalsten Boxer, und als preisgekrönter Künstler gilt, wer am längsten *aushält*, Klavier zu spielen, mag er vortragen, was er will, und wie er's kann, das ist Nebensache; wenn er bloß die Nerven hat, recht lange *auszudauern*. Einer hielt es fünfundneunzig Stunden aus – dann brach er ohnmächtig zusammen; nun hatte er zwar nicht den vorgesehenen Hauptpreis erreicht – dazu hätte er *hundert* Stunden spielen müssen – immerhin einen bedeutenden Dollargewinn und den Lorbeer des *relativen* Siegers.

Diesen Winter fand ein sensationelles Konzert in der Metropolitan Oper statt. Unter dem Taktstock eines berühmten Dirigenten spielten 25 höchst namhafte Musikmacher der United States auf 25 Flügeln zusammen, und zwar die Mondscheinsonate! Bald trommelten sie eine Art Gewitter, bald ein süßes Säuseln – oh! War das beautiful! Und trotz der hohen Gagen noch ein glänzendes Geschäft, da das Publikum, von der Reklame wild gemacht, sich um die teuren Eintrittskarten *riss*, und hinterher noch smarter Gewinn herauskam aus den Grammofonplatten ... Grammofon! Ja dies Näselding, Hand in Hand mit dem Flimmerfilm, befriedigt das Unterhaltungsbedürfnis der Menge, auch solcher Stände, die sich zu den Hochgebildeten rechnen.

So steigert sich der Amerikanismus zu einer Fortschritts-Raserei, als ob wir Erdenklöße *Götter* würden, wenn Technik jenen Völkertraum von Babel erfüllt, einen Turm zu bauen, dessen Spitze in den Himmel reicht. Es wäre freilich ein Himmel äußerlicher Art, und der bringt dem Vollkommenen um keine Spanne näher. Manchmal kommt mir ein Gespräch in den Sinn, das zwischen einem altmodischen Chinesen und einem Bolschewisten stattfand. Der Chinese, der durch hingebende Pflege sein Gärtchen ertragreich gemacht hat, plagt sich weidlich damit, die Gießkanne jedes Mal in einem entfernten Bache zu füllen. Der Bolschewist sieht zu und schüttelt den Kopf: »Aber lieber Mann, das Bewässern lässt sich doch viel bequemer haben – bohre hier ein Loch in den Boden, und senke eine Röhre nebst Schwengel hinein, dann pumpst du deine Gießkanne an Ort und Stelle voll und brauchst sie nicht vom Bache herzuschleppen. – »Ist, was du meinst, eine Pumpmaschine? Ein Brunnen?« Und der Sohn des Himmlischen Reiches sinnt, hierauf entscheidet er sich: »Dann mag ich nichts zu tun haben mit dem, was du empfiehlst. Mein Großvater nämlich hat gesagt: *Hütet* euch vor der Maschine! Wer sich solch einen Knecht zulegt, der macht sich selber zum Knecht dieses eisernen Dinges und verliert sein eigentliches Leben.« In der einfältigen Antwort des Chinesen steckt eine Weisheit, von der die Abendländer sich entfernen, zu ihrem Unheil. Unser wahres Leben quillt aus dem ewigen Geist und aus der Mutter *Natur* ... Als Techniker hab ich mit beiden zu tun gehabt, habe Mathematik studiert, Mechanik und Chemie. Aber solche Wissenschaft ist Kleinkram aus dem All, ein Flöckchen vom Schleier der Isis ...«

Hier stockte die Vorlesung, weil Herr Lamettrie das trockene Spottwort hinwarf: »Nu brat mir einer nen Storch! Dieser idyllische Schwabe hat wohl gar den Sparren, das gewaltige Amerika zu den Träumereien eines Tolstoi und Gandhi bekehren zu können ... Doch verzeihen Sie meinen Zwischenruf! Unterbrechen will ich nicht. Etwas Erfrischendes hat durch seine ehrliche Schroffheit dieser Prediger in der Wüste. Bitte, weiter!«

Und Helmut Burger fuhr fort:

»Die heutige Erfinderei lässt sich leiten von Zwecken eigensüchtiger Gewalt, von Hab- und Vergnügungsgier. Wohl war es guter Geist, was den Grafen Zeppelin inspirierte, und was auch die Drachenflieger schuf und die Tauchboote. Solche Erfindungen dürfen begrüßt werden von Freunden der Naturforschung und des friedlichen Völkerverkehrs. Aber was gut gemeint war und der Menschheit zum Segen gereichen könnte, hat sich in Fluch verwandelt.

Doch von meinen unpraktischen Schwärmereien wirst Du, lieber Vetter, genug haben, und deshalb will ich schließen. Wenigstens für heute, weil Samstagabend ist, und ich noch etliche Zurüstung für morgen zu erledigen habe. Da will nämlich eine kleine Gruppe deutscher Landsleute mal seinen Sonntags-Ausflug ins *Freie* machen. Lebwohl, Vetter, und sei treudeutsch gegrüßt! Ich lasse freilich die Möglichkeit offen, eine Nachschrift, vielleicht sogar eine lange, folgen zu lassen. Wenn ich nämlich dazu komme, die Abenteuer zu schildern, die mir das Morgen bescheren soll. Ich bin gespannt, schon seit zwei Wochen ergehen wir uns in idyllischen Träumereien über den nice ...«

Wohl wegen der Undeutlichkeit eines Wortes zögerte der Vorleser und brachte den Brief näher an die Augen: »Es ist wohl ein amerikanischer Ausdruck ... kanns vielleicht trup heißen? oder timp?«

»Darf ich helfen?«, sagte Lamettrie – »lassen Sie mal sehen!« Und Helmut konnte selbstverständlich nicht umhin, Einblick in das Schreiben zu gewähren.

»Nice trip heißt es – zu Deutsch: ein hübscher Ausflug.«

Schon wollte Lamettrie das Papier zurückreichen. Da stutzte er, als ob sein Aufmerken plötzlich neu gefesselt sei. Verwundert starrte er auf Burger, dann wieder in den Brief: »Was ist *das*? Hatten Sie nicht gesagt, Ihr Vetter heiße *Burger*?«

Helmut errötete bestürzt und schwieg.

Aber mit Geistesgegenwart griff Gerhart ein: »Ich war's, der das gesagt hatte. Doch der Name ist – wie Du selbst sagst – Nebensache. Heißt er nicht Burger?«

»Nein!«, brummte Lamettrie – »hier steht ein *andrer* Name.«

»Dann habe ich mich also *geirrt*. Es ist schwer, sich in den Verwandtschaften zurechtzufinden.«

Noch konnte sich der Alte nicht beruhigen: »Wollte man mir den wahren Namen *vorenthalten*?«

»Nanu! Wie sollte ich denn dazu kommen?« Und von seiner Verwirrung suchte Gerhart abzulenken, indem er nach dem Brief griff: »Wie *heißt* denn der Vetter? *Hans Erlenbach* lese ich. Ei, was wäre da vorzuenthalten? Ein *Name* ist es wie *andere* auch.«

Lamettrie war erblichen. Misstrauen schien ihn zu durchwühlen, und zögernd stieß er die Worte heraus: »Hören Sie, Doktor Burger – dieser – Erlenbach – wer *ist* das?«

»Nun, mein *Vetter* ist's! Was soll dabei sein?«

Durchbohrend blickte der Sonderling – dann schien er zufriedengestellt und atmete auf. Verlegen im Kreise umherblickend, stammelte er: »Natürlich! Ich bitte um Entschuldigung, lieber Doktor Burger. Und also sehen wir zu, ob Vetter Hans noch etwas zu berichten hat.«

»Gewiss hat er das, Herr Lamettrie. Hier kommt noch ne lange Brühe. Soll ich noch weiter lesen?«

»Ach ja!«, bat Frau Belling, »die New Yorker Landpartie interessiert mich!«

»Also schießen Sie los!«, sagte der Alte wieder beruhigt.

## 11. New Yorker Landpartie

Erleichterten Herzens, weil die heikle Spannung der Gemüter sich gelöst hatte, fuhr Burger in seiner Vorlesung fort:

»Nun aber, lieber Vetter, will ich meinem kulturpolitischen Unkenruf einigen Humor beifügen. Will nämlich Bericht erstatten von der Landpartie, die planmäßig am Sonntag stattgefunden hat. Zunächst, was die Beteiligten betrifft, das waren außer mir noch zwei Württemberger, ein Westfale und eine sechsköpfige Familie aus Thüringen. Wir bilden hier eine gemütliche Gruppe, die sich an Gesprächen über die deutsche Heimat erfrischt. Wir lesen gemeinsam Mörike und Storm und singen Lieder von Schubert und Silcher. Den nic trip ins Freie halten wir verabredet, um den Frühling festlich zu begrüßen.

Wer in New York noch Neuling war, hatte davon geträumt, auch bei einer hiesigen Landpartie würden erquickende Spuren von idyllischer Natur zu finden sein, wie sie den Ausflügler in Deutschland reizen. Indessen, na – man muss der Reihe nach erzählen – Also: Unser Treffpunkt war bei einem Untergrundbahnhof, der schon am Rande des Wolkenkratzerviertels liegt. Da verteilten wir uns in die drei bestellten Autos und fuhren los.

Eine halbe Stunde lang durch Reihen von Wohn- und Geschäftshäusern, wie sie der schäbige Parvenü-Geschmack des Amerikaners verbricht. Neubauten, die vornehm sein sollen, sind stecken geblieben im Maurermeister-Stil. Dann geht es durch Spekulationsgebiet, eine Wüste von Schutt und Bretterverschlägen, Reklameschildern und Stacheldrähten. Endlich kommt Saatfeld! Weithin nichts als grüne Fläche, schnurgerade durchschnitten von unserer Chaussee.

Unter dieser stelle Dir aber nicht so was wie *deutsche* Landstraße vor mit Obstbäumen oder Pappeln. Hier ist nur kahle Asphaltbahn, auf der *ein* Auto hinterm *andern* saust. Der Acker beiderseits sieht so nützlich, so ganz fabrikmäßig aus, dass ich mich wunderte, die Natur immerhin noch vertreten zu sehen, nämlich durch Saathälmchen, Erde und langweiligen Himmel. Eine Lerche hab ich nicht erlauscht, und kein blühendes Unkraut ließ sich entdecken, auch kein Baum, kein Graben, kein Weidengesträuch, nicht mal ein geschlängelter Ackerrain oder dreckiger Feldweg. Keine Häusergruppe, kein ferner Wald, nichts, was den Sinn hat, zu *erfreuen*. So fehlt denn auch das ländliche *Wirtshaus*, und wir konnten kein andres Ziel haben, als am *Chausseegraben* haltzumachen und im staubigen Rasen zu *picknicken*.

Nachdem sich unsere drei Autos, um anderen die Weiterfahrt nicht zu sperren, ein wenig in die Saat hineingequetscht hatten, stiegen wir ab, machten die steifen Beine durch Trampeln geschmeidiger und kramten unsere Mitbringsel aus: Wolldecken und Mäntel, um darauf zu lagern, Thermosflaschen, Teller und Tassen, Brotlaibe und allerlei Konservenbüchsen, die nun geöffnet wurden. Als wir unsere Tischlein-deck-dich kreisförmig umlagerten, wurde Kaffee herumgereicht. Meine »Tischdame« Fräulein Pörzel reichte mir, wie sie auf Naumburgisch sagte, Gonnjack-Brallinees. Dazu sollte ich aus einer Blechdose Ölsardinen gabeln. Ihr Schwager, mein Freund Lüdecke, brummte auf einmal geheimnisvoll wie eine Stimmgabel – und als habe die Familie, einschließlich des zehnjährigen Mädels und des Konfirmanden, auf dies Signal gewartet, legte sie los, in Sopran und orgelndem Bass:

»An der Saale hellem Strande
stehen die Burgen stolz und schön.«

Diese vaterländische Darbietung fand herzlichen Beifall, und nun schwärmte Lüdecke von seinem »nahmpurger Männer-Kesangverein«, indessen seine Gattin gelbgefärbte Eier herumreichte, die sie selber in Soole präpariert hatte. Fräulein Pörzel versuchte mir klar zu machen, weshalb diese Gegend eigentlich keine Landschaft sei – weil's hier nämlich »geene Därme« gebe. Erst glaubte ich, sie vermisse Därme der Thüringer Wurst, dann aber begriff ich, dass sie von *Türmen* rede, von Dorfkirchlein. Nach denen freilich späht man auf *hiesigen* Ackerflächen *vergebens* aus – weil es gar keine Dörfer gibt. Wohl hin und wieder an der Chaussee eine Farm; diese aber ist ein nüchternes Haus, mit Lager- und Maschinenraum, geschmacklos hingemauert, ohne Garten, ohne Poesie.

In immer neuen Variationen bezog sich unsere Unterhaltung auf die deutsche Heimat. Mein Landsmann Häfele aus Urach, ein Fotograf und heimlicher Maler, schwärmte von der Aussicht, die sich vom Hohen-Neuffen ins weite Neckartal eröffnet, über umbüschte Auen und hundert Dörflein hinweg, zu Rebenhängen und Waldhöhen. Dann tat Häfele der aufhorchenden Gesellschaft das Geständnis: Wenn i mir wünsche dürft, was i wollt, so möcht i no eimoal in meim Lebe am Necker sitze, in eme Garte beim Schöpple Onterländer – ond auf d' Weinberg ond Wälder gucke – ond d' Nachtigall möcht i höre, ond wie aus der Fern Mädle ond Buebe des Lied senget: Durchs Wiesetal gang i jetzt na.« Von solcher Gefühlsseligkeit angesteckt, stimmte man dies Volkslied schwäbischer Dörfler an, und ließ sich dann den Rheinwein munden, den Familie Pörzel mitgebracht hatte. Nicht die Autos, die unaufhörlich vorbeisausten, vermochten uns Lauschende zu stören, wohl aber die quäkigen Klänge eines Grammofons, das plötzlich von der anderen Seite der Chaussee mit einer Caruso-Arie loslegte. Unserem Beispiele folgend, hatten sich zwei Yankees, die nebst einem kecken Frauenzimmer ebenfalls im Auto gekommen waren, drüben niedergelassen und erbauten sich an ihrer Musikmaschine. Du kannst Dir denken, dass wir's dabei nicht lange aushielten und zur Heimfahrt aufbrachen.«

»Ein niedliches Bildchen!« schmunzelte Lamettrie – »wie sich der freche Realismus des Amerikaners abhebt vom deutschen Schwelgen im Gefühl. Aber Ihr Vetter gefällt mir, und ich hoffe, dass er sich doch noch einlebt – es braucht ja nicht gerade in New York zu sein. – Auch gemütliches Leben lässt sich in Amerika finden, schöne Landschaft und großartige Natur. Würden Sie Ihren Vetter gelegentlich von mir grüßen. Ich würde mich freuen, einmal seine Bekanntschaft zu machen.

Gerhart bemerkte: »Einstweilen sind wir noch beim Brief – oder sollen wir nicht weiter hören?«

»Doch! Ich denke! Wiewohl ich selber nicht weiß, ob der Brief noch Mitteilenswertes enthält.«

»Also lies!«, sagte Gerhart, und Helmut fuhr fort:

»Ach ja, Ihr lieben Deutschen, auch in Euren Nöten seid Ihr daheim noch glücklich zu preisen, gegenüber uns Entwurzelten, die einander trösten, indem sie Leidensgefährten sind. Möchten hüben recht viele Deutschamerikaner ihr Gemüt wenigstens so zäh behaupten wie unsere Gruppe. Auch den Yankees wäre solche Beimischung zu gönnen; ihre Großstädte werden immer mehr beherrscht von rohem *Protzentum, Barbaren*geschmack und Naturwidrigkeit. Aufgeregten Sport treibt hier die Jugend, hat aber nichts vom deutschen Wandervogel, keinen Sinn für romantisches Schweifen durch die Landschaft, um die Reize der Heimat und des Volkstums zu erleben. Nicht einmal der Bronx-Park mit seinen Urwaldbäumen und prärieartigen Lichtungen, werdenden Büffeln und gehegten Resten der Wildnisfauna von einst, nicht einmal dies *Prachtstück von Urwüchsigkeit,* das die New Yorker alten Schlags sich erhalten haben, wird von den Einheimischen unserer Riesenstadt nach Gebühr besucht. Ja, wenn es dort Wettbewerbe gäbe, Schaubuden und Pöbelrummel! *Bloß Natur*, das ist *langweilig*. Dem Amerikaner fehlt es an Gemüt und Intuition, drum kann er wohl auf intellektuelle und mechanische Weise etwas leisten, bleibt aber öde, wo es auf *schöpferische Naturkraft* ankommt.

Unfruchtbar wird auch das amerikanische Familienleben. Die Frau hört immer mehr auf, *Hausfrau* zu sein. Man lebt im Familienhotel, oder geht mittags ins Speisehaus und behilft sich im Übrigen mit Konservenbüchsen. Mit Ausbessern von Kleidern und Waschen von Weißzeug hält man sich nicht viel auf, kauft lieber gleich Neues und wirft das Alte weg. Getreue Mägde gibt es kaum mehr, und so hat man entweder ungetreue, oder verzichtet auf Familienstützen – man kann ja persönliche Leistungen durch Fabrikate ersetzen. Dass die Ehefrau noch äußerliches Ansehen hat, dankt sie ihrem anspruchsvollen Auftreten sowie der Nachgiebigkeit des geschäftlich zermürbten Mannes, auch der konventionellen Moral, die von Kirchen und Sekten zäh behauptet wird.

Gattin im alten guten Sinne Europas will die moderne Amerikanerin nicht mehr sein. Kinder haben und erziehen ist ihr beschwerlich und langweilig. Weil sie sich davor immer mehr drückt, bürgert sich in den Großstädten ein System ein, das noch naturwidriger ist als das französische *Zwei*kindersysiem. Nicht mal *Ein*kindersysiem kann man's nennen. Es ist geradezu *Kein*kinder-System ...«

# 12. Gewitterschwüle

Wieder unterbrach Lamettrie, an Gerhart gewandt: »Das ist mein Fuß, Wahlneffe!«

»Verzeih, lieber Onkel! Ich wollte nicht ...«

»Du wolltest nicht mir einen Tritt versetzen, sondern Deinem *Freunde* – wolltest ihm zu verstehen geben, er solle *aufhören* mit dem Vorlesen ... Ei ja, aus Rücksicht auf die mir zugeschriebene Verrücktheit – um mich nicht zu reizen!«

Gerhart wollte aufs Neue beschwichtigen, aber Lamettrie winkte knurrig ab: »Weiß schon, dass Du es nicht übel meinst. Doch ich bin nun mal empfindlich – und eine Bitte musst Du mir erlauben. Ich habe sie auf dem Herzen, seit Du das letzte Mal hier warst.«

»Was denn, lieber Onkel?«

»Ei, Gerhart, muss ich das erst *sagen*? *Dein verstecktes Wesen* mein' ich – ja wohl, es ist versteckt. Um mich herum geht etwas vor, lauert etwas. Man will meine *Vergangenheit* erforschen – will mich *behandeln*!« Wie ein Aufschrei waren diese Worte.

Erschrocken blickte Frau Belling. Huldas sanftes Gesicht war schmerzlich verzogen. Gerhart starrte düster vor sich hin. In Verlegenheit steckte Helmut Burger den Brief ein, der so was angerichtet hatte.

Der alte Sonderling aber, dessen schwarze Augen wild umhergerollt waren, als ob er hier oder dort etwas suche – räusperte sich nervös, rückte mit seinem Sessel und stand auf: »Bitte um Entschuldigung! Ich – muss *Atem* schöpfen – oh! *Diese Schwüle*!« Noch ein finstrer Blick, dann verließ er das Zimmer. In starrem Ernst verharrten die Übrigen und schwiegen. Fernher rollte ein Donner, und Gerhart nickte seinem Freunde zu: »Der Gewitterkopf, der überm Rheine stand.«

Frau Belling schien zu glauben, diese Bemerkung wolle auf den Groll des Onkels anspielen: »Gleich wird er wiederkommen – ich *kenne* ihn – er möchte einlenken.«

»Schon gut, liebe Tante«, meinte Gerhart – »aber diesmal liegen die Dinge besonders ernst; ich habe Dir ja schon davon gesprochen. Onkel hat *recht* – um ihn herum *geht* was vor, und ich bin dabei, seine Vergangenheit zu erforschen, weil das unerlässlich ist, um ihn seinen Verirrungen zu *entreißen*, ihn zu *retten*.«

»Wäre das überhaupt noch möglich?«, fragte betrübt Hulda – »und könnte solch ein Versuch ihn nicht in eine Krise stürzen, die bei seinem Alter ...«

»Er hat erstaunliche Elastizität, kann gut noch seine zehn Jahre leben, zählt nämlich erst fünfundsiebzig. Ja, ja, Huldchen! Oder bist Du so naiv, die Faseleien vom Lebenselexier und dergleichen *ernst* zu nehmen?«

»Aber woher willst Du wissen –?«

»Die Daten seines Lebens hab ich einigermaßen herausgebracht – bloß dass ich noch nichts davon gesagt habe ...«

»Still!« winkte Frau Belling, »er kommt!«

In der Tat hörte man Schritte, die Türe ging auf, und da stand der schlanke Greis, anscheinend beruhigt: »Ah, solch ein Aufatmen im Freien tut wohl! Im Garten hätt ich noch länger verweilt, aber gleich wird es losbrechen, das erste Gewitter in diesem Jahr.«

Auf seinem Sessel nahm er wieder Platz. Freundlich lächelte ihn Hulda an und Frau Belling schenkte ihm eine frische Tasse ein.

»Pardon! Liebe Verwandte und verehrter Herr Burger!« erklärte Lamettrie – »ich bin vorhin ein wenig *aufgebraust*. Na, Gerhart, jetzt wirst Du begreifen, die Art, wie Du indirekt, so hinten herum ... aber *lassen* wir's!«

Und zu Burger gewandt, den er wohl zum Vermittler machen wollte, fuhr er fort: »Nicht wahr, verehrter Gast, Sie *verstehen*, wie einem zumute, der 'ne wunde Stelle hat, daran aber immer wieder gerührt wird ... Nicht aus Rücksichtslosigkeit – ich weiß, lieber Neffe, aber – ließe es sich nicht besser *vermeiden*?«

»Gewiss, Onkel Lamettrie«, entgegnete Gerhart ebenso fest wie freimütig – »vermeiden *ließe* sich das. Nur solltest Du vor allem bedenken, dass der Mangel an Offenheit, über den Du Dich beklagst, nicht zuerst auf *meiner* Seite aufgetreten ist, sondern dass *Du* kein hinreichendes Vertrauen zu uns hast.«

Mit einem Schlage war Lamettrie abermals fassungslos – duckte sich und schien in sich hineinzustöhnen. Dann lugte er scheu hinüber zu Hulda, die angstvollen Auges ihr Taschentuch an die Lippen presste.

Gerhart stand auf, ging um den Tisch herum zum Onkel und bot ihm treuherzig die Hand: »Sei nicht ungehalten! Und wo ich ungeschickt war, habe Nachsicht! Gönne mir eine offene Aussprache, damit wir *beseitigen*, was verworren und finster zwischen uns liegt. Nicht gerade heute! *Wann* es Dir *passt*.«

Der Greis atmete schwer, da er sich getroffen fühlte, und blickte auf den jungen Mann etwa wie ein Patient auf den Zahnarzt, wenn dieser mit der Zange kommt. Dann legte er seine schlaffe Hand in die nervige Umklammerung und seufzte: »Ich *will*. Sobald es sich macht. Es soll wohl sein.«

»Ja, es *soll* sein! Und, Onkel, beherzige: freimachen kann allein die Wahrheit! Doch allerdings muss ein Auge, das sich geflissentlich mit *Halbdunkel* umgeben hat, diese verweichlichende Methode aufgeben!«

Lamettrie richtete sich auf: »Gut! Weshalb denn aber ein Gesprächsthema plötzlich *abbrechen*? Als ob ich das vom Keinkinder-System nicht *hören* dürfte. *Freilich* hab ich schwer *gelitten* unter dem Unglück, keine Familie zu haben und keine leiblichen Sprossen ... Doch was sag ich? Unglück? Das ist es nicht bloß. *Schuld* ist es, *meine* Schuld – Ach!« Wie ein Schrei kam das heraus – und abermals duckte sich dieser seltsame Melancholiker, seine Augen irrten umher wie scheue Pferde.

»Da siehst Du nun, Onkel«, sagte Gerhart weich – »weshalb ich meinen Freund veranlassen wollte, sein Vorlesen *abzubrechen* – es galt einfach, Deine Nerven zu schonen. Doch jetzt, na ja, jetzt hat sich das Gewitter *entladen*. Und nicht wahr? Jetzt wollen wir uns wieder gemütlich unserm Kaffee widmen.« An seinen Platz kehrte er zurück, und Hulda griff zur Familienkanne.

Lamettries Gedrücktheit indessen dauerte fort, schweigend brütete er vor sich hin, ohne interessiert zu werden von den neuen Gesprächsstoffen, die als Köder nach ihm angelten. Auf einmal grollte er dumpf heraus: » *Keinkindersystem*! Ha, weshalb soll denn das gegen die *Natur* sein? Müssen es doch die alten Jungfern hinnehmen, obwohl sie auch zur Natur gehören.«

Hulda errötete, ihre Mutter blickte bestürzt.

»Oder« – fuhr Lamettrie herausfordernd fort – »ist das Keinkinder-System etwa *kulturwidrig*? Sie, Herr Burger, erwähnten in der Eisenbahn den Poverello von Assisi. Nun denn, dieser Heilige, obwohl er seine Clara so innig liebte, wie's sonst Liebende kaum vermögen, er zog es vor, *ehelos* zu bleiben – und überließ es *gewöhnlichen* Sterblichen, dem *Zwölf*kinder-System zu huldigen. Der Mensch sei Herr über seinen *Körper*, wie über all sein Schicksal! Das ist *Natur*recht, also keineswegs *wider* die Natur.«

Burger schwankte, ob er sich einlassen soll auf das heikle Thema. Als er aber einen Blick von Gerhart auffing, der zu ermuntern schien, meinte er: »In einem apokryphen Evangelium kommt ein Wort Jesu vor, mit dem er seinen Jüngern antwortete auf ihre Entrüstung über einen Ackersmann, der am Sabbath pflügte: Wenn dieser Mann nicht weiß, was er da'tut, dann sündigt er, wenn er's jedoch wohlweislich tut, dann sprech ich ihn frei von Schuld. Sonst aber gilt für die Kinder Israel das Gebot Mose: Du sollst den Feiertag heiligen!«

»Gut!«, triumphierte Lamettrie – »ausgezeichnet! Mag doch die Menge blind dem Naturtrieb folgen und ihre täppische Art auch noch verherrlichen durch Berufung auf das angeblich himmlische Gebot: Seid fruchtbar und mehret euch! Für die Persönlichkeit aber gilt das apokryphe Wort: Was wohlweislich geschieht, ist erlaubt.«

»Vergiss nicht, Onkel« – warf Gerhart dazwischen – »dass der Brief von der New Yorker Gesellschaft redet. Traust Du ihr zu, dass sie aus Persönlichkeiten besteht?«

»Erlaubt auch einer schlichten Frau, sich in Euer Kulturgespräch zu mengen. Drei Kinder hab ich meinem Mann geschenkt, und dann ist er gestorben. Mein Fritzchen war noch klein, als ihn eine Kinderkrankheit dahinraffte. Und unser Karl ist im ersten Gefecht mit den Engländern gefallen. Hulda allein ist mir geblieben. Wenn ich nun bedenke, welches Glück neben allem Schmerzlichen, welcher Schatz von Liebe mir und meinem Manne in unsern Kindern beschert war, so muss ich mich seligpreisen, dass mir solche Mutterschaft beschieden war.«

Wieder verlor Lamettrie seine Haltung und sank in sich zusammen.

Hulda, die mit ihrer Mutter flüsterte, sagte weich: »Lieber Onkel, in jeder Lebenslage kann der Mensch aus seinem Herzen heraus wie ein Obstbaum blühen und den Darbenden Frucht spenden. Ich denke beispielsweise an Walt Whitman, der nicht nur ein großer Dichter, sondern auch ein Apostel selbstloser Menschenliebe ist. Liebe deinen Nächsten als dich selbst! Das war ihm kein Gebot, sondern ein Glück, wie Sonnenschein. Dieser Mann, der ehelos blieb, widmete den Spitalkranken, die er in freier Hingabe besuchte, vier Jahre lang eine Pflege, als wär' er ihnen die allertreueste Mutter. Und geliebt, ja vergöttert haben ihn die Tausende, denen er seelisch wie körperlich geholfen hat. Auch auf Dich, guter Onkel, trifft Whitmans Mahnung zu: Sei ein Mann für dich selbst! Und sei Kamerad deinen Mitmenschen!«

Als Lamettrie mit schmerzlichem Lächeln nickte, wagte Hulda den Vorschlag: »Wie wär's, wenn Du von Deinen Gästen ein Weilchen Urlaub nähmest und mit mir in den Garten gingest? Da kann ich Dir vorlesen aus Whitmans »Grashalmen«; wir sitzen unter der Blutbuche – und leise zwitschert das Schwarzköpfchen ...«

## 13. Unverstandne Sehnsucht

Dann fuhr Lamettrie fort: »Vielleicht schon heute Abend will ich Dein freundliches Anerbieten, mir im Garten was Beruhigendes vorzulesen, annehmen. Aber Aussprache mit unseren Gästen ist mir jetzt *Bedürfnis*, zumal ich sie um *Verzeihung* zu bitten habe ... Meine Missverständnisse haben Verwirrung angerichtet ...«

Burger versuchte bescheidene Einrede, doch das Wort schnitt ihm Lamettrie ab: »Gerade mit Ihnen, Herr Burger, möcht' ich noch etwas reden. Als wir auf der Bahnfahrt von Doppelgängerei plauderten, haben Sie Beispiele angeführt von Spaltung des Ich-Bewusstseins ...« Der alte Mann zögerte, als ob etwas in ihm Scheu habe, tiefer auf dieses Thema einzugehen.

Jetzt wird er die heikle Frage stellen! Dachte Helmut und warf einen Streifblick auf seinen Freund. Dieser legte den Finger an die Lippen.

Und Lamettrie fuhr fort: »Ich gestehe, dass ich in einer Anwandlung von Ironie mich ein bisschen dumm gestellt habe – als ob mir Doppelbewusstsein etwas unerhört *Neues* wäre. Dem ist nicht so, im Gegenteil!«

Stutzig blickte alles ihn an.

»Zutreffend war Ihre Darlegung, Herr Doktor Burger, nur hat es mich etwas gereizt, dass Sie diese seelische Erscheinung für etwas bloß Pathologisches halten, für einen Zerfall, für eine Störung der Urteilskraft. An einer wunderlichen Spaltung des Bewusstseins litt ein Professor der Philosophie, der sich als ein scharfsinniger Logiker bewährt hat. Er bildete sich zeitweise ein, er sei ein Glasröhrchen und hatte dann Angst, zu zerbrechen. Trotz solcher Erscheinung, die bei ihm periodisch eintrat, konnte er seine Vorlesungen halten, die stark besucht waren. *Solch* eine Störung des Ich-Bewusstseins können Sie als krankhaft ansehen, aber diese Ansicht trifft nicht auf jede Bewusstseinsspaltung zu. Sie scheinen keine Ahnung davon zu haben, dass in diesem scheinbaren Zerfall eine Selbstreparierung der Maschine walten kann. Sie wissen aber doch, dass manches von dem, was früher für Krankheit galt, ein *Heil*prozess ist. So ist die Entzündung und das Fieber eine Arbeit des Blutes, der Herzpumpe, um Infektionen und sonstige Störungen zu beseitigen ...«

Helmut Burger nickte.

»Nun gut! Umso eher verstehen Sie, worauf ich hinauswill. Auch das Doppel-Ich hat oft den heimlichen Zweck, eine gefährdete Existenz zu retten. Ein Schiffbrüchiger, der sein Schicksalsboot aufgeben muss, klammert sich an eine schwimmende Planke. Und wenn jemand mit seinem *bisher* führenden Ich nicht *weiter* zu leben vermag, kann es vorkommen, dass er sich *hinüberrettet* zu einem *andern* Ich, das ihm als *Ersatz* dienen muss. Es ist ähnlich wie mit einem Maschinenfuß.«

Verwundert blickte alles auf den Sonderling, der doch aus guten Gründen entmündigt sein musste, aber verblüffend scharfsinnig urteilen konnte.

Dass er Eindruck machte, schien er mit einem bitteren Behagen zu beobachten. »Ja, sehen Sie, Doktor Bürger, obwohl in mir viel Amerikanismus steckt, fehlt es mir nicht ganz an jener Inwition, die Ihr schwäbischer Vetter den Yankees abspricht – der verrückte Lamettrie ist eben *doch* nicht ganz ohne!«

Helmut wagte sich mit einer Bemerkung heraus: »Was Sie da sagen, dass man aus einem *alten* Ich, wenn es *unerträglich* wird, in ein *neues* flüchten könne, ist allerdings eine Intuition, und hat etwas bestechend Einfaches.«

Gerhart saß wie auf Kohlen.

Aufleuchtenden Blickes triumphierte der Greis: »Simplex sigillum veri! So sprach der große Boerhave von der Universität Leyden – der Stempel des Wahren ist Einfachheit.«

»Sehr gut, Onkel!« warf Gerhart dazwischen, und atmete auf – »nur muss zum Stempel Einfachheit noch ein anderes hinzukommen: die *Probe aufs Exempel*. Erst wenn sich die Intuition *in der Praxis bewährt*, ist sie erwiesen.«

Ernst und stolz lautete Lamettries Bescheid: »Wo die Planke wirklich zur Rettung dient, bewährt sie sich doch selbstverständlich.«

»So *meine* ich's nicht«, wandte Gerhart ein – »ich denke an Bewährung nach *anderer* Richtung. Das Wrack darf nicht *vorschnell* preisgegeben werden, seinen Schaden soll man möglichst *ausbessern*.«

Lamettrie schien das zu überhören und fuhr fort: »Nur freilich kann die Kraft dem Schiffbrüchigen, der sich an seine Planke klammert, im wilden Meer erlahmen, sodass er loslässt und versinkt. Von *solch* einem Falle weiß ich zu berichten. Wollt Ihr hören?«

Gespannt blickten alle auf den alten Mann, der plötzlich verriet, dass er die Natur seiner seltsamen Veranlagung weit besser überschaue, als er bisher hatte merken lassen.

Nach einer Pause düsteren Sinnens begann er aufseufzend: »Ach ja, mit der Ersatzware geht es, solange man's *aushält*. Lasst mich erzählen! Vor etwa achtzig Jahren mag es gewesen sein, da lebte in München ein Doktor Weihenmüller, Kenner der orientalischen Literatur – die Märchen Tausendundeinenacht hat er aus dem Arabischen übersetzt, sich auch in alte Mystik Indiens vertieft. In seiner sonstigen Lebensführung schiffbrüchig, nämlich verlassen von seiner leichtfertigen Frau, nun ganz ohne Familie und ohne Verkehr, hauste er in einer stillen Gasse unterm Dach, ähnlich einem Einsiedlerkrebs im Schlupfloch, und war nur für feine Bücher interessiert. Wenn sich zwischendurch quälende Gedanken an die Vergangenheit bei ihm meldeten, machte er sich taub durch krankhaftes Ablenken.

In einen Traum, der ihn eines Nachts beglückt hatte, war er so närrisch verliebt, dass er sich drillte, ihn zu wiederholen und weiterzuspinnen. Darin erlangte er solche Virtuosität, dass er sich den Tag über auf die Nacht freute, die ihn allemal einer indischen Prinzessin zugesellte und den märchenhaften Erlebnissen in ihrem Garten und Palast. So gewann er ein *anderes* Ich und *zweites* Leben. Erfahren hat man davon aus seinen hinterlassenen Aufzeichnungen.

Einen umfangreichen Roman hat er sich zusammengeträumt: Farbenglänzende Bilder, eine selige Romantik von Liebe, Genuss und Heldentum. Nachdem er mit seiner dunkeläugigen Braut erst heimliche Zusammenkünfte an mondbeglänzter Meeresküste gehabt hatte, erreichte sie, dass ihr Vater ihn zu seinem Ratgeber erhob und zum Schwiegersohn.

Nun wurden Feste gefeiert, auf goldenen Schüsseln prangten die Früchte des Südens, Harfen und Flöten jubelten, Märchenerzähler ließen ihre Wunder leuchten. In überschwänglich glücklicher Ehe bescherte die engelhafte Prinzessin ihrem Gatten Kinder, eins immer lieblicher als das andere. Dann erlebte er den Heldenrausch, Siege zu erfechten, als Feldherr des Reiches, vom Volke bejubelt und vom gern abdankenden König auf seinen Thron erhoben, wo er nun, die Liebste zur Seite, über unabsehbare Lande herrschte, ein zweiter Salomo ...

Ist es nicht ein kluger Trick der Allmaschine Natur, dass sie ihrem Geschöpfe, dem Menschen, für den Fall, dass ihm die Wirklichkeit verhagelt, *Ersatzknospen* beigegeben hat, aus denen alsdann jene *anderen* Blüten hervorsprießen, die gewöhnlich Illusionen heißen.

Ibsen nennt sie *Lebenslüge* und erklärt geradezu, ohne irgendeine Lebenslüge bringe man nicht genug Selbstbewusstsein auf, um die furchtbaren Enttäuschungen dieses tückischen Daseins zu ertragen. Drum wehe uns, wenn auch noch die Lebenslüge zerflattert!«

»Lebenslüge? Illusion?« überlegte Burger – »ist die *sogenannte* Illusion nicht vielmehr das *wahre* Leben?«

Lamettries schwarze Augen blitzten auf: » *Meinen* Sie?«

»Wie wäre das *denkbar*?«, sann Hulda.

Und Helmut erwiderte: »Wenn die gescholtenen Illusionen ein *echtes* Ideal sind, das Gebilde einer Sehnsucht, die *in sich selbst* ihre Erfüllung hegt.«

»Wie soll ich das *verstehen*?«, sagte Lamettrie.

»Wenn sie nicht bloß in der *Außenwelt* herumtappt und *da* natürlich *enttäuscht* wird.«

Aufstöhnend knurrte der Greis: » *Außenwelt*? Ich hasse diesen Störenfried. In Lapplands Wildnissen und auf den einsamen Lofoten konnt' ich die schwarzen Lose meiner Vergangenheit halbwegs vergessen – teilweise auch hier bei Euch! Doch die Bestie Außenwelt – alle Schlupfwinkel des Einsiedlerkrebses spürt sie auf – und jetzt umschleicht sie mich wieder – ich ahne schon – oh!«

»Aber Onkel!« mahnte Gerhart, wohl um ihn abzulenken von seiner Düsterheit – »Dein König Salomo wusste sich scheints die Außenwelt vom Halse zu halten. Erzähle doch, wie's ihm *weiter* ging?«

Lamettrie schwieg, schoss auf den Frager einen bösen Blick und zischelte: »Die Außenwelt vom Halse halten – ja, wer das *vermöchte*!«

»Nun Onkel, ein Glück, dass Du nicht *immer* so abweisend gegen die Außenwelt gestimmt bist.«

Dieser kleine Hieb *saß*, der Sonderling lenkte *ein*: »Wie's mit ihm *weiter* ging, willst Du wissen? Empörend traurig! Weil er sich gänzlich vergrübelte in seine Träumereien, vergaß er die Miete zu zahlen, und wollte den Hauswirt nicht einlassen. Bis eines Tages die Polizei öffnete, um das Mobiliar auszuräumen. Als der Gelehrte mit Entrüstung seine Bücher verteidigte, wurde er zur Beobachtung in eine Irrenanstalt gebracht. Da hat man ihm seine Glücksillusionen wegdisputieren wollen – mit dem Erfolg, dass ihm das Herz zersprungen ist ...«

## 14. Das verwandelte Ich

Hulda und ihre Mutter waren schmerzlich bewegt.

Und es murrte der Greis: »Da *habt* ihr's! Nun ist doch erwiesen, dass Euer Himmel eisig erbarmungslos bleibt, und dass unsereins, wenn er sich in aparte Sehnsüchte vergrübelt, keinen hat, der ihn ganz versteht. Oder aber, wenn jemand wirklich mal einen Menschen findet, der ihn verstehen könnte, dann mag dieser sich nicht *einlassen* mit dem vergrillten Sonderling und – zieht sich von ihm *egoistisch zurück*.«

»Von uns kannst Du das nicht sagen«, erwiderte Hulda mit mildem Vorwurf.

Doch der Verbitterte zuckte die Achseln: »Was ist Sympathie? Was ist Freundschaft? Was ist selbst Liebe? Ach, nur ein Versuch mit unzureichenden Mitteln. Der Mitfühlende kommt ja doch nicht aus sich heraus – und vollends in Fremdes kann sich keiner recht hineinversetzen. Mit seinem Innersten bleibt man stets Eremit auf Erden, oder etwa nicht, Herr Burger? Sie *glauben* an Mitgefühl? Nun denn, so *erweisen* Sies! Bewähren Sies! Versuchen Sies an *mir!*«

Zu heftigem Wollen hatte sich der Greis entflammt, vom Sessel erhoben und den jungen Mann an der Schulter gefasst: »Jetzt gilt es, jetzt dürfen Sie mir nicht entwischen wie ein Aal! Antworten Sie sofort auf meine Frage: Was *wissen* Sie über jenen Fall von Ich-Spaltung, den Sie auf der Eisenbahnfahrt erwähnten?«

Entsetzt starrten alle auf ihn, der die verhängnisvolle Frage getan.

»Ja, von dem katholischen Theologen, der nebenher als ein flotter Ausländer in Bädern lebte und einem jungen Mädchen den Kopf verdrehte, dass sie ... Des weiteren haben Sie sich nicht geäußert, Herr Burger. Aber nun sprechen Sie! Was war's mit dem jungen Mädchen? Was hat sie getan? Wie ist es ihr *ergangen*? Und jener Mann – *kennen* Sie ihn? Heraus mit der Sprache! Wenn in Ihnen etwas von jener Barmherzigkeit waltet, die Sie und Hulda dem heiligen Franziskus zutrauen und dem Walt Whitman! Ich beschwöre Sie!«

Aschenfahl und bebend stand der Greis da, die lodernden Augen aufgerissen in flehender Verzweiflung.

Erschrocken starrten ihn die beiden Frauen an, und auch Gerhart schien zunächst fassungslos.

Helmut Burger fühlte, jetzt dränge ein verworrenes Schicksal zur *Lösung*. Er vernahm die Stimme seines Gewissens: »Es gilt! Hier darf man nicht ausweichen!« Und er vermied es, seinen Freund auch nur mit einem einzigen Blick um Rat anzugehen. Nein! *Bestimmen* lassen wollte er sich jetzt von *keiner* Seite.

Sein treuherziges Auge war auf den leidenschaftlichen Alten klar und gütig gerichtet: »Herr Lamettrie! Ich *bin* kein Feigling! Und den Egoismus such ich in mir zu *bekämpfen*. Gleichwohl vermag ich Ihnen nicht sofort Rede zu stehen ... Beträfe Ihre Frage mich *allein*, so würde ich gleich alles sagen, was Sie wissen möchten. Aber erinnern Sie sich, dass ich die Geschichte von einem Mitglied meiner *Familie* gehört habe, und zwar, wie ich nunmehr hinzufügen muss, mit der Verpflichtung, damit *zurückhaltend* zu sein.«

Die glutige Kohle in Lamettries Auge war auf einmal verlöschende Asche – ächzend sank er auf seinen Sessel.

Von so schmerzlicher Enttäuschung gerührt, suchte Helmut ihn halbwegs zu beschwichtigen: »Nun denn, da Ihnen so viel daran liegt, möcht ich schon ein übriges tun – im Rahmen der Diskretion, die mir *Familien*pflicht ist. Aber Genaues weiß ich leider selber nicht zu sagen. Vielleicht könnte man nach jenem Manne *forschen* ...«

Finster lugte Lamettrie: »Forschen? Nach jenem Manne? Wen meinen Sie?«

»Nun – wen anders als jenen angehenden Priester, der ... Es ließe sich wohl herausbringen, wie er heißt und so weiter ... Von seinen Personalien und seinem Leben ist mir bloß das Dürftige bekannt, das ich gesagt habe.«

»Und der Name des Mädchens?«, raunte Lamettrie lauernd.

Helmut schien mit sich zu kämpfen. Nach einigem Zögern kam der Bescheid: »Den darf ich nicht nennen.«

Lamettrie atmete schwer, er hielt diese Antwort für eine Härte. »So sagen Sie mir wenigstens das Eine! Jenes junge Mädchen, das der Mann – oh! Zugrunde gerichtet hat – ich beschwöre Sie, Herr Burger! Wie ist es ausgegangen mit der Verführten? Ist sie – *tot*?« In wilder Angst forschte das bohrende Auge, obwohl darin schon etwas Mattes glomm, als sei kaum Tröstliches zu erwarten.

»Was wollen Sie wissen? Ob sie tot ist? Selbstverständlich ist sie das.«

Lamettrie prallte zurück und wimmerte: »Selbstverständlich?«

Dann aber – als ob er sich auflehne gegen ein Verhängnis, das schrecklich vor ihm stehe, streckte er abwehrend die Hände vor und schrie: »Nicht doch! Selbstverständlich ist das *nicht*! Ein *Unglück* ist es, ein unseliger Defekt der Allmaschinerie! O diese elende Stümperin!«

Er war außer sich. Hulda stand bei ihm, seine Hand ängstlich umklammernd: »Sei ruhig, lieber Onkel! Ergib Dich! Ertrage! Ist jenes Mädchen denn – verwandt mit Dir?«

Lamettrie machte den Eindruck eines Verworrenen, der die Frage nicht fassen kann und sich erst zurechtfinden muss: »Ob sie – verwandt ist? Nein, verwandt nicht!«

Nun war auch Frau Belling teilnehmend an seiner Seite: »Und jener *Mann*? Der Theologe? Dem das arme Mädchen zum Opfer gefallen ist – kennst Du ihn?«

»Ob ich ihn kenne?« Leichenfahl war sein Gesicht, die Lippen bebten ...

»Steht er Dir nahe? Ist es vielleicht ein Freund von Dir?«

»Ein Freund?« zischte der Greis, und seine Züge verzerrten sich, als ob ihn Ekel anwandle: »Ich – ich *verabscheue* ihn! Ich, ich *speie* nach ihm! Obwohl ich nicht *loskomme* von diesem – Schuft, Feigling, diesem *Mörder*!«

Ein Schluchzen hatte ihn gepackt, er schüttelte sich wie im Fieber – war ganz vernichtet. Und nun sah es aus, als wolle ihm das Bewusstsein abhandenkommen. Irr starrte er die Umstehenden an, als erkenne er sie nicht – finster, als möchte er sich von ihnen lossagen. Dann erschöpft zurückgesunken brütete er vor sich hin, mit seinen Gedanken beschäftigt, die ihm Seufzer erpressten und unverständliche Worte.

Eine bange Weile währte dieser Anfall – Hulda strich mit ihrem Taschentuch über die perlende Stirn des Greises und flüsterte beschwichtigend.

Da auf einmal – er blickt sie an, und sein Gesicht hellt sich auf. Zu *erwachen* scheint er. An ihren Arm geschmiegt, lächelt er sie an und – mit einer *verwandelten* Stimme, glockenklar und seelenvoll spricht er, wie auf der Bühne ein jugendlicher Liebhaber:

»Der Narben *lacht*, wer Wunden nie gefühlt!
Doch still! Was strahlt von oben durch das Fenster?
Wie Morgenröte! Julia ist's, die Sonne!
Geh auf denn, holde Sonne! *Töte* Lunen,
Die neidisch ist und schon vor Gram erbleicht ...«

»Komm zu Dir!«, bat Hulda, ihn streichelnd. Er aber deklamierte weiter wie ein Entrückter:

»Sie spricht! O sprich noch einmal, holder Engel! Denn über meinem Haupt erscheinest du der Nacht so glorreich wie ein Flügelbote des Himmels, dem erstaunten Menschenauge ...«

Eingeschüchtert von solch überspanntem Wesen seufzte Hulda: »Ach Onkel!« Er aber schwärmte weiter:

»Nicht also! Nenne *Liebster* mich! So bin Ich neu getauft von dir! Und will hinfort nicht Romeo mehr sein. Mit einem *Namen* Weiß ich dir nicht zu sagen, wer ich *bin* ...«

Düster waren die Worte gesprochen. Gleich darauf hatte der alte Mann etwas flehend Unterwürfiges: »O meine Julia, verlass mich nicht! Barmherzig Kind! Was sagtest du vorhin? Du wolltest mit mir in den *Garten* gehn? Wo im Gezweig der Buche unser Vöglein singt? Ach ja, jetzt möcht ich das. Komm, gutes Kind! Und deinen Arm, den lieben, lass ihn mir! Hier wollen wir nicht länger weilen – sind fremd an diesem Ort ... O Gott, wer *bin* ich denn? Wer bin ich – wer?«

Ängstlich irrte sein Blick von einem Gesicht zum andern und schien keins recht zu erkennen. Hilflos staunte der Greis, ganz entmutigt.

Ächzend erhob er sich vom Sessel, stand ohne Haltung, ja schwankend und rollte die scheuen Augen umher. Besonders Doktor Burger schien ihn verlegen zu machen. Sich linkisch vor ihm verbeugend, stammelte er: »Mein Name ist ... o Gott! *Wer bin ich*? Und was will ich hier?«

# 15. Möller-Elend

Zu ihm gebeugt, spähte Hulda dem Greise schmerzlich ins Gesicht: » *Kennst* Du mich denn nicht mehr?«

Er lächelte matt: »Julia? Oder bist du's etwa *nicht*? Angst hab ich, du könntest Nebel sein – und mir entschwinden! So wie dem Doktor Weyenmüller die indische Prinzessin. Ach, so wird's kommen. Ich selber bin ja Weyenmüller, bin Romeo. Und du? Bist meine Traumprinzessin ...

> Bist Julia Du! Doch wie du *sonst* noch heißt,
> Was kümmert's mich? Der Name, den man faselt,
> Verwirrt mich nur, macht scheu und gramvoll
> mich.

Wie eines Jünglings schwärmende Träumerei war diese melodische Rede den dürren Greisenlippen entquollen, während sein Auge in Huldas Antlitz hineinloderte. Nun aber wurde dies Auge hohl und finster; zusammenschreckend klammerte sich der Sonderling an Huldas Arm und raunte heiser: »Aber *bist* du's denn? Bist du auch wirklich Julia? Oh! Du zerrinnst mir, bist Nebel!«

Und wie Nachthauch, der stürmen möchte und nur zu einem Murren Kraft findet, ächzte der Greis: »O Hohn! Was stöhnt denn so durch den Leichenkeller? Tot! Stöhnt es – selbst-ver-ständ-lich Tot! Welcher Leichen-Kauz krächzt dieses Selbstverständlich? Solls etwa heißen: Romeo Möller *verdient* nichts Milderes? Jawohl! Wer feigen *Mord* sät, wird *Verwesung* ernten, das ist so Logik, Kosmoslogik.«

Und finster rollte er das Auge zu Helmut Burger, der ihn forschend betrachtete: »O Herr Doktor, was soll da Ihre Philosophie? Wenn sie *Grüfte* nicht zertrümmern kann, meine Julia nicht *von den Toten auferwecken*. Wenn sie den armen Möller nicht heilt von seinem Elend, huhu!«

Vom Sessel emporfahrend, als wolle er flüchten, starrte Lamettrie wild umher – dann, von Hulda rasch unterm Arm gefasst, taumelte er nach einem Liegepolster und sank darauf hin.

»Lieber Gott!« jammerte Hulda, »es *hat* ihn wieder! Schnell, Mutter, Friedrich rufen!«

Frau Bellina, stand schon am Telefon und kurbelte heftig: »Mister, sind Sies? Ach kommen Sie sofort! Herr Lamettrie hat – er hat – sein Möller-Elend!«

Bei diesem Worte, das der Telefonierenden entschlüpft war, weil sie glaubte, Lamettrie sei bewusstlos, horchte dieser auf und stöhnte mit seltsam verwandelter Stimme: »Möller-Elend – ja wohl!« Das Gesicht verzerrt, ließ er den Kopf auf das Kissen gleiten, das Hulda unterschob, und lag in dumpfem Brüten.

Als er merkte, wie alles ihn anstarrte, lächelte er bitter: »Haha! Da wundern sich einfältige Leute aus dem Publikum, wenn sie mal hinter die Kulissen kommen und den Bühnenhelden, der sie im Banne donnernder Theaterworte gehalten hat, in seiner Garderobe überraschen? Im Negligé? Haben Sie diesen Anblick mal erlebt, meine Herrschaften?« Und spähend ließ er das Auge von einem zum andern rollen.

»In der Garderobe hockt der Komödiant vor dem Spiegel, in Unterhose, ohne künstliche Waden, und schabt die Schminke vom Gesicht. Zum Vorschein kommt nun ein unbedeutender Kerl, wohl gar 'ne Jammergestalt mit grämlichen Runzeln und leichenhafter Haut.«

»Was hat das aber mit *Dir* zu tun?«, stammelte Hulda.

»Mit mir? Sehr viel! Bin ich doch selber solch ruppiger Komödiant.«

Hulda warf Gerhart einen Blick zu, als wolle sie sagen: »Hinter dem ungarischen Schauspieler steckt er vielleicht *doch*.«

»Herr Philosoph«, wandte sich Lamettrie an Helmut Burger – »Sie kennen Nietzsche, nicht wahr? Seine Lehre von der *Wiederkehr* aller Dinge?«

Nicht etwa beschaulich hatte er so gesprochen, sondern hastig, einem gehetzten Wilde ähnlich, das vor Verfolgern flüchtet. Und als Helmut Burger nickte, fuhr keuchend der Greis fort: »Na ja, selbstverständlich verstehen Sie, was Nietzsche meint mit der Wiederkehr aller Dinge. Das Wahre daran ist, dass im Kosmos ein Kreislauf waltet. So zum Beispiel im April, wenn noch Eisgraupen wirbeln, treibt der Baum sein Laub – und wenn der Sturm im Spätherbst heult, fällt das welke *ab* – so geht es wieder und wieder – immerfort im Kreise. Wie ein Göpel ... Sie wissen doch, was ein Göpel ist? Eine Drehmaschine, wie 'ne Kaffeemühle – aber ein Pferd dreht sie, ein hageres Vieh, das zu nichts Flotterem mehr tauglich ist. Stund um Stunde trottet es im Kreise herum, matt und stumpf im Sande ... *Das* ist die Wiederkehr aller Dinge. Alles, was einmal geschah, kehrt immerfort wieder, in genau demselben Zusammenhang – kehrt ewig wieder.«

»Lass gut sein, Onkel!«, unterbrach ihn Gerhart – »strenge Deinen Kopf nicht an!« Gestört durch diesen Ratgeber, der sich in den Lauf der Gedanken einmischte, zog Lamettrie die Augenbrauen zusammen und blickte stechend: »Was beliebt, Herr Linde? Ich bin – ganz klar!«

Gerhart Linde stutzte und enthielt sich jeder Antwort. Fragend blickte er auf Hulda, und diese wandte sich aufseufzend an den Greis: »Aber, lieber Onkel, was ist *das*? Unsern Gerhart redest Du *Herr Linde* an? Er ist doch Dein *Neffe*.«

»Das ist er ebenso wenig, wie ich Lamettrie bin«, knurrte der Alte – » *Möller* bin ich. Und was faselt Herr Linde da von Philosophie? Ah so! Er ist *Doktor* geworden und sieht in der Philosophie schöngeistiges Geschwätz über Doktorfragen. Den Teufel auch! Solcher Kohl kümmert mich nicht. Aber im vorliegenden Fall ist Philosophie nichts Akademisches, sondern meine *eigenste* Sache. Nämlich die abgetriebene Schindmähre am Göpel, wer ist das? Ich trotte rundum, in einem sinnlosen Kreislauf. Möller wird Lamettrie, Lamettrie wird Möller. Ist das nicht jenes Höllenrad der Griechen? Jenes blödsinnige Ding der Unterwelt, mit dem Ixion ewig gequält wird? Drehen muss ers, wie die Schindmähre den Göpel – doch alles Drehen bleibt *sinnlos*, bringt nichts vorwärts – der Vergangenheitsplunder bleibt am alten Flecke. *Zerschlagt* doch das Rad! Zerschlagt die Wiederkehr aller Dinge!«

Der Sonderlings Blick flatterte angstvoll wie ein Vogel, der sich in eine Stube verflogen hat und an der Fensterscheibe zappelt. Abermals begegnete dieser Blick dem beobachtenden Auge Gerharts – und drohend blieb er an ihm hängen: »Na was denn, was ist, Herr Linde? Was *umlauern* Sie mich? Sagen Sie doch mal offen heraus! Was haben Sie *vor*? Wollen Sie mich etwa wieder ins Narrenhaus bringen?

Während dieser Worte war Friedrich erschienen. Er musste gerannt sein, denn er war außer Atem. In seinem erblichenen Gesicht zuckte Mitleid, auch argwöhnische Entrüstung; wild blickte er ringsum: »Was geht hier vor?« polterte er, an Lamettries Seite tretend, mit einem drohenden Blick auf Gerhart – »Sie haben meinen Herrn wieder mal gereizt! Das müssen Sie gefälligst unterlassen!«

Hastig emporgerichtet, streckte Lamettrie bittende Hände nach dem Beistand aus: »Oh yes, my friend! Ich werde hier nicht verstanden! Dieser Doktor Linde *umlauert* mich – oh!« Und aufspringend packte der Alte seinen Diener bei den Schultern und rüttelte ihn: »Ich flehe Dich an, Friedrich, hilf!«

Friedrichs Gesicht verzog sich, als wolle er weinen. Dann seinen Herrn umarmend, klopfte er ihm begütigend den Rücken: »All right, my dear mister, ich begreife! Man will Ihnen nicht glauben. Ich aber – bin Ihr Zeuge – vor der ganzen Welt!«

Sein aufgeregtes Wesen konnte auf Lamettrie nicht beschwichtigend wirken. Um nun diese täppisch-gutmütige Art zu dämpfen, redete Frau Belling nebst

Hulda auf ihn ein. Das eifernde Jammern dieser vier Menschen gab ein Stimmengewirr, und Gerhart sah seinen Freund achselzuckend an.

Als sei hier Gerichtsverhandlung, deklamierte Friedrich: »Ja wohl! Auf mein Gewissen nehms ich ...«

»Regen Sie sich nicht auf!« fuhr Frau Belling dazwischen.

Aber noch mehr gereizt, reckte Friedrich die Hand zum Schwure und brüllte: »Bei meinem Eid, Herr Lamettrie ist ...«

»Na *was* denn? Meinte Gerhart patzig.

»Was er eben *ist*! Wirklich *ist*!«

»Jawohl«, wimmerte der Schwermütige – das weiß mein Friedrich, der versteht mich. Ich bin – hören Sie's alle! Ich bin – oh!«

Da hatte Gerhart seine Geduld verloren und polterte: »Na zum Kuckuck! Was denn *ist* der Onkel?«

»Ich bin weder Ihr Onkel noch überhaupt ein Onkel!« fuhr der Alte auf und seine Lippen bebten.

Friedrich, den solches Auftrumpfen seines Herrn nur bestärken konnte, kollerte wie ein gereizter Puter: »Sie verkennen ihn, Herr Linde! Mein Herr ist und bleibt jener bewusste monsieur le Lamettrie! Ja wohl! Er *ist* Herr Lamettrie!«

Als sei unter die Aufgeregten ein kalter Blitz gefahren, war auf einmal alles stumm – dem Sonderling sogar stockte das Wort. Und sein Faktotum anstarrend, lallte er ängstlich: » *Was* denn? Ich? *Wer* soll ich sein? Monsieur le baron de ...? Nicht doch! Nicht doch! Guter Mister.

Jetzt müssen Sie doch begreifen: Ich bin das keineswegs! Sondern leider bin ich – Möller! *Der unselige Schuft Ignatius Möller bin ich!*«

Da war nun Friedrich der Gelähmte. Er starrte seinen Herrn halb offenen Mundes an. Der Greis aber eiferte kläglich: »O Gott, o Gott, was hab ich angerichtet! *Selbst meinem Friedrich hab ich den Kopf verdreht.*«

Helmut Burger, der bisher Teilnahme für Lamettrie, ja eine gewisse Verehrung für seine vornehme Art gehabt hatte, fühlte sich verstimmt, wie wenn zusammenspielende Musiker auf einmal die Noten verwirren. Sich abwendend, blickte er zur Glasveranda, auf die unschuldig lächelnden Blumen. Und ihn durchbebte der seufzende Zweifel: Was *tu'* ich hier? Ist es nicht ratsam, dass ich mich *zurückziehe* von diesen verschrobenen Angelegenheiten, die doch nichts für mich sind und mich nichts angehen? *Rücksicht* freilich muss ich nehmen, bin ja hier Gast!

Wieder den Aufgeregten zugewandt, sah Helmut, wie der wunderliche Möller-Lamettrie auf das Liegepolster sank. Unter den matten Kopf schob Hulda ein Kissen: »Bleib ganz still, lieber Onkel! Lass gut sein! Gleich bringen wir Dich in Deine Einsiedelei.«

## 16. »Beichten – dann sterben!«

Wie ein niedergebrochener Baum lag der Greis. Schlaff sank sein Arm herunter, das Gesicht war fahl und gramverzerrt. Die Augen hielt er geschlossen, und es war nicht zu sehen, ob er ohnmächtig sei, oder in dumpfes Grübeln versunken.

Helmuts forschender Blick begegnete einem Augenaufschlag Huldas, in dem eine flehende Ratlosigkeit lag.
Nun war der junge Mann auf einmal zu unbedingtem
Beistand entschlossen. Huldas halber. Ihr fühlte er sich
*zugehörig*. Daher auch dem Greis verbunden, an dem sie
mit einer kindlichen Liebe hing.

Und zur Gruppe tretend, sagte Helmut mit verhaltener
Stimme: »Erlauben die Damen, dass ich mich zunächst
*zurückziehe*. Vor dem Hause möcht ich warten, bis
Gerhart mir mitteilt, was zu tun ist. Soll ich vielleicht im
Auto Ihren Arzt holen? Oder kann ich sonst –?«

Der Halbohnmächtige hatte es gehört und schlug die
Augen auf – Augen, darin eine ungestüme Willenskraft
funkelte. »Was soll hier ein *Arzt*? Dem lebensmüden
*Ahasver* kann Sterben nur *willkommen* sein.« Und zurück
sank er in seinen dumpfen Zustand.

Die andern waren ratlos stumm. Da richtete er den
Kopf empor: »Aber den *Notar*, den kann ich brauchen.
Möchte nicht vom Tode überrascht werden, ohne wahrheitsgemäß und amtlich bekannt zu geben, wer ich bin.«

Einen fragenden Blick warf Helmut auf seinen Freund
und auf Hulda. Diese schien selber nicht zu wissen, was
hier zu tun sei. Dann meinte sie: »Gewiss Onkel, es soll
alles geschehen, wie Du's haben willst. Nur Geduld! Es
eilt doch nicht so. Wie *fühlst* Du Dich denn?«

»Nicht gut!«, lallte zaghaft der Melancholiker – »es
saust und braust mir in den Ohren, es schwankt alles,
und es flimmert mir von den Augen, der rechte Fuß ist
wie *abgestorben* – da hat mich der Knochenmann angepackt, und in die Grube zerrt er mich ... na ich bins zu-

frieden, nur noch ein paar Stunden soll er mir schenken, damit ich das *Letzte* ordnen kann» Beichten – dann sterben!«

»Es wird nicht gleich so schlimm sein, Onkel!«, sagte Hulda – »Du bist jetzt aufgeregt. Wer mit solcher *Frische* soeben noch *speisen* konnte, und geistig nach einem solchen Anfall so flott ist, der hat noch Zeit genug. Bedenke doch, vor anderthalb Jahren hast Du ebenfalls Hals über Kopf den Notar kommen lassen, und als er da war, hast Du ihn angelacht und *Sekt* mit ihm getrunken.«

Die humorvolle Erinnerung an diese Begebenheit wirkte offenbar beruhigend, der Patient hörte zu ächzen auf und überlegte ruhig: »Magst recht haben, Huldchen. Der Notar braucht nicht gleich zu kommen. Aber *bekennen* will ich *sofort*. Mein Herz *zappelt*, das Geständnis *muss heraus*. Vor *Ihnen*, meine Herrschaften ... *Nicht* gehen, Herr Doktor Burger. Sie müssen dabei sein! Schon des Protokolls halber. Das müssen *Sie* führen. Nicht wahr, Sie tun mir den Gefallen? O Dank!, Gerhart winkte seinem Freunde, am Tischchen Platz zu nehmen, wo Schreibzeug war.

Möller-Lamettrie wollte sich aufrichten, aber Hulda bat: »Bleib liegen! Und wie wär's, wenn Friedrich Dir vielleicht eine Verklärungs-Pille ...?«

Abweisend hob der Greis die Hand: » *Nichts* von solchem Zeug! Rosige Benebelung kann ich nicht mehr *brauchen*. Das nüchterne Wasser der *Wahrheit* ist jetzt mein Heil. Klar besinnen will ich mich, damit nicht wieder *Lügen-Dämonen* kommen und mich *verwirren*.«

Sich streckend faltete er die Hände und schloss die Augen. Schwer ging sein Atem, doch nicht mehr hastig. Die Stille, in der die Andern verharrten, tat ihm sichtlich *wohl*.

Nach einer geraumen Weile öffneten sich seine Augen und rollten umher, als ob er sich *wundere*: »Ha! Sonderbar! Der Schwindel ist vorüber. Wahrhaftig auf einmal *ganz*. Auch mein Fuß ist nicht mehr abgestorben, es kribbelt darin, also bloß eingeschlafen war er. Und ich *glaubte* schon, der Schlag habe mich gerührt.«

Hulda atmete auf: »Na *siehst* Du, lieber Onkel! Du bist ja noch *sehr rüstig*. Bloß Deine Anwandlungen von *Trübsinn* musst Du überwinden!«

»Nein, nein!« ächzte der Greis – »meine Unseligkeit ist keine bloße *Anwandlung*, keine Laune. Ruhe und Festigkeit kommt mir erst, wenn meine Beichte heraus sein wird.«

Hulda fuhr fort zu beschwichtigen: »Nur nichts überhasten!«

»So *ist* es«, nickte Helmut Burger, »und wenn ich mir erlauben darf, in Ihrer ganz *persönlichen* Angelegenheit einen Rat zu erteilen, so gebe ich zu bedenken, dass wir Andern, denen Sie sich anvertrauen möchten, *Menschen* sind.«

»Was wollen Sie damit *sagen*, Herr Burger? Selbstverständlich sind Sie Menschen.«

»Ich will sagen, dass wir Erdenkinder sind, die in ähnlicher Weise wie Sie, Herr Lamettrie, ihre *Schwächen* haben und gar nicht selten sich schuldig fühlen. Glauben

Sie, dass solche dazu *berufen* sind, sich von Ihnen beichten zu lassen?«

Lamettrie-Möller erhob den Kopf: »Erdenkinder – nun ja! Wem denn sonst könnte man beichten? Etwa einem *Herrgott*? Nein, Philosoph! Ich halt es mit dem Empörer: Da ich ein Kind war, nicht wusste, wo aus noch ein, kehrt ich mein verirrtes Auge zur Sonne, als wenn *drüber* wär' ein Ohr zu hören meine Klage, ein Herz wie meins, sich des Bedrängten zu *erbarmen! Nein!* Kein Herz ist im Weltall.«

»Wenn Sie sich auf *Prometheus* berufen, so vergessen Sie nicht, wie er *weiter* spricht: Hast du nicht alles *selbst* vollendet, heiligglühend Herz?

Hulda nickte: »Ja, Onkel! In gewissen Dingen sollte das *eigene* Herz unser Beichtiger sein, *kein* Mitmensch! Vielleicht nicht mal der *nächste*. Unser geheimstes Fühlen untersteht *keinem* Wesen, das bloß unseres Gleichen ist.«

»Du Hulda, bist mir *mehr*; als meines Gleichen«, beteuerte der Greis mit innigem Augenaufschlag.

»Solche Hochschätzung *verdien'* ich nicht. Übrigens willst Du ja nicht bloß *mir* beichten, es soll auch eine Urkunde erfolgen.«

»Nun, so mag sich das Protokoll beschränken auf das, was amtlich *erforderlich* ist, um meinen Verfügungen *Rechtsgültigkeit* zu verschaffen.«

»Das mag angehen. Aber wir *Anwesenden* sollen Deine Beichte empfangen? Hältst Du das für ganz *unbedenklich*?«

»Ihr seid meine *Allernächsten*.«

»Nicht *immer*, Onkel, hast Du solches Vertrauen. Soeben erst warst Du *miss*trauisch – Deinen Wahlneffen hast Du Herr Doktor Linde angeredet, also einen Abstand von ihm genommen, als sei er Dir *fremd*.«

»So war's nicht *gemeint, verzeih* Gerhart!«

»Ich *habe* nichts zu verzeihen, Onkel. Aus demselben Grunde bin ich aber auch nicht berufen, eine *Beichte* von Dir zu hören.«

Verdrossen kniff der Greis die Lippen zusammen.

Und nun machte auch Frau Belling ihren Standpunkt geltend: »Wer beichtet, will sein Herz enthüllen, insofern es Mängel hat. Und das ist manchmal *peinlich* ...«

»Ich begreife«, wimmerte der Schwermütige – »es ist eine *Zumutung* für Euch, meine Herzensgeschwüre zu sehen. So muss ich also vereinsamt bleiben mit meiner Gewissensqual, ganz *allein?*«

Mister Friedrich hatte Tränen im Auge, als er das Wort hervorwürgte: »Wenn alles Sie verlässt, ich gehe für Sie – durch Dick und Dünn.«

Es zuckte in Lamettries Gesicht, der Mund blieb verschlossen.

»Hast *du* nicht alles *selbst* vollendet, *heilig* glühend Herz?«, wiederholte Helmut leise. »Ich meine, in Ihnen glüht etwas – oh gewiss, Herr Lamettrie, ein Heiliges haben Sie in sich. An dies Flammen der *Ewigkeit* im eigenen Herzen sollten Sie Ihre Beichte richten.«

Lamettries Augen blickten dürstend, als er emporstarrte zur unendlichen Weite.

Draußen vom Flur her kam Gewinsel, dann scharrte etwas an der Türe. Als ob sich das von selbst verstehe, ging Friedrich hin, dem Hunde zu öffnen. Mohrchen tappelte herein, ersichtlich in gedrückter Stimmung. Am Sofa, wo sein Herr lag, wedelte er schüchtern mit dem Schwanzbüschel, als ob er sein Beileid erweisen wollte. Die herabhängende Hand leckte er. Ein Schimmer glitt übers Gesicht des Schwermütigen – seitwärts tastend, streichelte er den schwarzen Pudelkopf. Und dann öffnete er voll die Augen. Tiefernst blickten sie, doch mit Fassung.

## 17. Was nun?

Frau Belling führte ihre Gäste in eine Stube, und alles war in starrer Schweigsamkeit. Kaum aber eingetreten, platzte Gerhart los: »Na nu! Habt Ihr jemals diesen sonderbaren Zug an ihm bemerkt?«

»Nun ja«, meinte Hulda, »eine aufregende Szene war's, aber er hat sich ja schon wieder beruhigt.«

Doch Gerhart fuhr erregt fort: »Er fantasiert ja wie ein Schauspieler – diese Szene aus Romeo und Julia! Hulda scheint ihn lebhaft an eine Julia-Darstellerin zu erinnern, der sie offenbar sehr ähnlich sieht. Wahrscheinlich hat diese sein Schicksal erschüttert.«

Hulda nickte. Das Taschentuch an ihre Lippen gedrückt, war sie in starres Grübeln versunken, auch Helmut Burger schwieg.

Gerhart, der mit energischen Schritten das Zimmer durchmessen hatte, straffte sich zu einem Entschluss empor: »So kann es nicht länger gehen. Das Lamettrie-

Rätsel muss aufgehellt werden. Ich habe so meine stillen Kombinationen. Tante Belling, hast Du einen Fahrplan? Ich möchte noch heute verreisen, wohin, hängt von den Kombinationen ab. Jedenfalls ruhe ich nicht, bis Onkels Persönlichkeit festgestellt ist und er selbst sich dann in seinem Leben zurechtfindet. Freund Helmut wird mir dabei helfen. Auch er muss heute Abend noch verreisen, nach Berlin, um aus seiner Wohnung gewisse Dokumente zu holen, die mir unerlässlich sind. Ich selber fahre in westlicher Richtung. Das Nähere enthülle ich später.«

Frau Belling war schon nach dem Fahrplan gegangen, und nun brachte sie ihn. Gerhart blätterte in dem Buche und hatte bald herausgefunden, was er suchte.

Noch finster blickend, entschloss er sich: »Eine Stunde können wir noch hier beisammen sein, dann fahren wir im Auto zu meinen Eltern und schnell zum Bahnhof. Ich schlage vor, dass wir jetzt noch einen Spaziergang machen; Luft muss ich haben. Huldchen kann, wenn's ihr beliebt, uns zum Kriegerdenkmal führen. Du aber, liebe Tante, wirst wohl hier zu bleiben wünschen, wo Dich möglicherweise der Onkel nötig hat. Gestatte also, dass wir uns empfehlen, mit bestem Dank für Deine Gastlichkeit.«

Frau Belling, die mit dem Vorschlag einverstanden war, verabschiedete sich von ihren Gästen und bat sie, bald wiederzukehren, für die Reise wünschte sie besten Erfolg. Im Flur bekleidete man sich mit Mänteln und Hüten und trat dann auf die Freitreppe.

Der Regen, der von ganz kurzer Dauer gewesen war, hatte die Luft gereinigt und den Staub der Landstraße gelöscht. Eine Lerche stieg jubelnd himmelan, und die Blütenbüsche glänzten vergoldet von der Nachmittagssonne. Helmut suchte der Lerche mit den Augen zu folgen, auch Hulda beobachtete ihren Aufstieg. So schritten die Drei die Landstraße dahin und streiften mit zerstreutem Blick die vereinzelt stehenden Dorfhäuschen, die sprießenden Gärtchen.

»Nach einem Kriegerdenkmal also gehen wir, wenn ich recht verstanden habe«, bemerkte Helmut, und Gerhart antwortete: »Huldas Verlobter, der in Flandern gefallen ist, hat dort seine Grabstätte.«

Der Friedhof war von einer bekalkten Mauer umgeben, über welche Efeu seine Ranken spreitete. Neben der Starrheit der noch winterlichen Zypressen zeigten Traueschen ihr frisches Grün. Hinter Syringen, welche die Kieswege säumten und schon ihre violetten Blütentrauben hatten, waren Grabsteine und Kreuze mit goldenen Inschriften. Inmitten einer gärtnerischen Anlage ragte ein marmornes Standbild des Heilands, wie er segnende Arme breitet.

»Das ist ja eine sehr gute Nachbildung jenes segnenden Christus von Thorwaldsen«, bemerkte Helmut.

Gerhart gab näheren Bescheid: »Dies ist unser Kriegerdenkmal. Onkel Lamettrie hat es der Dorfgemeinde gestiftet, teils um die Gefallenen zu ehren, teils auch um der Gemeinde dafür zu danken, dass Huldas Verlobter, den man aus fremder Erde ausgegraben hat, vor dem Denkmal seine Ruhestätte finden durfte, hier ist das Grab.« Und seinen Hut in der Hand, stand er von einem schlichten Efeu-Hügel mit flachem Stein, auf dem der

Name des Gefallenen stand, sein Geburts- und Todestag. Auch Helmut ehrte stumm mit seinem Gruß den Kameraden. Huldas tiefe Bewegung und Andacht teilte sich den Freunden mit. Nun trocknete sie ihre Augen und wandte sich zum Gehen. Ihren seelenvollen Blick fing Helmut auf und fühlte, wie er sie liebte. Keine Regung von Eifersucht, aufrichtige Verehrung brachte er dem Toten dar, den sie ja hatte heiraten wollen, und gewiss noch immer liebte.

Sie waren nun wieder auf der Landstraße und schritten schweigend dahin, jeder mit seinen Gedanken beschäftigt. Helmut war traurig, nicht bloß die Gräber hatten ihn dazu gestimmt, sondern Huldas Geschick bewegte ihn mit inniger Teilnahme. Was sie vorher im Garten über ihre Vereinsamung gesagt hatte, brachte eine verwandte Saite seines Herzens zum Mitschwingen. Auch er gehörte ja zu den Einsamen, seit seine Eltern schon vor dem Krieg gestorben waren und die treue Großmutter ihr schlichtes Kämpferdasein vor vier Jahren beendet hatte.

Gerhart schien ganz im Banne seiner Grübelei zu sein, seiner Sorge um den Onkel gab er Ausdruck: »Also wie öffnen wir ihm die Augen? Dazu ist vor allem nötig, dass wir ihn orientieren, nämlich klares Licht über seinen Lebensgang verbreiten, durch Schriftstücke und dergleichen. So nur kann er erlöst werden von jenem Schuldbewusstsein, das ihn quält, sodass er sich flüchten zu müssen glaubte in die krankhafte Einbildung, er sei der Philosoph Lamettrie.«

»Gut, Gerhart, zugegeben, dass Deine Seelenzergliederung den wunden Punkt trifft; es ist indessen noch fraglich, ob wir den Onkel mit Sicherheit befreien können vom Schuldbewusstsein, das ihn verstört – oder ob wir nicht besser tun, ihn seinem Lamettrie-Bewusstsein zu überlassen. Gewiss, es ist eine Krücke, sogar eine bedenkliche, immerhin hat sie ihn durch Jahrzehnte aufrechterhalten und hält vielleicht noch ein Weilchen.«

Gerhart blieb stehen und hielt seinen mutvoll leuchtenden Blick in des Freundes Auge gesenkt, als begrüße er drin ein kommendes Schicksal: »Mein Helmut, versage Du mir nicht! Fahre nach Berlin, und hole erstens alle Urkunden, die Du über Deine und Deiner Eltern Vergangenheit hast, ferner Dein Fotografie-Album mit allen Familienbildern, und schließlich jenes Buch, dem wir verdanken, dass wir als Freunde einander gefunden haben. Diese drei Wünsche sollst Du jetzt Deinem Gedächtnis einprägen und dann mit Gott reisen, Du Glückspilz, Du!«

»Warum sagst Du Glückspilz zu mir armem Schlucker?«

»Geld freilich macht Dich nicht glücklich, wie Du ja hinreichend gezeigt hast, und doch ahnt mir, dass Dir ein Glück bevorstehen kann.«

»Meinst Du?« erwiderte Burger mit einem schmerzlichen Blick.

Was ihm traurig durch den Sinn ging, war das Bewusstsein, Hulda nichts zu bieten, was sie zu einer Heirat ermutigen könnte. Vor allem erschien es ihm sehr zweifelhaft, ob sie sich überhaupt entschließen könne, einem Mann die Hand zu reichen, nachdem ihr erster freudiger Versuch dazu durch den blutigen Weltkrieg vereitelt war. Jener Mann, der unter der Erde lag, schien noch immer ihre ganze Liebe zu besitzen.

Und war es nicht vielleicht bloß Freundschaft, eine gewisse Harmonie der Seelen, was Huldas Stimmung vorhin im Garten veranlasst hatte? Ach ja, Freundschaft! Das Bedürfnis, sein Inneres einem teilnehmenden Freunde zu eröffnen, hatte er zum ersten Male erlebt, seit er Gerhart kannte und ihn als Freund gewonnen halte.

Aus solcher Versonnenheit fuhr er plötzlich auf und fragte, zu Gerhart gewandt: »Findest Du nicht auch, dass die Art, wie wir Freunde wurden, etwas Wunderbares hat? Zwei Lebensfäden treffen zusammen. Jeder für sich betrachtet, stellt eine folgerichtige und nicht sonderliche abenteuerliche Entwicklung dar. Aber dass diese beiden Fäden *zusammentrafen* und sich sofort fest verknüpften, das sieht doch ganz nach *Absicht* aus – als habe das Schicksal alles gerade *so* fügen wollen.«

»*Erzählt* doch mal, wie das geschah, das ist doch sehr merkwürdig«, fiel Hulda ein.

Gerhart erwiderte nach einigem Besinnen: »Das Abenteuerliche unseres Zusammentreffens ist, dass dabei ein Name, den wir auch im Brief des Vetters auftauchen sahen, die Hauptrolle spielt, und zwar der Name Erlenbach. Nun aber zurück zum Schachthof!« fuhr er ungeduldig fort – »wo uns hoffentlich unser *Auto* erwartet; dann zu meinen Eltern, wo wir Bescheid sagen.«

So gingen sie weiter die Landstraße dahin. Gerharts Gedanken waren ganz erfüllt von seiner Aufgabe, Licht in das Lamettrie-Rätsel zu bringen. Helmut freilich erwartete von seiner Berliner Reise keine Überraschung; er war überzeugt, dass die Kombination seines Freundes vor der Wirklichkeit nicht standhalten werde.

## 18. Die Erlenbach

Ehe sie noch den Schachthof erreicht hatten, blieb Hulda stehen und sagte: »Jetzt habt Ihr mich so gespannt gemacht auf die Erzählung, wie Eure Freundschaft angeknüpft wurde, dass Ihr mir noch einiges darüber sagen müsst.«

»Du hast schon recht, dies zu verlangen, und es ist auch mir Bedürfnis, davon zu sprechen, zumal diese Angelegenheit im engsten Zusammenhang mit unserem Vorhaben steht«, sagte Gerhart; und nach einer Pause des Nachdenkens fuhr er fort, indem die Drei weitergingen: »Als Onkel Lamettrie voriges Mal seine Möller-Anwandlung hatte, – im August – also damals fügte es sich, dass ich ihn in seiner Einsiedelei besuchen wollte, aber sein Zimmer war leer, sodass ich eintreten konnte und Platz nahm, um abzuwarten, bis der Sonderling kommen werde. Er war wohl nur für kurze Zeit gegangen; denn offen lagen Papiere herum, in denen er geblättert haben mochte. Ich tat einen unbeabsichtigten Blick in seine Heimlichkeiten. Da lag eine Fotografie, die meine Aufmerksamkeit fesselte. Mein erster Eindruck war, es sei *Huldas* Bild. Aber dann sah ich, dass die Dame wohl eine überraschende Ähnlichkeit mit ihr hatte, doch mehr Rasse verriet.«

Mit Lächeln bemerkte Hulda: »Das ist mehr ehrlich als schmeichelhaft.«

»Ja, ich hielt es zuerst für ein Bild von Dir aus jüngeren Jahren, und das Kostüm war für einen Maskenball. Was mich aber gänzlich von dieser Vermutung abbrachte, war die Firma des Fotografen. Diese bezeichnet als Wohnsitz Iserlohn. Auf den Rand war mit Tinte eine Widmung geschrieben.«

»Und die lautete?«, fragte Hulda gespannt.

Gerhart antwortete mit betonter Wichtigkeit: »Zum Gedenken an die Erlenbach, 1872.«

»Erlenbach?«, rief Helmut und stand wie angedonnert – »doch nicht *Marie* Erlenbach? Der Vornamen interessiert mich.«

»Der Vorname *fehlt*«, entgegnete Gerhart und meinte weiter, der Name Erlenbach kommt nicht allzu selten vor; wenigstens sagen so meine Verwandten.

Hulda fragte schüchtern: »Ihre Verwandten? Ach ja, heißt nicht Ihr amerikanischer Vetter Erlenbach?«

»Allerdings! Und dass ich seinen Namen nicht aussprechen wollte, geschah auf Gerharts vorher geäußerten Wunsch. Das war es ja, was Herrn Lamettrie so außer sich brachte, weil er Heimlichkeiten witterte.«

Gerhart überlegte weiter: »Der älteste Dir bekannte Erlenbach ist also ein Forstmeister in Tübingen? Gab es denn in der Familie auch eine Schauspielerin?«

»Nicht dass ich wüsste, jedenfalls nicht unter meinen Blutsverwandten.«

»Also Deine Großmutter, die *Marie* Erlenbach, käme nicht in Frage?«

»Ganz ausgeschlossen!« war Helmuts heftige Antwort.

Hulda erhob den Einwand: »Aber wieso musste denn jene Fotografie gerade eine Schauspielerin darstellen?«

Gerhart antwortete: »Ich habe meine Gründe zu dieser Annahme. Das Kostüm nämlich könnte aus einer Theatergarderobe sein und zwar das einer Julia-Darstellerin. Auch ist es in Bühnenkreisen nicht selten, dass die Schauspielerin kurzweg die Soundso genannt wird und sich auch selber so bezeichnet, also nur mit dem Familiennamen. Der Onkel hat offenbar mit einer Schauspielerin ein leidenschaftliches Verhältnis gehabt. Wie ein jugendlicher Liebhaber spielte er ja die Romeo-Rolle – *als ob Du seine Julia wärest.*«

»Hast recht!« nickte Hulda und sank in tiefes Sinnen. »Diese Liebe fiele also in das Jahr 1872 – das war vor einem halben Jahrhundert.«

»Darum eben«, sagte Helmut, »habe ich Herrn Lamettries Frage wegen des katholischen Theologen selbstverständlich verneint, auch ob die Betreffende noch am Leben sei.«

Hulda stutzte: »Wieso denn selbstverständlich? Das passt jedenfalls nicht auf jene Dame. Sie wäre jetzt etwa eine Siebzigerin und könnte noch ganz rüstig sein.«

»Allerdings!«, erwiderte Helmut, »aber ich beschäftige mich nicht mit Herrn Lamettries Vergangenheit, sondern dachte im Augenblick nur an jenen Unwürdigen, der Priester werden sollte – und an meine Großmutter, die vor vier Jahren gestorben ist. Daher meine Antwort, sie sei *selbstverständlich* tot.«

Hulda sah nun ein, wie berechtigt es von Helmut war, eine gewisse Diskretion zu wahren und nicht Familienverhältnisse preiszugeben, die nur die Nächsten etwas angingen. Bei der Erwägung, sie hätte in Verhältnisse eindringen wollen, die für Helmut peinlich sein müssten, errötete sie plötzlich und suchte von dem heiklen Thema abzulenken: »Was hat denn nun eigentlich Euch beide zusammengeführt? Darauf habe ich immer noch keine Antwort.«

»Gerade der Name Erlenbach«, platzte Gerhart heraus, »und entscheidend ist die Frage: Wer *ist* jene Erlenbach, deren Bild ich gesehen habe.«

Helmut blickte auf den Freund und fragte bestürzt: »Du wirst doch nicht etwa meine *Großmutter* im Verdacht haben, dass sie es sei? Das wäre ja …«

Gerhart entgegnete kühl: »Warum sollte das nicht möglich sein?«

Aber da brauste Helmut auf: »Dann wäre ja Dein Wahlonkel mein leibhaftiger *Großvater!*«

»Und weshalb sollte das ausgeschlossen sein?«

»Ja glaubst Du denn«, erwiderte Helmut mit bebenden Lippen – »glaubst Du etwa, dass ich mir solche Großvaterschaft *gefallen* lassen würde?«

»Blutsverwandtschaft könntest Du selbstverständlich nicht abstreifen. Etwas anderes wäre der familiäre Verkehr und dann die Erbschaftsfrage. Onkel Lamettrie ist bejahrt und reich.«

Nun donnerte Helmut in kaum verhaltenem Zorn heraus: »Und Du bildest Dir ein, ich könnte Ansprüche machen, weil er *reich* ist? Nie und nimmer! Wenn er es wäre, der meine Großmutter unglücklich gemacht und sich in kaltem Egoismus seinen Verpflichtungen *entzogen* hat, so würde ich mich eines *Verrats* schuldig machen an *ihr*, der ich doch *alles* verdanke. Meine Großmutter verdient die *größte Hochachtung*. Sie hat ihr Schicksal heldenhaft getragen und sich wie ihr Kind aus *eigener* Kraft erhalten. Mit nie versagender Hingabe und Aufopferung hat sie es zu einem tüchtigen Menschen erzogen. *Kein Gedanke, dass sie jemals Schauspielerin war.* Sie hat diesen Beruf *verachtet*. Jahrzehnte lang hat sie tüchtig und bescheiden ein kleines Ladengeschäft geführt und dadurch ihrem Kinde und sich den Lebensunterhalt verschafft. So verstehst Du, dass ich unter keinen Umständen den Geist einer solchen Ahne verleugnen kann, sondern meinen Stolz darein setze, ebenfalls aus eigener Kraft mein Leben zu machen. Ich betreibe mein Geschäft, auch wenn es nur eine Schusterei ist. Lieber bin ich ein Handwerker, als ein Lamettrie-Erbe!«

Vorwurfsvoll wandte sich Gerhart an seinen Freund: »Du regst Dich unnütz auf. Wenn die Möglichkeit, Herr Lamettrie könne Dein Großvater sein, gar nicht in Betracht kommt, wozu dann diese Entrüstung!«

Begütigend nahm Hulda das Wort: »Ich verstehe Sie, Herr Doktor Burger, und habe Hochachtung vor Ihrem Stolz und Ihrer Tapferkeit. Auch wir, meine Mutter und ich, halten an solcher Selbstständigkeit fest. Unsere Freundschaft und Teilnahme für Herrn Lamettrie entspringt dem Mitgefühl und einer aufrichtigen Verehrung für seinen Charakter. Trotz seiner Wunderlichkeiten und seiner dunklen Vergangenheit! Er ist tief unglücklich, und nichts soll uns von ihm trennen und uns hindern, ihm behilflich zu sein, sein Leben besser und im Sinne der Wahrhaftigkeit zu gestalten. *Sie* tun *recht*, an Ihrem schlichten *Brotberuf* festzuhalten, und *wir lassen* nicht von unserer Aufgabe, Onkel *Lamettrie* zu helfen.«

Helmut schämte sich seiner Heftigkeit und gelobte sich, unter allen Umständen auf Huldas Anhänglichkeit an Herrn Lamettrie Rücksicht zu nehmen. Wollte er sie gewinnen, so musste er beherzigen, welche Bedeutung Herr Lamettrie für die ganze Familie habe. Zudem war es Menschenpflicht, hier seinen Beistand nicht zu versagen, selbst wenn alle Mühe umsonst sein sollte.

Bestärkt wurde er noch durch Gerharts Worte: »Und nun nimm Vernunft an! Wir tun, was wir können, und es ist doch auch in *Deinem* Interesse, dass Licht in die Sache kommt. Also nicht wahr, es *bleibt* bei unserer Verabredung, und Du besorgst alles, wie Du mir's versprochen hast, abgemacht!«

Daraufhin reichte Helmut ihm seine Rechte zu einem herzlichen Händedruck. Für Hulda aber hatte er, indem er sich verabschiedete, einen innigen Blick, der ein Gelöbnis war und eine Bitte, ihm ihre Gunst zu erhalten.

Auch Gerhart wandte sich ihr zu: »Lebwohl Hulda! Sobald Helmut zurückkommt, sollst Du alles erfahren, was Dich so brennend interessiert!«

Jetzt ging die Sonne zwischen geröteten Wolken unter und warf ihren rosigen Schein auf den Höhenzug des Schachthofs und auf ein dunkles Wäldchen, bei dem ein seltener Turm ragte, an eine Kapelle erinnernd. Auch die Reben des Weinbergs wurden sichtbar und ein Häuschen. Dort also hatte der Sonderling seine Einsiedelei.

Und der Anblick gemahnte an jenen, der des tatkräftigen Beistands der Freunde bedurfte. Dort saß er also in seinem Möller-Elend.

## 19. Hulda

Hulda ertrug es nicht, den Onkel seiner schwermütigen Einsamkeit zu überlassen. Sie nahm ein Buch, eine Verdeutschung von Walt Whitmans »Grashalmen«, und ging durch den Garten zur »Einsiedelei«.

So nannte der Sonderling ein ehemaliges Weinberghäuschen, das bei verwilderten Weinstöcken an einer sonnigen Halde gelegen war. Um dorthin zu gelangen, musste man ein Wäldchen von jener Kiefernart durchqueren, die Lord Weymouth nach Europa verpflanzt hat. Mit ihren Büscheln langer silbergrüner Nadeln und ihren dichten, undurchsichtigen Kronen wirken sie schwermütig, der Onkel nannte sie deshalb »Wehmutskiefern«. Sie verdeckten die Aussicht auf das Dorf, von dem an einzelnen Stellen nichts zu sehen war, sodass die Gegend hier vereinsamt schien. Nur das Weinberghäuschen mit den wimmelnden Rebstöcken und dem Blick in ein abgeschiedenes Buschtälchen hatte etwas Freundliches.

Als Hulda aus dem Kiefernwäldchen trat, schlug der schwarze Pudel an, um gleich darauf das Fräulein zu umwedeln. Der Einsame, der in einem Korbsessel gesonnen hatte, erhob sich und ging Hulda entgegen. Sein Schritt war schleppend, ganz anders, als Lamettries sonst erstaunliche Beweglichkeit. Befremdlich war es auch, dass der Onkel sein helles Seidenjackett abgelegt hatte, und einen langen, schwarzen Gehrock altmodischen Schnittes trug. Der Gesichtsausdruck, den er seiner Hulda entgegenbrachte, war von steifem Ernst, und feierlich verneigte er sich.

»Guten Abend, Onkel, ich will doch sehen, wie es Dir geht, jetzt, nachdem Du Dich beruhigt hast.«

»Beruhigt? Ach nein! Das bin ich leider *nicht;* es foltert mich die alte Angst über etwas, das ich einst angerichtet habe – und nie wieder gutmachen kann. Sehr lang ist's her, und doch komm' ich nicht davon los.«

»Das redest Du Dir *ein,* lieber Onkel, Du leidest an Trübsinn.«

Düster blickte der Greis, sein Gesicht verzog sich zu hilflosem Greinen: »Du bist ein gutes Kind. Ich verdiene gar nicht, dass Du Dich meiner annimmst, Du, die Reine! Ich aber bin ein Verworfener!«

Hulda hob erschrocken die Hand. Dann führte sie den Onkel wieder zum Korbsessel. Er aber blieb aufrecht stehen und lauschte, da gerade das Aveläuten von der Dorfkirche scholl. Ein Kreuz schlug der Schwarzrock, tat einen Aufblick zum Abendstern, der überm Kiefernwäldchen zu schimmern begann, und kniete nieder. Obwohl Hulda nicht katholisch war, konnte sie es nicht über sich bringen, neben dem andächtig Versunkenen stehen zu bleiben, und kniete an seiner Seite nieder.

Diese Teilnahme war dem Sonderling so wohltuend, dass er, Tränen im Auge, Huldas Hand an die Lippen führte.

»Ach, mein Kind!«, stöhnt er – »wenn Du wüsstest, wer der *ist,* der Dir so gerne Vater wäre! Er ist ein Unwürdiger.«

»Nicht doch!«, sagte sie – »ich bin und bleibe Deine Hulda.«

Er schlug die Augen traurig zu Boden, dabei bemerkte er, dass sie ein Buch mitgebracht halte, und das machte ihn misstrauisch.

»Nur wenn Du dazu aufgelegt bist, Onkel, will ich Dir aus Walt Whitman vorlesen.«

»Deutsche Übersetzung?«, fragte er geringschätzig.

»Nun ja, mein Englisch reicht nicht aus, vollends nicht für den eigenartigen Dichter von New York oder Manhattan.«

»Von Paumanok komm' ich«, zitierte der Greis – »vom lang gestreckten, fischgestaltigen Eiland – so rühmt sich dieser stolze Wilde, der er ist, trotz seines germanischen Blutes. Gemeint ist natürlich Long Island ...«

»Ei!«, sagte Hulda überrascht – »Du *kennst* ihn – und ließest mich in dem Wahne, Dir seien seine Gedichte etwas Neues. Eigentlich ist es auch selbstverständlich, dass ein Amerikaner wie Onkel Lamettrie mit Walt Whitman vertraut ist.«

Abwehrend hob er die Hand und meinte finster: » *Möller* bin ich – und ich wollte meine Bekanntschaft mit Whitman nur nicht *merken* lassen, vor ihm *schäme* ich mich.«

»Schämen? Wieso denn?«

Er blickte wie ratlos suchend umher: »Weil – weil bei mir alles nicht *zusammen*stimmt. Der reine Whitman und diese ... diese meine abscheuliche Vergangenheit.«

Hulda griff begütigend nach seiner Hand: »Sprich Dich aus, Onkel! Habe Vertrauen zu mir!«

»Vertrauen? Nicht einmal zu Gott kann ich Vertrauen haben; denn ich bin ein Verworfener« – antwortete er niedergeschlagnen Auges.

»Wenn Euer Herz Euch verdammt, so ist Gott *größer* als Euer Herz; und wie der Himmel die Erde überwölbt, so umfasst Gott mit seiner Barmherzigkeit alle seine Geschöpfe.«

»Ach Julia!«, stöhnte er – »wenn ich aber gegen das Heiligste gefrevelt habe? Keimende Mutterliebe tötete ich, mit meiner Feigheit trieb ich Julia ins nasse Grab!«

Und scheu bekreuzte er sich.

Kalt überrieselte es Hulda, und wie eine Rettung war's, dass jetzt der Diener Friedrich, umwedelt vom Mohrchen, aus dem Kieferndunkel heraustrat: »Haben Sie einen Wunsch?«

Hulda antwortete für ihn: »Ja, bringen Sie noch einen Sessel, Tischchen und Lampe!«

Damit war dem Alten Anstoß gegeben, Haltung zu zeigen. Als Friedrich die Leselampe gebracht hatte, zog er sich wieder in das Wäldchen zurück. Traulich wirkten die angestrahlten Rebstöcke mit ihrem zarten Grün. Durch die laue Luft huschte eine Fledermaus, Syringenduft hauchte aus der Tiefe des Gartens.

Jetzt sagte Möller mit gedämpfter Schwermut: »Ja, Walt Whitman – hat mich ins tiefste Herz getroffen mit seiner Verehrung, die er dem Mütterlichen entgegenbringt. Kennst Du seinen Psalm von der Heiligkeit des Men-

schenlebens? Kennst Du den Ausspruch von dem Toren
und dem Verführten, die ihre Leiber entweihen, indem
sie die von Gott geschenkte Frucht *verderben*?«

Entsetzen durchzuckte Hulda – dann aber sagte sie
sich: »Es *kann* ja nicht sein – er bildet sich so etwas nur
ein – der Unselige! Ich muss versuchen, ihm die unendliche Güte nahezubringen.«

Und sie blätterte in dem Buche, tat einen Aufblick zu
den Sternen, die bald von ziehendem Gewölk verdun-
kelt, bald wieder sichtbar wurden. Einem Sange ähnlich
war ihre Stimme:

»Ein Raunen hör' ich vom Tode,
Vom Tode, er sei der Friede!
Flüstern hör ich die Nacht,
Chöre, die sanfte Hauche sind –
Schritte hör ich heranschleichen;
Es weht ein rätselhafter Odem.
Ist's Wellengekräusel auf Flüssen, die niemand
sah?
Oder plätschern Tränen?
Fluten menschlicher Tränen?
Ich träume – empor zum Himmel;
Da zieht Gewölk, ziehen Wolkenmassen –
Düster rollen sie hin und schwellen schweigsam;
Sie schwimmen ineinander sacht,
Und ab und zu wird ein Stern,
Der trübe ist, als ob er traure,
Sichtbar wird er und wieder unsichtbar.
Mir aber dämmert ein Ahnen auf:
An fernen Grenzen, die kein Auge erspäht,

Wird was geboren –
Und eine Seele schwimmt hinüber,
In himmlischen Tod hinüber.«

Verträumt war der Greis und starrte auf Hulda, als sei *sie* jener in Wolken untergegangene und neu erstandene Stern.

Weil seine Schweigsamkeit *andauerte,* blätterte sie in dem Buche und fand noch ein anderes Gedicht, das sie leise las:

»Nun ein Lied, ein letztes, diesem Strand!
Oh! und Land und Leben, fahret wohl!
Abschied nehmen, Seemann, gilt's; viel wartet
dein
Oft schon fuhrest du auf See, behutsam kreuzend,
Und zum Hafen kehrtest du, zum sichern Anker-
seil.
Doch nun gehorche deinem liebsten und geheims-
ten Wunsch!
Umarme deine Freunde, lass alles wohlgeordnet,
Zum Hafen kehrst du nimmer und nie zum An-
kerseil!
Wohlan zum *Abschied* geht's, mein Seemann,
Fahr wohl! die Fahrt ist ohne Ende – ewig!«

Noch immer schwieg der Sonderling; zu Hulda herüberstarrend, schien er aufzuwachen, erhob sich und tat auf sie einen zärtlichen Blick, als ob *er* jener Seemann sei und Abschied nehmen wolle.

Plötzlich hatte er eine Signalpfeife, wie Kapitäne sie anwenden, und pfiff schrill.

Aus dem Kiefernwäldchen hastete der Diener hervor und trat vor seinen Herrn. Erst reichte dieser dem Fräulein die Hand mit einem innigen Druck, indem er sie wortlos anblickte – ja nun war er jener Seemann.

## 20. Großmutter

Verdrossen war Helmut nach Berlin abgefahren. Im Speisewagen suchte er sich zu zerstreuen, vor sich eine Flasche Rüdesheimer.

Er ärgerte sich über Gerhart: Es war ja sehr fesselnd im Industriegebiete – und Hulda hatte sein Herz entzündet, sodass es ihm schwer wurde, jetzt gleich wieder fortzumüssen, nachdem er ihr eben nahe gekommen war. Und da hatte Gerhart diese Schrulle ... Der Brief des amerikanischen Vetters – was hatte der angerichtet!

Der Ärger quälte ihn wie damals vor Verdun, als seine Compagnie die ausgezeichnete Stellung im kühnsten Sturme genommen hatte, als aber auf einmal der Befehl zum Rückzuge in die alten lausigen Gräben kam. Nach dem öden Berlin sollte er zurück, fort von ihr, seiner lang ersehnten Heimat!

Wie lautete doch Großmutters letztes Wort, damals, als er den knappen Urlaub bei ihr in Münden zugebracht hatte und dann wieder an die Westfront musste? »Mein Enkel Helmut, keine Mutter mehr findst Du, und den Vater hast Du an einer mörderischen Krankheit im Osten verloren – mein Junge! Mit einer Greisin musst Du vorlieb nehmen – wenn endlich das Völkerringen sein Ende findet. Wer weiß, ob dann Großmutter nicht auch schon unterm Rasen liegt und Du keine Heimat für Dein

Herz mehr hast – arme Waise! Dann suche nach einer Seele! Und wenn Du sie findest, wenn Dir eine Stimme sagt: Sie *ist* es! Dann greife zu und halte sie *fest*!«

Jetzt war der Zeitpunkt gekommen, keine andere Seele konnte sie meinen, als Hulda. Ein Leuchten ging über sein Gesicht, und dem Studenten kam die Versuchung, einen Schluck Wein zu schlürfen – aber er hob nur das Glas, als ob er ihr zutrinken wollte.

Dann wurde er ernst, lächelte dann wieder, weil ihm einfiel, dass Gerhart jener Schauspielerin eine Ähnlichkeit mit Hulda zugeschrieben und andererseits von ihr etwas Abenteuerliches vermutet hatte. So ähnlich also sollten sie einander gewesen sein, Hulda – und Großmutter – als diese noch in ihrer Jugendblüte stand!

Dabei hatte er die bestimmte Meinung, dass der Freund, der doch sonst so scharf und nüchtern blickte, diesmal wie ein Verblendeter am Ziel vorbeigeschossen hatte: Großmutter und Schauspielerin? Wie soll ich mir das zusammenreimen! Sie, die von je eine auffallende Abneigung hatte vor allem, was Theater heißt, obwohl sie freilich für Kunst und alles Schöne still aufgeschlossen war.

Ein Gespräch fiel ihm ein, das zwischen seinen Eltern über einen Brief Großmutters stattgefunden hatte. Diese tadelte ihre Tochter, weil der noch junge Helmut mehrfach ins Theater gedurft hatte. Obwohl es sich um Stücke handelte, wie »die Braut von Messina«. Helmut, machte sie geltend, müsse das Leben als ernste Aufgabe ansehen lernen, nicht als aufregendes Spiel. Mitleid empfand sie mit den Bühnenmenschen, insofern diese sich ewig verwandeln müssen. Ist einer heute der Räuber Moor, so muss er morgen Held Siegfried sein, dann wieder irgendein Liebhaber. Sie wolle ja nichts gegen eine Dichtung sagen, aber sie bedauere einen Stand, der in eingebildeten Welten lebe, und ewig die Rollen zu wechseln habe. Das müsse ja charakterlos machen. Helmuts Vater allerdings hatte über solche Ansichten die Achseln gezuckt.

Dabei war Großmutter Erlenbach keineswegs eine Sittenrichterin, sondern von weitherziger Menschlichkeit, sodass sie in den Kreisen der Korrekten oft angestoßen hatte.

Jetzt spürte Helmut, dass seine Gedanken sich verwirrten. Er trank den Wein aus und gähnte. Dann begab er sich in den Schlafwagen und lag bald in festem Schlummer ...

Als er in Berlin ausgestiegen war und ihn das Gewühl der Menschen, die zur Arbeit strömten, der Radler, Omnibusse und Autos umbrandete, fühlte er sich sofort in den gewohnten Gleisen seines halb studentisch und halb geschäftsmännisch eingestellten Lebens; und als er am Stettiner Bahnhof vom Omnibus absprang und seines Firmenschildes ansichtig wurde, da schmunzelte er zufrieden. Freilich, welch ein erstauntes Gesicht würde die gute Haushälterin Frau Rade machen, wenn er jetzt unerwartet vor ihr stände.

Und wirklich! Verblüfft stand sie in der geöffneten Flurtür, ihre trotz der sechzig Jahre kerzengerade Gestalt war schon in dieser Morgenfrühe zum Empfang der Kunden fertig.

»Guten Morgen, Frau Rade! Aber heute heißt es mit dem Dichter: »Kaum gegrüßt – gemieden! Denn in einigen Stunden bin ich von Neuem auf der Fahrt – ins Ruhrgebiet.«

Nachdem sie in seinem Zimmer Platz genommen hatten, berichtete er, um was es sich handle. Er vermied aber, von Bellings und Herrn Lamettrie zu plaudern, weil das ins Uferlose geführt hätte.

Als er mit einem Frühstück von Setzei und Schinken die Lebensgeister erfrischt hatte, ging das Murren der Alten über die Franzosen los, die nach ihrer Meinung nun auch eine schikanöse Neugier nach den Personalien der Familie Burger zeigten.

Helmut forschte tastend: »Hören Sie mal, Frau Rade, Sie waren ja die Vertraute meiner Großmutter – wenigstens wissen Sie manches aus ihren Jugendjahren; nun erzählen Sie mal aus der Zeit um 1872 herum, als wir dem Franzmann *über* waren.«

Frau Rade schlug die Hände zusammen: »Mein Gott! Was so weit zurückliegt, wollen die Franzosen auch noch durchschnüffeln! Sie soll doch nicht etwa eine *Spionin* gewesen sein?«

»Das nicht! Aber *Schauspielerin*!«

Frau Rade starrte sprachlos: »Sind denn die Kerls *verrückt*? Großmutter Erlenbach Schauspielerin? Na, da hört doch die Weltgeschichte auf!«

»Das meine ich auch. Aber nun helfen Sie mir, leihen Sie mir Fotografien und Geschriebenes – alles, was aus jener Zeit noch in Ihren Händen ist.«

»In meinen Händen ist nur, was ich Ihnen schon gezeigt habe.«

»Dann teilen Sie mir wenigstens alles mit, was Großmutter Ihnen aus ihren jungen Jahren erzählt hat, etwa
wie sie zwanzig war. Sie wissen – jene Liebschaft mit
dem – na! Sie erraten, was ich meine – Mutter ist ihr uneheliches Kind – und wer war der Vater?«

Frau Rade schwieg verlegen, und dabei blieb es. Von
Mitgefühl schien sie bewegt, als sie sah, dass Helmut
blass geworden war. Seine Hand ergreifend, meinte sie
treuherzig: »Helmut, das tut mir leid, helfen kann ich
Ihnen nicht. Wer der Vater war, und weshalb er ihre
Großmutter verlassen hat, ist zwischen uns nie zur Sprache gekommen. Nicht einmal Ihre Mutter hat darüber
Klarheit bekommen. Nur ihr Bruder, der Forstmeister,
könnte vielleicht etliche Aufklärung geben. Allerdings
war er damals erst dreizehnjährig, und in diesem Alter
konnte er über dergleichen Dinge nichts Genaues erfahren, auch wohl solche Schicksale nicht verstehen. Er war
immer *stolz* auf seine Schwester, die nicht nur ihr eigenes Kind, sondern auch ihn, den jüngeren Bruder, zu
tüchtigen Menschen erzogen hat.«

Ein Bild aus Großmutters jungen Jahren besaß Frau
Rade nicht, und so nahm Helmut an Briefen, Urkunden
und Bildern nur mit, was in seinem *eigenen* Besitz war.

Schon am Vormittage konnte er zurückreisen. Dass der
Zug Verzögerung hatte, besonders im besetzten Gebiet,
war für Helmut eine Geduldsfolter.

Bei der Überfahrt über die Weser gelang es ihm, sich
lebhaft einer Dampferpartie auf diesem schönen Strome

zu erinnern. Als aufgeschossener Gymnasiast hatte er sie von Münden aus mit Großmutter und ihrem Bruder erlebt. Dieser ihr Zögling, um den sie sich wie um ihr Kind gesorgt und geplagt hatte, war damals schon ein stattlicher Förster. Man war in Kloster Corvei ausgestiegen. Wie der Onkel Förster auseinandersetzte, hatten hier Benediktiner-Mönche aus Corbi im karolingischen Frankenreich einen Ableger ihres Ordens gepflanzt.

In der alten Klosterkirche bestaunte man zwei riesige Engel, die mit ihren Fittichen den Altar schirmten. Der Förster berichtete dazu:

»Diese gewaltigen Werke altdeutscher Klosterkunst sind aus ein paar heiligen Eichen geschnitten. Jede der beiden Engelsgestalten samt den Flügeln aus einem der heiligen Bäume in *einem* Stück gearbeitet. Nun – die Glaubensmeinungen, sie ändern sich – das Bedürfnis, ein Heiliges zu verehren, bleibt. Einst nannte man's Baldur und heute betet man zu Christus, in dem dieser alte Heidengott verklärt aufging. So kann es auch geschehen, dass Menschen, die als Wildlinge, abseits von Regel und Norm, rein naturhaft im Walde keimten, wohl gar zu rechtschaffenen Engeln gedeihen.« Er sagte das mit Humor und eigentümlich bedeutsam. Fest und voll blickte er dabei seiner Schwester ins Auge, und sie, die sich ihre stolze Jugendlichkeit bewahrt hatte, blickte mit leuchtenden Augen auf den riesenhaften Bruder – wie ein Erzengel auf den andern.

# 21. Aus guter Familie

Mit Hulda und ihrer Mutter saß der Gast des Schachthofes beim Tee und hatte über die Ergebnisse seiner Fahrt berichtet.

»Aber nun verraten Sie uns endlich« – bat Hulda – », auf welche Weise Gerhart mit Ihnen bekannt wurde. Der Name Erlenbach ist ihm, wie Gerhart sagt, durch einen Zufall auf der Universität Berlin von Neuem begegnet, und zwar in Verbindung mit einem gewissen Helmut Burger, von dem er bis dahin keine Ahnung hatte.«

»Statt Zufall wollen wir sagen, es war ein gemeinsames Geistesinteresse, das uns in Berlin zusammenführte: Im Seminar für Sozial-Ethik entbrannte ein Streit um das alte Sittenideal der sogenannten guten Gesellschaft. Ich war gerade dabei, die Lebensanschauungen der Höheren Tochter zu kritisieren, und darin gibt es so manches, was im Strome des Lebens einen wertlosen Plunder bedeutet.«

»Sie drücken sich scharf aus«, meinte Frau Belling – »ich war Zögling eines Töchter-Pensionats in Eisenach – Hulda kommt auch von da – und wir ...«

»Ach Mutter«, fiel ihr Hulda ins Wort, »bedenke doch, welch ein düsteres Schicksal über dem Schachthof schwebt! Der Onkel quält sich mit Schuldgedanken, an denen gewiss viel Fantasterei ist, aber auch etwas, das sich *wirklich* begeben hat, wie zu befürchten ist, und solchen Wirklichkeiten stehen wir Höheren Töchter ziemlich unwissend gegenüber und ungerüstet.«

»Unser Wissen, unsere Rüstung sind unsere Männer!«, meinte die Mutter etwas gereizt.

»Unsere?« erwiderte Hulda leise.

»Ich rede natürlich nicht von *Dir* oder von *mir*, sondern im *Allgemeinen*. Jedenfalls hast Du Dich nicht gerade zu beklagen, hast Du nicht ritterliche Beschützer: Gerhart und Onkel Lamettrie?«

»Bleiben wir doch dabei, nur im *Allgemeinen* zu sprechen, nicht von unseren *persönlichen* Verhältnissen!« entgegnete Hulda.

»Das heißt« – lenkte Helmut ein – »zunächst soll ich doch von unserer persönlichen Anknüpfung, unserer Bekanntschaft erzählen.«

»Ja so,« lächelte Hulda – »also vom Seminar, wo Sie die Höhere Tochter wie der Sperber die Taube in den Klauen hatten.«

»Gewiss! Und wer mir zerzausen half, war Ihr Ritter Gerhart«, sagte Helmut mit freimütiger Sachlichkeit.

In fröhliches Lachen brach Hulda aus, und ohne Übelnehmerei machte ihre Mutter mit.

Helmut erzählte weiter: »Aber zunächst gab es nur ein *Berühren* unserer Ansichten. Erst nach Schluss des ziemlich besuchten Kollegs sprach Gerhart mich an. Er fragte nach dem Roman, auf den ich mich berufen hatte, und ich erbot mich, ihm das Buch zu leihen ...«

»Wie *heißt* es?«

» *Aus guter Familie* lautet der Titel, von Gabriele Reuter.«

»Ich *kenne* den Roman« – bemerkte Hulda.

»Und was halten Sie davon?«

»Oh! Sehr viel!«, erwiderte sie. »Ja, dies Buch übt eine vernichtende Kritik an der Erziehung der Höheren Tochter, und an dem, was sich die gute Gesellschaft nennt.«

»Was hat die Verfasserin denn daran auszusetzen?«, fragte Frau Belling.

»Das muss man eben lesen«, antwortete Helmut, »deswegen hat die Dichterin einen *Roman* geschrieben – *anschaulich* soll man das erleben, nicht in dürren Begriffen.«

»Natürlich! Ich wollte mich nur kurz unterrichten. Der Genuss des Romans steht mir noch bevor.«

»Grundgedanke der Reuter ist etwas, wodurch meine Darlegung im Seminar packend veranschaulicht wird. Eine Satire – aber objektiv wahr – auf die Erziehungsweise, wie sie vor dem Krieg in sogenannten guten Familien üblich war. Wie manches hochbegabte Mädchen ist infolge einer solchen Erziehung zu einer Ruine geworden! Vielleicht zu einer vertrockneten alten Jungfer, die schließlich soweit kam, ihren Eltern und Schulen sogar noch *dankbar* zu sein für den wohlanständigen *Käfig*, in den man sie Jahrzehnte lang gesperrt hatte, um sie vor dem wirklichen Leben mit seinem Kämpfen und Ringen zu bewahren. Durch ihre Musterfamilie wurde jede freie Entfaltung unterdrückt, in Unkenntnis all dessen, was abseits der wohlanständigen Gesellschaftsordnung liegt, kann die Höhere Tochter als Persönlichkeit zugrunde gehen bei aller standesgemäßen äußerlichen Versorgung.«

»Sie urteilen sehr hart«, erwiderte Frau Belling – »an der Auffassung der Reuter mag manches wahr sein – immerhin bleibt es für mich bei Uhlands treuherzigen Worten: Zu steh'n in frommer Eltern Pflege, welch schöner Segen für ein Kind! Ihm sind gebahnt die rechten Wege, die Andern schwer zu finden sind.«

»Eben solch *Gebahntsein* der Lebenswege«, – sagte Hulda »und dazu rechne ich auch herkömmliche Meinungen – so was ist für manche Tochter geradezu ein *Unglück* ... Ich denke beispielsweise an etwas, das sich der Onkel Lamettrie zum Vorwurf macht. Als Schwermütiger freilich sieht er seine Vergehen *übertrieben* an; aber seine Trauer ist vielleicht durch Geschehnisse begründet, die *abseits* der wohlanständigen Ordnung liegen.«

»Was für mich gerade beweist, dass die Kenntnis solcher Abseitigkeiten auf ein junges Mädchen *unheilvoll* wirken kann« – erwiderte Frau Belling.

»Es lässt sich hin und her plänkeln«, meinte Hulda mit etlicher Ungeduld, »aber vorderhand möchten wir hören, was Herr Burger über sein Sozialethisches Seminar zu sagen hat. Also für den Roman »Aus guter Familie« zeigte Gerhart Interesse? Und was weiter?«

»Ich erbot mich also, ihm das Buch zu leihen. Es war ein Exemplar mit einer handschriftlichen Widmung.«

»Und so fand er den Namen *Erlenbach?*« warf Hulda ungeduldig ein.

»Gewiss«, erwiderte Helmut, »und noch mehr, die Widmung lautet: »Meinem Enkel Helmut zum Geburtstage.« Dann kam ein Gedicht, das auf den Namen Helmut anspielt und ihn ableitet von Hel, der Göttin der Unterwelt; und die Unterschrift dieser Widmung heißt: Großmutter Erlenbach.«

Hulda starrte auf den jungen Mann, als sei er etwa vom Planeten Mars herabgefallen: »Ihre Großmutter lebt nicht mehr? Wann ist sie gestorben?«

»Kurz vor Ausbruch des Weltkriegs, sechsundsechzig Jahre alt. Die Hungersnöte und Sorgen um mich als Kriegsteilnehmer blieben ihr erspart.«

Hulda flüsterte ihrer Mutter erregt zu: »Du weißt doch, es ist derselbe Name, den Gerhart auf jener Fotografie las.«

Helmut verstand die Worte und wagte zu berichtigen: » *Zufällig* derselbe. Gerhart hatte die ungeheuerliche Vermutung, die beiden Damen Erlenbach seien identisch, also sei Herr Lamettrie einer, der meiner Großmutter nahestand, sodass sie ihm das Bild 1872 geschenkt habe. Diese Kombination ist natürlich ein Irrtum.«

Frau Belling betrachtete ihn scharf, als sie die Äußerung tat: »Mit *Hulda* soll ja jene Fotografie auffallende Ähnlichkeit haben.«

Er geriet in Verwirrung: » *Gerhart* sagt so, niemand sonst hat die Fotografie gesehen.«

»Und *Sie,* Herr Helmut, finden Sie, dass Ihre Großmutter Ähnlichkeit hat mit Hulda?«

Verlegen blickte sein Blick über Hulda hin, die freundlich lächelnd ihm standhielt. Dann sann er und sagte schließlich: »Nicht ganz ableugnen kann ich's – aber vielleicht kommt mir's nur deshalb so vor, weil ich gestern auf der Fahrt, bei der ich Gerharts Befund in Erwägung zog, nun ... weil ich da lebhaft an Fräulein Hulda *dachte*.« Sie errötete über und über, und Helmut, der seinen Blick bald auf ihr linkes, bald auf ihr rechtes Auge gerichtet hielt, geriet in völlige Verwirrung.

»Haben Sie denn kein Bild von Ihrer Großmutter?«, fragte Frau Belling.

»Nur eins aus ihrem letzten Jahr. Das hat einen ... fast möcht ich sagen, freudigstolzen Ausdruck – als ob sie wie eine Siegerin auf überstandene Kämpfe zurückschaue.«

Nach geraumer Weile begann Frau Belling: »Wenn solche Schicksale wie das Ihrer Großmutter für Höhere Töchter etwas Heikles haben können, liegt es nicht an der Art, wie sie es auf sich genommen hat, sondern am Verhalten des Vaters.«

Hulda suchte aus all den Wirrnissen heraus einen klaren Schluss zu finden: »Ist es nicht wunderbar? Onkel Lamettrie quält sich mit einem Schuldbewusstsein, und jedenfalls haben irgendwelche Verfehlungen zu dieser Selbstquälerei geführt. Uns treibt Mitgefühl, ihm zu helfen – ein Resultat war zunächst, dass wir einander gefunden haben – Gerhart wurde durch seine Sozialethik mit Herrn Burger befreundet, dieser dann mit Onkel Lamettrie und uns. Wer weiß, was Gutes vielleicht für uns alle daraus hervorgehen kann?«

»So ist's«, sagte Frau Belling, »ich muss an ein Wort denken, das mein verstorbener Mann gerne gebrauchte: Der sogenannte Zufall ist der Geschäftsführer Gottes.«

# 22. Der Glücksvogel

Sehr früh war Helmut wach. Dass es draußen tagte, merkte er am Flöten der Amsel, der schwarzen mit dem gelben Schnabel. Er hatte sie oft beobachtet, wie sie gleich einer raschelnden Maus durch Gebüsch über den laubigen Boden schlüpfte, oder bei Sonnenaufgang auf einem hohen Aste ihr lautes Lied anhub; man könnte es noch eher ein Rezitativ nennen.

Die Augen zugekniffen, um womöglich noch etwas Morgenschlummer zu finden, bekam Helmut immer wieder die Amselstrophe zu hören: »Weiber Deern, Weiber Deern! Hört, o hört, ihr Lüt, ihr Lüt, wie schön ich flötatüten tu! Immer süsseken mit Gefühl, jawöhl!«

Als die Sonne in rosa blühende Apfelbäume schien, begann das Geschmetter des Buchfinken: »Zieh, zieh, Melodie, mit Trillern verziert.«

Weil solch Lärmen mannigfaltiger Stimmen schließlich den Gast aus den Federn getrieben hatte, zog er den dunkeln Vorhang zurück, und in die Kammer strömte sonniger Tag. Helmut sah mit Vergnügen, dass er an seiner Stube eine Veranda hatte, die in den Rosengarten führte.

Als er mit kalter Waschung den Rest von Müdigkeit abgetan hatte, bemerkte er, dass bei den Rosen Hulda mit der Gießkanne stand. Eine Wonne überkam ihn, sofort begab er sich hinunter.

Strahlend, mit vollem Blick schaute sie ihm entgegen und setzte die Gießkanne weg, um ihm die Hand zu reichen:

»Ein schöner Maimorgen! Nur zu wenig Tau ist gefallen. Kommen Sie! Wir frühstücken im Wintergarten. Leider mag der Onkel nicht mitmachen. Ich habe ihm gestern nach einbrechender Nacht ein paar Gedichte vorgelesen. Er hat aufmerksam zugehört, schleppt sich aber noch immer mit seinem Möller-Elend herum. Seltsam, dass in seinem Schicksal offenbar eine Frau eine Rolle spielt, die an ihre Großmutter erinnert.«

»Duplizität der Fälle! Gerharts Vermutung, es liege *ein und derselbe* Fall vor, ist gar zu abenteuerlich. Wenn Gerhart erst den Charakter und Lebensgang meiner Großmutter erkundet, wird er diese Fährte aufgeben.«

»Wir wollen ihm die Klärung dieser Verhältnisse ruhig überlassen und nicht voreilig ein abschließendes Urteil wagen. Mutter hat diese Nacht so wenig Schlaf gefunden, dass sie jetzt noch etwas ruhen möchte und also nicht an unserem Frühstück teilnimmt.«

Das war einesteils eine angenehme Aussicht – er war ja verliebt. Doch sprach er auch sein aufrichtiges Bedauern aus und fügte verdrossen hinzu: »Sehen Sie, das kommt davon, dass ich nicht wenigstens diese Nacht noch in Berlin geblieben bin, sondern Sie noch gestern Abend mit meinem Gespräch beunruhigt habe.«

»Aber nein!« entgegnete Hulda – »im Gegenteil, wir haben Sie mit Sehnsucht erwartet. Sie sind ja unser Trost und bleiben hoffentlich noch recht lange hier.«

Freudig überrascht sah er in ihre strahlenden Augen, und vom Gefühl überwältigt, neigte er sich dankbar über ihre Hand. In seine zärtliche Rührung mischte sich aber ein Anflug von Wehmut. Er bedachte, welcher Abstand ihn von der Geliebten trenne; dieser würde wohl nicht mehr als Freundschaft gestatten.

Hulda, die seine Anwandlung von Trübsinn sah, deutete sie falsch und ließ sich von ihr anstecken, indem sie ihre traurige Lage erwog, als Verlobte eines Gefallenen und Stütze des schwermutsvollen Sonderlings. In ihre Augen traten Tränen.

Der junge Mann dachte: Jetzt schließe sie tröstend in deine Arme! Aber es blieb bei dem fantastischen Wunsch und verlegen schritt er an ihrer Seite dahin – zum Frühstück wollten sie gehen.

Dicht vor ihnen schlug ein Buchfink. Hulda blieb stehen und sah seine Munterkeit – wie er hüpfte, und wie die rötliche Brust vom Jubel schwoll. Und Helmut kam es vor, als laute sein Geschmetter: »Bitte, bitte, bitte, lieb ...«

Huldas Lächeln, das sie dem Vöglein schenkte, schien ihm so verständnisvoll, dass er glauben konnte, sie höre dasselbe heraus, und er gedachte des Liedes aus der Jugendzeit: »O du Kindermund, unbewusster Weisheit froh, vogelsprachekund, wie Salomo.«

Im Wintergarten war ein kleiner Frühstückstisch gerichtet. Zerstreut hatte der junge Mann in einem Korbsessel Platz genommen, und sich vom bedienenden Mädchen Kaffee einschenken lassen. Jetzt war sein fragender Blick von einem Holztröglein gefesselt, das gemischte Sämereien enthielt.

»Sie wundern sich, was das soll«, lächelte Hulda, »es ist das Frühstück, mit dem unser Liebling, der vor vier Wochen zugeflogen ist, jeden Morgen bewirtet wird. Wir nennen ihn unsern Glücksvogel. Onkel Lamettrie hat ihn so getauft – nach dem Rufe »Benedikt« – den er von Zeit zu Zeit hören lässt.«

»Ist es ein Starmatz, oder sonst ein abgerichteter Vogel?«

»Starmatz, das nicht! Sondern eine Grasmücke, für die der Volksmund den Namen Kardinälchen oder Schwarzkäppchen hat, weil der grau und hell Gefiederte auf weißem Köpfchen eine schwarze Kappe wie eine Tonsur trägt. Ob es auf Abrichtung beruht, dass er den Laut Benedikt hervorbringt, oder ob sein natürlicher Lockruf so lautet, das wusste der Onkel nicht zu sagen. Aber das Eine steht fest, diese Vogelart ist sehr gelehrig. Unser Gärtner meinte, das Tierchen werde den Namen von Benediktinern im Klostergarten gelernt haben. Genug, wir finden das Vöglein allerliebst – und weil Benedikt der Gesegnete bedeutet, passt für ihn der Name Glücksvogel. Gleich wird er merken, dass wir hier sind, und wird herein fliegen, das Schiebfenster ist für ihn offen. Er frisst dann etwas von den Sämereien und den Datteln, die ihm der Onkel zum Knabbern hinlegt.«

Helmut wollte sich noch weiter erkundigen, aber husch! Der kleine Frühstücksgast war da. Lustig hüpfend grüßte er mit einem deutlichen »Benedikt!« Die goldbraunen Äuglein blickten neugierig auf das Paar, dann auf den Futternapf, dem das Tierchen hurtig zuflog. Von den Datteln pickte es einige Bröcklein, die im schwarzen Schnäblein verschwanden, dann flog es auf, setzte sich auf einen Blütenzweig und dankte mit seinem Morgenlied. Flötenartig waren die Laute, auch Lerchentrillern ähnlich, nur leise und innig.

»Solchen Gesang« – sagte Helmut begeistert, – »habe ich noch nie gehört. Den könnte man fast noch mehr lieben als das Schlagen der Nachtigall.«

»Es ist eben unser *Glücksvogel!*«

»Hoffentlich bringt er auch Glück!«, meinte Helmut und sah in Huldas strahlende Augen.

Sie nickte sinnend: »Ja, wenn es kommt, wie im Märchen!«

»Welches Märchen meinen Sie denn?«

»Das vom verrosteten Ritter. Kennen Sie das nicht. Dann hören Sie! Die Seite, wo das Herz sitzt, war ihm verrostet. Es war eine Strafe des Himmels, weil er seine Liebste verlassen hatte. Seitdem musste sie in der Welt umherirren, und in der Fremde gab sie einem Kinde das Leben. Der Ritter aber glaubte nicht anders, als dass sie in ihrer Verzweiflung aus dem Leben gegangen wäre, und zu dem Gram über seine Schuld, kam sein Unglück mit dem schlimmen Rost. Um seine Schande vor den Menschen zu verbergen, trug er auf der linken Hand stets einen Handschuh.«

»Und wurde er dann schließlich geheilt und von wem?«

»Seine Schicksale habe ich nicht mehr genau im Gedächtnis. Genug, auf ruhelosen Irrfahrten begegnete er einem Gärtnermädchen, die von seinem Schicksal tief ergriffen wurde. Weinend sank sie auf die Knie vor einem Marienbild und flehte für ihn. Da wurde ihr die Antwort: »Du selbst kannst ihn erlösen, wenn du nicht rastest, bis du die Menschen *gefunden* hast, die ihm grollen, und wenn es dir gelingt, *Verzeihung* für ihn zu erbetteln.«

»Und wie geht das Märchen aus?«, fragte Helmut.

Beide schwiegen. Da machte sich wieder das Vöglein bemerkbar mit seinem Lockruf: »Benedikt!«

Nach einer Pause meinte der junge Mann: »Ich hoffe, das Gärtnermädchen hat ihn noch erlöst.«

»Allein hätte sie es nicht vermocht. Und einer, der ihr helfen konnte, gehörte selbst zu den Menschen, die dem unglücklichen Ritter seine Schmach nicht vergessen mochten.«

Helmut horchte auf, fasste Mut und sagte: »Nun weiß ich, wie das Märchen weiter gehen sollte. Der Eine, der helfen konnte, hegte für das Gärtnermädchen eine heimliche Liebe, und ...«

Beklommen hauchte sie: »Warum musste denn seine Liebe heimlich bleiben?«

»Weil er ein armer Schlucker war, der ihr nichts bieten konnte.«

»Aber die Liebe ist doch alles!«

»Benedikt«, so hörte man wieder des Vögleins Ruf. Und der Bann war gebrochen: Seine Arme schlang Helmut um die Geliebte, den Kopf an seine Brust gelehnt, schaute sie ihm glückselig in die Augen.

## 23. Reuegespenst

Die Liebenden waren sich einig, ihre Verlobung vorerst geheim zu halten. Nicht als ob ihnen die Zustimmung der Nächsten zweifelhaft gewesen wäre, sondern weil sie Onkels Gemütsleiden nicht komplizieren wollten.

Huldas erster Gang sollte erkunden, wie sich der Schwermütige befinde. Den mit Blütenbäumen bestandenen Gartenhang, dessen Rücken das »Wehmutkiefern«-Wäldchen bedeckte, stieg sie hinan. In der feierlichen Verschwiegenheit des Dickichts ging ihr ein altes Lied durch den Sinn, und in sich hinein sang sie: »Willst du dein Herz mir schenken, so fang es heimlich an.«

Aber dann bedachte sie, dass verstohlene Liebe ja jene Schuld herbeigeführt habe, mit der sich der Greis so furchtbar quälte.

Was war denn nun eigentlich der Tatsachenkern an jenen anklagenden Reden und Vermutungen? Sie, die an Herrn Lamettrie wie an einem Vater hing, bangte vor dem, was sie vielleicht zu hören bekäme. Wäre doch Helmut, der Ruhevolle, jetzt an ihrer Seite! Ein Schicksal, das sie am Märchen vom verrosteten Ritter erraten zu haben glaubte, musste völlig klargestellt werden.

Und Helmut, der so tief in den Kosmos zu schauen wusste, würde sich dann auch zum Vergeben hindurchringen, wenn auch einstweilen noch Aufregungen hemmend wirkten. Aus ihrem Sinnen schreckte sie das Krächzen einer Krähe auf, die mit klatschendem Flügelschlag davon flog. Hulda fühlte ihr Herz klopfen, wie sie nun die Einsiedelei vor sich hatte.

Friedrich, der nahebei weilte, meldete das Fräulein an. Unter der niedrigen Tür erschien der Greis, und wieder hatte er den altväterischen Rock an. Auf seinem Antlitz lag noch immer starre Schwermut, obwohl der Blick sagte: Kommst Du nach mir sehen, Du Gütige!

Sie betrat den graubekalkten Raum, wo sich ein Schrank und ein Tisch befanden; Papiere lagen da, als seien sie eben durchblättert. Die Decke, an die der Alte fast stieß, hatte eine Öffnung, durch die eine Treppe zum Oberstock führte.

»Ist es in Deiner Kammer auch erträglich gewesen? Hast Du diese Nacht etwas Ruhe gefunden?«

Er lächelte bitter und deutete mit dem Blick auf eine Mönchsgeißel, die an der Treppe hing: »Das Vermächtnis des seligen Paters Aloisius, der es so gut mit mir meinte, hat neben meiner Pritsche im Mondschein gelegen, wirre Erinnerungen sind es, die den Frevler gegeißelt haben.«

Er tat ihr leid, Huldas Augen wurden feucht, flehentlich bat sie: »Sprich Dich doch aus! Was ist denn nun wirklich geschehen?«

Auf die Frage schien er gar nicht zu achten – in anderweitiges Sinnen versunken; und mit ergreifendem Ausdruck sprach er: »Ein Stern, der trübe ist, als ob er traure, wird sichtbar, dann wieder unsichtbar im treibenden Gewölk – Ja dieses Bild, o dass es Wirklichkeit, nicht bloße Poesie wäre! Du aber, Hulda! Du bist mir ein Stern, der im Gewölk mir erschien, nachdem sein Doppelgänger lang zuvor verschwunden war; durch meine Schuld – Oh! Tod ist keine Geburt. Ist eine mal tot, so modert sie im Grabe – und ein wehmütiges Wunder der Natur ist es, dass Hulda ihr ähnlich sieht.«

»Also ähnlich sehe ich der Verstorbenen? Wie starb sie denn, und wann? Bist Du über den Hergang auch ganz im Klaren? Was gestern Du darüber angedeutet hast, kann schwermütige *Einbildung* sein.«

Wild starrte er sie an, trat dann zum Tische, darauf die Papiere lagen, und reichte ihr ein Zeitungsblatt. Es war das in Aachen erscheinende »Echo der Gegenwart«, eine vergilbte und zerlesene Nummer vom Jahre 1872. Huldas Blick war bange Frage. Auf eine Notiz wies sein bebender Finger, sie lautete:

»Einen schaurigen Fund machte gestern der Pächter des Frankenberger Fischweihers, als er Reusen legte: die Leiche eines Mädchens von etwa 20 Jahren. Wie so oft, wird es sich wohl um das Opfer einer Liebestragödie handeln.«

Bebend rang Hulda nach Atem; die Züge des Alten hatten sich verzerrt, und gepresst kam das dumpfe Geständnis: »Aus Verzweiflung ist sie in den Tod gegangen, und ich bin schuld daran.«

»Wer ist es gewesen?«

»Eine Schauspielerin! Ich zeige Dir, wie sie aussah.«

Und eine gerahmte Fotografie legte er vor sie hin – offenbar dieselbe, welche Gerharts Aufmerken erregt hatte.

Blitzhaft zuckte in ihr die Erkenntnis: Also hat Gerhart mit der *Schauspielerin* recht – *verfehlt* ist aber seine Vermutung, es sei Helmuts Großmutter; denn die war niemals bei der Bühne. In seinem Schicksal spielt wohl ein Mädchen eine Rolle, das so aussieht wie Helmuts Großmutter in jungen Jahren.

Indem sie den Greis, der die Augen rollte, prüfend musterte, kam ihr das Bedenken, ob es denn auch verbürgt sei, dass es eben diese Schauspielerin war, die man im Wasser fand. Aber Huldas Gedanken waren heute etwas verworren – die Zeitungsnotiz hatte sie verstört, und in ihrer Ratlosigkeit suchte ihr Herz eine Zuflucht beim geliebten Helmut.

Nur der Blick auf den hilflosen Alten war's, was sie zurückhielt: In seine trüben Erinnerungen versunken, lächelte er wie ein Irrsinniger, und in diesem Zustande konnte sie ihn nicht *allein* lassen.

Plötzlich fasste er sie an der Hand und starrte, als sei ihm eine Eingebung gekommen, die er ihr mitteilen wollte: »Weshalb sie den *Frankenberger* Weiher wählte? Oh! Damit wollte sie meiner Untreue ein anklagendes Denkmal setzen. Es geht nämlich die Sage, zu Frankenberg habe Karl der Große von seiner Liebsten, selbst als sie tot war, nicht lassen können. Endlich fand der Erzbischof Turpin heraus, woran das lag – in ihrem Munde verborgen war der Ring, mit dem der Kaiser sich ihr verlobt hatte. Erst als der Freund den Ring in den Weiher versenkt hatte, *fasste* sich der Kaiser und ließ die Tote bestatten. Seitdem hing er sein Herz an den Weiher und ließ darin die Wasserburg Frankenberg bauen ...«

»O Julia!«, murmelte der Schwermütige weiter – »diese Sage hattest du mir einst erzählt – damals als ich dir meine Abneigung gegen Verlobungsringe gestand. Auch hatte ich erwidert: Wie dort die Sonne untergegangen ist – dabei zeigte ich auf den rotgelben Streifen, der unter düsterem Gewölk hinterm Horizont glomm – so muss *jedes* Erleben *versinken,* auch ein *Lieben,* das sich *ewig* dünkt. Bei diesen Worten war sie zusammengeschauert, und es ging Novemberhauch durch das welke Schilf. Sie ahnte, bald müsse uns das Scheiden für immer kommen. Dann suchte sie den Tod im Frankenberger Weiher!«

Er starrte vor sich hin, als sei hier der Weiher, und dumpf stöhnte er. Dann aus seiner Träumerei allmählich erwachend, wischte er sich die Stirn und sagte leise: »Nun Hulda, nun ist mir schon ein wenig leichter ...«

»Nicht wahr? Siehst Du, Onkel! Und nun verlass doch das trübselige Haus hier und komme wieder zu uns! Komm zu unserem Gaste!«

Wie ein Abwesender blickte Lamettrie und fragte: »Gast? Wer denn?«

»Helmut Burger ist's – den Du ja *leiden* magst.«

»Helmut?« er schien sich zu besinnen. »Ist das nicht der Freund von Gerhart? Der junge Mann, der so freundlich sprach?«

»Ja, nicht wahr?« Ein Strahl von Freude leuchtete aus ihrem Auge in das kummervolle Greisenantlitz. »Darf er Dich besuchen?«

»Besuchen?« Verlegen sah der Alle sich um: »Dazu ist meine Einsiedelei nicht geeignet ... Ich muss wohl zu Euch hinunter kommen.«

So schien er nun endlich aus dem Morast seiner Trübsal heraus zu sein – Huldas Gesicht verklärte sich, als er stutzig an sich herunter blickte: »Auch kann ich nicht in diesem plumpen Rock ... wie *kam* ich denn eigentlich dazu? ... Ach ja, die unselige Möllerei!«

Sie lächelte ermunternd: »Ja, nicht wahr? Ich werde dem Friedrich sagen, er solle Dir wieder den hellen Sommeranzug bringen.«

In sonniger Stimmung verließ Hulda die Einsiedelei und gab dem Diener die nötigen Weisungen. Friedrich war hocherfreut, dass die leidige Möllerei vermutlich zu Ende sei und das Lamettrieleben wieder anhebe. Trällernd schritt Hulda durch den Kiefernwald. Ihre freudigen Gedanken weilten bei Helmut, und sie ahnte, dass er jetzt an ihrem Lieblingsplatz weile. Er hat es natürlich nicht ausgehalten, so ganz allein zu sein – dachte sie lächelnd – und will wenigstens die einsame Traumbank unter der Blutbuche mit seinem Schatz teilen.

Und richtig, als zwischen den Büschen das Plätzchen sichtbar wurde, saß er da so versunken, dass er erst aufsprang, als sie schon nahe war. Stürmisch schloss er sie in seine Arme.

Mit hastigen Worten berichtete sie, wie der Onkel sein Geständnis gemacht habe und Erleichterung empfinde, diese würde ihn – wie es den Anschein habe – wieder zum Lamettrie-Bewusstsein aufrütteln.

»Recht so! Zwar ist es eine krankhafte Schrulle, aber er fühlt sich wohl darin, und wir tun vielleicht gut, den Lamettrie in ihm einstweilen zu stärken, damit er nicht fortgesetzt dem aufreibenden Möller-Elend anheimfällt.«

»Komm! Wir gehen ihm langsam entgegen und spazieren durch den Garten; die Blüten und Vogelstimmen, Dein Zuspruch und unser Glück – das alles soll ihm seine Gespenster verscheuchen. Aber dass wir einander gefunden haben, davon – hörst Du wohl – lassen wir vorläufig nichts merken.«

## 24. Aufhellung

Auf Herrn Lamettries Erscheinen warteten die Liebenden am Kiefernwalde, unweit der Einsiedelei. Sie standen an einer Stelle, wo man durch eine Schneise des Dickichts auf das Dorf und sein Kirchlein blickt.

»Ja wohl, Hulda«, sagte Helmut, »für die Möller-Stimmung waren die von Dir gewählten Gedichte wohl geeignet; es galt ja, ihm nahezubringen, wie das Rätselhafte, was unser Nichtwissen Tod nennt, die Quelle des Lebens ist. Meine Großmutter hatte dafür die altgermanische Bezeichnung Hel gewählt. In Hel verehrte man die Göttin der Unterwelt – sie umfasst zugleich das Wurzelbereich alles Lebendigen – auch Frau Holles Sagenteich; Hel ist ja dasselbe wie Frau Holle.«

»Ach! Und deshalb hat man Dir wohl den Namen Helmut gegeben?«

»Allerdings! Um meine Großmutter besonders zu erfreuen. Im gleichen Sinn hat sie erwidert, eben durch jene Widmungsverse, von denen wir schon gesprochen haben. Aber wir sind ja bei Walt Whitman!«

»Ja, bei seiner lebensvollen Anschauung des Todes. Diese wollte ich dem Onkel nahebringen.«

»Ganz einverstanden bin ich mit Dir, soweit die schwermütige *Möller*-Persönlichkeit in Betracht kommt. Weil es aber an der Zeit ist, den *Lamettriegeist* wieder anzuregen, lass uns für etwa künftige Fälle lieber ein energisches *Dur* wählen, kein gefühlvolles *Moll*. Das Rasseln

der Maschine begeistert einen Walt Whitman ebenso wie
der Blick in geheimnisvoll große Natur. Du hast gewiss
schon erlebt, dass man im Rattern der Eisenbahnen allerlei Weisen und Takte vernehmen kann. Nun also! Das ist
nur ein schwaches Seitenstück zu dem, was unser Dichter aus derlei Getrieben heraushört. Ein Ohr hat er sowohl für die heimlichen Lieder des Windes, der den
Straßenstaub wirbelt – für die Melodien der Wogen, die
einen stampfenden Küstendampfer schaukeln und
rhythmisch überspritzen; aber auch das Tosen des New
Yorker Verkehrs ist ihm so erhaben wie naturhafte
Stimmen ...«

Während Helmut so redete, war der Onkel aus der Einsiedelei gekommen, wieder ganz wie Lamettrie gekleidet. Entschlossen ging er auf das Paar zu, und dieses
suchte seine verlegene Unsicherheit hinter einem Lächeln zu verbergen. Doch selber befangen und von der
Umwandlung seines Gemüts verwirrt, bot Lamettrie
dem jungen Manne mit Gestammel die Hand: »Wir kennen uns, Herr Burger. – Dank für Ihr Kommen! Und Dir,
Hulda, dass Du mir Euren Gast herbrachtest!«

»Herr Lamettrie, Sie hatten die Freundlichkeit, mich
mal zum Besuch Ihres Museums einzuladen. Da ich nun
von Bellings ...«

»Herr Burger«, fiel ihm Hulda ins Wort, »interessiert
sich lebhaft für Deine Erfindungen, und ...«

Wieder sein Signal-Pfeifchen zog Lamettrie heraus;
beim Umkleiden hatte er es an sich genommen. Auf den
schrillen Pfiff eilte Friedrich herbei und nahm leise Weisungen seines Herrn entgegen.

»All right, mylord.«

»Meine Technik zu besichtigen, wird allerdings einige Tage kosten« – wandte sich Lamettrie mit Wichtigtuerei wieder zu Helmut – »vorausgesetzt, dass Sie von meinen Einfällen nicht gar zu sehr angestrengt werden.«

»Dann wird es Helmut schon sagen. Und jetzt wollen wir noch ein wenig durch den Frühlingsgarten wandeln und für heute nur mit einem Blick Dein Museum streifen. Dürfen wir Dich, Onkel, bei unserem Mittagstisch haben?«

»Danke! Ich lasse den Bescheid noch offen«, erwiderte Herr Lamettrie mit ernstem Blick.

Etwas Aufheiterndes wollte Hulda vorbringen: »Denke Dir, Onkel, heute ist wieder der Glücksvogel gekommen.«

Wie von Maiensonne verklärte sich sein starres Antlitz: »Ach, unser Benedikt! Hat er von den Datteln gepickt?«

»Das hat er. Freilich sein Onkelchen vermisste er offenbar. Vor unserem Gast hatte er so wenig Scheu, dass er uns sein lieblichstes Lied gesungen hat.«

Lamettrie lächelte vor sich hin und nickte, als ob er einen guten Gedanken bekräftigte. Wie ein Erwachender sah er sich in der prangenden Blütenlandschaft um. Die ersten Schwalben schossen mit schrillen Jauchzern durch die Luft.

Man war in der Nähe eines Gebäudes, das unten einen offenen Säulengang hatte, oben einen vierkantigen Turm, mit Uhr versehen und mit einem gläsernen Beobachtungsraum nach Art einer Sternwarte.

»Sie wundern sich über den anscheinend kleinen Raum, den mein Museum umfasst. Das hier ist aber bloß der Eingang – die Hauptsache befindet sich in den unterirdischen Gängen und Gemächern. Den Schacht, der hier war, habe ich zu meinen Zwecken hergerichtet.«

Friedrich, der wohl meinte, eine Besichtigung sei zu erwarten, näherte sich, als ob er Auskünfte zu geben habe. Während Lamettrie seiner Hulda den Arm bot, und mit ihr etwas Vertrauliches zu reden schien, wandte sich Helmut an den Diener: »Na, Mister Friedrich, nun gibt es ja wieder für Sie zu schaffen.«

Der Diener erwiderte: »Nichts ist mir willkommener, Herr Doktor. Ich bin ja glücklich, dass Herr Lamettrie wieder hergestellt ist, wie es scheint. Was aber das Schaffen betrifft, das Sie, Herr Doktor vermuten, so ist das, was wir in Deutschland zu tun haben, nur ein Kinderspiel im Vergleich zu den Jahren in Amerika.«

»Kann mir denken, dass es damals heiß herging.«

»Ja, als Herr Lamettrie seine ersten technischen Vorstellungen gab, ging unser Business miserabel, und es kam so weit, dass wir in Milwaukee ausgepfiffen wurden. Aber mein Herr behielt den Kopf oben und sagte: Friedrich, aus der Wüste ist der Menschheit schon manches Heil gekommen – zur Wüste nehmen wir jetzt unsere Zuflucht. Als Jäger hausen wir in Wäldern und Prärien. Na, man bekam ja auf den Stationen, von denen wir ausgingen, Maismehl und Konserven, und lebten so leidlich. Da gaben nun Einsamkeit und Not Herrn Lamettrie die Gedanken ein, die sich in New York so glänzend bewährten. Das war seine Erfindung des mechanischen Schachspielers und der geniale Trick, mit dem er das Publikum überwältigte ...«

»Trick?«, unterbrach Helmut – »kann denn ein Trick, eine *Täuschung*, genial sein?«

»Ich erlaube mir, zu entgegnen: Gewiss ist das möglich. *Sehen* Sie erst mal den Schachspieler, dann urteilen Sie! Mit der verblüffenden Vorstellung haben wir im Niggerviertel von New York hundert volle Häuser erlebt, jeder Platz zu einem halben Dollar – und jedes Mal brüllte das Publikum ein Lebehoch auf seinen Lord Lämitrei, wie es den französischen Namen aussprach ... Ja, das war genial – war unsere *große* Zeit ... Na, Sie werden ja *selbst* sehen. Aber da kommt Frau Belling.«

Lamettrie und Hulda gingen ihr lebhaft entgegen, und Helmut schloss sich ihnen an. Mit Vergnügen vernahm er, dass Frau Belling nun nach dem Morgenschlummer ganz rüstig sei.

Weil Hulda mit ihrer Mutter Wirtschaftliches besprechen wollte, hielten sich die beiden Herren etwas abseits, und Lamettrie gesellte sich wieder zu Burger. Friedrich ging ehrerbietig hintendrein.

»Wenn es gefällig ist« – sagte Lamettrie, der sich nun wieder in seinem Element fühlte, »so tun wir einen Blick in das berüchtigte Hexenkapellchen.« Und seinen Arm ergreifend, führte der flotte Greis den Gast durch terrassenförmige Beete die Anhöhe hinan.

Oben angelangt, sah der junge Mann ein mächtiges Portal gotischen Stils, das gewissermaßen eine Musik von Linien war; dem Innern des Hügels schienen sie entsprossen. Zur Kapelle, die wie in den Boden gesunken aussah, führten einige Stufen hinunter.

Durch das Portal trat man in einen gotisch gewölbten Raum: Dämmerhaft eingestreutes Rosenlicht fiel von oben her auf die Marmorgestalt eines kraftvollen Jünglings, der aus Felsgestein hervorklomm, seinen rechten Arm erhoben, als begrüße er jauchzend den Tag. »Aus Tiefen die Wahrheit«, lautete eine Inschrift.

Inmitten dieser Vorhalle, die eine verschlossene Tür und gegenüber einen offenen Spitzbogen hatte, war ein Marmorbecken mit Gewächsen und zierlich springendem Wasser, grün beleuchtet.

»Zur Kapelle hier!«, raunte Mister Friedrich, auf den offenen Bogen deutend.

Der eintretende Helmut staunte über den großen Raum in bläulicher Beleuchtung. An beiden Seiten von dämmrigen Kreuzgängen eingefasst, hatte er die Stimmung einer Kapelle. Ein Altar befand sich nicht darin; an seiner Stelle, die ganze Wand füllend, ein Gemälde der Sixtinischen Madonna, flankiert von zwei wuchtigen Leuchtern.

Auf Friedrichs Wink nahmen Helmut und Lamettrie auf einer der beiden Eichenbänke Platz, die den Blick sowohl nach rechts zum Bilde, als auch nach links zur Orgel gewähren.

Mit ihren silberfarbenen Pfeifen erhob sie sich vom vorgewölbten Chore. Auf ihm standen Hulda und ihre Mutter mit Notenblättern. Nun verschwanden sie – gleich darauf erscholl die Orgel.

Andächtig versank Helmut in den Anblick der heiligen Muttergottes, die im blauen Himmelsmantel das Kind trägt, dessen gewaltiges Auge mit Erbarmen auf die Welt herniederschaut, vom Erlöserwerke sieghaft träumend.

Jetzt mischten sich in die Orgel, die Frau Belling spielte, die perlenden Klänge der Harfenspielerin Hulda, und diese sang mit sanfter Altstimme Mörikes Gebet:

>»Herr, schicke was du willt,
Ein Liebes oder Leides;
Ich bin vergnügt, dass beides
Aus deinen Händen quillt.
Wollest mit Freuden
Und wollest mit Leiden
Mich nicht überschütten!
Doch in der Mitten
Liegt holdes Bescheiden.«

## 25. Das verräterische Nest

Aus der blaudämmrigen Empfangshalle war man hinausgetreten auf eine Terrasse, die nach dem Westhange des Hügels einen weiten Ausblick gewährte. Durch Wiesen, gelbblühende Flächen und silbergrüne Felder wand sich der blinkende Rhein.

»Dort hinter dem Uferdörfchen auf der kleinen Anhöhe liegt die Lazaruskapelle« – wandte sich Hulda an Helmut, um mit ihm anzuknüpfen.

»Ich bin noch ganz hingerissen von der Musik, o Hulda!«, raunte er – »ich habe ja gar nichts gewusst von Deiner Kunst.« Und um nicht von einem der Umstehenden vernommen zu werden, flüsterte er leuchtenden Auges: »Ist es denn wirklich wahr, dass ich eine solch harfende Muse zur Gattin ...«

Freudig bewegt, schwieg sie – er aber merkte, dass Friedrich geneigt war, seinen weiteren Bericht über das Niggerviertel anzubringen. Deshalb ging er mit Hulda an die Terrassenbrüstung. Sie deutete zur Lazaruskapelle: »Onkel und ich fahren manchmal per Auto hin.«

Auf seinen verstohlenen Ton ging sie offenbar mit Wonne ein: »Ja, die Deine bin ich – ach!«

Da Lamettrie mit Frau Belling in eifrigem Gespräche langsam weiterging, konnte das Paar, anscheinend der Aussicht halber, zurückbleiben.

»Und Du, Helmut, spielst Du kein Instrument?«

»Cello!«

»Herrlich!«

»Unser Ausblick ist lauter Seligkeit. O, wie schwimmt die Welt in Wonne!«

Vorsichtig gingen sie zur Ecke des Gebäudes und lugten: Lamettrie und Frau Belling hatten einen bedeutenden Vorsprung und schienen das Paar nicht zu vermissen. Friedrich trollte hinterdrein. So traten die Verliebten denn hinter die Ecke zurück und lagen sich in den Armen, als sei es selbstverständlich, die Gelegenheit zu pflücken.

Was Frau Belling betrifft, so berichtete sie Herrn Lamettrie, was der Gärtner soeben vom Glücksvogel bemerkt hatte: »Er hat ein *Nest!* Und rate mal, *wo.* Nein, Du kannst es kaum erraten. Im dichten Wipfel der Blutbuche, ausgesucht, wo Hulda ihre Traumbank hat.«

»Das bedeutet etwas!« lächelte Lamettrie.

»Was denn?«

»Dass auch sie aufs Nisten verfallen wird.«

»Na, wer weiß! Herr Burger ist es sicher nicht, der auf sie zielt; der nimmt das Leben eher zu ernst. Das Leben und das Lieben.«

»Zu ernst?« Lamettrie blieb stehen, und fast vorwurfsvoll lohte sein Auge: »Kann man das Leben *zu ernst* nehmen? Und das Lieben? Nicht ernst genug nimmt es die Welt. Bedenke, was ich gelitten habe, weil ich in meiner Jugend leichtsinnig war. Schwer hab ich das zu büßen. Wenn ich mich jetzt aufrichte aus meiner Gewissensqual, so schöpfe ich die Kraft dazu aus der Hoffnung, meinen Mitmenschen zu zeigen, wie man es *nicht* machen soll, und somit zur Besserung ihrer Lebensweise beizutragen. Besonders denke ich an Hulda, für die ich eine Liebe hege, wie sie selbstloser kein leiblicher Vater aufbringen könnte. Entsetzlich, zu denken, ihr Schicksal könne noch weitere Enttäuschungen bringen. Grauenvoll schwebt vor meiner Seele, was ich einst angerichtet habe durch meine rücksichtslose Leichtfertigkeit: Ins Wasser ist sie gegangen, weil ich sie verlassen habe.« So klagte der Greis, indem er die Hand auf seine geschlossenen Augen legte. Erschüttert starrte ihn Frau Belling an.

Dumpf grollte er weiter: »Da faselte ich einst – ich überheblicher Rohling – von einer Liebe, die tierisch sei. Das sollte eine Herabsetzung sein. Für mich aber bedeutet tierische Liebe nun etwas, das mehr Hingabe an die Gattung hat, als die sogenannte Liebe unseres zivilisierten Pöbels. So tituliere ich eine Spezies des homo sapiens, zu der ich mich leider selbst rechnen muss. Schämen muss ich mich vor dem kleinen Benedikt und seinem Weibchen, die mit rührender Treue ihr Nest bauen und ihre Brut versorgen. Im Unterschied vom Menschen, der sich vor Folgen seines sogenannten Liebens zu *drücken* sucht – wie *ich* es damals aus Feigheit vor meinen Gönnern tat, vor denselben, deren naturwidrige Satzung ich für fromme Sittlichkeit hielt ... O seherhafter Whitman, mit dem mir das gute Huldchen einen ästhetischen *Fund* zu bescheren glaubte, wie könnte deine Stimme die Verkommenen aufrütteln, wenn du die Welt zum Garten Eden bilden möchtest! Liebe, naturhaft schöpferische Liebe, ist dein Gesang, du Glücksvogel der Menschheit? Die Liebe, wie sie im Leibe lebt, des Daseins Sinn! Prophet einer reineren Welt! Spät erweckt mich deine Stimme; *zu* spät, um da noch mein Leben zu formen. *Nicht* zu spät, um sterbend noch meine beste Sehnsucht zu bekennen – *Natur*sehnsucht ist es – sie wird dem Maschinenmenschen zum bekehrenden *Damaskus* – ich spür's, so muss es kommen. Mein Glücksvogel, dein Nest, wo du unermüdlich auf den fünf Eierchen brütest, ist mir ein liebliches Heiligtum, vor dem ich mich demütige. Glückselig könnt ich jetzt dastehen, ein rüstiger Greis, der ich noch bin; – denn Lamettrie und sein Lebenselixier sind *Selbstbetrug*! Wär's *nicht* so gekommen, wie's meine Naturwidrigkeit heraufbeschworen hat – ich dürfte jetzt vielleicht froh auf eigene

Familie blicken ... Aber! Ich Elender! Der ich mir mein Glück zerstörte!«

Tränen im Auge und begütigend streichelte Frau Belling seine Hand.

Er wurde ruhiger und sprach sich weiter aus: »Huldchen ist mir ein Trost. Hulda, auch wenn sie zunächst einsam ist, sie wird noch unser Glücksvogel. Sie wird einmal mit dem, den sie erwählt, ihr Nest bauen, und wir *schirmen* das Nest. Sollst sehen, Bellchen, welche Freude uns dann kommt!« Die eben noch düsteren Augen leuchteten von Hoffnung, und sie half dem Maschinenmenschen, dass er sich liebend mit der Natur versöhnte.

Das passte ja auch zu dem Vorhaben, von dem sie sprechen wollte:

»Nicht das mit Hulda«, sagte Frau Belling, »ist es ... so innig ich wünsche, dass sie noch heiratet, ich glaube es kaum. Ihre erste Liebe wird sie nie vergessen.«

»Das *soll* sie auch nicht. Aber eine *neue* Liebe schließt das liebende Gedenken an den Verlorenen ja keineswegs *aus*, und sicher wird sie bald ihren Lebensgefährten finden.«

Frau Belling überlegte. Dann gab sie zurück: »Mag sein. Nun wie gesagt, jetzt geht es zunächst um unsern Glücksvogel! Wo er nistet, ist ja entdeckt, und diese Stelle wollen wir in weitem Umkreis umspannen, damit die Eltern sich nicht ängstigen und nicht nötig haben, vor nahenden Menschen ihr warnendes Rahr zu zetern.«

»Bin ganz mit Dir einverstanden!«

»Gleich soll der Gärtner einen Strick von Baum zu Baum spannen«, meinte Frau Belling – »so haben wir einen Bezirk, dass keiner der Blutbuche zu nahe kommen kann ... Ich will sofort nach der Örtlichkeit sehen und dem Gärtner die nötigen Weisungen geben.«

Auf eine Angelegenheit seiner liebenden Sorgfalt abgelenkt, eiferte der Greis: »Tue das! Wenn die Tierchen gestört werden, verlassen sie ihr Nest. Mein lustiger Benedikt, niemand soll dir zu nahe kommen! Morgen beim Frühstück sollst du uns nichts zu klagen haben, sondern dein sanftes Biwäwü flöten ... Also, Bellchen, jetzt geh ich zu meinen Rosen. Und zu Mittag, Du hast mich ja eingeladen, da komme ich; Euren Gast möcht ich mal schärfer ins Auge fassen.«

»Na, dann auf Wiederseh'n!«

Frau Belling schritt geschäftig durch den Garten.

Das Paar indessen hatte sich manch Wichtiges zu sagen, unendlich viel. Es war wie am Tage der ersten Begegnung brav durch den Garten gegangen, hatte aber zwischen den Büschen gewagt, Arm in Arm zu wandeln, und war nun ahnungslos bei der Lieblingsbank angelangt.

»Hier, mein Schatz«, gestand er – »ist der Funke meiner Liebe zur Flamme aufgelodert.«

»Und davon hat keiner was gemerkt.«

»Wir sind ja auch immer so artig gewesen«, flüsterte er mit zärtlichem Blicke. »Komm, setzen wir uns!« Er führte sie zur Bank und zog sie in seine Arme.

»Mein Gott, was ist das?«, dachte verblüfft Frau Belling, die ganz ohne Absicht Zeuge solcher Verliebtheit war – »sie küssen sich! *Die* haben sich aber rasch gefunden. Unsereins in Eisenach hat sich doch eine Weile geziert. Aber diese Kriegsgeneration – o mein Kind, mein wohlerzogenes! Und nun gar solche stürmischen Gebärden! Sie *stören* ja das brütende Weibchen! Wie soll ich ihnen das *beibringen, wie* denn? Überraschen? Nein, das mag ich nicht ... Gott sei Dank! Jetzt kommen sie *zu* sich – sie *verlassen* die Bank – sie gehen weiter, zärtlich umschlungen. Na *wartet*, Kinder, mit euch muss ich ein *ernstes* Wörtchen reden!«

## 26. Geständnisse

»Die Heimlichkeit halte ich nicht länger aus, wenigstens nicht vor meiner Mutter. Als Backfisch hab ich mit ihr meine kleinen Liebeleien durchgehechelt. Und als ich ihr meine Liebe zu meinem Werner nicht gleich gestanden hatte, sah sie dies als einen Mangel an Vertrauen an. Soll ich mir diesen Vorwurf machen lassen?«

»Um alles nicht!«, erwiderte Helmut. »Nur den Onkel wollen wir nicht aufregen.«

»Aber Mutter kann es ja vor ihm einstweilen geheim halten.«

»Wissen's Zweie, so weiß es die Welt«, lächelte er – »doch gut! Wagen wir's.«

So traten sie, Arm in Arm der ernst blickenden Frau Belling entgegen, die eben schon darauf sann, wie sie ihren Vorwurf zart einkleiden solle.

Die Freimütigkeit ihrer Tochter kam ihr zuvor: Ehe sie sich dessen versah, hatte sie einen Kuss weg, und strahlend nahm Hulda ihren Helmut bei der Hand: »Vor *Dir* haben wir *keine* Heimlichkeit – wir wollen einander *heiraten!*«

Verehrungsvoll neigte sich Helmut zum Handkusse, aber die Freude überwältigte sie – Frau Bellings Lippen drückten sich auf seine gebräunte Wange, und ihre Tochter hielt sie umschlungen. Die stumme Rührung ging in lachende Fröhlichkeit über; dann wurden die drei wieder ernst: »Nur vor dem Onkel möchten wir's noch heimlich halten. Wer weiß denn, ob es ihn nicht aufregt.«

»Ja, es könnte sein, dass er jetzt noch angegriffen ist. Zwar hat er mir gestanden, er habe heute wie Paulus sein Damaskus erlebt. Von der Maschine habe er sich zur Natur bekehrt. Aber kann man trauen? Gewissensqualen macht er sich noch immer wegen jener Schauspielerin – und für Huldchen fürchtet er nur das Eine: Das Schicksal könne ihr, die schon so Schweres erlebt, neue Enttäuschungen bringen.«

»Dazu wird es hoffentlich nie kommen.«

»Onkel hat natürlich nichts Bestimmtes im Auge – von Helmuts Bewerbung konnte er ja nichts ahnen – und dabei, denke ich, *lassen* wir ihn auch vorerst; Gerharts Rückkunft warten wir wenigstens ab ... Heute Mittag will Onkel mit uns speisen, da werden wir ja sehen ... Aber Kinder, den Verlobungsschmaus müssen wir für ein Weilchen noch verschieben.«

»Verlobungsschmaus? Aber Mutter! Und was die Enttäuschungen betrifft, so wüsste ich nur *eine*, die mich hätte niederschmettern können, nämlich die Sorge, die ich gestern und vorgestern noch hatte, war *die*: Helmut könnte bereits gebunden *sein*, oder ich könnte ihm zu *alt* sein. Siehst Du, Mutter, *das* wäre für mich eine furchtbare Enttäuschung gewesen.«

Nochmals gab es stumme Umarmung und allseitige Ergriffenheit. Frau Belling meinte weich: »Nun, Kinder, geht lieber in den Wintergarten, damit Euch der Onkel nicht etwa bei einer Zärtlichkeit ertappt, die ihm die Augen öffnen würde.«

Mit frohem Stolze entgegnete Hulda: »Ich erzähle Helmut von Werner und zeige ihm seine Briefe aus dem Felde.«

»Bitte, Schatz, und seine Fotografien.«

Es war nichts Außergewöhnliches, was Helmut zu hören bekam, und wie es kaum anders denkbar, vergoss Hulda bei den Erinnerungen manche Träne, während in Helmut die Teilnahme des Kriegskameraden lebendig wurde, und ihr *gemeinsames* Lieben ihn ergriff.

Als der Gong zur Tafel rief, gingen die Verlobten, die sich jetzt mit kühler Höflichkeit zu begegnen hatten, zum Empfangsraum. Sie trafen Frau Belling noch ohne den Onkel. Aber bald erschien er und herzlich begrüßte man einander.

Das Mittagsmahl, zu dem man gleich Platz nahm, war einfach, obwohl auch diesmal verschiedene Weine angeboten wurden.

Auf Frau Bellings Wunsch durfte auch der übliche Sekt nicht fehlen. Mit bedeutsamen Blicken stießen die drei Wissenden auf gute Kameradschaft an.

Der Onkel, der zu merken schien, dass hier ein geheimes Einvernehmen walte, sagte zu Helmut: »Lasset auch den *Alten* dazugehören! Prosit!«

Nur wenig vom Sekt hatte er genommen, und Sprudelwasser ließ er sich dazu einschenken, indem er Hulda anlächelte: »In der *Mitten* liegt holdes Bescheiden. Der Alte muss endlich mal von seinen Genussgewohnheiten *loskommen.*«

»Kennen Sie«, wandte er sich an Helmut, »die Geschichte von der Altweibermühle? Zum Mühlknappen kam eine fidele Alte, nun mahl er mich *um!* Ich bezahle gleich ... Zu zahlen braucht sie nichts! Nur diesen Zettel bitt' ich zu unterschreiben! – Es war ein Formular: Ich werde auf meinen eigenen Wunsch jung gemahlen, aber so, dass alle meine früheren Dummheiten endgültig *abgelegt* sind und sich *niemals wiederholen.* – Die Alte stutzte, ihr Gesicht wurde immer bedenklicher: Von solcher Verpflichtung hab ich nichts gewusst. Was? Ich soll die alten Dummheiten endgültig *lassen?* Da will ich doch lieber aufs Jungwerden *verzichten.* Wenn man keine Dummheiten mehr machen darf, was hat man dann vom Leben? Ach nein! Da geh ich lieber so nach Haus und sitze noch ein Weilchen auf dem *Altenteil* meiner Dummheiten ... Das Weiblein *kannte* das Leben; es durchschaute, was seinen Reiz ausmacht ... Jedem Neugeborenen wird vom Schicksal ein Patengeschenk in die Wiege gelegt: eine Anweisung auf allerlei Dummheiten, die es später begierig begeht. Nicht bloß unsere *Fehler,* auch unsere *Tugenden* sind oft mit Dummheiten vermischt, und man kann daher fast behaupten: Dummheit bildet die *Triebkraft* unseres Lebens ... Sie sehen mich groß an, Herr Burger? Na, ich verüble es keinem, wenn ihm meine Philosophie der Altweiber-Mühle ein bisschen *windschief* erscheint.«

»Wir *nehmen* sie auch nicht feierlich – wir sind erfreut über Ihre gute *Laune*«, – erwiderte Helmut – »über die humoristische *Milde*, mit der Sie heule die Gebrechen der Menschheit beurteilen, indem Sie diese als angeborene *Engen*, ja als *Patengeschenke* bezeichnen.«

»Oder als Ausbrüche von Narrheiten«, schaltete der Onkel ein.

Helmut war in der Stimmung, Onkels Übertreibungen zu beschönigen: »Nun, was die Dummheit als Triebkraft betrifft, so gebe ich zu, der Idealist, der sich selber so nennt, verrät hierdurch eine unkritische Enge.«

»Burger, Sie verstehen es, liebenswürdig meine einfältige Äußerung umzudeuten, und daraus etwas zu machen, das nicht gar so närrisch klingt. Burger, Sie sind mein Freund! Ich will noch einmal ein wenig über die Schnur hauen, nämlich mit dem Sekt. Lassen Sie mich mit Ihnen ein Schmollis trinken, falls Sie solche Rückfälle in den Studententaumel nicht zu den Dummheiten rechnen.«

»Ich bin hocherfreut!« Helmut war aufgesprungen.

»Auch ich nämlich«, deklamierte der Alte, »bin in Arkadien geboren, hab in Bonn studiert, sogar beinahe den Doktor gemacht, was unter meinen Dummheiten sogar eine schlau gemeinte, wenn auch verhängnisvolle, war.«

Friedrich hatte mit brausendem Schaum alle Gläser gefüllt, weil auch die beiden Damen entzückt ausriefen: »Wir sind *auch* dabei! Es soll ein Schmollis zu *Vieren* werden!«

Jetzt war der Alte, obwohl übermütig gestimmt, doch etwas verblüfft und kleinlaut. Umso ausgelassener waren die Anderen, hatten sie doch für ihre angestrebte Intimität unverhofft eine günstige Gelegenheit gefunden und die Form, die allen passte, ohne dass der Onkel deshalb die Verlobung erfuhr.

Mit dem süß prickelnden Feuertrank hatte man das Du geweiht, das zwischen Helmut und der Familie walten sollte, zu der er jetzt gehörte.

»Wo steckt eigentlich *Gerhart?*«, fragte der Onkel etwas misstrauisch. »Ihr habt geradezu krampfhaft von ihm *geschwiegen!*«

»Verreist!« erwiderte Frau Belling, weil die Andern stumm blieben.

»Geschäftlich?« wandte sich der Onkel an Hulda.

»Nein, privat«, erwiderte sie einfach.

»Und um was handelt es sich? Darf ich das nicht wissen?«

Sie zögerte ein wenig und sagte dann: »Du musst bedenken, Onkel, dass Du doch dieser Tage eine Gemütsbewegung hattest, die uns recht bedenklich vorkam.«

Er blickte düster vor sich hin: »Ja, ich weiß, ich weiß natürlich; und da will er mir nun einen Spezialarzt holen, aber der hat hier nichts zu suchen.«

»Das wissen wir ja.«

»Nun also!«, fuhr der Alte mürrisch fort, »und was dann? Aha! Ich errate. Er will meine *Vergangenheit* herausschnüffeln. *Die* Mühe hätte er sich *ersparen* können. Ich selber sehe ein, dass ich Euch meine Geständnisse schulde. Und schon seit dem Brief des Vetters aus Amerika versichere ich Euch: Ich bin *Ignatius Möller*, geboren in Cöln 1847, der seit dem entsetzlichen Unglück des Jahres 1872 von der fixen Idee beherrscht wurde, er sei der Philosoph *Lamettrie*.«

Die Tischgesellschaft blickte aufmerksam und schwieg.

Friedrich stand steif und schlug die Augen nieder.

Der Alte sah ihn an und fuhr nach einer Pause fort: »Ja, ja, mein guter Mister, jetzt also ist das Möller-Elend keine Schrulle mehr! Aber Möller wird nun auch nicht mehr in unfruchtbarer Reue verharren, sondern seine Schuld an den *Lebenden*, soweit das überhaupt möglich ist, *wiedergutmachen*. Der nachgeäffte Lamettrie ist endgültig *abgetan*. *O pfui* über meinen Selbstbetrug!« fuhr er fort und ließ die dunkeln Augen rollen. »Pfui über die feige Flucht aus meinem echten Ich! Fünf Jahrzehnt hindurch hat sie mich im Banne gehalten.«

Der zerknirschte Greis richtete seine hohe Gestalt empor, blickte wehmütig ringsum und holte tief Atem: »Nun aber will ich *frei* sein. *Hinweg* mit den Gespenstern! Die *doch* nichts bessern können. Ein neues Leben soll beginnen. Mein *besseres* Selbst – ich fühl's – es regt sich! – Schon indem ich mich danach *sehne*.«

## 27. Die Bibliothek

Nach Tisch ging der Onkel in den Oberstock des Schachthofes, wo seine Privatwohnung war, und ruhte ein paar Stunden. Dann holte er, wie verabredet war, seinen jungen Dutzbruder zur weiteren Besichtigung des Hexenkapellchens ab: »Ich bin durch die Schlaflosigkeit der Nacht doch etwas angegriffen und möchte Dich bitten, dass wir uns heute auf die Bibliothek beschränken.«

»Ganz wie es Dir passt, Onkel!«

»In Dir, Helmut, hoffe ich einen Freund gefunden zu haben, auch für die arme Hulda.«

»Darauf kannst Du Dich verlassen«, entgegnete Helmut etwas verwirrt.

»Täuscht mich meine Ahnung nicht, dass Du ihr mehr als freundschaftliches Interesse entgegenbringst? Verzeihe meine Offenheit! Aber Du weißt, wie sehr ihr Schicksal mir am Herzen liegt, und dass ich sie wie eine Tochter liebe. Drum sei Du offen und sage mir, wie es mit Euch steht!«

»Deine Ahnung hat Dich nicht getäuscht, lieber Onkel.«

Das Auge des Alten leuchtete: »Nun, dann *wirb* um sie!«

Nach einer Pause der Überraschung erwiderte Helmut schüchtern: »Ist bereits geschehen!«

Der Alte stand wie angewurzelt, maß den Freier vom Kopf bis zu den Füßen und meinte dann kühl: »Also *daher* die rasche Bruderschaft! Das verstanden die Damen ja geschickt einzurichten, Dir das Du anzubieten, ohne besonders aufzufallen. Aber warum hat man mir nichts gesagt?«

Zögernd kam die Antwort: »Dein Befinden, lieber Onkel! In der Krise, die Du durchzumachen hattest, wagten wir nicht, Dein Gemüt mit neuen Aufregungen zu belasten.«

»Ihr Kleinmütigen! Ein *Trost* wäre mir das gewesen. Bist Du mir doch nicht wie ein Fremder.«

Gerührt legte Helmut seinen Arm um die Schulter des alten Mannes, und dieser schaute ihm freudig ins Auge: »So hat sie den Mann gefunden, den ich ihr im Stillen *gewünscht* habe.«

»Wirklich? Gewünscht?«

»Ja! Schon bei unserer Fahrt auf der Eisenbahn habt Ihr Euch so gut verstanden. Und dann bei Deinen Ausführungen über den Kosmos, wie leuchteten da ihre Augen! Das war mir gleich verdächtig, und ich beschloss, bei Dir mal zu sondieren. Heute Vormittag, als Bellchen mir sagte, unser Glücksvogel niste in der Blutbuche ...«

»Doch nicht etwa bei Huldas Traumbank?«

»Ja, gerade da! Ist Dir das unangenehm?«

»Im Gegenteil! Aber da wurde das arme Tierchen wohl schon im Brüten gestört? So was möchte man doch vermeiden.«

»Deshalb eben sind heute die Wege zur Traumbank abgesperrt, auch für ein gewisses Paar. Die Angestellten meines Museums brauchen den Garten überhaupt nicht zu betreten, sie haben von Westen her Zugang ... Nun hätte ich aber Lust, gleich umzukehren und Huldchen einen Kuss zu geben. Doch das kann ja auch noch später geschehen – vor allem haben nun *wir* beide miteinander zu reden.«

Sie lenkten ihre Schritte zur Empfangshalle des Hexenkapellchens und zu den Stätten, die ihnen am Morgen Andacht beschert hatten. Aus der Halle mit dem Madonnenbild gingen sie auf die Türe zu, wo ihnen Friedrich diensteifrig entgegenkam. Hier also war die Lesehalle, und hier wimmelte es von Bänden. Ein Kaffeetisch war gedeckt und mit Gebäck und Rauchzeug versehen.

Auf Clubsesseln um den Tisch nahm Helmut mit seinem weißhaarigen Freunde Platz, und Friedrich brachte auf dem elektrischen Kocher das Wasser zum Sieden.

Bei einer Tasse Kaffee rauchten die Herren ihre Zigaretten, und Helmut betrachtete die Lesehalle. Durch hohe Fenster und ein Glasdach floss der Tag herein, und deutlich sah man den Wandschmuck, vornehme Ölporträts großer Denker. Reihen von Bücherschränken aus dunkler Eiche, an denen zierliche Schilder hingen, wie »Technik im Altertum«, »Renaissance«, »Neuzeit«, »Mechanik«, »Wellenbewegungen«, füllten den Raum.

»Philosophie findest Du auf der Galerie, da sind die Schränke für Griechen, Römer, Ägypter, Perser, Inder, Germanen, Italiener, Franzosen, Engländer, Deutsche und so weiter ... Ich wollte Dir schon den Vorschlag machen, Dein Schuhgeschäft zu verkaufen und mein Bibliothekar zu werden. Das alles wird sich nun aber viel einfacher gestalten, da Du ja sozusagen mein Schwiegersohn wirst.«

Während sie wieder dem duftenden Kaffee ihre Aufmerksamkeit schenkten, und Helmut mit Sorgfalt eine Havanna anzündete, wies der Alte auf die Porträts: »Da schauen sie vornehm hernieder – ein Newton und Laplace, ein Kant und Robert Mayer – sehr gescheit und doch ... *was* habe ich als das Patengeschenk des Schicksals bezeichnet? Das dem Menschenkind in die Wiege gelegt wird – nun?«

Helmut klopfte die Asche von seinem Glimmstängel und lächelte: »Man kann es nicht leugnen, befangen in ihrer Dogmatik sind sie alle. Das ist eine Art Beschränktheit. Aber Einseitigkeit gehört mal nun zum großen Theoretiker.«

»Jetzt, wo ich zur Bilderstürmerei übergegangen bin«, sagte der ehemalige Lamettrie mit hämischem Lächeln, »kommen die da mir vor, wie Narren ihrer Gescheitheit. Lamettrie zum Beispiel, in den mein Größenwahn sich vergaffte, errichtet sein Gebäude auf Sätze, die einander widersprechen. Einerseits nämlich betrachtet er die fünf Sinne als seine untrüglichen Philosophen, andrerseits bemerkt er, im Grunde sei ich nur meiner *eigenen* Sinnesempfindungen gewiss. Das heißt doch: Ich bin mir der einzig Verlässliche.«

»Du meinst, so entpuppe sich Lamettrie als ein Solipsist, der auf das eigene Ich pocht?«

»Unmittelbare Gewissheit hat jedes Ich lediglich von seinem Empfinden, und insofern *stimmt* der Satz Schopenhauers: Die Welt ist meine Vorstellung.«

»Hiermit, Onkel, berührst Du die Stelle, wo all diese Helden der Physik tödlich verwundbar sind. Der große

Newton – an was *glaubt* er eigentlich? An *Stoffklumpen* im Raum, die einzig der *Schwere* gehorchen. Die Gravitation ist seine Narrheit. Und so was nennt sich Einfachheit. Vereinfachen möchte man das Weltall, dass es uns fasslicher werde, aber verwickelter macht man's.«

»Die Verwirrung dieser Physiker« – meinte Helmut – »besteht darin, dass ein Leben, das allerhöchste Werte enthält, auf etwas Niederes zurückgeführt wird, auf brutale Materie. Diese Weltanschauung kennzeichnet aber vielmehr spätere Naturforscher, als Newton selbst, der mit zunehmendem Alter immer mehr einer idealistischen Weltauffassung zuneigte. Dagegen rangiert der Materialismus letzten Endes die vornehmen Lebenswerte hinter das Geschäft, Zivilisation geht auf Beherrschung und Ausnutzung der Materie aus; das Religiös-Sittliche gibt dem Leben nur eine puritanisch frömmelnde Dekoration. Aus ebendem Grunde, weil nämlich in der physischen Welt, und besonders in der mechanischen, *Gleichheit* gilt, hat die anglo-amerikanische Richtung einer *Demokratie* Vorschub geleistet, die gleichgesetzte Personen *zusammenzählt* und ihre Menge schätzt – so verkümmert das höhere Leben, das im Einzelnen als *Persönlichkeit* auftritt.«

Nach einer Pause nervösen Rauchens fuhr er fort: »Organisch soll das Volk sich gliedern – wie die Glieder des lebendigen Körpers. Nicht als mechanische Teile, nicht als Parteien sollten die Menschengruppen zusammenarbeiten, und nur die überlegene Persönlichkeit, nicht eine x-beliebige Person, ist zur Führung berufen. Aber unsere demokratische Öffentlichkeit *nivelliert* sich – das heutige Volk ist ein *Haufen von zerstückten Teilen* – kein Ganzes.«

Mit etlicher Bitterkeit hatte der junge Mann gesprochen
– auf den Onkel machte solch ein Urteil über die früher
von ihm verhimmelte physikalische Weltanschauung offenbar Eindruck. Nachdem er eine Weile düster vor sich
hingebrütet hatte, sagte er entschlossen. »Ich möchte
Dich mit meinem Bibliothekar bekannt machen. Päch
heißt er und Pech hatte er, drum nenne ich ihn scherz-
haft Peter Schlemihl. Schlemihl ist ein jiddisches Wort
und bedeutet einen ungeschickten Pechvogel. Als Sani-
täter hat er ein Bein in Polen verloren. Die notdürftig
ausgebildete Abteilung war auf freiem Felde aus dem
Eisenbahnzug soeben ausgeladen, als sie Schrapnellfeu-
er bekam, und unserm Päch riss es das Bein weg. Das
war sein Feldzug ... Friedrich, sagen Sie Herrn Päch, ich
lasse bitten.« Sofort verschwand der Diener durch die
Nebentür ...

»Ach, da kommt er ja! ... Ich möchte Sie, Herr Bibliothekar, meinem Freunde Burger vorstellen.«

Eine hagere Gestalt, die mit einem quietschenden Bein-
ersatz angestelzt kam, verbeugte sich linkisch.

»Lieber Herr Päch! Sie werden Gelegenheit haben, sich
mit Herrn Burger auszusprechen. Ich selber möchte
mich zurückziehen. Zeigen Sie Herrn Burger die Bibliothek.«

## 28. Mit Peter Schlemihl

Der Onkel hatte seinen Diener beauftragt, nun auch
dem Herrn Päch eine Tasse zu holen und für frischen
Kaffee zu sorgen.

Helmut warf einen schätzenden Blick auf die Eichen-
schränke und meinte: »Wie viel Bücher wohl sind hier
untergebracht?«

»Hier im Lesesaal« – erwiderte Päch – »zurzeit etwa
8000 Bände, in den Nebenräumen noch mal soviel, und
fortwährend strömen neue herzu; natürlich englisch und
französisch und sonst noch einige Sprachen beherrscht
Herr Lamettrie, dazu Volapük und Ido, außerdem
spricht er noch lappländisch. Er ist sprachlich wie als
Techniker ungewöhnlich begabt.« Flüsternd fügte er
hinzu: »Nur schade, dass er, wie Ihnen bekannt sein
wird, an fixen Ideen leidet. Er lebt in eingebildeten Welten, wie er zum Beispiel mich Peter Schlemihl nennt,
und, um die Verwirrung noch zu steigern, auch sich selber als einen Peter Schlemihl bezeichnet.«

»Sich selber? Und wie kommt er dazu?«

Herr Päch sah sich ringsum, ob der Diener noch im
Saale sei, fühlte sich unbelauscht und fuhr fort: »Der
*Schatten* – ja was bedeutet er? Sie wissen, im Märchen
hatte Schlemihl, um Gold vom Teufel zu erlangen, ihm
seinen Schatten abgetreten, vermeintlich ein bedeu-
tungsloses Anhängsel unseres Körpers. Aber weil das
*Fehlen* des Schattens den Leuten unheimlich war, fühlte
sich der reich gewordene Schlemihl unter den Menschen
entsetzlich geniert: Im Sonnenschein durfte er sich nicht
sehen lassen; drum hätte er gern allen Reichtum hingegeben, um seinen Schatten wieder zu kriegen. Aber
schattenlos blieb er; nur dass der gute Genius, der auch
im Unglück nicht ganz von uns weicht, ihn Siebenmei-
lenstiefel finden ließ, mittels deren er in Wildnissen ab-

seits der Zivilisation sein Leben verbringen und als Naturforscher Trost finden konnte.«

»Na, und Herr Lamettrie?« mahnte Helmut – »er glaubt, dem Schlemihl zu ähneln?«

»Der Schatten ist, was alle von Hause aus *selbstverständlich* haben, und worauf sich auch der Ärmste noch etwas zu gute tun kann. Herr Lamettrie hat einmal, als er in Möller-Stimmung war, die Sache so aufgefasst: Die *Geltung*, die einer bei den Leuten hat, das ist sein Schatten. So kann einer mit Sicherheit sagen: Ich bin der Tischlermeister Otto Schulze aus Dortmund – eine zuverlässige und beheimatete Person. Aber einer, der nicht weiß, ob er Ignaz Möller ist oder der Baron Lamettrie, hat seinen Schatten *eingebüßt* – muss als Schlemihl durch die Welt taumeln und schon zufrieden sein, wenn ihm Werke, wie diese hier, gelingen. Dabei dachte Lamettrie wohl an seine technischen Erfolge, und dass er es fertigbringen wird, Bilder in die Ferne wirken zu lassen – das optische Seitenstück zum drahtlosen Fernspruch. Wenn er sich freilich einbildet, den Maschinenmenschen konstruiert zu haben, so ist das eine Narrheit, oder wenn man es beschönigen will, sein Museum ist sozusagen eine verblüffende *Zauberbude*! Und noch viel Geld ließe sich damit zusammenscharren.«

In diesem Moment verstummte Herr Päch, weil Friedrich mit der Tasse kam. Dann sagte Helmut: »Ich danke Ihnen, möchte Sie aber meinerseits nicht weiter bemühen!« Der Diener schenkte aus der noch heißen Kanne ein, verbeugte sich gegen die Herren und verließ die Lesehalle.

Päch schlürfte behaglich und fuhr fort: »Die Noblesse verlässt Herrn Lamettrie niemals, selbst wenn er aus der üppigen Lamettrie-Rolle ins Möller-Elend fällt. In der Beurteilung seines Charakters sind wir uns einig, wir Beamten hier.«

»Bisher hab ich im Schachthof fast nichts von Angestellten bemerkt.«

»Im Schachthof ist auch nur das Personal für Haus und Garten. Bei Bellings geht es höchst einfach zu, obwohl die Familie sehr vermöglich ist. Alle stehen sie – mit Einschluss des Herrn Lamettrie auf dem Standpunkt: Reichtum verpflichtet.«

Obwohl Helmut das Lob seiner künftigen Familie natürlich gerne vernahm, war er in Verlegenheit, dass ihre Vermögensverhältnisse aus dem Munde eines Angestellten ihm gegenüber berührt wurden, und er lenkte ab: »Ich habe das gar nicht anders erwartet. Wer ist denn hier alles angestellt?«

»Wir in der Bibliothek sind allerdings nur fünf, aber das technische Personal ist sehr zahlreich.«

»Und die Räume für ein so verzweigtes Unternehmen? Ich *sehe* wenig davon.«

» *Unterirdisch*! In den Schacht, der ja seine Stollen noch hat, sind Gemächer und Gänge eingebaut. Ein seitlicher Eingang befindet sich unterhalb der westlichen Terrasse, von wo Sie heute Vormittag die Aussicht ins Rheintal betrachtet haben.«

Ein leises Zusammenfahren durchzuckte den Bräutigam: Hat uns am Ende jemand beobachtet?

Und zu einem andern Thema ging er über: »Sie sagten vorhin, das Lamettrische Museum sei eine Art Zauberbude. Wie meinen Sie das?«

»Nun, wie Ihnen bekannt ist, hat sich Descartes, um den Menschengeist zu erhöhen, zu der Behauptung verstiegen, die Tiere seien automatische *Maschinen*. Der Mensch allein habe Anteil an der göttlichen Vernunft und sei unsterblich. Solche Theorien lenkten die Aufmerksamkeit auf Mechanismen, die den Eindruck machen sollten, als seien sie lebendig. Ein gewisser Vaucanson konstruierte eine Ente, die schnatternd anwatschelte und mit charakteristischen Bewegungen Schlamm und Körner durch ihren Schnabel gleiten ließ. Auch einen Maschinen*menschen* versuchte er herauszubringen, einen der die Flöte spielt. Man bestaunte solche technischen Leistungen, ohne mit voller Klarheit zu sehen, wie weit ab diese Spielereien von Lebendigkeit bleiben.

In Wahrheit hat die Ente keinen verdauenden Magen, der Flötenspieler keine atmende Lunge. Weil aber der Philosoph *Lamettrie* ein Buch verfasst hat, l'homme machine, lässt sich unser Chef von solchen plump aufgemachten Analogien täuschen und bildet sich ein, die äußere Nachäffung einer lebendigen Gliedergestalt könne dartun, das Leben sei nichts als ein Mechanismus, und eine vervollkommnete Technik könne der organisierenden Natur ihre Schliche ablauschen. Der Philosoph Lamettrie hält den Unterschied zwischen der Maschine und einem lebendigen Organismus nur für einen verhältnismäßigen: Die Triebwerke, welche die Natur hervorbringt, seien lediglich komplizierter, als die Leistungen menschlicher Erfindungskunst, nichts absolut Anderes. Aber dass die schaffende Natur unmöglich als eine gesteigerte Technik denkbar, hat der große *Leibniz* eingesehen. Leibniz, ein Erfinder der Unendlichkeitsrechnung, begreift, dass keine Steigerung, keine Vermehrung imstande ist, aus etwas Endlichem ein unendlich Kompliziertes zu machen. Jeder beliebige Organismus ist eine Schöpfung jenes geheimnisvollen Allgeistes, der *unendlich* ist und seine Geschöpfe *in sich* trägt.«

Nach einer Weile meinte Päch weiter: »Um noch einmal auf die Zauberbude zu kommen! Ist Ihnen *Beireis* bekannt, der zu Goethes Zeiten Professor der Medizin an der Universität Helmstädt war?«

»Ja, Goethe hat seinen Besuch bei ihm geschildert; aber meine Erinnerung versagt hier.«

Päch stand auf und drückte auf einen Knopf an der Wand. Alsbald erschien ein junger Mann, dem Päch zurief: »Bitte, bringen Sie Goethes Tages- und Jahreshefte!« Der Eingetretene machte eine kurze Verbeugung und brachte das Buch in einer halben Minute. Päch blätterte in dem Bande. »Ach hier! Das Jahr 1805 war's – da machte Goethe dem Professor Beireis einen Besuch, den er in seiner reservierten Weise schildert. Beireis, ein Sammler von Merkwürdigkeiten, hatte eine marktschreierische Art, sein Kabinett zur Geltung zu bringen. Darin waren auch jene Vaucansonschen Automalen, veraltete Berühmtheiten. Hören Sie nun Goethes Worte: »In einem allen Gartenhause saß der Flötenspieler in sehr unscheinbaren Kleidern, aber er *flötete* nicht mehr, und Beireis zeigte die ursprüngliche *Walze* vor, deren erste einfache Stückchen ihm nicht genügt hatten ... Die Ente, unbefiedert, stand als Gerippe da, fraß den Hafer noch ganz munter, verdaute jedoch nicht mehr. An alledem war er aber keineswegs irre, sondern sprach von diesen veralteten, halbzerstörten Dingen mit solchem Behagen und so wichtigem Ausdruck, als wenn seit jener Zeit die höhere Mechanik nichts Bedeutenderes hervorgebracht hätte ...« So Goethe. Sie sehen, Herr Burger, hier die Grenzen zwischen den beiden Gebieten, die doch so verschieden sind, wie ein *endliches* Ding und die *Unendlichkeit*. Solche Unterschiede soll man nicht logisch *verwischen*. Das Museum des Herrn Lamettrie – ich sage es frei heraus – wirkt zum Teil wie eine begaukelnde Schaubude.«

»Haben Sie das auch schon Herrn Lamettrie, ihm selber, gesagt?«

Päch stutzte, dann raffte er sich zu der festen Antwort auf: »Das würde ich, sobald ich hoffen dürfte, dass diese Wahrheit ihn nicht schädlich erregen würde. Aber wenn er auch jetzt behauptet, sein Möller-Elend überwunden zu haben, *ich* glaube nicht daran.«

## 29. Der Traum

Zu Hulda zog es den Greis, ihre heimliche Verlobung hatte ihn stürmischer bewegt, als er den hochgeschätzten Bräutigam merken ließ. Wie er durch die Beete seiner Lieblingsblume, der weißen Lilie schritt, übermannte ihn das schmerzliche Bewusstsein, Hulda, sein Kind, werde nun ganz einem Andern gehören, und ihm nie mehr das sein können, was sie bisher war. Obwohl er ihr gerade diesen Andern gewünscht hatte, vergaß er sein Alter und trauerte über das, was ihm nun vermeintlich geschmälert werden musste. Sie, die bisher kein Geheimnis vor ihm hatte, ihre wichtigste Lebensentscheidung hatte sie getroffen, *ohne* ihn ins Vertrauen zu ziehen.

Als er Hulda bei den Rosen traf, trat er feierlich auf sie zu und gab ihr einen Kuss auf die Stirn, indem er wehmütigen Blickes raunte: »Zur Verlobung alles Gute! Bleibe mein Kind!« Aufschluchzend wandte er sich stracks und ging in der Richtung seiner Einsiedelei.

Erschrocken stand Hulda und blickte ihm nach. Dann plötzlich kam ihr ein Verständnis – sie eilte ihm nach und hing sich an seinen Arm. »Onkelchen, ich danke Dir! Aber weshalb bist Du so traurig und wortkarg?«

»Wortkarg?« dumpf kam es zurück – »Du selbst bist wortkarg gewesen, hast mir nicht anvertraut, dass sich Dein Herz ihm zugeneigt hat.«

»Und billigst Du es nicht?«

»Doch! Ich habe Dir diesen Mann im Stillen gewünscht.«

Sie drückte zärtlich seinen Arm: »Nun also!«

»Aber« – raunte er weiter – »dass Du Deinem Vater nichts von ihm *gesagt* hast, betrübt mich – umso mehr, als ich Euer Vertrauen auch wirklich nicht verdiene – ich habe Dir ja so lange von meinem Vorleben, von Julia geschwiegen; das war mein Unrecht.«

»Onkel, komm doch über die Sache hinweg!«

»Ich kann nicht!«, stöhnte er, ihre Hand erfassend. Dann flüsterte er: »Komm, ich zeige Dir *noch* ein Bild und erzähle Dir jetzt von ihr.«

Tiefbetrübt ging Hulda an seiner Seite und wagte nicht, ihm dreinzureden. Sie kamen zur Einsiedelei, die er aufschloss. So waren sie denn wieder im Raum der Unseligkeit. Aus dem Stahlfach, das in die Wand eingelassen war, holte der Alte das Bild der Schauspielerin, auch ein paar kleine Gelegenheitssfotografien, die er auf den Tisch warf.

Mit einer Handbewegung lud er Hulda ein, auf der Bank Platz zu nehmen, und begann mit leiser Stimme: »In ihrer Julia-Rolle hat sie sich fotografieren lassen für mich – der ich im Theater ihr Partner Romeo war.«

»Du im Theater? Bist Du denn mal Schauspieler gewesen?«

»Nicht von Beruf, aber mein Vater, der an einer Bühne Inspizient war, hatte mich mit der Theaterwelt vertraut gemacht und mein Talent entwickelt. Wie nun jener Bühnenstern aus Budapest abtelegrafierte, kam der Theaterdirektor sofort zu mir nach Bonn, wo ich studierte, und bat mich flehentlich, ihm aus der Verlegenheit zu helfen. Ich solle die Romeo-Rolle spielen, die ich in einem Dilettantenverein ja glänzend gegeben hätte. Ich sträubte mich mit dem Hinweis auf meine Professoren. Er entgegnete, jeder Zuschauer werde mich für den Gast aus Budapest halten; von dessen Absage solle nichts verlauten. Der Theaterzettel werde den Romeodarsteller nicht mit Namen bezeichnen, sondern mit drei Sternen, und man werde glauben, damit sei der in den Zeitungen angekündigte Gast gemeint. Zudem werde mich ein Bart und das Kostüm ganz unkenntlich machen. Auch die Juliadarstellerin, die zunächst ungenannt bleiben wolle, werde mit drei Sternen bezeichnet. Sie sei für mich eine würdige Partnerin, obwohl bisher gar nicht bekannt. Er habe sie entdeckt, und wolle sie nach gelungener Aufführung gleich engagieren. So wurden meine Bedenken überwunden, und meine Neigung fürs Theater entschied, dass ich den Antrag annahm. Ich fuhr also mit dem Direktor nach Aachen und ging sofort zur Probe ins Theater. Die Julia spielte mit so viel natürlicher Leidenschaft, dass der Direktor strahlte. Unsere Vorstellung konnte viermal stattfinden. Dass dann für uns das Scheiden gekommen war, wollte mir nicht passen. Schon bei der ersten Begegnung machte sie mir einen tiefen Eindruck, und das Zusammenspiel mit ihr entfachte meine ganze Leidenschaft. Noch nie hatte ein weibliches Wesen solche Gefühle in mir erweckt, und es blieb nicht verborgen, dass auch sie Feuer gefangen hatte. So ließ sie sich vor unserem Abschied gerne noch zu einer Landpartie überreden.«

Die Erinnerung bewegte den alten Mann so heftig, dass er sich setzen musste, und eine Pause machte. »Ja, Landpartie! Das war die Wende unseres Schicksals« – fuhr er düster fort. »In der Nacht zuvor lag ich schlaflos, bis gegen Morgen mich lähmende Mattigkeit in einen Traum versenkte, der für mein Leben prophetisch war.«

»Weiße Lilien sah ich, köstliche Früchte schmauste ich mit Julia, und sie umarmend fühlte ich in den Adern ein Feuer, dass ich ausrief: Koste es was es wolle, bleibe! Liebe mich! – Dann auf einmal sah ich von den Bäumen welke Blätter taumeln, Herbstwind stöhnte und es rauschte bang das falbe Schilfrohr eines Weihers. Und wie ich in die düstere Flut starre, was sehe ich? Ein marmorblasses Antlitz unter Wasser – ein Mädchenkörper von schaurig süßen Formen – meine Julia – oh *ertrunken!*« Er *schrie* das Wort heraus. Die entsetzte Hulda umarmte und streichelte ihn.

Dankbar blickte er sie an; allmählich wurde er ruhiger und erzählte weiter: »Mit Herzklopfen und in Angst gebadet, erwachte ich und fühlte mich vom sonnigen Septembermorgen umschmeichelt, und meine Julia war nicht ertrunken. Mit ihr hatte ich eine Wanderung nach dem Neutralgebiet Moresnet verabredet. Glückselig, dass sie atmete, und fröhlich mir am Arme hing, wollte ich mit ihr ins selige Land der Liebe und Jugend ziehen. In einem Kiefernwäldchen war der Punkt, wo vier Länder zusammentreffen. In ausgelassener Stimmung warf ich mich auf den Boden, sodass ich das eine Bein in Belgien, das andere in Holland hatte – meinen rechten Arm im Preußischen, den andern im Neutralland. Und ich deklamierte: Romeos Herz liegt neutral, weder den Montagues gehört es, noch den Capulets, sondern seiner Julia! – mit meiner Rechten beschwör ich's. Trällernd gingen wir in ein Gartenlokal, wo wir unter Obstbäumen frühstückten. An der Straße war eine Bude, wo diese Fotografie des Paares entstanden ist.«

Hulda sah die Schauspielerin, wie sie in hellem Sommerkleide neben einem schlanken Manne stand. Das vorwiegend ernste Antlitz, das in Heiterkeit und Güte strahlte, wirkte etwas verlegen. Der übermütige Jüngling war elegant gekleidet und von auffallender Schönheit.

»Erkennst Du noch etwas von Deinem Onkel?« sprach er schwermütig, und zweifelnd forschte sie im felsenhaft durchfurchten Greisengesicht.

»Vor einem halben Jahrhundert war's,« sprach er matt.

»In einem Gasthause wollten wir die Nacht zubringen und abends Abschied nehmen, so war ihr Wunsch, ohne Begleiter wollte sie in aller Frühe zum Aachener Bahnhof fahren.

Schlaflos lag ich in meinem Gasthausbett, gequält von den Gedanken, dass ich sie niemehr wiedersehen sollte. Und doch war sie nur durch eine dünne Zimmerwand von mir getrennt. Sicherlich litt auch sie, und mit Grollen fragte ich mich: Wer *sind* die Mächte, die solche Pein über uns verhängen? Alles in mir lehnte sich gegen sie auf, und was mein Traum mir gezeigt hatte, war unser unabwendbares Schicksal.«

Die Verklärung, die über sein Gesicht huschte, wich sofort wieder einer verzweiflungsvollen Düsterkeit, und er stöhnte: »Ja, der Traum – war Ahnung! Es kam jenes unselige Ende ...«

Schaudernd schwieg Hulda. Doch wie der gebeugte Greis still vor sich hinweinte, kam ihr der tröstliche Gedanke, den sie aber nicht aussprach: Weinende Männer sind gut. Schließlich fand sie die Frage: »Und Ihr habt Euch nicht wiedergesehen?«

Er blickte wie einer, der aus Versunkenheit zu sich kommt. »Ach, – Du weißt es ja noch nicht, wie es nun kam. Wiedergesehen *haben* wir uns, unsere Vorsätze waren natürlich vergessen. Wir blieben noch ein paar Tage zusammen und schwelgten in Seligkeit – und als die Trennungsstunde schlug, versprach ich ihr, zu ihrem ersten Auftreten wieder nach Aachen zu kommen. Wir wechselten dann eine Reihe von Briefen, und ich erfuhr, dass sie zunächst nur in kleineren Rollen ohne Namensnennung auftreten werde, mich daher bitte, erst im November zu der Nora-Aufführung zu kommen. Diese Rolle brachte ihr großen Erfolg. Bald darauf aber entschied es sich, dass sie ihre Bühnenlaufbahn aufgeben wollte.

Warum? Dies zu beantworten, fehlt mir heute die Kraft. Lass mich jetzt, bitte, allein! Ich möchte diese Nacht wieder in der Einsiedelei bleiben!«

## 30. Die doppelte Wahrheit

Über die Erlebnisse in der Bibliothek wollte Helmut sich aussprechen. Er fand Hulda im Wintergarten bei ihrer Mutter und vernahm, Onkel habe einen *Rückfall* in seine Schwermut erlitten. Zwar nicht das wirre Möller-Elend, sondern eine Selbstanklage, die leider insofern Berechtigung habe, als jene Julia-Darstellerin wohl tatsächlich ins Wasser gegangen sei – aus Verzweiflung.

»Und weshalb kümmerte er sich nicht um die werdende Mutter?«, fragte Helmut betroffen. – »Solange *dieser* Punkt dunkel bleibt, lässt sich über den Umfang seiner Schuld nicht urteilen. Ich möchte zu ihm gehen.«

»Ja, tue das, ich bin ratlos.«

»Wo Gerhart nur bleibt?«, seufzte Frau Belling. » *Käme* er doch endlich!«

Helmut begab sich zur Einsiedelei, wo der Greis über einem Buche grübelte. »Nun«, meinte er düster, ohne sich zu erheben, » – hilf mir verstehen! Sieh, dieses Werkchen hat mich damals beherrscht, als ich mich scheute, die Mutter meines Kindes zur Frau zu nehmen.«

Helmut las den Titel des dargereichten Buches: »Die doppelte Wahrheit von Duplex.«

»Und wer verbirgt sich hinter dieser Maske?«

» *Ich* bin's. Mein Buch kam in jener unseligen Zeit heraus, und mit seiner Grundidee ist meine Schuld verwurzelt.«

»Was nennst Du seine Grundidee?«

»Dass die Wahrheit zwei Gesichter trage, deren jedes seine *Berechtigung* habe – obwohl die beiden einander *widersprechen*.«

»Ich glaube, zu verstehen. Mittelalterliche Zweifler haben zu solcher Ausrede ihre Zuflucht genommen, weil sie einerseits Kirchenglauben anerkannten, andrerseits die unkirchliche Wissenschaft. Der kühne Giordano Bruno hat in seiner Verteidigung vor dem Ketzergericht auf die doppelte Wahrheit hingewiesen, wenn er auch die Überzeugung hegte, dass seine Weltanschauung stimme, keineswegs die entgegengesetzte Glaubenslehre.«

Mürrisch versetzte der Alte: »Aber vor fünfzig Jahren, als meine Schrift entstand, wähnte ich, durch Neubelebung dieser Idee könne ich meiner Zeit etwas darbieten, wodurch sich einerseits der Glaube rechtfertigen lasse, andrerseits die mechanistische Weltanschauung.«

»Ach! Und wie war es möglich, dass Du annehmen konntest, die eine Wahrheit habe einen Januskopf – *spalte* sich gewissermaßen in ein *Doppel*-Ich?«

Die Zerrissenheit im Greisenantlitz wurde durch ein grimmiges Lächeln bis zur Dämonie gesteigert: »Weil mein *eigenes* Ich zerspalten war. Schon als Schüler hatte ich mich bei meinem Religionslehrer durch frommes Getue lieb Kind gemacht, ich hielt es andererseits mit ketzerischen Büchern wie l'homme machine. Ich begeisterte mich für das Maschinenzeitalter, wollte aber doch katholische Theologie studieren, auf meines Vaters Rat, der darauf pochte, ein Kopf, der Modernes mit dem vorgeschriebenen Glauben zu vereinen wisse, könne es in der Kirche weit bringen.«

Helmut wurde düster, weil in ihm das Misstrauen erwacht war! Was von jenem angehenden katholischen Geistlichen in seiner Familie geraunt wurde, könne am Ende doch auf Lamettrie passen ...

Aber nein! Dachte er – jedenfalls war jene Schauspielerin *nicht* meine Großmutter. Diese hat ja Jahrzehnte später noch gelebt, und ich bin ihr Enkel. Was den Namen Erlenbach betrifft, so liegt hier jene Duplizität der Fälle vor, die im Leben nicht selten ist.

Und weiter stöhnte der Rätselhafte: »Ja, und mein Hang zur *Verkleidung!* Schon als Knabe liebte ich in der rheinischen Residenz des Prinzen Carneval die Maskerade, den Hang zum romantischen Schein, der eine andere Welt *vorgaukelt*. Ich betätigte mich dann als Artist und in kleinen Rollen, auch auf Dilettantenbühnen. Stets trug ich mich elegant, abweichend von den anderen Theologen, die nur im üblichen Schwarzrock gingen. Etliche meiner Professoren bewunderten an mir solches Wesen, und in meiner Eitelkeit verfiel ich darauf, an Orten, wo mich keiner kannte, den Dandy zu spielen. Ich klebte meinem glatten Gesicht ein Bärtchen an, oder suchte mich sonst unkenntlich zu machen, so spielte ich in Ostende den vornehmen Badegast – ich Narr!«

Durch dieses Geständnis fühlte sich Helmut nicht bloß peinlich berührt, sondern erschrak geradezu. Auch diese Angabe stimmte zu jenem Familiengerücht. Aber es war ja nicht denkbar, dass seine Großmutter, deren Leben so ernst und tüchtig war, und die jegliches Rollenspiel verabscheute, in ihrer Jugend auf solchen Blender hätte hereinfallen können!

An Helmuts finsterem Blick mochte der Onkel spüren, dass ihm der Bericht schwer zu schaffen machte. Gleichwohl wollte er sich – koste es, was es wolle – endlich durch ein rücksichtsloses Geständnis befreien.

»Du hast wohl bemerkt«, fuhr der Alte fort, »dass meine Verkleidungssucht und mein Rollenspielen zusammenpasst mit der von mir vertretenen Lehre von der doppelten Wahrheit. Ihr Opfer werden wir alle irgendwie. Ein gefälliger Schein umschmeichelt und erobert uns. Wir wollen glänzen und Eindruck machen. O Eitelkeit der Eitelkeiten!«

Helmut fühlte wiederum *mit* dem Onkel. Ihn ergriff das große Erbarmen mit den Menschen; sie selber bereiten es sich durch ihre wirre Leidenschaften, aus denen sie dann keinen Ausweg mehr finden. Grund zur Überhebung und zum Verdammen hat niemand. Es gilt ja immer die Weisheit: Das bist du! Alles, was du da verurteilen möchtest, bist im Grunde du selber. Sei wie die Sonne, die aufgeht über Böse und Gute!

Solch ein Erbarmen umfasste auch die *weiteren* Geständnisse des zerknirschten Greises: »Liebe! So nennen es die Menschen und oft ist's bloß ein selbstsüchtiges Habenwollen und sinnliches Begehren, der geliebte Mensch kann darüber zugrunde gehen. Nicht anders war es damals bei mir. Die verabredete Trennung wurde nicht innegehalten. Vom Rausch der Sinne hingerissen, wurde Julia das Opfer meiner Leidenschaft.«

Von seinen Erinnerungen erschüttert, schwieg der alte Mann, dann mit schwerem Seufzer kam es heraus: »Als wir im Spätherbst uns wiedersahen, aus Anlass der Aachener Vorstellung, richtete sie an mich die schüchterne Frage, ob ich beabsichtige, sie zu heiraten. Da erschrak ich Feigling und antwortete, ich sei ein mittelloser Student, katholischer Theologe – müsse also ehelos bleiben. Totenblass wurde sie und schwieg, und ich Elender hatte kein Gefühl für ihre entsetzliche Lage. Auf meine weiteren Fragen gab sie zur Antwort: »Gewissheit über meinen Zustand muss ich mir vor allem verschaffen. Bedenke, ich bin ein alleinstehendes Weib, und mein ganzes Schicksal hängt davon ab. Auf mein Drängen begleitete sie mich zu einem Brüsseler Arzt, den ich bat, Klarheit und womöglich Abhilfe zu schaffen.«

»Wieso Abhilfe?«, fragte Helmut, und ein schlimmer Verdacht stieg in ihm auf.

Der Alte fuhr fort: »Ja, ich Frevler dachte an Abhilfe! Julia folgte mir nach Brüssel – ihre Verschlossenheit war mir drückend. Im Wartezimmer des Arztes, eines Deutschen, hatte ich seinen Bescheid abzuwarten. Als er mich dann hereinrief, war sie nicht mehr im Untersuchungsraum. In nichts weniger als freundlichem Ton sagte der

Arzt: »Ich würde Sie beglückwünschen, wüsste ich nicht, wie die Verhältnisse liegen. Die Dame hat mir alles erzählt. Sie ist kerngesund und wird Mutter werden.«

Ich war erstarrt und stammelte etwas von Fehlgeburt, die doch einer Schauspielerin passieren könne.

»So denken viele Männer!«, sagte er barsch, und mit strenger Miene fuhr er fort: »Nichts davon! Ich habe Ihnen schon gesagt, dass sie kerngesund ist. Ich habe mich nur noch ihres Auftrags zu entledigen: Niemals werden wir Zwei uns wiedersehen! – das sind ihre eigenen Worte.«

Bestürzt fragte ich: »Wo ist sie? Was hat sie vor?« Auf der Straße scholl das Lärmen der Fuhrwerke. Und mich erschreckte sein Bescheid: »Sie erreichen die Dame nicht mehr! Schon vor mehr als 10 Minuten hat sie das Haus verlassen.«

Jene Zeitungsnotiz, nach der sie im Weiher den Tod gesucht und gefunden hatte, kam Helmut in Erinnerung. Aber Ablenkung von dem Grauenhaften war's, dass ihm ein Leuchten kam aus jenem Reiche der Beschaulichkeit, wo er seine eigentliche Heimat hatte. Wohlan denn, hinweg von der Nachtseite dieses Daseins!

Was euch nicht angehört,
müsset ihr meiden,
was euch das Innere stört,
dürft ihr nicht leiden.

So geschah es, dass er dem Alten, der wie ein Verdammter vor sich hinbrütete, ein Bote wurde aus besserer Welt: »Lass gut sein, Onkel! Jedem Erdgeborenen kann es widerfahren, dass ihn der schwarze Dämon heimsucht. Aber lass Dir nicht die Seele ganz verstören! Was *zeitlich* ein Unsinn ist, muss *auch* zum Sinn des Lebens beitragen. Und *das* ist die doppelte Wahrheit, die uns gelten mag: Das Unendliche waltet nicht bloß als *Vollkommenheit*, sondern zugleich als deren Gegenpol, als *Nichtigkeit*. Und die schöpferische Formel, die jeden Angehörigen dieser Welt hervorbringt, lautet: Unendliche *Vollkommenheit* mit unendlicher *Nichtigkeit zusammen* bringt alle möglichen *Endlichkeiten* hervor. *Du*, Kleinmütiger, nebst Deiner *Julia*, ihr gehört *auch* dazu.«

## 31. Wiedergeburt

»Onkelchen, Väterchen!«, rief Hulda, die zur Einsiedelei hastete. Außer sich vor Freude schwenkte sie einen Brief: »Diesen Eilbrief erhielt Mutter von Gerhart aus Aachen, frohe Botschaft!«

Und mit stockendem Atem las sie den Wortlaut: »Onkel ist durch schwermütige Einbildung *irregeführt*; der Polizeidirektor von Aachen hat mir bescheinigt, was ich in Abschrift beigebe: Das Mädchen, das man November 1872 aus dem Frankenberger Weiher zog, war keineswegs die Schauspielerin Erlenbach. Diese hat ihren Vertrag mit dem hiesigen Stadttheater Ultimo 72 beendet und ist von hier verzogen. Wohin, wird dieser Tage festgestellt. Zur amtlichen Auskunft füge ich in Eile den Ausdruck meiner innigen Freude hinzu und die besten Wünsche für alle. Hoffentlich ist der Onkel wohl und weilt Helmut wieder in Eurem Kreise. Ich habe voraussichtlich noch einige Tage zu tun. Euer Gerhart.«

Wortlos riss der Onkel den Brief aus Huldas Hand und suchte geweiteten Auges den Wortlaut zu prüfen – aber die Buchstaben *tanzten* ihm vor den Augen, und ein Zittern machte ihn unfähig, sich auf den Füßen zu halten. Blass wurde er, dann dunkelrot – von Neuem griff er zum Brief, und wie er jetzt gelesen und abermals gelesen hatte, sank er zusammenbrechend auf beide Knie, Tränen rollten aus den starrenden Augen, und es kam ein Geflüster: »Ist es denn *möglich?* Ich habe sie – *nicht* in den Tod getrieben?«

»Nein, Onkelchen!«, versicherte Hulda, indem sie bald lachte, bald weinte: »Siehst Du! Ich habe es *immer* gesagt, Du bist ein *Schwarzseher*, hast Dir das Schaurige nur *eingebildet.*«

»Habe ich das? Ach *ja!*« sagte er – wie ein Kind, das aus einem Angsttraum erwacht ist und seine Gespenster nicht mehr sieht.

Nun umarmte er Hulda und schaute mit verwandelten Augen in die Welt. Dann musste er sich setzen: »Bin müde! Bitte, lasset mich allein! Ich bedarf der Ruhe.«

Helmut umarmte den Erlösten, und dieser drückte ihn zärtlich an sich.

Als der junge Mann mit seiner Braut draußen war im Sonnenschein und ihr ins leuchtende Auge schaute, umfing er sie stürmisch und sie gaben sich Kuss auf Kuss, so beglücke sie diese Wendung des Schicksals. Auf einmal stand lächelnd neben ihnen Frau Belling, und nun hing die Tochter am Halse der Mutter. Dann berichtete man, wie günstig Helmuts Unterredung den Onkel beeinflusst habe, und dass Gerharts Nachrichten dem Verstörten wohl *völlige* Befreiung bringen dürften.

Inzwischen rang der Alte in seiner Einsiedelei, sich zu sammeln. Wieder las er und dachte nach. Helmut war's, der ihm den Sinn zur Beschaulichkeit gewandt hatte. Es tat ihm wohl, dass sein Ich einem unendlich Erhabenen als Glied eingefügt sei – nach Helmuts Überzeugung.

Verwundert blickte der Sonderling ringsum, und wie er sich allein fand, legte er die Hand an seine Stirn. Dann, nach Abriegelung der Außentür, stieg er die Treppe zur Kammer empor, warf sich, bekleidet, wie er war, auf sein hartes Bett und seufzte tief. Lauschend empfand er die Einsamkeit, die ihn bisher selbstquälerisch gestimmt hatte, als eine Wohltat. Einmal kam es ihm vor, als höre er das sanfte »Biwäwü« vor seiner Fensterluke flöten – dann fühlte er sich wie Faust, der nach Margaretens grauenvollem Ende am Busen der Natur Ruhe sucht und auf blumigem Rasen von Elfen eingeschläfert wird. Ah! Und diese bedeuten die zarten, wunderbaren Kräfte der Lebenserneuerung, die uns allen eine Tatsache sind,

>»ob er heilig, ob er böse,
*jammert* sie der Unglücksmann.«

Bald verrieten die langen Atemzüge, dass auch diesem anderen Faust aus dem Kosmos die Heilung quelle.

Nachdem er so ein paar Stunden lang geschlafen hatte, wurde er wach und vernahm, wie Mailuft säuselte, wie die segelnde Schwalbe jauchzte: »Mir wie dir – für und für – ewige Zier!«

Schüchtern schlich ein Lächeln über sein verhärmtes Antlitz, die alte Rüstigkeit fühlte er wiederhergestellt, und er machte sich auf, seinem Wirkenstrieb zu folgen.

Zum Erdgeschoss hinuntergestiegen, wo auf dem Tisch noch immer Gerharts Brief lag, überflog er noch einmal die Zeilen des Polizeidirektors, sammelte seine Gedanken, und indem sein Auge auf dem Bilde Julias haften blieb, erinnerte er sich, wie sieghaft und doch demütig sie ihn angelächelt hatte, als er am Tage nach der Shakespeare-Vorstellung einen gemeinsamen Gang durch Aachen vorschlug; wie sie dann vom Rathaus und dem Marktbrunnen, der das Standbild des großen Karl trägt, zum jüngsten Schoßkinde der alten Kaiserstadt kamen, zum Polytechnikum. »Kein Geometrieloser« – so stand auf Griechisch beim, Treppenaufgang – »soll hier eingehen.« Ja, aus der Mathematik hervor wuchs der vielverzweigte Technik-Baum, aus dem Sinnen eines Pythagoras und Euklid. Und in der Neuzeit kam dazu, was Leibniz und Newton erfanden: die Unendlichkeitsrechnung.

Von Unendlichkeit hatte Helmut gesprochen, ein Wort, das als Samenkorn einer modernen Entdeckungstechnik zur Geltung gelangen würde. So grübelte der Alte, und was seinem Geiste den Flug verstattete hinaus übers Reich der Schwere, war Helmuts Aufschau zu jener Region, die über das Unwesen des engen Ich und seiner unseligen Geschicke erhaben hinweggeht, immer klarer, immer freier ...

Aber auch was der Mathematiker mit dem Unendlichkeitszeichen, mit der waagerechten Brille meint $\infty$ Unendlichkeitszeichen, ist grenzenlos ...

Aha! Er will sagen, o sei ebenso wie ∞ Unendlichkeitszeichen das Grenzenlose, das Ungroße. Und weiter will er sagen, folglich besteht zwischen beiden, zwischen dem Unendlichen und der Null, gewissermaßen eine Selbheit.

Wie aber wäre das denkbar? Waltet zwischen dem Unendlichen und der Null nicht vielmehr ein *Gegensatz*? Ja und nein! Gegensatz und zugleich Selbheit. So etwa, wie Hell und Dunkel, die beide dem Licht angehören; Heiß und Kalt, die doch Wärmegrade sind, positive und negative Elektrizität, Nordpol und Südpol, die einander gegenüberstehen und gleichwohl innige Gemeinschaft haben.

Unendlich und Null sind Gegensätze, und es bewahrheitet sich hier jenes Zusammenfallen der Gegensätze, das mittelalterliche Mystik behauptet. Und auf einmal war dem Grübler noch etwas Anderes klar: Dass man die Unendlichkeit polar fassen muss, um alsbald zu begreifen, dass sie Allmacht bedeutet und *alle Endlichkeit* vermöge ihrer Polarverschmelzung *hervorbringt*. Symbolisch ließe sich das durch die Formel ausdrücken ∞ x 0 = e, wobei e *alles mögliche Endliche* bedeutet. Allmacht bedeutet die unbegrenzte Fülle von Möglichkeiten – ein unaufhörliches Walten und Schaffen. Wie auch immer das Ergebnis von ∞ x 0 ausfallen mag, stets ist es eine Größe, der man Ganzheit zuschreibt, also gleich *Eins* setzen darf. Gleichbedeutend sind die Formeln ∞ x 0 = e und ∞ 0 = 1. Und ergibt sich hieraus nicht die anerkannte Formel 0 = 1 geteilt durch ∞? Null bedeutet also in unserer Rechnung *endlose Teilung, unaufhörliche Abnahme,* und ihr Gegenpol ist die unaufhörliche Zunahme, durch

∞ bezeichnet. *Nicht starr* also gilt es, die Unendlichkeit zu fassen, sondern als *Funktion, die niemals aufhört* – nach beiden entgegengesetzten Richtungen.

»O Ewigkeit, du Donnerwort!«, murmelte er, und erhabenes Rollen glaubte er zu hören – da flammte ihm innen ein gewaltiger Blitz, und von einem Ende des Himmels bis zum andern sah er das ganze Nachtgewölk – so kams ihm vor – hell erleuchtet, sodass plötzlich ein Gewimmel von Wolkenbergen und heimlichen Schlüften offenbar wurde. Zugleich erklang es wunderbar – ein Kosmos-Sang, eine Harmonie der Sphären ... oh! Was war das? Ewigkeitsschau?

Von einer doppelten Unendlichkeit lautete die seltsame Rede Helmuts, von einer vollkommenen und einer nichtigen. Was wäre denn das: Nichtige Unendlichkeit? Meinte nicht Helmut, die »Null« wär's? Weil sie ohne Ende sei. Letzteres stimmt, sie hat ja keinerlei Größen.

Diese philosophisch deutbare Rechnung bestätigte dem Greis die uralte Weisheit des Herakleitos, dass die zahllosen Gegensätze des Weltalls im *Ewigen* zusammenfallen. Ein polarer Gegensatz besteht nur für *unseren Standpunkt*, überall setzen wir *Grenzen*, in Zeit und Raum ein *Zweierlei*: Wir unterscheiden Tod und Leben, aber beide sind *eins*. Der Ewige ist Nacht und Tag, Winter und Sommer, Krieg und Frieden, Sättigung und Hunger. Alles *fließt*, alles wird aus allem, es gibt nichts *Bleibendes*. Wenn man die Schöpfung derart auffasst, als sei sie auf einmal fertig aus der Hand eines Schöpfers hervorgegangen, – so sind das *Irrungen*, die aus dem falschen Begriff einer abgeschlossenen Unendlichkeit hervorwachsen. Schaffen ist kein *zeitlicher*, kein *begrenzter* Vorgang, sondern unendliches Funktionieren.

Jeden Tag, ja jeden Augenblick waltet diese Funktion. An meinem Schicksal ist das offenbar … O Unendlichkeit, Ewigkeit, mein Gebet hast du nicht nötig. Aber ich, dein Geschöpf, sehne mich, bewusstes Glied zu sein jenes *unendlichen Lebens, das uns in sich weben lässt.* Unzählige Masken hat es – Ordnung heißt es, Naturgesetz, Logik, Sinn des Ganzen – aber auch Harmonie und heilige Liebe.

## 32. Wiedergutmachen

Als der Alte zu Bellings und ihrem Gaste kam, war er wieder in heller Sommerkleidung und bat, wie sonst an den Mahlzeiten der Familie teilnehmen zu dürfen. »In der Einsiedelei«, fuhr er fort, »bleib ich den *Sommer* über. Meine Schlemmerei geb ich *auf.*«

Frau Belling sah ihn forschend an, sodass er sich veranlasst fühlte, zu bestätigen: »Ja, Bellchen, aus einem andern Geist möcht ich hinfort leben, *naturgemäß!*« Zu Helmut gewandt, fuhr er fort: »Insbesondere soll sich an mir Deine Unendlichskeitsrechnung *bewähren*, ins Philosophische übersetzt.«

Helmuts Antwort war ein warmer Blick.

»Unendlichkeitsrechnung? Wieso denn?«, fragte Hulda.

Helmut, erfreut über ihr Interesse, erwiderte: »Wenn das auch gelehrt *klingt*, ist es doch eine einfache Sache.«

»Jawohl«, meinte der Onkel – »aus Deinem Fingerzeige, die Unendlichkeit sei polar, es gebe eine *vollkommene* und eine *nichtige* Unendlichkeit, entwickelt sich eine neue Weltansicht, ich sehe vor mir eine unendliche Abstufung – und schon wird mir klar, dass meine Lamettrie-Träumerei völlig unhaltbar ist. Niemals lässt sich technisches Erfinden so steigern, dass etwas Lebendiges draus wird.«

»Sondern?«, fragte Helmut leuchtenden Auges.

»Sondern« – lautete die Antwort – »nur unendliches Funktionieren, nur die Allmacht vermag das. Man braucht dies Wort nicht theologisch zu fassen. Nein, *logisch* vollzieht sich das Schaffen. Aber wie gesagt, Unendlichkeit gehört dazu. Was *Menschen*arbeit verfertigen kann, sind günstigenfalls Maschinen, die einen *Schein* von Lebendigkeit haben, aber kein Leben. Ich sehe ein, dass dieses einzig durch Polar-Unendlichkeit hervorgebracht werden kann – durch die Pole Unendlich und Null.«

Helmut nickte zufrieden. »Wir können, um den Nullbegriff, welcher unendliches *Abnehmen* meint, noch zu verdeutlichen, auch sagen: $\infty \times 1 / \infty$ Unendlichkeitszeichen, was wir *wechselseitige* Unendlichkeit nennen dürfen. Wechselseitig ist der Grundsatz, eine Leistung nicht ohne die entsprechende *Gegen*leistung zu lassen. Bei einem Bruche besteht Wechselseitigkeit, in seiner Ergänzung zu 1. Wechselseitige Unendlichkeit ist ebenfalls solche Ergänzung; und ihre Formel $\infty \times 1 / \infty$ Unendlichkeitszeichen bedeutet, dass alles, was als Ganzes lebt, sich *unendlich* fein gliedert, also nur durch endloses Zusammenschließen der Teile wieder gut gemacht wird.«

»Treffend gedeutet«, nickte Lamettrie, und ihm kam die Erleuchtung: »Solchen Zusammenschluss meinte wohl Aristoteles, wenn er sagt: Das Ganze sei *vor* seinen Teilen, und diese bestehen erst *durch* das Ganze.«

»Driesch ist auf der richtigen Spur« – spann Helmut diese Idee fort – »was mathematisch als Selbstverständlichkeit auftritt, wird durch biologische Experimente bestätigt. Das Leben ist ein wesentlich Anderes als Mechanismus, nämlich *Organismus*. Selbst der Verfasser von l'homme machine erkennt an, es rege sich das Leben in den *winzigsten* Bestandteilen des organisierten Körpers; seine Fasern seien endlos fein. Die Technik hätte also, um einen Organismus zustande zu bringen, eine Aufgabe, mit der man *niemals* zurande kommt.«

Lamettrie nickte ernst: »Darin eben, dass ich diesen bedeutenden Unterschied verkannt habe, besteht mein großer Irrtum.«

»Getrost, lieber Onkel« – bemerkte jetzt Hulda, die den Auseinandersetzungen gespannt gefolgt war, – »bedenke, was im Faust der Herr sagt: Es irrt der Mensch, solang er strebt.«

»Mein Maschinenmenschentum« – antwortete der Onkel düster – »ist kein gewöhnliches Abirren aus Schwäche des Erkennens. Den Unterschied zwischen Mechanismus und menschlicher Gliedergestalt hab ich vielmehr zu *vertuschen* gesucht – habe leichtgläubige Massen, die zum Lord Lämittrei voller Vertrauen kamen, *geflissentlich betrogen*. Und all das, um Business zu machen, Dollars einzuscharren – ich *Gaukler!*«

»Lass doch gut sein!« suchte Frau Belling zu beschwichtigen – »jedenfalls hat Deine Erfindungskunst auch Großes geleistet.«

»Nicht Großes! Sage Verblüffendes! Das Museum ist das Denkmal meiner Schande!«

»Wie ich höre« – sagte Helmut, um den Zerknirschten aufzurichten – »bist Du als Techniker bedeutenden Erfindungen auf der Spur; Kraftquellen, die in fernen Gestirnnebeln ruhen, möchtest Du der Menschheit erschließen, und möchtest ohne Draht in die Ferne sehen.«

»Ja, wiedergutmachen möcht ich. Aber *kann* man's denn? Geschehenes liegt ja in der *Ewigkeit bewahrt*.«

»Auch Dein Wiedergutmachen nimmt sie auf« – lautete Helmuts Antwort.

»Ach helft mir doch, dass ich es richtig anfange! Einstweilen bin ich ratlos.«

»Was beispielsweise könntest Du planen?«, fragte Helmut.

»Die Treulosigkeit, die ich an Julia begangen habe, ist nicht dadurch wiedergutgemacht, dass das Schicksal nicht so schlimm auslief, wie ich glaubte, *mein* Verdienst ist das wahrlich nicht. Meine feige Untreue hat Julias Glauben an die Güte eines Menschen, der zu lieben vorgab, jählings zerstört, und das bleibt untilgbare Schuld, wie noch vieles Andere in meinem Leben.«

Qualvoll blickte er die Freunde der Reihe nach an, und man sah, wie schwer ihnen die Antwort fiel. Weiter klagte er: »Habe schon daran gedacht, eine Stiftung für unglückliche Mütter zu machen und ein Pflegeheim für

Kinder, deren Eltern sich nicht um sie kümmern. Ich gehöre zu dieser Sorte«, stöhnte er bitter.

Verlegen schwieg alles, und der Alte jammerte: »Fällt Euch denn gar nichts ein, wodurch sich ein weniges wiedergutmachen ließe?«

»Stiftungen können manches Gute wirken«, bemerkte Frau Belling kleinlaut.

»Ich *glaube* nicht daran«, meinte Hulda niedergeschlagen. »Mutterliebe und Vatertreue lassen sich nie ersetzen durch kaltes Geld und beamtete Menschen.«

Der reuevolle Alte stöhnte: »Kaltes Geld!«

»Ich meine, wer durch Geld zu Maßnahmen der Fürsorge bestimmt wird, dem fehlt die rechte Gesinnung.«

»Mit Geld lässt sich nicht eigentlich wohltun«, bestätigte Helmut, »herzlich wenig.«

»Allerdings«, meinte Frau Belling, »wo es auf Gemüt ankommt ... Geld bleibt seelenlos, mag der Stifter auch mit Güte spenden. Und viel Missbrauch wird mit solchen Stiftungen getrieben.«

»Leider«, nickte Helmut, »auf der Universität gab es Stipendienstreber, und demoralisierend ist es, wenn einer auf diese Weise oft für viele Jahre an Familienstiftungen zehrt.«

»Aber die Nobel-Stiftung« – warf Frau Belling ein – »ist doch eine Leistung.«

»Nobelstiftung!« murrte Helmut – »der Erfinder des Dynamit, der davon einen Riesengewinn hatte, suchte das Unheil, das der furchtbare Sprengstoff in der Hand von Verbrechern, sowie im Kriege anrichtet, dadurch wiedergutzumachen, dass er den Nobelpreis stiftete. So erhalten denn Dichter und hervorragende Vertreter der Wissenschaft eine Extrabelohnung von ein paar Hunderttausend Mark – der tragende Fruchtbaum wird übergoldet. Wer ein Verhalten, das *in sich selbst* reinste Erquickung trägt, noch mit Mammon zu fördern glaubt, der rechnet edles Geistesgut zu dem, was sich *bezahlen* lässt. Und zu dem *Innen*-Glück, das dem Schaffenden *höchste* Belohnung ist, wird etwas Äußerliches hinzugefügt, das die reine Freude nur beeinträchtigen kann.«

Frau Belling meinte, das sei zu hart geurteilt, solch strenge Forderungen dürfe man nicht an die Menschen stellen. »Dass beispielsweise eine Braut nicht bloß liebenswürdig sei, sondern auch noch *reich*, setze ihren wahren Wert keineswegs *herab*.«

»Den Wert der *Braut* gewiss nicht«, lautete Helmuts Erwiderung – »aber den Wert der *Liebenswürdigkeit*.«

»Was Helmut hervorheben möchte« – meinte Hulda – »ist der Unterschied zwischen *Gemüts*werten, die keine Marktware sind, und der Einbildung der Reichen, mit ihrem Gold lasse sich *alles* langen.«

Dankbar lächelte der junge Mann seiner Braut zu: »Wenn es jenem Berliner Chemiker gelingt, auf billige Weise *Gold zu machen*, ist es erreicht, dass überhaupt eine völlige *Umwälzung* der herrschenden Werte eintreten kann. Vielleicht *erleb'* ich diese heilsame Pleite noch.«

Der Onkel, der in finsteres Brüten versunken war, schoss nach dem spottenden Idealisten ein Blitzen seiner schwarzen Augen und warnte: »Du! *Du* würdest selbstverständlich *auch* davon betroffen.«

»Nichts könnte mich *mehr* freuen!« lachte Helmut – »und beglücken würde es mich, meine Familie nur durch meine Arbeit ernähren zu dürfen.«

Während Hulda vergnügt zustimmte, seufzte ihre Mutter. Der Onkel blieb in Sinnen versunken. Endlich sagte er tonlos: »Also auch eine Art *Nobelpreis* wäre nichts! Offen gesagt, für heute habe ich *genug* von dem Wiedergutmachungs-Senf. Ich fühle mich abgespannt; warum kommt denn die Suppe nicht?«

»Oh! Entschuldige!«, sagte die Hausfrau und drückte auf den Knopf – »ich wollte die Beratung nicht stören.«

»Wir finden ja *doch* nichts!«, stöhnte zerknirscht der Greis.

## 33. Das mechanische Museum

»Weißt Du noch, Helmut? Nur vier Tage sind's, seit wir Bekanntschaft miteinander machten. In dieser knappen Spanne Zeit, was hat sich da nicht alles ereignet! In meiner Lamettrie-Maske bin ich erschienen und habe Dich eingeladen, mein mechanisches Museum zu besuchen. An Deinem Staunen wollte ich mich weiden, ich alter Narr! Aber nun wir die Gaukelbude besuchen wollen, bin ich ganz *klein* vor dem Manne der Wahrheit.«

So sprach er, als sie nach Tisch durch den Garten schritten. Ohne Hulda und Frau Belling, die nicht mochten, dass seine Beschämung auch noch mit ihrer Anwesenheit belastet würde.

Helmut versuchte ihn aufzurichten: »Weshalb so gedrückt, Onkel? Auch ein Lamettrie hat die Wahrheit gesucht. Und vor ihr, der Göttlichen, schwinden wir alle in ein Nichts zusammen.«

»Das ist es«, erwiderte der Onkel, »was ich an Dir so liebe: Du selber bist demütig, und so stehst Du mir bei, dass ich auch diesen Teil meiner Beichte fertigbringe.«

»Nicht verzagt!« Und ermunternd griff er nach seiner Hand: »Wir *wachsen*, indem wir erkennen.«

Wie gestern kamen sie durch die Empfangshalle, vorbei am Jüngling, der aus Tiefen zum Lichte jauchzt. Einen Blick taten sie auf das Gemälde der Himmelskönigin, und der Greis dachte an das faustische Wort: »So schau ich in allen die *ewige Zier*.« Durch den Lesesaal und kleinere Gemächer der Bibliothek kamen sie zu einem Fahrstuhl, der abwärts trug. Da war ein theaterähnlicher Raum mit Sesseln und seitlichen Nischen«

Friedrich, im schwarzen Gehrock, und Päch standen hier bereit: »Die Herren *kennen* ja Doktor Burger, also gut!« Das Auge niedergeschlagen, raunte er ihnen zu: »Ich erinnere daran, dass ich Möller anzureden bin, Ignatius Möller heiß ich ... und nun bitte, Herr Päch, übernehmen *Sie* die Führung!«

Der Angeredete verbeugte sich, Friedrich hielt sich im Hintergrunde, und nun begann Päch: »Dies ist der Saal für mechanische Vorstellungen, wo wir besonders unsere Automaten zu zeigen pflegen.«

Umherschauend betrachtete Helmut die Wandbemalung. Offenbar suchte sie die Geschichte der Automaten-Erfindung darzustellen. Da waren griechische Standbilder, die sich vor dem staunenden Volke bewegen konnten, und wie jener sagenhafte Flieger und sein abstürzendes Söhnlein vermuten ließen, die Automaten des Atheners *Dädalus* vorstellten.

»Dort die fliegende Taube wird dem Tarentiner *Archytas* zugeschrieben«, erläuterte Päch bescheiden – »die kriechende Schnecke dem Demetrius Phalereus. Eine eiserne Fliege, die schwirren konnte, soll die Erfindung des *Regiomontanus* sein, der im fünfzehnten Jahrhundert gelebt hat. *Albertus Magnus*, den das deutsche Mittelalter als einen Magier feiert, soll ebenfalls geflogen sein. Den misslungenen Flug des Schneiders von Ulm schildert dieses Bild ...«

»Zur Sache selbst!«, unterbrach Möller – »was haben Sie vorgesehen?«

»Auf der Schaubühne vor Ihnen das *Krokodil*«, stammelte Päch.

Möller schien verlegen: »Hätten Sie lieber unsere Nachbildung der Straßburger *Münsteruhr* gezeigt.«

»Die hab ich im *Original* gesehen«, sagte Helmut – », und zwar mit wahrer Andacht. Hier hat sich die Mechanik in den Dienst deutscher Frömmigkeit gestellt. Ergreifend ist es, wie die zwölf Apostel an ihrem Herrn vorüberziehen und sich vor ihm neigen; wie der Hahn die Flügel schlägt und kräht, wie der Tod die Sense wetzt ...«

»Haben wir«, unterbrach Möller, »nicht die Nachbildung des *Kunstmenschen*, den *Frederik Ireland* vor wenigen Jahren sehen ließ? Die Figur läuft *frei* umher, schreibt ihren Namen und radelt ... Elektrizität ist natürlich die Triebkraft, die Ströme werden durch fließendes Quecksilber geschlossen und geöffnet.«

»Auch Ihr Krokodil funktioniert ähnlich«, erlaubte sich Päch zu bemerken, »und da dacht ich ...«

Verdrossen wandte sich Möller zu Helmut: »Nun also! Bitte nehmen wir Platz!« lind er wies auf die Sessel vor der Schaubühne. Als Helmut und der Onkel sich gesetzt hatten, bewegten sich ihre Sitze nebst drei benachbarten mannshoch nach oben, sodass man auf die Bühne etwas herabsah.

Dort war nun, wie Päch erläuterte, ein Ufer des Amazonenstroms; links im Vordergrund ein paar Riesenstämme mit Schlingranken und im Sumpf blühendes Schilfgewächs. Rechts eine schlammige Sandbank, lieber endlosen Strom sah man, wo Baumgerippe langsam trieben, auf deren einem ein schwarzes Krokodil zu liegen schien. »Ja, es ist ein schwarzer Alligator, ein gefräßiges Reptil, das den Indianern Hunde und Geflügel wegschnappt und eine Länge bis zu sechs Metern erreicht.«

Helmuts Aufmerksamkeit wurde durch Laute der Wildnis gefesselt, durch Rauschen von Schilf, durch Wasserplätschern. Und sieh! Mit gellendem Aufschnattern flatterte ein entenartiger Vogel über die Bühne. »Verblüffend naturgetreu!« Päch flüsterte: »Grammofon!«

Und nun erläuterte er: »Die schwarzen Krokodile treten oft in solchen Massen auf, dass sie im Amazonas wimmeln wie in unsern Sümpfen die Kaulquappen und am Ufer rasselnde Haufen bilden. Die Reisenden auf den Dampfern machen sich die Unterhaltung, ihnen Stahlkugeln durch den Panzer zu jagen, die augenblicklich töten können. Was dort wie ein Schlammklumpen auf dem Wasser erscheint, ist der Kopf eines solchen Ungetüms.«

Was er meinte, kam näher, und langsam hob sich aus der Flut ein oben schwarzes, teilweise gelbliches Krokodil von gedrungenem Bau, furchtbarem Rachen, Wülsten über den Augen, gepanzertem Rücken und Schweif. Nun stand es auf den vier teckelartigen Schwimmbeinen und klappte mit lautem Gähnen sein Maul auf, sodass Zahnreihen wie gewaltige Sägen drohten. Hierauf warf es sich ruckartig auf den Bauch und ließ den Kopf nachlässig zur rechten Seite hängen, den Uferbord hinunter. Wie Sonnenschein flutete das elektrische Licht, und behaglich blinzelte die Panzerechse mit den Schweinsaugen, deren Pupillen meergrün waren.

Aus dünnen Halmen im Vordergrunde links wurde nun Kopf und nackte Brust eines herankriechenden Negers sichtbar, der mit gelber Lederhose bekleidet war. Vorsichtig lugte er, die weißen Augäpfel rollend, nach dem ruhenden Feind und kroch wie eine Schlange näher. Nochmals richtete er den Oberkörper auf, um freies Ziel für sein doppelläufiges Gewehr zu haben, mit dem er anschlug.

Von dem Geräusch, das er machte, gewarnt, schnellte die Riesenechse auf ihre vier Beine, hob schlagfertig den gelenkigen Panzerschweif vornüber bis zum Rachen, klappte diesen auf und brüllte, es war ein Gemisch von Ochsen- und Jaguargebrüll; schaurig dröhnte dabei, wie wuchtiges Holzhacken, das Zusammenklappen der Kinnladen. Der Jäger war auf die Füße geschnellt und zielte ruhig.

Gleich darauf fuhr der Strahl knallend aus der Büchse, und im selben Augenblick überschlug sich das Krokodil nach vorn – da lag es und ließ die Sonne auf seinen gelben Bauch scheinen. Vorsichtig trat der Schwarze mit der Büchse heran, und wie er sich von seinem Siege überzeugt hatte, grinste er mit den blitzenden Zähnen, während sich langsam der Vorhang schloss, und zugleich die Sessel niedergingen.

»Das ist ja so packend, als fände die Jagd in Wirklichkeit statt«, sagte Helmut aufatmend – »es schaudert einen ordentlich.«

»Hören Sie, Herr Möller?«, meinte Päch befriedigt, »ich hab's ja immer gesagt: Das ist Ihr effektvollster Automat.«

»Blendwerk!« grollte der Alte – »ein Selbstbeweger ist doch nur, wer all seine Bewegungen aus innerer Mechanik zustande bringt. Aber wenn das Krokodil sich überschlägt, wird es von *außen* her, durch unsichtbare *Drähte* gelenkt, damit es genau auf den Rücken zu fallen kommt. Der innen befindliche Mechanismus war mir nicht zuverlässig genug. In diesem Punkte bin ich eben Stümper geblieben. Doch wäre das Selbstbewegen auch tadellos durchgeführt, ganz von innen, Blendwerk läge *jedenfalls* vor, insofern nämlich die künstlichen Gliedmaßen durchweg auf völlig andere Weise sich bewegen, als die natürlichen ... oh! Nur der Schein der Natur kann erreicht werden, nicht *sie selbst*; und was sie Deinem Geist nicht offenbaren mag, das *zwingst* Du ihr nicht ab mit Hebeln und mit Schrauben ... Helmut! Wozu Dir noch mehr zeigen? Es ist ja immer derselbe Schwindel.«

»Nicht doch! Als Natur gibt es sich ja nicht.«

»Doch! Wo ein *Kniff* vorliegt, wo der Beschauer überlistet wird, wie bei meinem Schachspieler. – Pfui! Das ist *Humbug*!«

»Heute den Schachspieler vorzuführen, würde zu viel Vorbereitung erfordern. Heute könnt ich nur mit einer Kleinigkeit aufwarten. Herr Päch, führen Sie uns noch zum Pan!«

Päch, dem Friedrich voranlief, wie einer, der etwas herzurichten hat, geleitete die Herren durch einen Gang, wo Maschinen geringen Umfangs standen, und bei einigen verweilte er, indem er etwa folgendermaßen erläuterte: »Das ist die sprechende Maschine.« Es war eine Art Klaviatur. Das Werk hatte Friedrich im Vorbeigehen aufgezogen. Indem Päch die Tasten griff, begann die Maschine mit mühsamer Artikulation, mit flatternden, schnarrenden Lauten: »Ich – bin – der – erste – Apparat – zum Spre – chen – sechs – Jahr – zehnte – alt.«

Friedrich stand bei einer geöffneten Tür, und die Herren traten ein. Gott Pan; ein zottiger Satyr, lächelte sie an, hob die Pansflöte über sein gebräuntes, bärtiges Gesicht und begann auf zottigen Bocksbeinen einen stampfenden Tanz, wobei er sich langsam drehte. Dann stand er traumversunken, legte die gestaffelten Pfeifen an die gespitzten Lippen und blies ein Hirtenlied, das sanft begann und mit lustigem Triller endete. Im Eifer rollten die Augen unter seinen buschigen Brauen, beim Pusten war er vorgebeugt, tief zog er den Atem, und nach einem stürmischen Finale stand er verzückt.

Päch und Friedrich nickten vergnügt – Lamettrie-Möller lächelte ironisch.

## 34. Paradiesische Unschuld

Als andern Vormittags Helmut von einem Angestellten vernahm, Herr Möller sei bei den Blumenbeeten in der Nähe des Museums, hielt er es für angebracht, ihn sofort zu begrüßen. Gebückt zu gelben Primeln stand der Alte, gärtnerisch machte er sich zu schaffen, wofür auch die grobe Linnenkleidung sprach, und die Erde, die er an den Stiefeln halte. Dabei machte er den Eindruck, als sei er nicht ganz bei der Sache, sondern in Gedanken verlieft.

Zerstreut reichte er dem Ankömmling die Hand: »Blumen sind doch rührende Vertreter paradiesischer Unschuld – die reinsten wohl unter den Lebewesen.«

»Guten Morgen, Onkel! Du meinst? Blumen? Gewissermaßen ja! Jedenfalls haben sie nichts von dem Rohen, das an Tieren abstoßend wirkt.«

»Allerdings gibt es auch unter Pflanzen Fleischfresser«, grübelte der Alte – »aber wenn an den Blättchen des Sommertaus Mücken kleben und von der Pflanze verdaut werden, so ist das nichts wesentlich Anderes, als jene Wurzelfunktion, welche Zellkerne verwester Tiere ebenso, wie andere Nahrungsstoffe in den Pflanzenkörper aufnimmt. Jedenfalls waltet hier keine grausame Gesinnung.«

Nach diesen Worten stieß er den Spaten, den er sinnend gehalten hatte, in die Erde und hob einen Klumpen heraus, den er betrachtete: »Oh!« sagte er – »da hab ich, während ich von Pflanzenunschuld schwärmte, versehentlich einen harmlosen Regenwurm durchschnitten.«

Das sichtbare Stück des Wurmes wand sich in offenbarem Schmerz, und der Onkel bettete es in lockerem Humus, indem er fortfuhr: »Trösten wir uns mit Eduard von Hartmann, bei dem ich über den durchschnittenen Regenwurm gelesen habe, dass aus der Schnittstelle allmählich ein weißes Köpfchen hervorsprießt, größer wird, Gliederringe bildet, Verlängerungen des Verdauungskanals, der Stränge für Blut und Nerven. Durch Wachstum also, vermöge einer Bildungskraft, heilt die Natur angerichtete Schäden; wie neue Blättchen an den Zweigen sprießen, wenn mal die ersten Blätter erfroren sind.«

Helmut sah den Onkel schelmisch an und lächelte: »Ahme mit Deiner Technik mal solches Naturverfahren *nach*! Erfinde zum Beispiel einen Kraftwagen, der für ernste Pannen nicht bloß Ersatzreifen *bei* sich hat, sondern vorherverfertigte Teile gar nicht erst *einzusetzen* braucht, vielmehr sie wachsen lässt, in einer technischen *Selbst*heilung, die den *Gipfel* automatischer Reparatur darstellen würde. Lass Deine Maschinen *leben*, das Krokodil Eier legen, aus denen junge Krokodile kriechen, den Neger aus seiner Kulisse heraus mal frei in die Welt gehen! Lass den automatischen Pan *denken* und *fühlen*, wär's auch nur das Gefühl eines Regenwurms! *Dann* hätte Lamettrie recht mit seinem Worte l'homme machine, aber erst dann!«

In Nachdenken versunken nickte der Onkel: »Natur zu erreichen, wenigstens den *Schein* der Natur, einen Schimmer davon, war meine Automatentechnik bemüht.

Welche Mittel sie angewendet hat, sollst Du noch weiter sehen. Unsere heutige Besichtigung des Museums hab ich auf elf Uhr anberaumt, da soll Herr Päch mit Friedrich uns erwarten. Du könntest mich einstweilen nach der Einsiedelei begleiten. Ich muss die Hände säubern und mich umziehen. Adio, ihr gelben Primeln und weißen Windröschen! Rührt mit dem Bilde der Unschuld die Menschen, auf dass sie sich euch zum Vorbild nehmen. Fressen, gewiss, das tun die Pflanzen *auch*. Über sie fressen in *friedliche* Weise: Stoffe, die sich ihnen *darbieten*, auch Zellkerne tierischer Leichen. Roh oder gar *grausam* darf man solches Verfahren nicht nennen, weil darin bloß der unendliche Kosmos auftritt, der die Pflanze organisiert und die Verantwortung für alles von ihm Verursachte trägt.«

»Ob diese Begründung *genügend* ist?«, wandte Helmut ein – »demnach dürfte auch der *Mörder* geltend machen: Ich bin unschuldig, die in mir waltende Natur ist verantwortlich.«

»Nun ja, *darf* er das nicht?«

»Aber die Richter, die ihm Mord zur Last legen, können entgegnen: Auch wir lassen ein Höheres in uns walten, das *Sittengesetz*. Wenn du die Folgen einer Handlung vermeiden willst, nun, so unterlasse sie! Unter den Folgen verstehe ich allerdings nicht bloß die Bestrafung. Kann mir eine Gesellschaft denken, die alles Strafen *unterlässt*, nach dem Wort: Richtet nicht!«

»Ja, im Sinne der Bergpredigt. Aber wozu dann überhaupt noch Richter?«

»Nun, das Unrecht an den Tag bringen, dem Schuldigen vorhalten, was er angerichtet hat, ihn dem inneren Gericht überlassen, die Gesellschaft aber vor ihm schützen, ohne Hinrichtung oder sonstige rohe Mittel – das könnte genügen.«

»Höre, Helmut«, sagte der Onkel, indem er an seiner Seite ging, »ich glaube, *Du* hast wahrhaftiges Christentum. Und indem ich Dir zustimme, wird mir klar, dass zur doppelten Wahrheit, von der bei mir das Unrecht seinen Ausgang nahm, auch jene doppelte Sittlichkeit gehört, die in Europa herrscht und in der neuen Welt, die aber noch heuchlerischer als die alte ist. Ich meine, mit den Lippen bekennt man Christentum, mit der Tat brutalste Barbarei, Mammonismus und Genusstaumel, Massenmord und allerlei Frevel. Nicht allein vor Blumen und Bäumen sollten wir uns schämen, sondern selbst vor Tieren. Schlimmer als Krokodil, Tiger und Schlange ist der Zivilisationsmensch, wo er Gelegenheit hat, Völker oder Einzelne auszubeuten. Hier, wie gesagt, sehe ich ein modernes Seitenstück zur doppelten Wahrheit, jener spitzfindigen Theologen, die für ihre Glaubenszweifel die Ausrede haben wollen, es seien eben *beide* Standpunkte wahr, obwohl sie einander widersprechen. Dasselbe zweideutige Verfahren waltet heutzutage auf sittlichem Gebiete: Die biblischen Gebote, man soll nicht töten, selbst seinem Feinde Nachsicht, ja Güte erweisen, werden mit den Lippen bekannt. Tatsächlich herrscht aber eine gegenteilige Moral. Man wendet die Todesstrafe an und na – Helmut, Du hast ja erlebt, wie verfeindete Völker alle bösen Mittel, Lüge, Betrug, Raub und Mord anwenden, wofern sie ihren gesetzlich sanktionierten Zielen förderlich sind.«

Helmuts Antwort war ein düsteres Schweigen.

»Und jetzt«, fuhr der Onkel grimmig fort – »nachdem die Feinde am deutschen Volke ihren Vernichtungswillen erreicht haben, diktieren sie ihm einen Frieden, der dem Wiedergutmachen dienen soll. Aber dieses Wiedergutmachen ist ein Noch- *Schlimmer*-machen, für die ganze Menschheit! Auf die *Gesinnung* kommt es an, auf den Sinn des Lebens, nicht auf politische Ziele und mechanische Überlegenheit.«

Möller-Lamettrie blieb auf dem Syringenweg stehen, der Blütentrauben weiß und duftig vorstreckte. »O Unschuld, Güte, Liebe möcht ich verbreiten und alles unterlassen, was nicht echten Kulturwerten dient! Meine Gaukelbude drüben in York, wo die leichtgläubige Menge mit grotesken Lügen getäuscht wird – weg damit! Pfui!«

Helmut mochte den Onkel solcher Stimmung nicht überlassen und suchte zu mildern: »Paradiesische Unschuld ist pflanzenhaft. Aus der Pflanze hat sich aber das Tier entwickelt und das Raubtier Mensch. Das ist nun mal kosmische Tatsache, dass der Einzelne vom Interesse seines Körpers ausgeht. Soll die Rückkehr zur Unschuld eine Reaktion sein? Sollen wir Wurzeln in den Boden strecken und Blüten in den Sonnenschein? Unmöglich! – Oder denkst Du vielleicht an die Lehre: Widerstrebe dem Übel nicht gewaltsam?«

Wie suchend rollte der Greis die schwarzen Augen: »Zum Bergprediger möcht ich mich bekehren. Güte ist's doch allein, worauf es im Grunde ankommt, um das Böse zu überwinden.«

»Was Dir vorschwebt, ist richtig, Onkel. Aber bedenke
auch, wie unsere Vorfahren den Sinn des Alls verstanden. Legten sie ohne Weiteres vor dem Feind die Waffen
nieder? Nein, sie *brauchten* die Waffen im treuen Dienst
*Allvaters*, ihm beizustehen bei der Weltregierung.«

»Das heißt« – grollte der Alte – »sie pfuschten ihm ins
Handwerk, setzten ihre Stümperei anstelle unendlicher
Weisheit.«

»Auch im Geschöpf kann unendliche Weisheit leuchten.«

»Ja, wenn's wirkliche Unendlichkeit ist, dann zeigt's
sich in Liebe, Güte, Unschuld.«

»Die Weisheit Heraklits erkennt auch im *Streit* den Allvater: Streit ist Vater aller Dinge.«

Möller-Lamettrie stutzte: »Nun ja, Streit im Guten,
Wettbewerb im Tüchtigen! Oder insofern Bedrängnis
Hilfe herausfordert.«

»Vermag der Mensch denn immer mit Sicherheit zu erkennen, ob im Streite Gott waltet? Doch nur, wenn er
Höheres schafft.«

In diesem Augenblick erscholl ein Gekläff Mohrchens,
der das Nahen seines Herrn witterte, er kam dahergerannt und hüpfte an ihm hoch.

»Siehst Du, Onkel, auch im Tier ist Treue lebendig und
Liebe.«

Froh gerührt, klopfte der Alte dem Pudel die Seiten,
und dieser umschwänzelte die Weitergehenden.

So kamen sie zur Einsiedelei. »Tritt ein! Ich bin sofort umgezogen, dann gehen wir zum Schach-Automaten. Ei sieh doch! Das Andenken an den guten Pater Ambrosius! Huldchen war hier!«

Mit einer Rose hat sie den Griff der Mönchsgeißel geschmückt.

### 35. Der Schachautomat der Konkurrenz

»Nun sollst Du den Schachspieler kennenlernen. Er gehört zum corpus delicti meiner Beichte als eine Hauptnummer und zeigt, wie ich mein leichtgläubiges Publikum betrogen habe. Es soll aber anders werden! Gestern hab ich an Mister Bridgeman, den Pächter meiner amerikanischen Museen, gekabelt, dass ich den Vertrag mit ihm nur dann verlängere, wenn er eine gewisse neue Vorführungsweise annimmt: nämlich Verzicht auf jeden Täuschungstrick. Wenn Bridgeman sich weigert, mögen meine mechanischen Werke zugrunde gehen. Würden sie mir auch sonst eine Jahresrente von fünfzigtausend Dollars bringen. Was frommt der Mammon einem alten Manne, der den kargen Rest seiner Tage in größter Einfachheit verleben will. Wahr vor allem will ich sein – das gelobe ich im Angesicht der Sonne und dieser freien Landschaft. Dort in blauender Ferne lächelt die Lazaruskapelle, es ist ein Lieblingsort von mir – wir wollen ihn dieser Tage mal aufsuchen.« So sprach Möller-Lamettrie zu Helmut, als sie von der Terrasse ins Museum eintreten wollten.

»Versuch es doch einmal mit einer anderen Art von Schaustellung«, lächelte Helmut – »Deine Tricks könnte man ruhig vorführen, wofern nur hinterher *aufgeklärt* wird, auf welche Weise die Täuschung zustande kommt.«

Mit freudigem Staunen sah der alte Mann den jungen an: »Helmut! Du hast das Ei des Kolumbus auf die Spitze gestellt. Du sollst auch mein Teilhaber sein, wenn der Pächter einverstanden ist mit dieser Art Volksaufklärung. So *lösen* sich manchmal unverhofft die verzwicktesten Fragen.«

»Oh, Onkel, nein! Das kann ich nicht annehmen. Eine kulturelle Idee will ich nicht als Geschäft ausnützen.«

Der Onkel legte die Hand rüttelnd auf seine Schulter: »Bist ein deutscher Idealist, wie er im Buche steht – in Schillers Don Carlos. Mensch! Wenn Dich mein Geld geniert, nun so ist's ein Hochzeitsgeschenk für Hulda. Und was Du von Ausnützen einer kulturellen Idee faselst – das sind Skrupel einer Zartheit, die ein Yankee nicht gelten lässt. Ist denn nicht jede Erfindung, jeder gute Einfall eine kulturelle Idee? Und wäre sie nicht *ausnutzbar*, wozu dann das *Patentrecht*? Jeder Arbeiter ist seines Lohnes wert, so auch der Erfinder – seine Ideen soll er ausnützen, sonst schenkt er ihren Ertrag dem Unternehmer. Wäre Dir das lieber? Oder willst Du *mir* vielleicht schenken, was Dir gehört? Soll ich das annehmen? Fällt mir nicht ein! In dieser Sache ist das Zartgefühl auf *meiner* Seite am Platz.«

»Haha!« lachte Helmut, »großmütig wetteifern wir schon, wer von uns beiden das Fell des Bären verschenken darf, und wissen noch gar nicht, ob er sich überhaupt erlegen lässt.«

»Oh! Wie auch immer Bridgeman sich zu Deiner Idee stellen mag, *durchgeführt* wird sie! Nötigenfalls *ohne* ihn. Junge, wie *leicht* ist mir's um Herz, nun ich eine Sorge des Wiedergutmachens *los* bin! Schon das ist ein Erfolg Deines glücklichen Einfalls.«

Munter gingen sie ins Museum, wo in der Halle außer Päch und Friedrich noch ein Angestellter wartete, den der Onkel als seinen technischen Direktor Mister *Steelhead* vorstellte. Sofort begab man sich zu dem Gemache, wo der automatische Schachspieler vorgeführt werden sollte, und hier nahm Möller-Lamettrie das Wort:

»Meine Herren, Sie wissen, was ich an Mister Bridgeman gekabelt habe. Jedenfalls dulde ich nicht mehr, dass mein Publikum begaukelt werde. Die Theater, die ich in den United States besitze, heißen fortan Lamettries Mechanisches Theater *Anti-Humbug* – oder so ungefähr. Jedenfalls werden sie allen Schwindel schonungslos *entlarven*. Erst werden meine Tricks vorgeführt, dann die Leute darüber *aufgeklärt*. Ähnlich wie ich das Rätsel des Persers aufzuklären pflege, und zwar unter starkem Beifall. Verstehen Sie? Nun fangen Sie bitte an, Mister Steelhead, genau so, wie Sie drüben sprechen. Herr Burger soll unsern Humbug in seinem ganzen Umfang kennenlernen. Hinterher sage ich, wie der *Anti*-Humbug, die Aufklärung, erfolgen soll.«

Mister Steelhead schien betroffen, sammelte sich aber mit Elastizität und sprach: »Gentlemen! An den Menschen-Automaten hat man von je vermisst, dass sie nicht *Gedanken* produzieren. Da ist nun ein Erfinder mit dem automatischen Schachspieler gekommen, und ich habe das Vergnügen, Ihnen fürs erste die von ihm erfundene

Figur vorzuführen und ihr scheinbares Denken – denn natürlich ist das bloßer Schein.«

Von einer großen Gestalt inmitten des Raumes fiel die Verhüllung: Ein riesiger Perser kauerte da, die Beine untergeschlagen, vor einem mächtigen Schachbrett, dessen Figuren zum Spiel bereitstanden.

»Nun, Helmut? Du bist doch Schachspieler?«

»Im langweiligen Stellungskrieg bin ich's geworden.«

»Also spiele mit dem Perser!«

Friedrich schob einen Clubsessel heran, Helmut nahm Platz und fasste seinen Gegner ins Auge. Der starrte mit durchbohrendem Blick auf ihn hernieder, senkte dann die Augen auf das Brett.

Mister Steelhead nahm wieder das Wort: »Es ist das Recht des Publikums, sich davon zu überzeugen, dass im Automaten nicht etwa ein Mensch steckt. Bitte, überzeugen Sie sich!« Und seitwärts am linken Ärmel öffnete er eine Klappe, sodass man der Figur ins Innere blicken konnte. Da war ein Gewimmel von Drähten, dahinter ein Zahnrad-Werk, über das ein Kettchen lief. Dieser Mechanismus reichte, wie man sah, lief in die Figur, bis weit über deren Mitte hinaus. Steelhead *schloss* die Klappe wieder, trat zur *anderen* Seile und öffnete am Brustkasten eine Klappe, die etwa denselben Anblick bot.

»Haben die Herrschaften gesehen?«, hörte man den Perser mit starker Stimme fragen – »dann, mein Partner, nehmen Sie mir gegenüber Platz und fangen Sie an!« Nochmals hatte er den durchbohrenden Blick, dann schien er in seinen Spielplan vertieft.

Helmut ließ nun seine beiden Mittelbauern je zwei Felder vorrücken – es fiel ihm auf, dass die Figuren nicht nur groß waren, sondern auch auffällig schwer.

Der Perser, der jetzt seinen ersten Zug zu machen hatte, streckte mit einem Ruck seine Rechte übers Brett, senkte sie dann gleichfalls ruckartig auf seinen Königsbauern, fasste den mit zwei Fingern, ließ ihn aber nicht zwei Felder vorrücken, sondern nur eins, auf dieselbe Art brachte er die Königin heraus. Helmut merkte, sein eigener Plan, den Läufer keck auf den Kampfplatz zu rücken, sei vereitelt. Aber mit einem Springer konnte er hüpfen, das war ein guter Zug. Noch einige Züge, und sein Herz bebte gespannt, denn jetzt kam die feindliche Königin in die Patsche. Plötzlich dröhnte die Stimme des Persers: »Schach!« – Ja, diese Möglichkeit hatte er nicht gesehen. Er konnte ein Feld seitwärts weichen. Und »Matt!« klang es hohl. Allerdings! Helmut war geschlagen.

Nun hielt Steelhead den Epilog: »Das sieht aus, als habe der Automat gespielt. Sehen Sie nunmehr, wer es *tatsächlich* war!« Und wie er unterhalb des Automaten ein Türlein geöffnet und den anliegenden Fußboden falltürartig aufgetan hatte, kroch in Hemdsärmeln ein Herr heraus.

Als ihm Friedrich den schwarzen Gehrock dargereicht und angezogen hatte, verbeugte er sich und trat beiseite. Hierauf fuhr Steelhead fort: »Durch ein Loch im Brustkasten der Figur sah er das Spiel und in der großen Gummihand des Persers war seine eigene Hand tätig. – Die ruckartigen Bewegungen sollten nach Mechanik aussehen. Tatsächlich erfolgt mechanisch nur das Drehen des Kopfes und das Rollen der Augen. Das Sprechen des Automaten mittels eines Phonographen, der alle beim Schachspiel nötigen Redensarten auf seiner Walze hat.«

»Wozu aber die Drähte und Räder im Brustkorb der Figur?«, fragte Helmut – »und wie kommt es, dass man von dem tatsächlichen Spieler, der unterhalb des Brustkorbes steckt, gar nichts bemerkte?«

»Die gespannten Drähte und die Rädchen sollen eine verschmitzte Mechanik nur vortäuschen. Sie verwirren den Hineinschauenden umso mehr, als der Hintergrund aus Spiegelscheiben besteht, die durch Widerspiegeln den Eindruck machen, als seien auch hinten Drähte und Rädchen. Dieser angeblich schachspielende Automat unseres *Konkurrenten* ist also tatsächlich kein Selbstbeweger, weil ein Mensch darin sitzt und spielt. Solche Enthüllung zu machen, halten wir für unsere Pflicht. Zugleich aber geben wir uns die Ehre, *nunmehr* einen *echten* Automaten vorzustellen, der Schach spielt. Es ist das Werk des hochedlen Lords »Lämittrei«, den Sie zunächst hier als Ölgemälde sehen.«

Bei diesen Worten enthüllte sich, indem Friedrich eine Schnur zog, das Porträt des Onkels; nur etwas jugendlicher sah er aus, und gepudertes Haar und Zopf trug er, blauen Galarock, Kniehosen, weiße Wadenstrümpfe und Schnallenschuhe. »Der Lord«, so fuhr der Impressario fort – »ist eigentlich ein Frenchman und spricht sich *monsieur le baron de Lamettrie*, war Vorleser des berühmten Königs Friedrich, den das Preußenvolk den Großen nennt ...«

»Genug!«, unterbrach finster Möller-Lamettrie – »mir wird vom Anhören *schlecht*. All right! So lautet allerdings Ihr Speech, und ich hatte Ihnen den Auftrag gegeben, genau so zu sprechen, wie in New York – thank y-ou! Ich wollte Herrn Doktor Bürger zeigen, nicht nur, wie unsere Konkurrenz schwindelt, sondern vor allem, mit was für Humbug wir *selber* Geld machen. Ja, der Amerikaner im Hexenkapellchen hat ein Teufelchen, das ihm unterirdisch Dollars prägt. Aber pfui! *Solche Gaukelei, meine Herren, muss hinfort ganz aufhören* und wiedergutgemacht werden! Ich will's! Und wenn dabei das ganze Business zum Teufel geht ... Für heute sind wir fertig, Misters, morgen früh um zehn Uhr fahren wir fort.«

Direktor Steelhead lächelte verlegen – der Hervorgekrochene stand wie angedonnert, Friedrich war bleich und schlug die Augen nieder.

## 36. Auf der Sternwarte

Beim gemeinsamen Abendessen war Möller-Lamettrie sehr ernst und nach innen gekehrt. Frau Belling bemühte sich, ihn aufzuheitern, obwohl sie sich unruhige Gedanken machte, über Gerharts langes Ausbleiben. »Ich hatte heute bestimmt auf eine Nachricht gewartet, aber ...«

»Und wenn er nichts als die Aachener Aufklärung erreicht hätte – diese ist mir Trost und hat mir eine schwere Last von der Seele genommen«, erwiderte Lamettrie.

»Ja, Onkelchen! Ich bin so glücklich!« sagte Hulda und lächelte ihm ins gedankenschwere Gesicht wie die Sonne in abziehenden Regen scheint.

»Offengestanden« – erklärte Frau Belling – »wollte ich dieser Tage Euch Kindern und Dir, lieber Onkel, ein Freudenfest anrichten; aber Gerhart muss doch *dabei* sein. Wird er Augen machen über unser Paar!«

»Ganz unerwartet ist ihm die Verlobung nicht gekommen« – gestand Helmut – »schon am Morgen nach unserer Begegnung im D-Zug hatte er mir was angemerkt. Hulda errötete und drückte ihrem Erwählten verstohlen die Hand.

»Aber«, meinte Frau Belling mit einiger Verlegenheit – »wir haben unseren Bräutigam noch gar nicht gefragt, welcher Tag denn ihm am liebsten wäre für das Verlobungsfest.«

Im selben Moment brachte das Stubenmädchen der Hausfrau ein Telegramm, das diese hastig öffnete, worauf sie sagte: »Von Gerhart! Morgen Nachmittag kommt er. Die Depesche lautet: Bringe frohe Überraschung und einen lieben Gast. Ankunft Schachthof voraussichtlich morgen 6 Uhr nachmittags. Gerhart.«

»Nanu!«, meinte Hulda erstaunt – »Gast? Wer könnte das sein?«

Auch Frau Belling besann sich: » *Lieber* Gast, heißt es. Vielleicht sein Freund Franz?«

»Den kann er nicht meinen«, sagte Hulda, »er würde dann einfach Franz telegrafieren, nicht so geheimnisvoll: einen lieben Gast.«

»Das passt gut«, meinte Helmut – »Mutter Belling hat mich gefragt, welcher Tag mir für unser Familienfest besonders lieb wäre. Nun Gerhart depeschiert, dass er morgen kommt, und der Geburtstag meiner geliebten Großmutter ist übermorgen.«

»Dann feiern wir *übermorgen*«, meinte Hulda strahlend.

»Ja!« bestätigte Frau Belling – »dann haben wir auch *Zeit* zur Vorbereitung. Gleich heute Abend beginnen wir mit dem Beraten. Helmut und Onkel haben ja miteinander zu *tun*, sodass sie *ohne* uns sein können.«

»Heute haben wir fast noch Vollmond«, sagte der Onkel zu Helmut, »da zeig ich Dir meine Sternwarte. Ich sehne mich nach der ruhevollen Unendlichkeit des Sternenhimmels. Unsere Tafelei ist ja nun zu Ende. Komm, mein Junge!«

Helmut küsste den Damen die Hand und folgte dem Onkel in den Garten, der schon ziemlich dunkel war. Die weißen Syringenblüten erhaschten den letzten bleichen Schimmer des erloschenen Tages und leuchteten geisterhaft.

Lamettrie-Möller war in Sinnen versunken, und Helmut den zarten Eindrücken der Dämmerung hingegeben; schon schimmerten etliche Sterne, feierlich ragten die hohen Wipfel der Ulmen, lautlos huschte die Fledermaus. So kamen sie schweigsam zum Hexenkapellchen.

Im Turm knipste der Onkel das elektrische Licht an, Treppen stiegen sie empor und traten in den erleuchteten Hauptraum der Sternwarte.

Unter Glasbedachung ragten schräg zum Himmel ein großes Fernrohr mit blitzenden Messingteilchen, dazu ein kleineres. Dann war da ein grünbetuchter Tisch mit Zeichnungen und Büchern.

Auf erhöhter Platte stand das Tonmodell eines Denkmals, ein Fünfeck mit fünf Säulen und runder Überkupplung, auf der ein Adler kauerte. Bei jeder Säule war ein Hauptvertreter der Gestirnkunde: Kopernikus, Tycho de Brahe, Regiomontanus und andere. »Nach einer Zeichnung von Kepler ist das gemacht, die er seiner neuen Sternkunde voransetzt. Aber *sich selber* hat er in seiner Bescheidenheit vergessen. Ich will das Modell in Marmor ausführen und unten vor die Sternwarte setzen lassen.«

»Dann würd ich aber« – sagte Helmut – » *inmitten* der Fünf den *Kepler* stellen, und zwar erhöht. Unter *diesen* Planeten ist er die Zentralsonne, er, der Erneuerer des Kosmosgedankens.«

»Hast recht, Helmut! Wieder ein ausgezeichneter Einfall!«, sagte der Alte entzückt. »Wundervoll, wie Kepler seine nach ihm benannten Gesetze aus der antiken Kosmosidee ableitet.«

»Bist Du bekehrt?« stimmte Helmut ein, »schon Pythagoras glaubte an geheime Zusammenhänge der Gestirne, Kepler aber *bestätigte messend und rechnerisch*, dass *die Welt ein Kunstwerk* sei; dass nämlich unsere Planeten in *harmonischen* Bahnen um die Sonne wandeln. Man kannte damals nur fünf Planeten, weil Uranus und Neptun noch nicht entdeckt waren. Diese Gestirn- *Harmonien* dachte er sich geradezu musikalisch.«

»Und solchen Glauben hat er getreu festgehalten – zu Zeiten war's, da es in der Menschenwelt nicht weniger als harmonisch herging – da die Völker Europas um die Herrschaft der Fürsten und Religionsbekenntnisse mit

Hellebarden und donnernden Feldschlangen stritten. Und unser Deutschland zur Wüste machten, so wie Europa jetzt im Begriffe ist, sein Herz Deutschland zu veröden.«

Der Onkel lief nervös zum kleinen Fernrohr und richtete es auf den Mond, der am Horizont aus Dünsten glutig aufgetaucht war: »Lass uns flüchten aus der Menschenwüste! Zur Heimat des Friedens!«

»Merkwürdig!«, sann Helmut – »dass man in den Städten vor all den elektrischen Beleuchtungen und vor lauter Vergnügungssucht nahezu keinen ruhigen Ausblick zum Gefunkel der Sterne findet. Würden die Leute ihre Unruhe und Leidenschaft zu den *Sternen* tragen, und sich ihrem tröstlichen Farbenspiel, ihrer *Seelenmusik* hingeben, es stände *besser* um ihr Gemüt.«

Durchs große Fernrohr wollte Helmut schauen, aber der Onkel sagte: » *Lass* bitte! Meine Arbeit könnte gestört werden. Übrigens ist dies Rohr auf Sternennebel gerichtet, die dem Neuling *wirr* vorkommen. Lieber wollen wir den schlichten Mondaufgang betrachten, und weg mit der künstlichen Beleuchtung, die doch nur stört!« So ließ der Onkel die elektrischen Flammen erlöschen; auf einmal war der Raum von wohltuendem *Silberlicht* durchflutet.

»Ah!« bewunderte Helmut – »das ist doch der lieblichste Anblick, den wir vom Monde haben können – Luna! Diana! Des Sonnengottes Schwester!

Schwester von dem ersten Licht,
Bild der Zärtlichkeit in Trauer!

Nebel blinkt wie Silberschauer
Um dein reizendes Gesicht.

Dies Erlebnis ist schöner als das Fernrohrbild der *Mondgebirge*, die gewissermaßen das Gerippe verblühten Lebens sind.«

Gleichwohl trat der junge Mann näher und blickte durchs kleine Rohr auf die Mondgebirge, auf ihre kreisförmig öden Abgründe.

»Die Sonne scheint in *ausgebrannte* Krater«, raunte der Greis dumpf, und Helmut besorgte schon, es könnte ihn seine Lebensschwermut wieder anwandeln. »Ja, ein ausgebrannter Krater ist mein Leben, das Gerippe nichtiger Jugendblüte ... Verzeih, guter Junge! Drunten im Lesesaal das elektrische Licht verrät mir, dass Päch noch schmökert. Geh zu dem Einsamen, der Dir ja nicht allzu geistlos vorkommt. Deinen Onkel überlass für heute Abend dem Gezirp seiner Grillen. Auch Müdigkeit überkommt mich. Habe mir im mechanischen Museum viel Seelenqual zugemutet, Übrigens weckt das Telegramm Gerharts allerlei Gedanken, denen ich in *Einsamkeit* lauschen möchte.«

»Gewiss, guter Onkel!«, sagte Helmut ohne Übelnehmerei. »Ich gehe hinunter, ziehe aber natürlich, obwohl Herr Päch mich interessiert, die Gesellschaft *Huldas* vor.«

»Ganz nach Deinem Herzen, lieber Junge!«, sagte der Onkel weich.

So ging denn Helmut.

Der Greis machte die Treppen hell und horchte auf die Schritte des Gehenden. »Duldsamer Mensch!«

Dann streckte er sich auf ein Polsterlager, tat eine Reisedecke über sich und schaute in den Mond. Durch sein Gemüt klang es:

> Breitest über mein Gefild
> lindernd deinen Blick,
> wie des Freundes Auge mild
> über mein Geschick.

Dann gähnte er, atmete ruhig, und bald war er eingeschlafen.

Ist das nicht Düren? Nein, Verona ist es, und da wohnt *Julia* mit ihrem dreizehnjährigen Bruder. Ein lieber Junge, etwas zu früh hochgeschossen, ein Sinnierer, doch zutraulich. Julia bringt das Abendessen ...

Ei! Freut sich der Junge; und Julia lächelt freundlich, als wolle sie sagen: Er hat eben nur *mich*. Und Förster will er werden ... Ja, Buchfinken hat er gern und Drosseln ...

Dann verwirrte sich der Traum.

Flatternde Bilder, Musik und Mondschein.

### 37. Merkwürdige Schicksale

Möller-Lamettrie, der die Nacht bis zum Tagesgrauen auf der Sternwarte im festen Schlaf gelegen hatte, ging beim ersten Amselpfeifen zur Einsiedelei, um noch im Bett einen Morgenschlaf zu versuchen. Doch er fühlte sich völlig erquickt, und vom Gange durch den Park jugendlich munter.

Der Traum von Julia stand ihm vor der Seele, so klar und lebendig, dass er fast glaubte, er habe das wirklich erlebt. War's Erinnerung an einen Besuch, den er bei Julia vielleicht damals gemacht hatte? Nein, er war niemals in Düren gewesen, obwohl er herzliche Teilnahme für alles hatte, was ihm Julia damals von ihrem Schicksal erzählte.

Da sie und ihr Bruder, nach dessen Geburt sie ihre Mutter verloren hatten, den kränklichen Vater, einen Gymnasiallehrer, auch nur noch wenige Jahre besaßen, so war sie's gewesen, die bereits in früher Jugend Beschirmerin und Erzieherin ihres Bruders hatte sein müssen.

Mit dem Vormund, einem alten, schrullenhaften Professor, hatte sie, als ihre Mündigkeit nahte, eine schwere Meinungsverschiedenheit auszufechten, weil sie zur Bühne gehen wollte, er hingegen immer dafür eingetreten war, sie solle Lehrerin werden.

Ihren Bruder, der ein netter Bursche war, hatte sie damals, als sie die Julia spielte, mit nach Aachen gebracht. Hochgeschossen, sonst kindlich war er damals gewesen. So konnte eine Erinnerung wohl in ihm aufgetaucht sein.

Aber von Düren konnte der Träumende nur *fantasiert* haben – drum auch war es im Traum eine wundervolle Renaissance-Stadt Italiens, die Geschwister hatten sie *Verona* genannt.

Die Liebe zu Julia, die in seinem Traum ihre wilde Leidenschaft verloren hatte, hielt als wehmütige Schwärmerei sein Gemüt befangen. Julia erschien ihm als verklärte Gestalt in seinem Traum, von ihrem Busen löste sie eine feurige Rose und neigte sich liebevoll zu ihm: »Ja, ein Feuerbrand warst du, und jetzt ist von dem Feuer wohl nur die Schlacke geblieben.« Dabei lächelte sie wehmütig, und Ignatius Möller fühlte sich beseligt durch ihre holdselige Güte, und alle Schwere seines Schicksals, Schuld und Reue, war wie versunken ...

Diese glückselige Gemütsverfassung hielt den ganzen Morgen hindurch an. Zur gewöhnlichen Zeit begab er sich in den Wintergarten zum Frühstück.

Mit strahlendem Gesicht, aber sogleich den Finger auf den Lippen, empfingen ihn die Damen, bei denen Helmut saß, der bewegungslos blieb, um den Vogel Benedikt nicht zu stören. Munter hüpfte dieser über den Tisch, zwischen den Frühstückstassen hindurch. »Biwäwü!« pfiff das Vöglein, und nachdem es Kuchen gepickt hatte, ließ es vom gewohnten Zweig süße Zwitscherlaute hören.

Entzückt und feuchten Auges beobachtete der Onkel, an die Wand gelehnt, bis Benedikt hinausflog, um sein Weibchen im Brüten abzulösen. »Geflötet hat er uns ganz wunderschön!« schwärmte Hulda, als der Onkel ihre Hand küsste.

»Und Onkel, ein Eilbrief ist soeben für Dich gekommen. Bitte nimm Platz zum Frühstück. Gerhart hat den Brief in Mainz aufgegeben, hoffentlich bringt er keine Verwirrung in unsere Festpläne!« sagte Frau Belling.

»Nein!« entgegnete der Onkel, der die Zeilen überflogen hatte, mit tiefernster Miene – »Verwirrung nicht – immerhin eine schicksalsschwere Kunde. Sie muss uns zum Mitgefühl stimmen gegenüber jener Verzweifelten, die man aus dem Weiher gezogen hat. Gedankenvoll las er den Brief – dann sagte er: »Gerhart schreibt: »Lieber Onkel, von der Aachener Polizei habe ich Schriftstücke erhalten, die meinen vorigen Brief ergänzen. Jenes Mädchen, die man im November 1872 im Frankenberger Weiher gefunden hat, war die dreißigjährige Johanna Schmeetz und bei einem Aachener Tuchmacher in Stellung. Dieser kleine Fabrikant, dessen gütige Frau diese Johanna in ihrer Häuslichkeit beschäftigte, er hatte sie verführt – und verzweifelt darüber, sich gegen ihre mütterliche Freundin so schwer vergangen zu haben, nahm sie sich das Leben. Die Unterlagen zu diesen Angaben bringe ich Dir morgen. Es grüßt alle. Dein Gerhart.«

»Oh!«, sagte Hulda tief erschüttert, und Tränen erstickten ihre Stimme.

»Ehrgefühl hat sie in den Tod getrieben«, meinte Frau Belling.

»Das kommt davon, wir sind Sklaven unserer Sinne!« waren des Onkels düstere Worte.

»Der Brotherr« – meinte Helmut – »hat seine Stellung missbraucht.«

»Wer durchschaut das Getriebe solcher Schicksale?«, fuhr der Onkel fort – »genug! Seinen Opfern wird es zum Verhängnis.«

Lange verharrte man in traurigem Schweigen, dann stöhnte der Alte: »Wer kann so was wiedergutmachen? Wie denn?«

»Nur die rechte Gesinnung!«, antwortete Helmut – »Innerlichkeit schafft die bessere Welt, unsere Sehnsucht ist's, die ins Unendliche greift. Unaufhörlich bejaht Goethe reine Lebensfreude und Persönlichkeitsmut:

Willst du Absolution
Deinen Treuen geben,
Wollen wir nach deinem Wink
Unablässlich streben,
Uns vom Halben zu entwöhnen,
Und im Ganzen, Guten, Schönen,
Resolut zu leben.«

»Hört einmal!«, raunte der Onkel mit hohem Ernst – »Julia ist mir diese Nacht erschienen – und hat mir ihre Güte und Liebe offenbart. Wäre doch auch jene Verzweifelte von der Mutterseele angeweht worden, ihr Schicksal würde sich anders gestaltet haben.«

»Ebenso kann Vatertreue Schutzgeist sein«, bemerkte Helmut leise. Dann trat er feierlich vor: »Auch ich möchte kein Geheimnis vor Euch haben. Ich stünde nicht vor Euch, und anders wäre mein Schicksal verlaufen, hätte mich nicht in einem entscheidenden Moment der Geist meines Vaters gewarnt. Höret das Geständnis, das mich schon lange gequält hat!«

Dann nahm er Platz und stützte die Stirn: »Im Krieg war es – und beinah hätt' ich mich zur Heirat verpflichtet gefühlt. Ich quartierte in Brüssel bei einer flämischen Witwe, die liebreizend und gemütvoll war. In uns Deutschen sah sie die berufenen Befreier ihres Volksstammes. Der Krieg stimmt zum Erobern, auch in der Liebe, und die Umstände waren höchst verführerisch ... Da – auf einmal sehe ich meinen verstorbenen Vater feierlich vor mir – und er mahnt: Diese ist dir nicht bestimmt! – Die

Tränen stürzten mir hervor. Was *ist* dir? Fragt Frau Blanche erschrocken und sucht mit ihrem Tuch meine Augen zu trocknen. Mein Vater! Schluchzte ich – da stand er und schüttelte den Kopf, deutlich hab ich ihn gesehen. Als ich 16 Jahre zählte, starb er, und unvergesslich ist mir der Abschiedsblick, mit dem er mich ansah.« So berichtete Helmut, und als er sich etwas gesammelt hatte, fuhr er fort: »Da küsste mich die schöne Flämin auf die Stirne und erhob sich entschlossen. Licht flutete in die Dämmerstunde, und vorüber war die Versuchung, der wir vielleicht, *ohne* den Geist meines Vaters, *erlegen* wären. Ich bin kein Spiritist, und für Geist könnte ich auch Erinnerung sagen, Und doch! Warum stellte das Erinnern sich so plötzlich ein? Mein Vater hatte sich als getreuer Helfer bewährt.«

»Oder Du selbst, Du bist seinem Andenken treu geblieben!«, meinte Hulda und küsste ihn auf die Lippen. »Mein Bräutigam bist Du, und nicht wahr, der Geist Deines Vaters hat nichts dagegen, dass wir einander gehören?«

»Nein, Schatz!«, antwortete Helmut in tiefer Ergriffenheit. »Er und meine Großmutter segnen unsern Bund.«

»Hättest Du denn die schöne Flämin geheiratet, wenn Dein Vater nicht dazwischen getreten wäre?«, fragte der Onkel mit einem durchbohrenden Blick.

»Ja, ich hätte mich gebunden gefühlt«, antwortete ehrlich der junge Mann – »und viel schwerer hätte ich am Verlust zu tragen gehabt, als man sie mitten aus blühendem Leben heraus *begrub*. Sie war einer Operation erlegen.«

Betroffen blickten alle auf Helmut, Mutter Belling nickte aufseufzend: »Und von solchem Unglück mag der Schutzgeist eine Ahnung gehabt haben.«

»Wäre doch« – sann schwermütig der Onkel – »auch der armen Johanna Schmeetz solch eine Seele beigestanden! Aber an ihrer Familie hatte sie vielleicht keinen Halt.« Tonlos fügte er dann hinzu: »Auch ich bin treulos geworden, weil mir Vaterliebe fehlte. Dass Julia trotzdem nicht verzweifelte, das machten die guten Geister, die sie beseelten und schützend sie umgaben.«

## 38. Wie der Maschinenmensch Schach spielt

Zu der Vorführung der Denkmaschine, oder wie man sie in New York auch zu nennen pflegte, des schachspielenden Lords Lämittrei, erschien gegen 10 Uhr vormittags Helmut beim Museum, gerade als der Onkel von seiner Einsiedelei herunterhastete.

»Nun, also, Helmut, sollst Du sehen, wie der Humbug, den die Konkurrenz trieb, und den ich selber als damals heuchlerischer Volksaufklärer enthüllte, noch übertrumpft wurde – durch meinen unverschämten angeblichen *Über*-Humbug.«

»Nun denn, Onkel, so sei hinfort ehrlich, indem Du, nach Vorführung all' Deiner eigenen Tricks, diese selbst enthüllst.«

»Gewiss! So muss es mein Pächter fürder halten, er muss!«

In den Hallen des Mechanischen Museums waren die Herren von gestern versammelt, und sofort begab man sich in den Raum, wo der schachspielende Perser sich befand. An der Wand hing goldumrahmt das angebliche Porträt des Philosophen Lamettrie.

»Er sieht Dir verblüffend ähnlich«, bemerkte Helmut, und missmutig kam die Antwort: »Dass der berühmte Philosoph so ausgesehen hat, ist ja *Schwindel* – kein Bild von ihm hat der Maler gehabt, sondern einfach mich hat er abgemalt, mich im Kostüm der damaligen Zeit ... Bitte, Mister Steelhead, halten Sie Ihren Speech, nach der bisherigen Art von New York.«

Und der amerikanische Impressario legte los: »Gentlemen! Nachdem ich Ihnen gestern gezeigt habe, mit was für Humbug unsere Konkurrenz ein ehrenwertes Publikum betrügt, indem sie in dem angeblichen Automaten einen Menschen versteckt hat, gebe ich mir die Ehre, Ihnen nunmehr einen echten Automaten vorzuführen, das Wunderwerk unseres hochedlen Lords Lämittrei, den Sie hier zunächst als Ölgemälde sehen.«

Wieder enthüllte Friedrich, indem er eine Schnur zog, das Gemälde des historisch kostümierten Onkels. Möller duckte sich, als ob ihn Furcht anwandle, vor dem ordengeschmückten Vorleser des großen Königs, den Blick abgewandt.

»Und nunmehr sehen Sie denselben Lord Lämittrei in *bildhauerischer* Wiedergabe als *Automaten*.«

Die Verhüllung sank nieder, und jetzt war *der Onkel als Wachsfigur wiedergegeben*. Die Züge entsprachen dem Gemälde, ihr geistiger Ausdruck, ein überlegenes Grübeln, war betont. Vom Halse an war der Automat bis auf den Boden hinunter eine gläserne Säule, in der man das mechanische Werk genau beobachten konnte: tickende

Zahnrädchen, scheinbar in Diamanten gelagert und mit feinen Drähten versehen.

»Die Durchsichtigkeit leistet Ihnen die Gewähr, dass *hier kein Mensch* versteckt ist, dass also die Schachzüge *automatisch* erfolgen. Die Schachzüge, die ein beliebiger Partner aus dem Publikum tun mag, beantwortet unser Maschinenmensch in Gegenzügen, deren seine Logik uns beweist, dass hier die Mechanik etwas leistet, was in der Natur als geniales Denken auftritt. Dies hier ist der *Gipfel* der Erfindungskunst! Eine *denkende Maschine* ...«

»Frecher Volksbetrug!« zischelte entrüstet der Onkel. Aber unbeirrt fuhr der Impressario fort: »Vielleicht nimmt wieder Herr Doktor Burger dem Automaten gegenüber Platz. Bitte, fangen Sie an!«

Helmut entsprach der Aufforderung, bedachte sich nicht lange und ließ, um zu verblüffen, seine beiden Springer vor die Front hüpfen. Der Automat antwortete sofort mit dem üblichen Vorschieben seiner beiden Mittelbauern.

Helmut fuhr fort, nahezu planlose Züge zu machen, und bald kam aus dem Mund der Wachsfigur, die dabei ihre Lippen regte und die schwarzen Augen rollte, die spöttische Ansage: »Schach matt!«

»Nun geben wir die Aufklärung! Dieser sogenannte Automat ist selbstverständlich keiner! Grollte der Onkel – »Friedrich, öffnen Sie die Tür zum Nebenzimmer! Und treten wir ein!«

Innen saß grüßend Mister Davison, der hinausgeschlüpft war, während die Aufmerksamkeit Helmuts durch die enthüllte Wachsfigur gefesselt wurde.

»Nun *erklären* Sie den Humbug!«, verlangte düster der Onkel, und Davison lächelte: »Sehr einfach! Vor mir habe ich hier, wie Sie sehen, zweierlei Schachbretter; das eine sind die 64 Felder und diese sind mit den Feldern des Schachspiels *nebenan* durch elektrische Leitung derart verbunden, dass die Bewegung der Figuren – etwa vom 16. zum Z2. Feld, dann vom 8. zum 24. – sich hierher mitteilt, und auf meinem zweiten, dem danebenstehenden Figurenbrett mir *veranschaulicht* wird. Meine Gegenzüge, die ich natürlich wie ein gewöhnlicher Spieler mache, *übertragen* sich – gleichfalls elektrisch – auf das Schachbrett des Automaten und meine Worte durch ein einfaches Sprachrohr auf den Mund der Wachsfigur. Deren Innenmechanik dient teilweise dazu, die Übertragung der Züge von dort nach hier, sowie umgekehrt, zustande zu bringen; andernteils soll sie eine höchst verwickelte wunderbare Technik *vortäuschen*.«

Lächeln musste man über diese einfache Aufklärung des verblüffenden Denk-Automaten Lord Lämittreis.

»Mit solchem Schwindel hab ich in einer Seitenstraße des Times-Square die Dollars zusammengescharrt«, gestand der Onkel mit finsterer Zerknirschtheit – »mein Publikum setzte sich vorwiegend aus Emporkömmlingen und Negern zusammen.«

»Nun, was glaubst Du, Onkel? Wenn Du Deine Tricks hinfort enthüllst – wie wird Dein Publikum es *aufnehmen*?«

»Vielleicht *zerstört* es mir die Zauberbude.«

»Wer weiß?« lächelte Helmut – »warten wir ab!«

»Ja, zerstören!« grollte der Alte weiter – » *das* wäre am einfachsten! Rottet sie aus, die ganze Schwindelei! Aber Einrichtungen, die sich aus dem blöden Unverstand der Menge entwickelt haben, sie tauchen immer wieder *auf* ... Was meinen Sie, Herr Päch? Sie sind ja, ähnlich wie ich, so ne Art Schlemihl. Mit Ihnen und meinem Freund Helmut möcht ich nunmehr im Lesesaal eine Tasse Mokka nippen. Neulich hab ich Sie beide so rasch verlassen, weil ich ein grilliger *Querkopf* bin ... Misters!« wandte er sich an Steelhead und Davison, die verlegen dreinschauten – »Ich will Sie nicht weiter bemühen! Sie *kennen* nun meine Absichten. Wenn Sie darüber meinem Generalpächter Ihre Meinung melden würden – sei sie nun in *meinem* Sinne, *oder* im *entgegengesetzten* – so könnte es mir nur *lieb* sein ... thank you!« Mit einer Höflichkeitsgebärde entließ er die beiden Angestellten.

»Uff!«, seufzte er, als sie gegangen waren, »ich ertrag's nicht länger, mich in der Lamettrie-Maskerade zu sehn, Höllenfolter wird es mir ... ecrassez l'infame! So wär's am besten.«

Während Friedrich das Porträt und die Wachsfigur verhüllte, begab sich der Onkel mit Helmut und Päch in den Saal der Bücherei, wo sofort die Kaffeemaschine in Funktion trat.

»Bedenkt!« eiferte der Onkel weiter – » *verrückt* hat mich die Maskerade gemacht! Ja, ein Irrsinniger bin ich diese lange Zeit gewesen! Ich will Euch jetzt davon erzählen. Auch Du, Friedrich, sollst Dir's zur Aufklärung dienen lassen.«

Schweigend saßen die Herren auf Ledersesseln um den hergerichteten Kaffeetisch herum, der Onkel starrte in seine Vergangenheit.

»Als ich von meinem Gewissen über das mit Julia zur Rede gestellt, mich in mein hergebrachtes Rollenspiel flüchtete und in die heuchlerischen Theorien von der doppelten Wahrheit, fand ich anfangs etliche Beruhigung in Lamettries ehrlichem Mechanismus – zunächst noch *ohne* die krankhafte Einbildung, ich sei mit diesem Philosophen identisch. Doch schon von Gewissensängsten gefoltert, suchte ich *Ablenkung* an den Spieltischen von Ostende und Scheveningen. Am Spielteufel wäre ich zugrunde gegangen, hätten mich die Reihen meiner Verluste nicht auf den Entschluss gebracht, durch ein mit Mechanik irgendwie verbundenes *Geschäft* meinen Lebensunterhalt zu erwerben.

Da brachte mich der Titel des Lainettrieschen Buches »L'homme machine« auf die Idee, mit einem mechanischen Kabinett durch die Welt zu ziehen – und *mein erster Maschinenmensch* entstand.«

Möller-Lamettrie zögerte, als ob das Besinnen *schwer* falle, dann ging ein Blitzen durch sein düsteres Auge, und er fuhr fort: »Aber nur der Vorläufer des späteren Maschinenmenschen war's – ein automatischer Matrose, der in eine Kneipe tritt, wo ihm die Kellnerin einen Brandy bringt, während er seine kurze Pfeife anzündet und sein Gläschen austrinkt. Hauptsache war dabei die Gummihaut der Gesichter und das Mienenspiel. In Hafenstädten hatte ich hiermit Glück. Auch mit andern Erfindungen. Doch in *New York* war mein Laden *zu teuer*, und im Publikum verrechnete ich mich ... nicht wahr,

Friedrich? Wir hatten uns damals gefunden, und als ich in die Wildnis ging, um neue Ideen zu finden, war Friedrich mein getreuer Sancho Pansa ...«

Wehmütig war der dankbare Blick, den Friedrich für den Alten hatte – und er nickte sinnend: »Ja, das war für Unsereins eine schöne Zeit!«

»Auch für mich«, fuhr der Alte fort – »wäre sie heilsam geworden, hätte mich in der einsamen Wildnis nicht die Schwermut befallen, der Vorbote des Euch bekannten *Möller-Elends*. Und nun schlössen sich meine bösen Geister zusammen, der Giftdunst ballte sich zur Wetterwolke. Don Quijote verfiel auf den Lämittrei-Automaten und wurde beim Grübeln über den Mechanismus *vom Wahn befallen, ich sei der Philosoph Lamettrie*, der sich durch ein *Lebenselixier* erhalten habe ... *Versteht* Ihr nun einigermaßen, wie alles kam? Siehst Du, Helmut, so ist Dein Onkel der grauköpfige Narr *geworden*, und da sitz ich nun in den Wirrsalen, in die mich meine Dollar-Gier verstrickt hat ... Hier unter den Porträts eines Spinoza und Kant sitz ich mit meinem Sancho Pansa ... wie ein *anderer König Lear* – mit seinem getreuen Hofnarren – verzeih, Friedrich! – einsam auf herbstlicher Heide sing ich das *schwermütige* Regenlied: Und der Regen, er regnet Tag um Tag.«

## 39. Das Maschinen-Gespenst

Blutrot war die Sonne aufgegangen, ein banger Traum hatte den Alten heimgesucht, und als er von vermeintlichem Fingerschmerz erwachte, hörte er den Regen von der Dachrinne plätschern und hüllte sich in seine dünne Decke, weil ihn fror.

Welch ein widerlicher Traum! Der Generalpächter, dem die Lamettrischen Museen zur Ausnützung übergeben waren, widersetzte sich dem Verlangen des Onkels, sich um Programmfragen zu kümmern, und hinfort keinerlei Humbug zu treiben; höhnisch schwenkte er seinen Kontrakt, dessen Bestimmungen im Traum mit drei wunderlichen Siegeln bekräftigt waren. In das erste war eine Spinne eingesiegelt, die mit den Beinen zappelte, und der Onkel dachte an den Volksglauben:

Spinne am Morgen
Bringt Kummer und Sorgen.

Das zweite Siegel enthielt einen lebendigen Krebs, und darin sah der Onkel ein Symbol für geschäftlichen Rückgang. Im dritten Siegel war ein Skorpion, und als Lamettrie nach ihm griff, ob er tot sei, hatte das Tier nur auf der Lauer gelegen. Blitzschnell hob es den bestachelten Schwanz hintenüber, und seine Tücke stach den Finger.

Beim Erwachen fühlte der Onkel noch den Schmerz und merkte, es war ein Hautjucken. Aber zäh blieb die seelische Verstörung, und der Onkel grübelte über die Bestimmungen seines New Yorker Vertrags, der allerdings heikle Stellen enthielt ...

Schadenfroh grinste das *Maschinen-Gespenst.*

So nannte der Onkel eine Gestalt seines Museums, die sich unheimlich mit seinem Leben verwoben hatte. Es war ein Automat, der das rasierte Gesicht des Onkels wie es vor etwa zwanzig Jahren gewesen war, verblüffend naturgetreu abbildete, sodass der Sonderling in ihm gewissermaßen seinen gespenstischen Doppelgänger hatte und daher mit abergläubischer Scheu darauf blickte. Obwohl einerseits entzückt über das überaus effektvolle Werk seiner Erfindungskunst, fühlte er allmählich Grauen davor, ja einen Hass, der aus untersten Tiefen seines Wesens kam. Er ahnte, dieser Lamettrie – was er in den Philosophen hineingelegt hatte – sei am Elend seines Lebens schuld ...

Ja, das war's, was er dem geduldigen Helmut noch zu bekennen hatte; zu seiner Lebensbeichte gehörte das.

Als er sich erhoben und aus der traumhaften Beklommenheit durch sorgfältige Toilette einigermaßen freigemacht hatte, verließ er die Einsiedelei, freudig begrüßt vom treuen Pudel, der in seiner Hütte beim Weinberghäuschen die Nacht zugebracht halte. Doch der Ernst seiner Aufgabe veranlasste den Schwermütigen, dem Hund zu gebieten, an Ort und Stelle zu bleiben – wozu sich Mohrchen unzufrieden entschloss.

Der Regen hatte aufgehört, graue Wolken waren noch am Himmel.

Helmut kam dem bejahrten Freunde entgegen und sagte: »Guten Morgen, Onkel, wir haben Dich beim Frühstück vermisst – ich darf Dir doch jetzt dabei Gesellschaft leisten?«

»Du bist mir lieb, aber Frühstück hab ich heute nicht nötig; mich verlangt, Dir noch ein Kapitel aus meinem Leben zu bekennen und im Museum zu erläutern.«

Und dann, während sie gingen, erzählte er von seinem Traum und vom Maschinengespenst.

Friedrich, der beim Museum gewartet hatte, lief seinem Herrn entgegen, meldete freundliche Grüße von den Damen – und dass sie sich den Vorbereitungen zum Fest widmen möchten.

Der Onkel schien diesem Anliegen wenig Wert beizumessen, vielmehr trug er seinem Diener auf, Mister Davison sofort zu ersuchen, seinen Doppelgänger-Automaten zur Vorführung bereitzuhalten.

Friedrich eilte voran, und die Beiden waren in ihr Gespräch vertieft.

»Bekannt ist Dir, Helmut, der alte Glaube an den Alraun, er wurzelt in der menschlichen Natur. Die abenteuerlichen Knollenformen einer gewissen Pflanze erinnern an Menschengestalt. Schon als Knabe hatten solche fantastischen Naturerscheinungen, ebenso wie die Masken, einen verwirrenden Zauber auf mich ausgeübt: Und als ich, ein heimlicher Rebell gegen meine kirchlich strenge Erziehung, der mechanistischen Weltanschauung verfallen war, trieben mich Gewissensqualen, die ich mir deshalb machte, in eine Gemütsverstörung hinein, die mir jenes Maschinengespenst als den bösen Dämon meines Lebens erscheinen ließen ...«

Im Lesesaal meldete Friedrich, dass alles bereit sei, Päch und Mister Steelhead waren zur Stelle, und nun begaben sich die Vier in ein graues Gemach.

Auf dem Tisch befand sich eine Bilderrahmung jenes Öl-Porträts, das angeblich den Philosophen Lamettrie, tatsächlich aber den Onkel im Kostüm der Rokokozeit darstellte.

Jetzt wurde die Flügeltür zum Nebengemach aufgerissen, ein Lakai, wie er damals gekleidet war, kündigte feierlich an: »Monsieur le baron de Lamettrie.« Unter tiefer Verbeugung ließ er dann die wandelnde Figur eintreten, die genau wie das Ölgemälde aussah:

Eine hochgewachsene Gestalt, mit Orden geschmückt, in blauem Staatsrock, Kniehosen weiß, Strümpfe von gelber Seide; unter majestätischen Brauen glühten die schwarzen Grübleraugen, die Miene war vornehm, der Schritt fest; die Stimme, die jetzt erscholl, ahmte parlografisch den Onkel nach: »Ich habe die Ehre, Ihnen darzutun, dass es der Technik gelungen ist, auf mechanischem Wege hervorzubringen, was der lebendige Mensch leistet. Erstens maße ich, ein Werk der Mechanik, mir an, Selbstbewegung zu haben, wie Gehen, Bewegen der Arme und Finger. Zweitens die Hauptleistung des Menschen, die dem Gehirn entspringt. Dieses empfindet, was von außen hereinkommt, und bringt Gedanken hervor. Das sind nun Leistungen, die mir, einem bloßen Automaten, auf dem Weg der *Mechanik* gelingen ...«

»Unsinn!«, rief der Onkel. Der Automat aber fuhr unbeirrt fort: »Meine Maschinerie ahmt genau das Gehirn nach.«

Hohngelächter des Onkels.

Dann wieder kam aus dem Automaten die Stimme: »Zwar kaum begreiflich, aber Tatsache.«

»Schwindel!« grollte der Onkel dumpf. Die Kunstfigur trippelte etwas und gestikulierte mit den Händen. Dann klang es schwächlich: »Ich lasse jedem seine Meinung.«

Nun stellte sich der Automat mit gespreizten Beinen in Positur und sprach mit der Stimme des Onkels: »Um zu beweisen, dass ich das geehrte Publikum *sehe*, und dass ich *denken* kann, bitte ich einen Herrn, beliebig viel Finger hochzuhalten, ich werde dann sagen, wie *viel* es sind.«

Um das für den Onkel peinliche Verfahren abzukürzen, hob Helmut drei Finger der rechten Hand, und prompt kam die Antwort in derselben Stimme: »Drei Finger der rechten Hand ... Bitte, halten Sie noch einmal beliebig viel Finger hoch!«

Helmut hob die geballte Faust. Aus dem Automaten klang es: » *Kein* Finger, sondern die geballte Faust!«

»Humbug!«, hohnlachte Möller-Lamettrie – »eine Klaviatur, die der Beobachter greift, lässt von einer Anzahl Antworten, die früher parlografisch aufgenommen sind, immer die *passende* los.«

Jetzt sprach der Automat, der noch immer mit gespreizten Beinen dastand und die Brauen über der Nasenwurzel zusammenzog, mit fremdem, etwas gequetschtem Ton: »Sie glauben mir nicht? Bitte, deuten Sie auf einen beliebigen Gegenstand dieses Zimmers! Oder zeigen Sie etwas, das Sie bei sich tragen – für *so* was kann doch wohl nicht *eine Klaviatur* vorbereitet sein.«

Mit Hohn war das gesprochen, und im Onkel, der nichts erwiderte, kochte Entrüstung.

Helmut glaubte, der Aufforderung entsprechen zu sollen, sah sich um und nahm von dem Werktisch das

Hackmesser, das auf seiner andern Seite zum Sägen eingerichtet war.

Als wäre sie verhüllt, kam die Stimme aus der Figur: »Ein Hackmesser, zugleich Säge, vom Werktisch aufgegriffen.«

»Vorrätig!« knirschte der Onkel – »war allerdings hierfür *keine* Antwort; eine Klaviatur gibt es für diesen Fall *freilich* nicht, – aber ein *Bauchredner* spricht für dich ... Halunke!«

Hiermit ergriff er das Hackmesser, trat vor, und gab dem Maschinen-Gespenst einen Hieb in den Nacken.

Nur noch mit einem Fetzen hing der Kopf am Rumpf – Möller packte die Figur und schleuderte sie seitwärts, sodass sie mit abschnarrendem Räderwerk am Boden lag.

Erblichen kam Mister Davison aus dem Nebenzimmer: »Weshalb *entrüsten* Sie sich so maßlos, Lord Lämittrei? Haben Sie doch drüben in New York *selber* die bauchrednerischen Antworten erteilt.«

»Das ist es ja gerade, was mich so empört« – schäumte der Onkel, zitterte und musste sich setzen.

»Well«, sagte er dann gefasst, »meine Leute taten, was ich anordnete, der Schuldige bin *ich*. Es ist eine unverschämte Gemeinheit von mir – von mir!«

## 40. Die Lazaruskapelle

Nun war der Tag da, an dem Gerhart nebst seinem Gast kommen sollte. Weil Hulda und Frau Belling mit den Zurüstungen zu den geplanten Feierlichkeiten alle

Hände voll zu tun hatten, hielt es der Onkel für passend, mit Helmut morgens den Ausflug zur Lazaruskapelle zu unternehmen, die man ja in der Ferne, auf dem linken Rheinufer hatte liegen sehen.

Der Onkel bemerkte hierzu: »Als ich mich in Wiesbaden mit Hulda und ihrer Mutter befreundet hatte und hinterher auf dem Schachthofe weilte, galt unsere erste Ausfahrt der Lazaruskapelle, und dort war's, wo sich Huldas Gemüt mir erschloss. Helmut! Du verdienst sie nur, wenn Du sie glücklich machst, sie ist ein wahrer Schatz, mein Junge.« Das war Musik für den Bräutigam, und er lächelte still.

Bald darauf lehnten die Zwei im Auto, sausten zur Industriestadt und über die großartige Rheinbrücke. Dann kamen kleinere Ortschaften, ländliche Häuser, Gärtchen, Dorfkirchlein. Eine Prozession wollte der Onkel nicht stören und wählte daher Feldwege, wo man sich an wallenden Saaten, an blühendem Raps und Mohn erfreute.

Auf sanft gehügelter Kleewiese lag die Kapelle, und das Auto hielt. »Chauffeur!«, sagte der Onkel – »Sie können zur nächsten Ortschaft fahren, aber seien Sie in einer Stunde wieder hier!«

Gemächlich schritt nun der Alte mit seinem jungen Freunde den Pfad zur Kapelle hinan. Im Blauen schwelgte eine Lerche.

»Trillerfrohes Kosmosseelchen!« schwärmte beschaulich der Onkel – »lang hab ich deinen lieben Naturlaut nicht beachtet. Erst mein neues Schicksal, wie es sich jetzt enthüllt, hat mir wieder Sinn dafür erschlossen. Als der amerikanische Vetter seine Autopartie in die langweiligen Saatstrecken vor der Riesenstadt machte, trillerten keine Feldlerchen ... Apropos Vetter! Der also ist ein Erlenbach – Julias Familienname! Sollte da vielleicht Verwandtschaft bestehen? Ich meine nur so! Es kommt mir in den Sinn.«

»Der Name Erlenbach ist nicht allzu selten – aber verfallen wir nicht in aussichtslose Familienforschung!«, meinte Helmut verdrießlich.

Der Onkel sann schweigend und hörte wieder auf die Lerche, die sich höher und höher schraubte.

»Suche die Kunstform dieses Gesanges zu erhaschen!«, raunte Helmut. »Eine Folge von Trillern, rhythmisch verbunden durch gezogene Jauchzer. Die zweite Zeile wiederholt einigermaßen die erste, doch mit etlicher Abweichung. Diese *gefällt* nun unserer Sängerin, wird daher ausgestaltet zum *selbstständigen* Motiv, und so entwickelt sich das Lerchenlied in *Parallelismen* mit *Varianten*, in denen die Lerche bisweilen *schwelgt*. Etwa so hört es sich an:

Früh, früh mit dem Licht, tiri!<br>
Früh mit dem sprühenden Lichte zieh!<br>
Wirres entwirre die sonnige Früh.<br>
Trübem entschwirre, himmelan flieh!<br>
Wirbelnd girre, tiri, tiri!«

Helmut sprach weiter: »Im Psalm finden wir den Parallelismus. Hörst Du ihn *heraus*? Denke beispielsweise an den Psalm: Der Herr ist mein Hirt, mir mangelt nichts. Er weidet mich auf grüner Au und führet mich zum frischen Wasser ... Die Lerche ist also gewissermaßen eine

Harfe Davids. Im Singen der Lerche, der Grasmücke, der Nachtigall, ebenso in den Farben und Formen von Schmetterlingen und Käfern, allenthalben in der Natur wirkt sich eine künstlerische Gestaltung aus – der Kosmos.«

Zum entschwundenen Flatterseelchen spähte der Onkel: »Hoch steigt sie – verschwindet im Blauen – aber ihr Tirelieren hört man deutlich. So variiere auch mir, gnädiges Schicksal, Deine unerschöpfliche Güte!«

Erhoben vom Lerchengesang kamen sie zur Kapelle. Nur auf einer mäßigen Feldhöhe gelegen, gewährte diese weiten Überblick über das Flachland des Niederrheins, der blinkend durch Felder und Wiesen zog, vorbei an Dörfern und Betriebsbauten.

In die Kapelle tretend, stand der Alte beim Weihwasserbecken, schlug mit benetzten Fingern das Kreuz und betupfte Helmut, indem er sagte: »Huldchen, obwohl protestantisch erzogen, macht die Formeln des katholischen Volkes manchmal aus Duldsamkeit mit.«

»Weshalb auch nicht?«, meinte Helmut. »In jedem Lande blickt man mit Andacht himmelan, und dieselbe Sonne ist es, die über allen Völkern scheint.«

Der Raum des Gotteshauses, nicht größer als eine Stube, hatte zwei Reihen von Bänken. Der Altar mit dem Gekreuzigten war flankiert von Maria und Josef, die im Heiligenschein prangten. Auf der einen Seitenwand war die Erweckung des Lazarus gemalt. Das Bild gegenüber veranschaulichte Christi Gespräch mit Nikodemus, der an Wiedergeburt zweifelt.

»Wie stellt sich zu diesen Bildern Deine mathematische All-Anschauung?«, fragte der Onkel. Und Helmut erwiderte: »Du meinst, was ich die schöpferische Formel nenne: Unendlich mal Null? Diese Formel bringt hervor, und bedeutet auch, dass jedes Geschöpf den Beruf hat, dem Unendlichen zu gleichen. Allerdings innerhalb der räumlich-zeitlichen Wirklichkeit kommt es nie und nirgends über *Begrenzung* hinaus. Doch wie die Lerche im Schrankenlosen sich verliert, so hat *jedes Geschöpf Anteil am Ewigen*, es flattert darin höher und höher.«

»Aber« – mäkelte der Onkel – » *so erreicht* man doch niemals Unendlichkeit.«

»Man *weitet* sein besseres Selbst. Das ist alles, was eine Persönlichkeit vermag. Man weitet sein Selbst, indem man fremdes Ich wie sein eigenes behandelt.«

»Oh«, jammerte der Alte mit Augenrollen – »das eben hab ich *versäumt* – und so bin ich *gesunken* – wie die Lerche vom Aufstieg zur Tiefe hinab.« Helmut suchte zu ermutigen: »Doch nur um *erneuten* Höhenflug zu leisten! So ist jene Wiedergeburt im Geiste gemeint, die Nikodemus bezweifelt. Eine höhere Lebensstufe muss erobert werden.«

»Auferstehung von den Toten aber«, klagte der Onkel – »nicht wahr, Helmut, *das* ist *Köhler*glaube? Mag ihn selbst ein Walt Whitman mitmachen.«

Helmut sagte: »Whitman meint, alles Sterben sei ein Geborenwerden.« »Im Sinne Heraklits würde das allerdings *stimmen* – die Gegensätze fallen in Eins zusammen. Lässt sich etwa leugnen, dass ein Kind, indem es geboren wird, seinem bisherigen Zustande, dem Leben in der Mutter, *abstirbt*? Und so fallen Null und Unendlich zusammen, beides lässt sich gewissermaßen einander gleichsetzen. Indem die Persönlichkeit von einer Welt des Endlichen scheidet, erwacht sie zu freierem Leben. Ohne Zahl sind Welten im Grenzenlosen enthalten, und die ewige Liebe, die uns in diesen Erdengarten gepflanzt hat, beseelt uns auch im *Sterben*.«

Der Alte setzte sich auf eine Bank, die Stirn in seine Hand geschmiegt. So sann er, während der Perpendikel im Kasten der Kapellenuhr takte und takte, als ob er sagen wollte: Nie steht das Leben still!

Nach dumpfem Sinnen raunte der Greis: »Wenn Julia nicht mehr unter den Lebenden zu finden ist, dann also weilt sie in einer anderen Welt. Aber ist sie denn noch, was sie einst war?«

Helmut antwortete: »In der Ewigkeit ist alles geborgen, was einst gewesen.«

»Aber *ich*? Wer bin denn *ich*? Nur ein zeitlich elender Mensch in dumpfiger Kapelle! Und was Deine Großmutter betrifft, deren Andenken wir ja morgen feiern, bitte sage mir, Helmut, *seit wann* ist sie tot?«

»Wenige Tage vor Ausbruch des Weltkrieges ging sie zur Ruhe.«

»Und außer Dir, Helmut, lebt von ihren Verwandten nur noch Dein amerikanischer Vetter?«

»Und dessen Vater, ein Forstmeister, sowie seine Tochter nebst dem Söhnchen.«

Unruhig erhob sich der Onkel von der Bank: »Man sitzt hier unbequem. Auch beengt mich der Weihrauchduft.«

»Gehen wir also!« Und sie traten ins Freie, wo sich die besonnte Aussicht dehnte. Auf dem Feldwege sahen sie ihr Auto näher kommen ... Aber nein, es war ja ein *anderes* Auto, und ein Herr saß hinter dem Chauffeur. Starr spähte der Onkel hin und stammelte: »Ist das nicht *Gerhart*?«

Richtig, Gerhart war's! Das Gefährt hielt, und der Insasse stieg aus.

Gerührt umarmte er den Onkel wie auch Helmut, dann sagte er heiter: »Ja, wir haben's eilig gehabt, ich und der Forstmeister. Sind daher schon mit dem Nachtzuge angekommen – wir hätten ja doch keine Ruhe gefunden – vor all der Freude! So sind wir gleich morgens zum Schachthof gefahren. Als man uns dort sagte, ihr wäret zur Lazaruskapelle, bin ich hierher gesaust – nachdem ich den Forstmeister bei uns abgesetzt habe.«

Erstarrt stand der Onkel: »Forstmeister? ... Und weshalb bringst Du *den*?«

»Weshalb? Ei, Du kennst ihn doch! Der Forstmeister ist doch ihr *Bruder*, *Julias* Bruder.«

Der Onkel wurde blass, seine Lippen bebten. Auch Helmut schwieg verblüfft. Und Gerhart starrte die Beiden fragend an: »Ihr seid ja wie vom Blitze gelähmt, habt ihr denn nicht die Sache schon selber zusammengereimt?«

»Welche Sache?«, stammelte Helmut.

»Nun, guter Freund, ich hatte vollkommen *richtig* kombiniert, jetzt ist's *erwiesen*: Ihr beide seid *blutsverwandt*.«

## 41. Wer bin ich?

Den Greis überkam ein Zittern, und wankend tastete er sich wieder zurück in die Kapelle, wo er auf eine Bank niedersank. Allmählich schien er sich zu fassen. Mit scheuen Seitenblicken betrachtete er seinen Helmut, der neben ihm Platz genommen hatte. Tonlos wiederholte jeder von Beiden: »Blutsverwandt?« Als des Onkels Auge ängstlich zu Gerhart irrte, nickte dieser ermunternd. Und ihm, der doch sonst so beherrscht war, bebte die Lippe.

Zum Altare starrend, glaubte der Onkel auf einmal Julia zu sehen, wie sie ihm zulächelte ... Aber gleichmütig ging der Uhrpendel hin und her, als habe sich nichts ereignet. Und doch wussten die drei Männer, dass jetzt die Hülle von einem bedeutsamen Schicksal fiel.

Der Onkel wurde unruhig und sagte: »Gerhart! Antworte mir auf das Eine! Julia – sie ist *nicht* mehr am Leben?«

»Nein! Aber erst vor neun Jahren ist sie entschlafen – ganz unvermutet, wie ich gehört habe.«

»Helmut«, hauchte der Greis, ihn bang anstarrend, »und Deine Großmutter? Sagtest Du nicht, auch sie sei kurz vor Ausbruch des Weltkrieges gestorben? Sie war doch *auch* eine geborene Erlenbach, hängen diese Erlenbachs *zusammen*? Und *wie* denn?«

Helmut schnellte empor, erschrocken griff der Onkel nach seiner Schulter.

»Ja«, sagte Gerhart und atmete auf – »Helmut selber konnte es vermuten, hat es aber nicht *glauben* wollen,

dass Deine Julia *ebendieselbe* Person sei wie seine Großmutter.«

Erschüttert starrte ihn der Onkel an, es zuckte in seinem Gesicht.

Gerhart aber blickte seinem Freunde mit heiterer Festigkeit in die staunenden Blauaugen und streckte ihm
die Rechte hin: »Helmut, meine Glückwünsche dem
Bräutigam Huldas – und dem Enkel Lamettries! ... Siehst
Du nun, Du trotziger Eigenmensch, man kommt nicht
los vom Verhängnis seines Lebens, kein Schmollen be-
seitigt unsere Vergangenheit. Unsere Mutter, der Vater,
die Ahnen – das alles – so sagtest Du selber ja – das bist
Du. Und Deinen Großvater, nach dem Du einst mit
grimmigem Interesse forschtest – neben Dir sitzt er nun
leibhaftig! Hoffentlich bist Du mit dem Blutsverwandten
nicht weniger einverstanden, als *er* mit *Dir*?«

Während dieser Worte hatte Gerhart seinen Freund
sanft dem Onkel zugewendet, und wie Helmut wahr-
nahm, dass ihn sein Großvater mit einer rührenden
Schüchternheit von der Seite betrachtete, übermannte
den spröden Jüngling das Familiengefühl – es war ihm
zumute, als ob seine Großmutter bei ihm stehe und ihm
zurede: »Sei doch gut!«

Und das *war* er. Neben Lamettrie sitzend, legte er den
Arm um dessen Nacken und lehnte seinen Kopf an die
Greisen-Schläfe, eine kindliche Zärtlichkeit wallte in ihm
auf: »Großvater!«

»Mein Junge!«, jubelte Lamettrie und drückte den Ge-
wonnenen an sich. So verweilten sie stumm und atmeten neue Zukunft.

Dann wandte sich der Alte an Gerhart und umarmte auch diesen: »So treu und klug, so tatkräftig und taktvoll, und so nachsichtig, trotz meiner Gereiztheit, bist Du bei all den schwierigen Nachforschungen gewesen, dass ich froh bekenne: »Du und Huldchen, Ihr habt mich aus meinen Verwirrungen gerissen, wie aus dem Rachen eines Alligators – und habt mich frischem Leben geweiht, einem sinnvollen; Helmut, Sohn meiner Tochter, und Enkel meiner Julia! In den Jahrzehnten, da Furien mich durch die Welt hetzten, hast *Du* Helmut das Glück genossen, zu *besitzen*, was ich Verblendeter *versäumt* habe: *Liebe* hat Dich umhegt! Nun *erzähle* mir davon, und lass den Verschmachteten vom Quell des Lebens trinken! Geh'n wir wieder ins sonnige Grün!«

Als der Onkel mit den beiden Jünglingen auf die Kleewiese hinaustrat, atmete er tief die Maienluft, und wandte den strahlenden Blick ins Blaue: »Die Lerche, die dort *niedersinkt* zu ihrem Neste, mag das wohl dieselbe sein, die wir vorhin *emporsteigen* sahen. Inzwischen – oh welch Heil hat sich derweilen entfaltet, und dieses Kleefeld, besteht es denn aus lauter vierblättrigem Glücksklee?«

Es war ein stilles Jauchzen, mit dem er sich in die Kräuter niederließ; ihm zur Rechten und zur Linken saßen Helmut und Gerhart.

Nach einer Weile stummen Schauens in die lächelnde Landschaft nahm Helmut das Wort: »Erzählen also soll ich von ihr, meiner Großmutter – oder wie Du sie nennst, von Deiner Julia, die eigentlich Marie Erlenbach hieß. Wo soll ich da anfangen? Und wie das alles ordnen, was auf mich einstürmt? Ein zurückgezogenes Leben, aber ein reiches. Reich an treuer Liebe und gewissenhafter Erfüllung gegebener Pflichten – reich an Arbeit und Entsagung – bescheiden, daher in den Augen der Welt recht unscheinbar! Und doch von einer stillen Größe ...«

»Also alles, was *mir fehlt*« – sagte der Onkel wehmütig – » *sie* hat es *gehabt.*«

Helmut schien nicht zu achten auf diese Zwischenbemerkung und fuhr in seinem Bericht fort: »Von Düren, diesem Städtchen der Rheinlande, wo sie ja ursprünglich wohnte, hat sie sich nach Münden gewandt, nachdem sie Mutter geworden war.«

Hier zuckte der Onkel wie unter einem Peitschenhiebe. Helmut, der es merkte, suchte zu beschwichtigen: »Denke aber ja nicht, dass sie vor dem Gerede der Leute hätte flüchten mögen – keine Spur hatte sie von Feigheit. Mit heiterer Ergebenheit, so berichtet ihr Bruder ...«

»Ihr Bruder?«, unterbrach schüchtern der Alle, »ist das jener halbwüchsige Schüler, dem sie Hausmütterchen war?«

»Jawohl! Forstmeister Erlenbach ist es, derselbe, den ich in seinem Ruhesitz Tübingen dieser Tage heimgesucht habe, und der Dir Genaues berichten kann«, gab Gerhart zur Auskunft.

»Oh!« lächelte der Onkel – »Julias Bruder Karl! Und er ist mit Dir gekommen? Gleich hat er sich aufgemacht? Hat sein behagliches Nest verlassen, einem alten Mann zuliebe, der doch treulos war?«

»Ja freilich, und er kann Dir vieles aus ihrem Leben erzählen. Er selber allerdings ist jetzt ein alter Mann – Mitte sechzig etwa, aber noch äußerst rüstig – wie ja auch *Du* noch von erstaunlicher Frische bist, Onkelchen! Auf den Schachthof also hab ich den Forstmeister Erlenbach von Tübingen mitgebracht. Es ist eben der Gast, den ich Euch angekündigt habe. Hulda und Tante Belling freunden sich gerade mit diesem prächtigen Knaster an.«

»Hin zu ihm!«, rief der ungeduldige Alte und erhob sich elastisch. Helmut zögerte und meinte mit Befremden: »Weshalb Großvater, weshalb fragst Du gar nicht nach meiner *Mutter*?«

Staunend fuhr der Onkel wie aus Versunkenheit empor und musste sich sammeln. Mit leisem Lächeln ihn betrachtend, fuhr Helmut fort: »Meine Mutter ist doch Julias *Kind* und ist entscheidend gewesen für unser ganzes Familienschicksal.«

Ein Stutzen der Verworrenheit hatte der Alte und griff sich an die Stirn: »Ach ja freilich, Helmut! Es war mir zumute, als seist *Du* mein *Kind*. Also ein Mädchen war es! Dann natürlich – Deine Mutter ist das Bindeglied. Ich war eine Weile ganz irr von allem, was auf mich einstürmte. Konnte wohl nicht fassen, dass ein *Halbjahrhundert* vergangen ist, seit ich Julia verließ ... Und ach, das ist es, *ihr Kind hab ich nie gesehen*, ich, der Rabenvater, habe mich ja nie gekümmert um das arme Wurm –.«

»Armes Wurm!«, lachte Gerhart – »das arme Wurm hat *Dich* wohl kaum vermisst; denn ihm stand ja eine so tapfere Mutter zur Seite. Und wie ich höre, ist das Kind zu einem gesunden und schönen Mädchen herangewachsen, das den jungen Arzt Burger geheiratet und diesen strammen Krieger hier, unsern Kosmos-Philosophen Helmut, zur Welt gebracht hat. Nun freilich ist sie dahingerafft worden – durch eine akute Krankheit.«

Tränen traten dem Greis in die Augen, und nach schweigendem Sinnen erhob er sich seufzend: »Menschengeschick! All unser Leben bleibt Bruchstück.«

»Bruchstück ist, was wir davon *sehen*«, erwiderte der Enkel Lamettries.

»Du willst wohl geltend machen«, meinte der Alte, »dass man nicht alles zu sehen bekommt.«

Helmuts Antwort lautete: »Unübersehbar freilich, ja unendlich verzweigt und verwickelt ist jedes Menschengeschick.«

»Mit Spürsinn aber und zähem Forschen« – triumphierte Gerhart – »so bekommt man's zuweilen dennoch heraus. Und vom Glück begünstigt muss man sein.«

Helmut schränkte ein: »Aber das betrifft doch nur die äußeren Umrisse. Von Seele – ja was wissen wir von *der*, und das Rätsel, *wer bin ich*? Den Sinn des Ganzen, was durchschauen wir davon ...? Aber nun soll uns der Bruchstück-Charakter des Lebens nicht kümmern ... Siehe, da kommt ja Onkels Auto. Nun also wollen wir zusammen heimfahren zum Schachthof!«

## 42. Die Blutbuche als Denkmal

Onkels Ungeduld hatte die Besucher der Lazaruskapelle zu stürmischer Heimkehr veranlasst.

Umsonst! Frau Belling, die vom hastigen Zurüsten offenbar ermüdet war, hatte sich in ihr Gemach zurückgezogen, um ein Weilchen zu ruhen; und es meldete das Stubenmädchen: Herr Forstmeister Erlenbach sei zum Bahnhof gefahren, wo mit dem Schnellzug noch ein Gast erwartet werde, eine dem Forstmeister bekannte Persönlichkeit, deren Empfang er sich nicht habe nehmen lassen wollen. – Das war geheimnisvoll, aber Näheres war aus dem Mädchen nicht herauszubringen.

»Es muss doch jemand sein, der meinem Großonkel Erlenbach nahesteht. Wer könnte das sein? Vielleicht sein Freund Heinrich? Ja, das wäre möglich – da könnt ich schnell zum Bahnhof ...«

»Frau Belling« – fuhr das Stubenmädchen dazwischen – »bittet Herrn Doktor, das lieber zu unterlassen; es würde nur Verwirrung anrichten.«

»Bitte, respektiere den Wunsch der Hausfrau!«, meinte Hulda, und so *blieb* Helmut, obwohl zögernd.

Völlig entschieden war er erst, als Hulda zu ihm trat: »Selbstverständlich bleibst Du. Ich habe Dir etwas zu *sagen*. Komm in den Wintergarten, Schatz.«

Feierlichkeit sprach aus ihren Augen, und als sie neben ihm Platz genommen hatte, begann sie:

»Ein Geständnis fordert das *andere* heraus. Du hast mir gebeichtet, wie Du in Gefahr warst, Dich an einen andern Menschen zu hängen. Nun lass Dir erzählen, was ich erlebt habe. Als ich die Nachricht erhielt, mein Bräutigam sei gefallen, suchte ich als Schwester vom Roten Kreuz einigermaßen darüber hinwegzukommen, in einen Strudel von Dienstleistungen stürzte ich mich. Aber mir fehlte die Besinnung auf mein eigenes Selbst. Die fand ich erst, als ich in Homburg vor der Höhe Gelegenheit hatte, einen verwundeten Hauptmann zu pflegen und ihn häufig im Rollstuhl ausfuhr, durch den schönen Kurpark.«

Hulda hielt inne im Bericht und gab sich der Erinnerung hin, wobei ihr Gesicht sich verklärte.

»Oh ja, ein Kind des Lichts – so dürfte man ihn nennen ... Fluten reinen Äthers – Weisheit, Poesie, Liebe, – umspülten ihn, als er eines Juliabends seinen Rollstuhl unter Bäumen des Kurparks halten ließ, nahe dem Hölderlindenkmal. –

»Kennen Sie das?«, fragte er – »den Seelenzustand, dass Außenwelt und Innerlichkeit in Eins zusammenfließen? Die hochgewipfelte Ulme, die man betrachtet, ist man selber! Und die lauschende Seele geht im Lispeln des Laubes auf, im zarten Abschiedsflöten der Grasmücke!«

So sprach der Gelähmte, dem ein Schuss das Rückgrat derart verletzt hatte, dass sein Wiedergenesen sehr in Frage gestellt war.«

Nach einer Pause brachte Hulda einen Zettel vor und sprach: »Einige seiner Worte habe ich hinterher aufgeschrieben –ich lese zum Beispiel:

Entrückung ins Unendliche ist es, was einen Hölderlin, einen Goethe zu seinen Schauungen erweckt ... Im Äther, der mit seinem stillen Leuchten die Wipfel der Bäume verklärt, und; wenn man den Blick dafür hat, die ganze Welt, bebt ein Dürsten der Dinge nach Seele – nach einer Innerlichkeit, die das Enge und Wüste gänzlich löst, zu einem sanften Strahlen und Klingen. Es schmachten ja alle Wesen danach, erlöst zu werden aus ihrer Rückständigkeit. Und in sich selbst hat dieses Schmachten seine Erfüllung ... Aus der Sehnsucht des besseren Selbst wird Verewigung geboren, und das ist heilende Weisheit. O Lebensmusik, Auflösung aller Leiden, aller Dissonanzen! Mache Musik aus deinem Leben! Der Augenblick ist Ewigkeit! –

Auf meine schüchterne Frage, ob das nicht *Goethes* Weltanschauung sei, gab mein Freund zur Antwort: »Im Allgemeinen – ja! Es ist überhaupt die Anschauung, zu der jeder denkende Geist vordringt. Wer sein Innenleben so stimmt, dass es zur Harmonie wird, der ruht in Gott. Alle Unrast hört für ihn auf, jegliches Begehren. So wird sogenannte Liebe zu Güte, die nicht besitzen will, und die sprechen kann: Wenn ich dich liebe, was geht es dich an.«

Noch einige Zeilen las Hulda zum Andenken an ihren Werner.

»Das Laub wird gelb und rot, die spätsommerliche Grille geigt ihre ewig zitternde Weise schon sacht – in lauter Klang möchte sie sich auflösen – ihre Flügel, mit denen sie unermüdlich ihr Lied geigt, sind fast schon abgewetzt – doch ihr körperliches Dasein *vergisst* sie, in der Hingabe an ihre Musik, und zirpen will sie, solange noch eine Regung in ihr ist. Das eine Bein, mit dem sie unermüdlich fiedelt, ist verdorrt und fällt ab – was kümmert sie das? Mit dem andern fiedelt sie weiter, bis kühle Witterung sie eines Morgens gelähmt und eingeschläfert hat. Das Seelchen ist im All aufgegangen ...«

Tiefernst sann Helmut und schwieg, während Hulda feuchten Auges die Lippen zusammenkniff. Endlich meinte Helmut gedankenvoll: »Ja, das *Fremde* muss überwunden werden, was wir als *eigen* erkennen, ist das Freie und das *Verbindende*.«

Hulda sann vor sich hin und seufzte: »Ja, das Fremde trennt, daher so viel Hass und Feindschaft, Krieg und Kampf in der Welt.«

»Und Dein Kranker?« – fragte Helmut – »war er immer gütig? War er nie unzufrieden und mürrisch?«

»Lenken ließ er sich wie ein Kind, nie hab ich ein ungütiges Wort von ihm gehört. Er war überhaupt hinweg über alles Irdische. Er war ein ungewöhnlicher Mensch – und so hab' ich reiche und köstliche Tage mit ihm verlebt, ganz ungetrübt und heiter.

Hin und wieder regte sich in mir ein leises Hoffen, er könne genesen – Er aber wollte nichts davon wissen: Dass ich bald sterbe, ist mir zweifellos. Ich fühl's, wie der Tod mir naht, und ich bin völlig ausgesöhnt mit meinem Schicksal. Es kann mir nichts Schlimmes geschehen. Sterben ist nur Übergang, und im All bin ich geborgen.«

Helmut antwortete andächtig: »Damit hat er ja das höchste Ziel erreicht, das uns Menschen möglich ist. Von mir muss ich bekennen, ich bin noch weit davon entfernt; doch Sehnsucht danach hab' ich – und das ist der erste Schritt zur Läuterung.

> Im Grenzenlosen sich zu finden,
> Wird gern der Einzelne verschwinden.
> Da löst sich aller Überdruss;
> Statt heißem Wünschen, wildem Wollen,

Statt läst'gem Fordern, strengem Sollen,
Sich aufzugeben, ist Genuss!«

»Ja, er gab sich auf!«, sagte Hulda mit ernstem Augenaufschlag, »er bestätigte das Wort: wer sein Leben erhalten will, der wird es verlieren – wer aber sein Leben ans
Höchste hingibt, bewahrt es in der Ewigkeit.«

Dann berichtete Hulda noch weiter: »Werner wurde
immer verklärter und überirdischer. Schließlich war er
ganz still und verkehrte mit mir nur noch durch stilles
Lächeln. Andächtig blickte sein Auge zu den hohen
Wipfeln der Eichen, die der Abendschein vergoldete ...
Blutbuchen, die im Homburger Park verstreut sind,
wurden mir ein teures Andenken an Werner.«

»Und wann ist er gestorben?«

»Einen klaren Herbst erlebte er noch. Dann gerieten
wichtige Körperfunktionen ins Stocken, und eines Morgens lag er groß und feierlich da, zufrieden und vollendet.«

»Hättest Du Dich je entschließen können, ihn zu heiraten?«, fragte Helmut leise.

»Solchen Gedanken konnte ich ja nicht Raum geben, da
die Hoffnung auf Genesung immer mehr schwand.«

42 a. Die heilige Dunkelkammer

»Die Beschäftigung, die ihm die Welt noch zuweilen
abgewann, war das Fotografieren, und hierzu hatte er
sich einen engen Nebenraum seiner Krankenstube durch
Behänge zur Dunkelkammer hergerichtet, wo er seine
Negativaufnahmen entwickelte – was ihm natürlich
recht beschwerlich fiel. Auf diese Weise war dem Ama-

teur manches Bildchen hervorragend gelungen, eine
Baumgruppe, das Portal des alten Schlosses zu Homburg, der Parkteich mit Schilf und Seerosen. In Natur
und ehrwürdigen Altertümern spiegelt sich das deutsche Gemüt! Meinte der sonst schweigsame Hauptmann. Einmal hatte er das Denkmal Hölderlins im Kurpark fotografiert und ließ seinen Rollstuhl abermals hinfahren, nachdem das Negativ entwickelt war. Vergleichend prüfte er, ob von dieser Aufnahme auch ein gutes
Bild zu erwarten sei. Er schien zufrieden, ich aber sah
nur, wie das marmorweise Relief des weichen Gesichtes
zum schwarzen Fleck geworden war, wie überhaupt alles Licht zu Schatten. Als er mein Befremden sah, meinte
er: Der Kenner würde dieses Negativ für leidlich erklären, und morgen, wenn das Positiv entwickelt ist, werden Sie wahrscheinlich finden, das Bild sei ziemlich geraten, das Gesicht deutlich wiedergegeben, die feineren
Unterschiede innerhalb dieses schwarzen Fleckens treten alsdann positiv hervor. Doppelte Negation wird
eben positiv. In der Welt muss man, um den Sinn für ihr
Lichtes – vielleicht – zu finden, zunächst mal durch eine
kritische Dunkelkammer gegangen sein, durch heilige
*Enttäuschung*. Ist Ihnen die Mahnung jenes altarabischen
Mystikers bekannt?

> Und hast du einer Welt Besitz gewonnen,
> Sei nicht in Freud darüber – es ist nichts!
> Und wenn dir einer Welt Besitz zerronnen,
> Sei nicht in Leid darüber – es ist nichts!
> Vorüber gehen die Schmerzen und die Wonnen ...
> Geh' an der Welt vorüber – es ist nichts!

Buddhas Nirwana, Schopenhauers Willensverneinung, all solche Befreiung des Gemüts von der Gier der Süchte ist das Paradies der heiligen Dunkelkammer. Was dieser Hölderlin durchmachte, als in seinem blumensanften Jünglingsherzen die Liebe leuchtete, tiefe Schwärmerliebe zur glücklos verehelichten Mutter seiner Zöglinge, ist in dieser Welt der Unvollkommenheiten ein grausig schwarzer Schicksalsklecks, und das weitere Leben dieses groß veranlagten Träumers blieb fast ein rein pflanzliches, eine lange, wirre Nacht, in der nur ganz selten ein Sternchen blinzelte. Dann aber, nachdem endlich der Erlöser, Freund Hain, gekommen war, durfte die heilige Dunkelkammer walten, und so geschah es, dass in Jahrzehnten das finstere Negativ Hölderlin ein wundervolles Positiv nach sich zog: Das Lichtbild eines deutschen Dichters von reinstem Herzensadel und ewig verklärter Schönheit.

## 43. Forstmeister Erlenbach

Nach dieser feierlichen Stunde musste Hulda wieder ihr Aufmerken auf das bevorstehende Fest lenken.

Unverrichteter Sache kamen Gerhart und Erlenbach zurück. Frau Rade war noch nicht angekommen, statt ihrer ein Telegramm: »Ankunft nachmittags gegen fünf Uhr. Rade.«

»Was sind Hoffnungen, was sind Entwürfe!«, hörte man eine dröhnende Bassstimme sagen. Und vor Hulda und Helmut stand ein Riese mit ergrauendem Vollbart, blauen Augen und blitzblanker Walduniform. Lächelnd schlang er die Arme um Helmut, seinen Großneffen: »Junge, der Krieg behielt Dich also nicht! Aber ich bin vom Schicksal arg mitgenommen! Dass mich meine Frau so frühe verlassen hat, kann ich nie verwinden. Sie war doch noch in den besten Jahren«; und die Augen wurden ihm feucht, leise fügte er hinzu: »Da gedachte man's recht zu machen, in dem schönen Tübingen; aber die treue Alte fehlt einem an allen Ecken und Enden. Und dann ach, der Junge ist gefallen! Wüsste man wenigstens, wo er begraben ist! Ach Gott! Und Lustnau, Schwärzloch, die schöne Universitäts-Bibliothek! Was nützt das alles, wenn man vereinsamt ist, ohne irgend eine Seele?«

»Glaub's schon, guter Großonkel, glaub es! Doch was hilft das Jammern! Ergib Dich drein!«

»Was es hilft! Wohl hilft es! Erleichtern tut's das Herz. Ich sage Dir: Wenn ich nur von ihnen reden kann, von meinen lieben Toten, dann ist mir schon leichter. Doch in Tübingen hab' ich keinen, dem ich mein Herz ausschütten könnte.«

»Na, Großonkelchen, dann versprech ich Dir, *reichlich* von Wilhelm zu reden. Und auch von Deinem Amerikaner! Sollst sehen, nächstens kommt er wieder nach Deutschland! New York ist doch nichts für einen gemütvollen Schwaben. Nur wer Dollars zusammenscharren will, passt dorthin. Na, wir *sprechen* noch darüber, wenn der *Onkel* zugegen ist ...«

»Der Onkel? Welcher Onkel?«

»Ja weißt Du denn gar nicht –?«

»Ich? Was denn? Was für ein Onkel?«

» *Wahl*onkel – so nennen sie ihn. Warum sollen sich Wahlverwandte nicht *auch* Onkel oder dergleichen nennen dürfen?«

»Immerzu!«, brummte der Großonkel.

In diesem Moment erschien Onkel Lamettrie, und die beiden langen Kerle standen einander wortlos gegenüber.

Lamettries Lippen zuckten, als bewege ihn Rührung. Der Gesichtsausdruck des Forstmeisters hatte eine Regung von Misstrauen: »Es ist – sehr lange her – seit wir zwei uns gesehen haben.«

Lamettrie hatte ein unterdrücktes Aufschluchzen; dann bot er dem Forstmeister seine Hand, die dieser kühl nahm, indem er dem Manne fest ins Auge sah.

»Also wir sollen sozusagen – *Verwandte* werden?«, grunzte der Forstmeister.

»All right!« lautete die bescheidene Antwort.

»Und sind schon einmal recht nah beisammengestanden«, knurrte der Grünrock.

»Könnte uns nicht das Andenken an Julia ...«, stammelte Lamettrie – »könnte das uns nicht neu zusammenfügen?«

Der Förster hatte einen erstaunt vorwurfsvollen Blick und knurrte: »An Julia? Steckt Ihnen diese Rolle immer noch im Kopf?«

Lamettrie antwortete: »Das ist doch meine letzte und einzige Erinnerung an sie.«

»So *versuchen* wir also!«, sagte Erlenbach – »uns in gemeinsamen Erinnerungen zu verständigen!« Und er reichte ihm die Hand.

Helmut beobachtete, wie die beiden sich bemühten, und fühlte einen Stein von seinem Herzen weichen. Der gefährliche Moment schien vorüber zu sein.

»Nun, guter Großonkel«, so versuchte er einen harmlosen Ton anzuschlagen – »was macht der Wald? Wirst ihm doch nicht untreu?«

»Nein! Morgens um acht geht's jetzt nach Bebenhausen, wo sie den guten König von Württemberg kaltgestellt haben ... Dann sehe ich den hohen Herrn manchmal und bespreche mit ihm einiges über Wald, Wildstand und die immer mehr einreißende Wilddieberei. Zuweilen begebe ich mich nach Kirchentellinsfurt zu meinem alten Freund, dem gelähmten Förster Fink.« Es traf sich gut, dass jetzt Frau Belling erschien. Sie brachte die Unterhaltung über das Stocken hinweg, und den Forstmeister fesselte ihre Erscheinung. Sofort bildeten sich zwei Gruppen, die sich getrennt hielten.

Auf einmal erhob sich Lamettrie mit entschlossener Miene:

»Nein, Mister Erlenbach, ich kann diesen Zustand nicht ertragen. Wir müssen uns weiter *aussprechen*. Sie können mich unmöglich verstehen, ehe Sie nicht Einblick in mein Leben haben. Man muss *begreifen*, wie unsereins zu dem geworden ist, worüber man ihm grollt.« Und er fuhr fort: »Jedenfalls soll man wissen, dass meine Erziehung an vielem Schuld hat, aber jetzt, Helmut, Du bist

Zeuge, bemühe ich mich ernstlich um ein Wiedergutmachen.«

»Das ist wahr« – entgegnete Helmut –, »begreiflich ist aber auch, dass der Großonkel nicht *plötzlich alles vergessen* kann, was sich in einem halben Jahrhundert an Misstrauen und Groll angesammelt hat.«

Fühlte Forstmeister Erlenbach sich schon durch Helmuts Worte einigermaßen beschwichtigt, so wirkte Frau Bellings Dazwischenkommen noch mehr beruhigend. Aus seinem düsteren Gesicht schien auf einmal Sonne hervorzubrechen, und freundlich leuchteten die blauen Augen: »Unter solchen Umständen muss man freilich zu *verstehen* suchen. Und ich selber habe mir ja auch ein gewisses Verständnis abgerungen. Gern bekenne ich: Herr Lamettrie hat etliche Entschuldigung. Lassen wir's also *gut* sein!« Und er ergriff des Onkels Hand: »Bin ich als deutscher Bär aufgetreten, so suchen Sie auch *mich* zu verstehen!«

Nun schüttelten sich die beiden Alten kräftig die Hand, und die anfängliche Verlegenheit schien beiderseits gewichen.

Frau Belling, die beiden Alten beobachtend, nickte ermunternd dem Forstmeister zu. »Nicht wahr, Erlenbach, in Ihrem Walde finden Sie sich *leichter* zurecht, als in einer verwickelten Familiengeschichte.«

Der Angeredete begab sich lächelnd an Frau Bellings Seite: »Unsereins kommt eben von seinen *Waldmanieren* nicht ganz los, und in einer solchen *Industriegegend*, namentlich auch noch mit einem Amerikaner, muss man erst ein bisschen *heimisch* werden.«

Onkel Lamettrie, der genau auf das Gespräch geachtet hatte, mischte sich zaghaft drein: »Auch mir ist der Wald keine ganz fremde Welt, und lange Zeit lebte ich sogar ganz in der Wildnis bei Büffeln und Wildpferden. Aber Forstkultur, die haben *Sie* uns *voraus*. Erst seit wenigen Jahren wird sie auch in den Vereinigten Staaten betrieben. Gern möcht' ich die deutschen Wälder kennenlernen.«

»Das wäre schön«, sagte Frau Belling – »da möcht' ich *auch dabei* sein. Der deutsche Wald verbindet deutsche Herzen.«

»Ja wohl, das soll er tun!«, sagte Lamettrie bescheiden. »Könnten wir nicht einmal alle zusammen deutsches Waldrevier durchstreifen? Das junge Paar kann vielleicht seine Hochzeitsreise damit verbinden.«

Da fügte Helmut freudig hinzu:

> »Es steht im Wald geschrieben
> Ein stilles, ernstes Wort
> Vom rechten Tun und Lieben,
> Und was des Menschen Hort.
> Ich habe treu gelesen
> Die Worte schlicht und wahr,
> Und durch mein ganzes Wesen
> Ward's unaussprechlich klar.«

»Nicht wahr, Onkel Lamettrie, Du gehörst noch zu uns Deutschen?«

»Natürlich!« entgegnete der Gefragte – »mein Herz ist deutsch geblieben, und es wäre mir eine Freude, deutsche Gebirgswälder zu besuchen. Das Riesengebirge zum Beispiel kenne ich noch gar nicht.«

»Gut!«, sagte der Forstmeister – »da könnten wir vielleicht *zusammen* gehen. Denn ich muss bald dorthin reisen. Mein Schwiegersohn ist im Riesengebirge Förster, nur ein einfacher Unterförster, aber ein sehr wackerer Mann. Die Familie ist mir ans Herz gewachsen, besonders mein achtjähriger Enkel. Nun hab ich Sehnsucht, sie alle einmal wiederzusehen.«

»In Ihrer Gesellschaft diese Gegend zu besuchen, das wäre mir eine große Freude«, sagte Lamettrie und setzte hinzu: »Nicht wahr, Freund Erlenbach, Sie erlauben doch, dass von jetzt ab auch zwischen uns das traute Du waltet?«

»Gewiss! Ich bin gern einverstanden! Du bist ja eigentlich mein Schwager!«

»Ach ja, Schwager!«, sagte Lamettrie – »Julia soll es sein, die in Zukunft zwischen uns waltet, und in Treue uns zusammenschließt!« Und gerührt schüttelten die beiden Männer sich die Hände.

## 44. Frau Rade

In Gerharts Auto waren dieser, Helmut und der Forstmeister auf dem Bahnhof angekommen, und da der erwartete Zug diesmal überaus pünktlich angelangt war, irrte Frau Rade vor dem Gebäude schon beunruhigt umher.

»He, Frau Rade!«, riefen die drei Männer mit den Hüten winkend, und nach erfolgter Begrüßung sagte Gerhart: »Na, das hätten Sie gewiss nicht für möglich gehalten, so rasch zu Helmuts Verlobung geladen zu werden.« Als Helmuts Freund stand Gerhart auf gutem Fuße mit dessen Wirtin.

Mit strahlender Freude überreichte Frau Rade dem Bräutigam einen mächtigen Strauß von rosa Rosen und knickste in einem fort. Außer einer altmodischen Reisetasche hielt sie eine geheimnisvolle Schachtel, und so stieg die gute Frau zu den Herren ein, und das Auto sauste los.

»Das ist ja schön«, sagte sie – »dass man gleich zu Bekannten kommt und alte Freundschaft erneuern darf, Herr Forstmeister. Ich bedanke mich auch für den großartigen Empfang. Das ist ja fast, als wäre ich die Brautmutter!«

»Die *Bräutigamsmutter* sind Sie gewissermaßen, Frau Rade«, sagte Helmut – »Ihre Fürsorge hat mir meine Häuslichkeit immer gemütlich gemacht.«

»Das wäre eigentlich eine Rede für die Verlobungstafel! Behalte noch Pulver auf Deiner Pfanne, Junge!« meinte der Forstmeister.

Solche Liebenswürdigkeiten wechselten ab mit Äußerungen über das Ruhr-Revier und die Landschaft.

»Hurra, da haben wir meine Braut und die Schwiegermutter!«, jubelte Helmut, als die Damen auf die Freitreppe des Schachthofs traten. Mit Herzlichkeit begrüßte man sich.

»Und wo haben Sie Ihr Gepäck, Frau Rade?« Diese errötete; Gepäck hatte sie wenig mitgebracht, und vor allem schien ihr die Schachtel am Herzen zu liegen.

»Ich habe nur für zwei oder drei Tage gerechnet!«, sagte sie bescheiden.

»Zwei bis drei Tage? Sie bleiben bei uns so lange, als es Ihnen gefällt!« sagte Frau Belling.

Helmut betrachtete mit Neugier die Schachtel und fragte: »Was ist denn das für ein Heiligtum?«

»Ach Gott! Das ist eigentlich zu früh gefragt. Aber da Sie nun doch einmal so neugierig sind, will ich Ihnen verraten: Das ist Ihr Verlobungsgeschenk, ein kostbares Andenken an Ihre Großmutter. Als Sie hierher gefahren waren, besann ich mich auf Schriftstücke von der Großmutter, nach denen Sie ja gefragt halten. Ich suchte – und fand eine Schatulle, in der Großmutters Tagebuch war.«

»Also doch!«, sagte Helmut.

»Ja, und damit kommt etliche Klarheit in die dunkle Geschichte«, antwortete Frau Rade.

»Und wieso?«, meinte Helmut.

Frau Belling, die wohl verhüten wollte, dass Lamettrie in solche Erörterungen hereinplatzte, führte die Anwesenden in ihre privaten Räume und bat Sie, Platz zu nehmen.

»Wieso? Fragen Sie?« – nahm Frau Rade das Wort – »weil dies Tagebuch zeigen wird, was für eine gute und außerordentlich tüchtige Frau Ihre Großmutter war.«

»Aber wie« – fragte nun Gerhart – »wird dieses Tagebuch auf den *Mann* wirken? Auf *ihn*, der sie damals im Stiche gelassen hat? Enthalten die Schriftstücke auch nicht etwa Vorwürfe? Dürfte der Onkel sie wohl lesen?«

»O freilich! Nur Sehnsucht könnten sie ihm erwecken nach dieser alles verzeihenden Güte.«

Der Forstmeister nickte stumm, und die Augen wurden ihm feucht. Helmut warf seinem Freunde einen leuchtenden Blick zu und sagte zu Frau Rade: »Ein solches Verlobungsgeschenk nehme ich mit Tausend Freuden an. Aber wie war es nur möglich, dass Sie diesen Nachlass *erst jetzt* gefunden haben?«

»In der Schatulle lag ein loses Brettchen, das wie der Boden aussah, sodass man meinen konnte, sie sei *leer*. Aber kurz vor meiner Abreise, als ich die hinterlassenen Urkunden und einige Fotografien in die Schatulle legen wollte, rutschte mir diese aus der Hand auf die Diele, und das Brettchen fiel heraus mitsamt dem Tagebuch. Sie können sich denken, wie verblüfft ich über diesen Fund war ... Als ich ersten Einblick in das Tagebuch genommen hatte, kam es mir vor wie eine Fügung, dass ich Ihre Großmutter bei der Verlobung ihres Enkels vertreten solle, und dass dies gewiss ihren Wünschen entsprechen würde.«

Dieser Bericht erregte bei allen Anwesenden Aufsehen, besonders die merkwürdige Art der Enthüllung durch das Entgleiten der Schatulle.

Frau Rade fuhr fort: »Die Überraschung mit dem Tagebuch, in das ich mich gleich vertiefte, war Anlass zu meiner verspäteten Abreise. Und während der ganzen Bahnfahrt musste ich darüber nachdenken, um ein wenig Ordnung in meine Gedanken zu bringen. Bei der Zollrevision im Ruhrgebiet bekam ich einen Heidenschrecken, als der französische Beamte auf einmal nach dem Inhalt meiner Schachtel fragte. Ich war sprachlos. Und als er seine Frage wiederholte, stammelte ich etwas von Geschäftsbüchern, worauf er schwieg. Und wie ich merkte, dass ich entlassen war, stieg ich zitternd wieder in den Zug.«

Wegen ihrer ausgestandenen Angst wurde die gute Frau bedauert, sie selbst kam sich wie eine patriotische Heldin vor, meinte aber kleinlaut:

»Nicht wahr, meine Ausrede hat der Franzose gar nicht verstanden, und ich kann doch davon keinerlei Unannehmlichkeiten haben. Nicht etwa, dass man mir nachsagt, ich hätte falsche Tatsachen angegeben ...«

»Beruhigen Sie sich, Frau Rade« – tröstete Frau Belling – »selbst eine faustdicke Unwahrheit müsste der liebe Gott Ihrem Herzen nachsehen.«

»Wie wertvoll mir gerade dies Geschenk ist, kann ich gar nicht sagen« – versicherte Helmut, der an Huldas Seite bereits etlichen Einblick in das Tagebuch genommen hatte. »Also, nicht wahr, Liebe und Verzeihen für den Mann drückt das Tagebuch aus?«

»Ja, sie entschuldigt alles und sucht ihn ganz zu begreifen.«

»Sodass man ihm das Tagebuch *geben* könnte?«

»Ich glaube: ja!«

»Gleichwohl empfiehlt es sich, dass wir es *vorher lesen* und daraufhin *prüfen*«, meinte Gerhart – »man kann ja nicht wissen, in welche Selbstquälerei er sich wieder verstrickt. Vorsicht ist jedenfalls angebracht.« Und so zogen sich die Freunde zurück in Huldas Begleitung.

»Sie könnten ja mir einstweilen etwas aus dem Leben von Helmuts Großmutter erzählen, etwas, das keine Indiskretion bedeutet«, sagte Frau Belling zu Frau Rade.

»Seltsam bleibt Herrn Möllers Verhalten jedenfalls«, meinte der Forstmeister, »wenn von ihm geredet werden darf. Meine Schwester war ein einfacher, ein gerader Charakter, da wird nicht viel zu berichten sein. Er aber, Möller-Lamettrie, ist das Rätsel ... Ich habe mal einen *Hund* gehabt, ein Terrier war's, der *log mich an*, überlistete mich, sodass man nicht klug wurde aus dem Vieh ...«

»Nun«, meinte Frau Belling – »warum sollte ein Tier nicht auch mal einen Forstmeister an Gerissenheit übertreffen? Das ist keine Schande.«

»Schande nicht, aber ein Reinfall«, murrte der Forstmeister – »indessen freilich muss man Tiere nicht mit *moralischem* Maßstab messen, vielmehr mit *Humor* betrachten.«

»Menschen doch auch«, lächelte Frau Rade.

»Das lässt sich zwar nicht durchaus bestreiten«, erwiderte Erlenbach – »aber zuweilen *verliert* man doch den Humor. Wenn man zum Beispiel erlebt, wie die einzige Schwester einem Manne ihr Herz schenkt, der sie treulos verlässt und sich in keiner Weise um sie und ihr Kind kümmert.«

Beruhigend legte Frau Belling ihre Hand auf seinen Arm: »Aber Herr Forstmeister, wir wissen doch, dass in diesem Fall ein tragisches Missverstehen waltet, indem er sich einbildete, die werdende Mutter habe sich das Leben genommen.«

»So? Aber kann er den bündigen Beweis dafür erbringen, dass dieses nicht eine *Ausrede* ist, in die ihn sein schlechtes Gewissen hineingesteigert hat?« antwortete roten Kopfes der Forstmeister.

Zum allgemeinen Entsetzen stand plötzlich der in ihrer Mitte, von dem eben die Rede war, sodass alle wie erstarrt waren. Finster war sein Gesicht, und seine Augen, die zuerst lodernd umherblickten, bändigten sich zu einem fast demütigen Ausdruck: »Meine Einbildung, ja das muss ich sagen, hat mir arge Streiche gespielt, nicht aber in dem Punkte, auf den es hier ankommt. Dass ich nach dem Bescheide des Brüsseler Arztes entschlossen war, dem Priesterberuf zu entsagen und sie zu meiner *Frau* zu machen – das werde ich Ihnen *beweisen*. Wenn irreführende Nachrichten mich zu dem Wahne brachten, sie sei in den Frankenberger Weiher gegangen, das ist nicht *meine* Schuld. Für all das werde ich Ihnen, Herr Erlenbach, den bündigen Beweis liefern – wenn Sie mir in meine *Einsiedelei* folgen wollen – und zwar auf der Stelle.«

»Einsiedelei?« stutzte Frau Belling. »Ach nein! Geh lieber jetzt nicht! Da sind Leute beschäftigt ...«

»Leute? Was tun sie denn?« fragte missmutig der Greis.

»Oh, entschuldige gütigst!« lautete die verlegene Antwort – »was *möchtest* Du denn in der Einsiedelei? Brauchst Du vielleicht Schriftstücke, die dort sind? Ich hole sie Dir! Wo befinden sie sich?«

»Im Wandschrank ist ein Bündel mit der Aufschrift: »Briefe von Pater Ambrosius!« Und ein Schlüsselchen holte er aus seiner Westentasche und gab es ihr.

# 45. Pater Ambrosius

Während Frau Belling zur Einsiedelei ging, erschienen die beiden Freunde mit Hulda. Mit Julias Tagebuch hatten sie sich ja zurückgezogen, und waren jetzt plötzlich wiedergekommen, weil sie einen Wortwechsel gehört hatten. Sie flüsterten miteinander, während der Forstmeister und Frau Rade in Lamettries Gegenwart nicht von ihrem verdrossenen Schweigen loskamen.

Jetzt erschien Frau Belling und brachte das Bündel, dem Lamettrie sogleich einige zerlesene Schriftstücke entnahm.

»Dies hier«, begann er schlicht – »sind Briefe, die ich um die kritische Zeit von einem Freunde erhielt, dem Pater Ambrosius im Karthäuser Kloster bei Düsseldorf. Bitte, Helmut, lies vor, Du bist ja der Nächste zu der Frau, von der die Korrespondenz spricht.«

Helmut besann sich: »Ist das derselbe Pater, der vor seinem Tode Dir jene Mönchsgeißel vermachte, die dort am Treppenpfosten hängt?«

»Derselbe!«

Und nun las Helmut: »Düsseldorf, den 20. Oktober 1872. Lieber Freund Ignatius! Mit Bestürzung las ich von der Not, in die Dein Gewissen verstrickt ist. O wie wahr spricht der Heilige Paulus: Heiraten ist gut, Nichtheiraten ist besser! Unsereins stand vor der Wahl, die Welt zu überwinden als ein Priester, der seinen Beruf dadurch erweist, dass er sich einem Höheren hingibt, als dem Weibe. Du hast allerdings noch kein Priestergelübde abgelegt, und diese Tatsache berechtigt mich – im Unterschied zu Deinem Beichtvater – Dir nicht abzuraten, eine

Ehe einzugehen mit Julia, wie Du sie nennst. Nein! Sondern wenn ihre Vermutung zutrifft, dass sie von Gott mit Mutterschaft gesegnet ist, dann soll das Sakrament der Ehe hier in Kraft treten ...

Unter allen Umständen aber musst Du sie zu unserem heiligen Glauben und zu unserer Kirche bekehren. Wenn Du ihr dies mitteilst, und die Unabänderlichkeit Deiner Entscheidung betonst, wird sie zuerst widerstreben. Aber lasse nicht ab, um diese Seele zu ringen. Dein Gebet wird den Sieg davontragen über ihre protestantische Eigenwilligkeit. Der Himmel wird Dir beistehen! Dein getreuer Freund Ambrosius.«

Den Forstmeister streifte ein Blitz von Lamettries lohenden Augen, und Helmut ging zum nächsten Brief über: »Düsseldorf, den 18. November 1872. Bedauernswerter Freund! Zu der Heimsuchung, die Dich betroffen hat, spreche ich Dir mein tief gefühltes Beileid aus. So ist diese Seele denn doch ihrer Haltlosigkeit verfallen, die Mächte der Finsternis haben gesiegt. Der gnädige Gott, der alles versteht, möge ihr Frieden geben und den Trost, den sie verdient, obwohl sie verzweifelt ist! Ihre Handlungsweise soll nicht entschuldigt werden, aber Gefühl für ihre Frauenehre hat sie getrieben. Nun bleibe Du, Ignatius, fest bei Deinem heiligen Berufe, und tröste Dich im Glauben an jenen, der selig macht. Was Deine Selbstanklagen betrifft, so sind das Äußerungen einer wilden Leidenschaft, die sich nicht ziemt für einen Sohn unserer Kirche, geschweige denn für einen – so Gott will – künftigen Priester. Buße – nicht Hader mit Gottes Schickung ist die einzige Seelenverfassung, die Dir zum Segen gereicht. Antwort auf Deine Frage, weshalb Dich

Gott in solche Abgründe der Seele stürzt, musst Du selber finden. Kein Schicksal sucht uns heim, das uns nicht zum Segen werden kann, insofern jede Schickung zu unserer Läuterung dienen soll. Gib alle Selbstsucht auf! Nur aufs Himmlische richte Deine Seele, so allein wirst Du frei. Der Friede des Höchsten sei mit Dir! Dein getreuer Ambrosius.«

Onkel Lamettrie legte für Helmut noch einen Brief hin, den dieser vorlas: »Düsseldorf, am ersten Advent 1872. Lieber Ignatius! Arme verirrte Seele! Ich will Dir wenigstens ein Freundeswort in Deine Abgeschiedenheit senden. Nimm diese auf Dich in Demut und Geduld! Meinen Freund, den Pater Johannes lasse ich grüßen, und Dich schließe ich in mein tägliches Gebet ein. Möchten die schwarzen Dämonen bald von Dir weichen!

Die Notiz im Echo der Gegenwart, die traurige Bestätigung unserer Befürchtungen, schicke ich Dir beifolgend zurück, bitte Dich aber, nicht weiter darüber zu grübeln, sondern Deine Sorgen und Bedenken dem Herrn zu übergeben, er wird's wohl machen. Er hat es gefügt, dass Du vor einer Heirat bewahrt bliebest und also Priester werden kannst, wenn Du Buße tust und Deine Studien vollendest. Sei getrost! Dem heiligen Kreuze vertraue Dich an! Meinen Segen über Dir! Dein Ambrosius.«

»Und nun« – sprach Lamettrie mit erhobener Stimme – »richte ich die Frage an die Anwesenden, beweisen diese Briefe nicht meine *aufrichtige Absicht*, damals Julia zu heiraten? Oder habe ich mich sophistisch selber belogen?«

Da ging ein wehes Zucken über das wetterharte Gesicht des graubärtigen Forstmeisters. Er trat vor: »Ich habe Ihnen Unrecht getan und bitte um Verzeihung. Wenn solches Missverstehen zwei Menschen auseinander bringen kann, die doch – wie es mir vorkommt – zueinander gehören, dann ... könnte man irrewerden an der Vorsehung. So nahe lag ein guter Ausgang – und ein sinnloses Verhängnis vereitelte ihn.«

Erschüttert schwiegen die Anwesenden – ihre Gedanken hatten zu ringen.

Dann ergriff Frau Rade das Wort: »Gewiss, Herr Möller ist vollauf gerechtfertigt. Ich muss aber, obwohl ich nur eine simple Frau bin, doch ein Bedenken ausdrücken. Da ich Marie Erlenbach, mit der ich nahezu vier Jahrzehnte zusammengelebt habe, genau kenne, muss ich bezweifeln, dass diese beiden füreinander geschaffen waren. Wenn auch die Heirat nahe lag – darin hat der Forstmeister ganz recht – so wäre eine solche Heirat doch ein Unglück gewesen, denn Marie Erlenbach und Herr Möller – wie ich ihn jetzt vor mir sehe, hätten nicht zusammengepasst. Obwohl ich Herrn Möller noch nicht recht kenne, sagt mir das mein Gefühl, und das hat mich selten getäuscht. Drum hat sie ihn ja auch verschmäht.«

»Wieso verschmäht?« kam es von Lamettries bebenden Lippen.

»Ja« – lenkte Frau Rade ein – »dies Wort ist wohl zu hart. Aber ich weiß, dass sie entschlossen war, ihn nicht zu nehmen ...«

»Nicht zu nehmen?«, fragte kaum hörbar der Amerikaner.

»Ja, auch Ihnen gegenüber, Herr Forstmeister, muss ich geltend machen, Sie kennen Ihre Schwester nicht ganz, nur so, wie eben ein Mann eine Frau verstehen kann. Schwaches Geschlecht nennt man uns. Nein, zu den Schwachen hat sie nie gehört, sie keineswegs. Und wenn Sie sich vergegenwärtigen, was diese ehelosen Priester, was sie ihr zutrauten, dass sie, um einen Mann zu kriegen, die *Religion wechseln sollte*, so wie *man ein Kleid wechselt* ... Nein! Da hört alles auf! Sie selbst, Herr Möller, was würden *Sie* gesagt haben zu dem Ansinnen, Marie zuliebe sollten Sie *evangelisch* werden? Was einer glaubt, hat sich doch nicht nach seiner Liebe zu richten; – gewiss, Eheleute sollen im Heiligsten eins sein. Das können sie aber auch, wenn sie zu verschiedenen Konfessionen gehören, und das ist gewiss nicht das Richtige, dass Katholiken meinen, sie müssten alles zu *ihrer* Kirche bekehren.«

Ein beifälliges Gemurmel war das Echo dieser langen Rede, und Helmut nahm jetzt das Wort: »Nichts ist so verfehlt, als die Meinung, die Wahrheit lasse sich nur in einer Form ausdrücken. Sie ist *unendlich* und hat daher unendlich viele Formen. Die Griechen erlebten Wahrheit in all ihren Göttergestalten, im heiligen Sonnenstrahl Apoll, in seiner Mondschwester Diana und im blauen Himmelsäther. Die Perser, Ägypter, Germanen in ihren polaren Gottheiten Licht und Finsternis, Gut und Böse. Und so haben alle Völker einzelne Seiten der Wahrheit bildlich erschaut. Aber die ganze, die allumfassende Wahrheit lässt sich nicht ausschöpfen, denn sie ist nicht wie ein Ding unter Dingen, sondern *jenseits* aller engen Formen, *ohne Grenzen*!« Lamettrie-Möller hatte die Darlegungen ruhig und ohne Empfindlichkeit angehört. Jetzt seufzte er auf und meinte bescheiden: »Ich bitte um Nachsicht für meine früheren Glaubensgenossen! Halten wir uns gegenwärtig, dass die Bezeichnung Fanatiker vom Worte Fanum, das Heilige, hergeleitet ist, dass also jeder Glaubenseifer für seinen Vertreter eine *heilige* Sache bedeutet. Wenn er darin irrt, so verzeihet dem Menschen, der schwach ist, wie wir alle. Was den Pater Ambrosius anlangt, so sagte ich ja: Er ist mein *Freund*, vielleicht der Einzige, der es damals gut mit mir gemeint hat. Und das Gedenken an eine treue Seele möchte man sich *bewahren* in der Öde des Lebens. Ich bitte also, den Pater Ambrosius nicht in eine Reihe mit denen einzugliedern, die mich damals gepeinigt haben in ihrer Verblendung. Wie jede Religion ein Aufblick zum Ewigen ist, von einem vereinzelten Standpunkt aus, so müssen wir's – wohl oder übel – auch mit unserer Schau halten ins unermessliche Leben: Da gibt es auch abstoßende Kreaturen! Alle sind sie Gestaltungen der einen Allmacht.«

### 46. Julias Geburtstagsfeier

Als Möller-Lamettrie am Morgen in seiner einsiedlerischen Kammer wach wurde, erfüllte ihn alsbald das Bewusstsein: Heut also feiern wir ihren Geburtstag; erheben wird uns das Andenken an Julia, die mich zur Liebe hinriss, und von mir Mutter wurde – oh! Wie überraschend hat sich mein Schicksal gewandelt, dass es mir zwar nicht die Geliebte bescheren konnte, aber ihren und meinen Enkel Helmut, der zudem noch der Bräutigam meiner Hulda geworden ist. Ahnungslos trat er in unseren Kreis, und allgemeine Achtung und Freundschaft eroberte er sich. Wie froh mich das macht!

Begleitet wurde diese Betrachtung vom Jubilieren der Vögel, und noch nie in seinem Leben hatte der Greis solch reines, unschuldiges Glück gekostet. Ihm gab er sich hin, im Bette verweilend, da es noch in der Frühe war. Die Güte, die ihn beseelte, versprach seinen späten Tagen einen echten Gehalt.

Erhoben von solchem Hoffen, schlug er die Selbstbetrachtungen des Kaisers Mark Aurel auf, dem er in Verehrung ergeben war. Dann stand er mit Rüstigkeit auf, wusch seinen Körper kalt ab, machte turnerische Hebungen und kleidete sich sorgsam in einen weißen Flanell-Anzug.

Mohrchen, der beim Verlassen der Einsiedelei munter kläffte, und Miene machte, ihn zu begleiten, durfte es diesmal nicht; der vorgesehenen Festlichkeit halber sollte er in seine Hütte zurück, was er auch willig tat, da ihm freundlich zugeredet wurde. Möller-Lamettrie schritt nun flott durch das Kiefernwäldchen bergab. Zu seiner Freude war's Benedikt, der ihm sein fröhliches Biwäwüh entgegenzwitscherte und munter voran in den Wintergarten flog, wo das Stubenmädchen soeben lüftete. Nachdem das Vöglein von seiner Dattel genascht und durch allerliebstes Flöten gedankt hatte, flog es wieder davon.

Nun trat in den Wintergarten, wo inzwischen ein reichliches Frühstück aufgetragen war, Frau Rade in einem rauschenden, schwarzen Seidenkleide. Sie stutzte, als sie allein den Sonderling sich gegenüber hatte. »Ach! Ich komme wohl zu zeitig? Dann entschuldigen Sie, Herr Möller! Ich bin so ans Frühaufstehen gewöhnt.«

Möller antwortete freundlich: »»Das bin ich ebenfalls. Übrigens ist schon Besuch hier gewesen – hat sein Frühstück schnabuliert und dann gesungen – es ist mein Freund, ein Schwarzköpfchen, das nistet in einer Blutbuche.«

Und mit humoriger Schelmerei berichtete der Alle von seinem Glücksvogel.

»Ja, das hat was Gutes zu bedeuten, und so bin ich fast ins Hintertreffen geraten mit meinen Glückwünschen zu meiner Freundin Geburtstage. Jedenfalls gratuliere ich Ihnen von ganzem Herzen«, und knicksend verneigte sie sich.

»Wieso ins Hintertreffen geraten? Durchaus nicht! Sie kommen ja als allererster Gratulant – und mit dem Danke dafür verbinde ich meine hohe Anerkennung Ihres Lebenswerkes, von dem ich durch Helmut einiges weiß. Fast Ihr ganzes gütiges Leben war ja meiner Julia gewidmet – und ihrer Tochter, die ja auch die meine ist – obwohl ich sie nie gekannt und auch nicht! Verdient habe ... jawohl es ist so, Frau Rade! Und dann sind Sie meinem Enkel Helmut eine treue Studentenmutter gewesen. Zuguterletzt – was Sie jetzt in der Schatulle entdeckten, liebe Frau Rade ...« Vor Bewegung konnte er nicht weiter reden.

Und sie wurde ebenfalls gerührt; die Lippen zusammengekniffen, erwiderte sie sein Händeschütteln mit wortlosem Druck. Noch größer wurde die Ergriffenheit, als jetzt das verlobte Paar eintrat – strahlend aufgerichtet, Helmut im Frack mit weißer Binde, am Arm seine Hulda, die nach feierlichem Brauch ein weißes Seidenkleid trug, nur mit einer zarten Rose geschmückt.

Lamettrie, dem die Tränen kamen, schlug die Augen nieder, legte dann zärtlichen Blickes den Arm um Hulda und gab ihr einen väterlichen Kuss auf die Stirn. Dann schloss er auch den Bräutigam in seine Arme.

Frau Belling, die aus dem Hintergrund nach vorn trat und sich als Brautmutter fühlte, begrüßte alle der Reihe nach mit stummem Händedruck und führte das Taschentuch wiederholt an die Augen.

Den Beschluss der zum Morgenkaffee erscheinenden Gratulanten bildete der Forstmeister. Seine hünenhafte Gestalt mit den Blauaugen und dem langen Weißbarte machte sich recht gut in seinem graugrünen Paraderock, den Hirschfänger an der Seite, die breite Brust mit Orden geschmückt und in der Hand den Jägerhut – mit Auerhahnfedern. In strammer Haltung, mit gemütvollem Ernst dankte er, dass man seiner Schwester gedenke. Zur Verlobung gratulierte er dem Brautpaar und den Angehörigen.

Hierauf nahm man an der blumengeschmückten Tafel Platz, wo Kaffee, Kakao und Tee dufteten, auch Gebäck stand mit Butter, Eiern, kaltem Aufschnitt. Bei behaglichem Tafeln entwickelte sich nun ein heiteres Geplauder.

Unerwartet erschien Gerhart und gestand lachend, mit seinem Auto sei er gekommen, das langweilige Warten bis zur Dejeuner-Tafel halte er nicht aus. Freimütig postierte er sich hinter seinem Freunde Helmut, dann wieder bei Tante Belling, die er durch einen süßen Likör anzufeuern suchte. So machte er sich überall angenehm.

»Nun, Onkel Lamettrie, wie willst Du es heute halten – mit dem Sekt nämlich – ich sollte meinen, Hulda zu Ehren musst Du heute schon ein Glas trinken.«

»Freilich, lieber Neffe, mit Hulda und Helmut lassen wir unsere Gläser zusammenklingen, wenn bei der *Mittagstafel* der Champagner serviert wird. Doch wenn ich mir solche Ausnahmen gestalte, so soll das nur dem Fest zuliebe sein. Sonst aber bleibe ich bei Mark Aurel: Die Natur ist mit Wenigem zufrieden, und wenn *sie* es ist, bin ich es auch. – Ein Butterbrot und eine saftige Birne werden dann zur Leckerei. Und mit allen Lebensfreuden ist es so: Das *Schlichte* soll uns reizend werden. Vor einer Woche freilich huldigte ich noch dem Lamettrie-Ideal und seinem Epikuräertum. Seitdem hat sich aber bei mir manches *gewandelt*, und gerade Du, mein guter Gerhart, bist mir vom Schicksal zum Werkzeug seiner gütigen Fügungen geworden.«

Während der Onkel diese bewegten Worte sprach, war der Diener Friedrich sacht eingetreten. Und bescheiden – um die allgemein beachtete Rede nicht zu stören, standen hinter ihm auch Gerharts Eltern, Herr und Frau Fabrikdirektor Linde. Sie waren zu Marie Erlenbachs Geburtstag und zur Verlobungsfeier geladen und gelockt vom Beispiel ihres Sohnes, ebenfalls schon jetzt mit dem Auto erschienen.

Ihre Ankunft veranlasste die Gesellschaft, sich zur allgemeinen Begrüßung von den Plätzen zu erheben, und weil jeder genug vom Imbiss hatte, war bei dem sonnigen Wetter ein Spaziergang durch den Park allen angenehm. So schlenderte man an den schönen Rosenbeeten vorbei und umging die abgesperrte Blutbuche, indem neugierige Blicke das Nest des Glücksvogels zu erspähen suchten. Nun kam das Weimutskiefernwäldchen auf der Höhe, wo die liebliche Aussicht sich auftat, dann der Weinberg, wo die Reben sprossten und die Einsiedelei lag. Da sonderbarerweise die Tür offen stand, und Frau Linde befremdet fragte: »Hier also, Onkel Lamettrie, willst Du wirklich hausen?«, glaubte er nicht umhin zu können, der Gesellschaft flüchtigen Einblick zu gestatten.

Aber wie erstaunte er, als das Innere feierlich umgestaltet war. Mit schwarzem Sammet waren Wände und Decken bekleidet. Und heraus leuchtete, von weißen Rosen umkränzt, das *Juliabild*, vergrößert, in künstlerischem Gummidruck, der überaus lebensvoll wirkte. An der Wand gegenüber befand sich – ebenfalls als Gummidruck – in Mattsilber gerahmt und von gelben Immortellen bekränzt, das Bild einer gütig lächelnden Matrone. Hinzutretend sagte Frau Rade zu den Versammelten: »Das ist Marie Erlenbach, wie sie mit 60 Jahren aussah. Sie hat immer noch einige Ähnlichkeit mit dem Julia-Bild. Dieses blühende Mädchen, von roten Rosen umgeben, ist Maries *Tochter*, die ja später *Helmuts Mutter* wurde, so sah sie als Braut des Herrn Doktor Burger aus. Auch von Helmut sind hier Fotografien. Diese zeigt den Sechsjährigen, einen munteren, aber auch schon nachdenklichen Knaben. Damals, als die Tochter noch lebte, war Marie Erlenbach auf der Höhe ihres Glücks. Ihr Bruder zum Forstmeister befördert, ihre Tochter und

Helmut blühend gesund, alles prächtige Menschen. Dass wir diese Erinnerungsbilder in so schöner Aufmachung vor uns sehen, haben wir der gütigen Frau Belling zu verdanken.«

»Aber nein!« wehrte diese ab – »das Hauptverdienst hat Frau *Rade*. Ohne die von ihr mitgebrachten Bilder und Schriftstücke würde unserer Feier das Wichtigste fehlen. Auf eine besonders wertvolle Kundgebung der Verstorbenen möchte ich noch aufmerksam machen. Es ist die Widmung in einem Buche, das Marie Erlenbach einmal ihrem Enkel zum Geburtstag geschenkt hat. Und Helmut selbst liest sie uns vielleicht *vor*, es sind Verse, von ihr verfasst.«

Helmut nahm das Buch zur Hand und las:

Nach guter Sitte ging ich blind und fehl,
Weil Liebe mich und Leidenschaft bezwungen.
Doch hat mein Muttersinn der Göttin Hel,
Der Unterwelt, zwei Leben abgerungen.
Ein arm verlassen Weib mit Kind – mein Bruder
War Knabe noch – ich trieb auf hoher See
Und führte fest im Wogenprall das Ruder ...
Da schien der Brandung Troststern in mein Weh.
Es kam mein Heil ... Nun blick ich ohne Reue,
Ja selig auf die Zeit der Not zurück.
Die Mutterliebe, die Geschwistertreue –
Zuletzt mein Enkel – wurden mir zum Glück.
Mein Leben fass' ich in ein Licht zusammen:
Sei gut und wirke, was uns Güte mehrt!
Die Liebe nur ist Gott! Das treue Flammen
Der Kerze, die im Leuchten sich verzehrt!«

Wie draußen die Maiensonne auf den Weinberg niederflutete, so war die Gesellschaft ganz vom Bewusstsein erhoben, dass hier ein Leben ausgebreitet vorliege, stolz und tapfer, sieghaft und vollendet, in seiner Art. Und wie ein Choral brauste nun das allgemeine Aufjubeln dem Alten ins staunende Herz.

## 47. Feier im Museum

Die Vorlesung, zu der Gerhart eingeladen hatte, stand nahe bevor, und die Gäste, nachdem man die Reliquien der Familie Erlenbach betrachtet hatte, verließen die Einsiedelei mit Äußerungen der Befriedigung.

Draußen bewunderte man noch einmal die Reize des am Weinberg gelegenen Häuschens, das nunmehr auch von einer sittlichen Weihe verklärt war. Die Augen schweiften über sprossende Reben, über Wipfel des Parkes und Bedachungen des Schachthofes hinab, zu den Gärtchen und der Kirche des Dorfes, bis hinaus über die fernen Saatfelder der Rheinebene.

Und nun ging man durch das buschige Weimutskiefernwäldchen die Anhöhe hinunter.

Ein kurzes Verweilen gab es noch, als Lamettrie-Möller die Arbeiter traf, die auf Veranlassung Frau Bellings die festliche Schmückung der Einsiedelei in eiliger Heimlichkeit besorgt hatten. Seinen Dank sprach ihnen der Alte aus und lud die Leute zu einem kleinen Frühstück ein, das im Wirtshaus des Dorfes stattfinden sollte.

Ihre Bitte, bei der Feier im Museum zuhören zu dürfen, die wohl aus Neugier erfolgte, wurde mit der Begründung abgelehnt, auf den engen Kreis der Nächsten beschränke sich diese Feier.

Über den Wiesenhang zwischen Gebüschen und Blütenbäumen ging es nunmehr ins Museum. Der Orgelsaal war mit Gewächsen geschmückt, und ein weiterer Abzug des Juliabildes prangte, von weißen Rosen umkränzt, vor dem Rafael'schen Madonnengemälde.

Auf den Bänken nahm die kleine Versammlung Platz; von den Angestellten waren nur Friedrich und Päch zugegen. Lamettrie war schweigsam und ganz nach innen gekehrt.

Nach einem ergreifenden Orgelspiel der Frau Belling betrat Gerhart das Pult und schlug Julias Tagebuch auf.

»Den hier festlich versammelten Freunden« – begann er schlicht – »möchte ich, wie angekündigt, eine Probe geben von dem Tagebuch, das Helmuts Großmutter, Marie Erlenbach, hinterlassen hat – oder Julia, wie Onkel Lamettrie sie zu nennen pflegt. Frau Rade, die treue Studentenmutter Helmuts, hat es ihm als Geschenk zu seiner Verlobung dargebracht.

Erst heute früh konnte das Brautpaar mit mir etlichen Einblick tun – mit dem Ergebnis, dass ein paar Stellen daraus mitgeteilt werden sollen, weil sie uns die Persönlichkeit Marie Erlenbachs verehrungsvoll nahebringen.

Was ich herausgreife, stellt in ihrem Leben einen Wendepunkt dar, der unser Sinnen auf *höchste Lebensfragen* lenkt und besondere Bedeutung hat für ein Paar, das sich zu verbinden gedenkt. Dieses Brautpaar wünscht zum Mittelpunkt der Feier seine würdige Ahne, zu der es mit kindlicher Verehrung aufblickt.

Ich wähle zunächst einige Tagebuchkapitel, auf welche die Verfasserin in den Gärungen ihres Innenlebens wiederholt Bezug nimmt. Es sind Gedanken im Sinne des Evangeliums der armen Seele:

»Ihr suchet die Größe einer Religion, wo sie nicht liegt, die Schwächen da, wo sie nicht sind. Ihr meinet, auf die Vorstellungen von *Gott*, ob man sich *Einen Gott* denke, ob *viele*, darauf komme es an. Ihr täuscht euch darin, es ist das Maß eurer Beurteilung, es ist aber nicht *Gottes* Maß.

Gott fragt: Ist die *Liebe zu den Mitgeschöpfen* der Haupt- und Grundsatz der Religion, und weiset sie auf Gott als das große *Meer der Liebe* hin, und ob wir in dieser Liebe ewiglich stehen. Das ist das Wesentliche und Erste einer Religion; und wer von diesen Gedanken erfüllt war und unter die Menschen trat und sie verkündete, der ist ein wahrer und echter Prophet gewesen, und wenn auch noch so viele Irrtümer in seinen sonstigen Vorstellungen mit untergelaufen wären. Er hatte ein Herz, das das Fünklein der Liebe in mir zur Flamme genährt hatte, die Millionen seiner Brüder Licht und Wärme mitzuteilen vermochte, fortwirkend in seinen Jüngern und deren Jüngern von Geschlecht zu Geschlecht.

Was irrtümlich ist an seinen Lehren, das stammte nicht aus seinem Herzen und nicht von mir, sondern aus seinem Verstande, wie er von Natur vorwiegend beschaffen war, und vom Verstande seines Volkes und seiner Vorfahren, von denen er sich nicht loszuwinden vermochte, oder, wenn er es seiner Einsicht nach vermocht hätte, es nicht aufkommen ließ aus *unrichtig gewendeter*

Liebe, um nicht alles, was seine Väter geglaubt und gehofft hatten, als falsch hinzustellen.

Wahrlich ich sage euch: wenn einer die Liebe zu den Menschen in Kraft der Liebe Gottes rein und klar erfasst, in seinem Leben bewährt und die Menschen gelehrt hätte, und er hätte dabei manch *wunderliche* Vorstellung herübergenommen oder sich erdacht, er wäre dennoch groß im Himmelreich; und wenn er selbst gelehrt hätte, wie die Liebe zu den Menschen sich in viele Tugenden teilt, so gäbe es für jede Tugend einen *besonderen* Gott, an den man sich wenden müsse, um beständig die Kraft aus der Höhe von ihm zu empfangen – *was wäre das groß Schade?* Die Vorstellungen seines *Denkens* über Gott wären nicht richtig, aber der Gedanke seines *Herzens*, dass alle Tugenden müssen geübt werden, *der* wäre *wahr*, und solch eine Religion wäre viel größer und viel besser, als wenn eine andere *lehrte*, es ist *Ein* Gott, hätte aber *wenig davon in sich*, dass Gott Liebe ist und Liebe in der Menschen Seelen kräftig machen will.«

Gerhart schaltete hier eine Pause des Sinnens ein und fuhr dann fort: »Die weiteren Stellen, die zum Vorlesen gewählt sind, stammen aus der Zeit, als sie in Brüssel den deutschen Arzt zurate gezogen und jene Auskunft erhalten hatte, die Sie ja kennen.«

Hier brach Lamettrie in ein Schluchzen aus, das er allerdings mit Willenskraft unterdrückte – worauf er erklärte: »Mag es für mich auch tief beschämend sein, bemänteln möchte ich nichts!«

Und Gerhart fuhr fort: »Was sie zu leiden hatte, werden Sie erraten, wenn Sie bedenken, dass das Tagebuch vor fünfzig Jahren geschrieben ist und wie prüde die bürgerlichen Kreise solchen Schicksalen gegenüberstanden. Marie Erlenbach schreibt: »Wer gegen die gute Sitte verstößt, fordert eine Verachtung heraus, die ein wohlanständiges Mädchen scheu machen konnte, falls sie nicht so weit kommt, sich ausschließlich an die echten Werte der Mutterschaft zu halten, und das Gerede der Leute gering zu schätzen. Seinen Anfang nahm das Treiben gegen mich bei meinem Vormund, der in jedem Falle *korrekt* auftreten wollte. Er suchte mich von der Notwendigkeit zu überzeugen, dass ich *verschwinde* und meine Niederkunft *verhehle*. In Köln solle diese diskret erfolgen und das Kind daselbst in Pflege gegeben werden. Dann dürfe ich wieder in Düren erscheinen, aber natürlich nichts merken lassen.

Solches Ansinnen wies ich mit Entrüstung ab. Die Aussicht, Mutter zu werden, erfüllte mich nicht mit Scham oder Furcht, sondern mit sanften Träumen. Dies vor den Leuten verstecken zu wollen, hielt ich für Feigheit, und dass ich mein Kind nicht behalten, vielmehr für kaltes Geld *fremden* Leuten überlassen und auf meine Mutterfürsorge *verzichten* solle, erschien mir als eine *Lieblosigkeit* und *Untreue* gegenüber dem kleinen Wesen, das mir anvertraut werden sollte.

So halte ich denn auch die Warnung meines Vormundes, mich ja keiner Freundin anzuvertrauen, energisch und trotzig in den Wind geschlagen. Hatte es sogar für Freundschafts*pflicht* gehalten, Lotten alles zu berichten. Sie erschrak aber und verfocht den Standpunkt des Vormunds. Seitdem hat sie sich nicht bei mir blicken lassen, mich sogar geflissentlich übersehen, als sie neulich die Mutter ihrer Klavierschülerin begleitete, und ich auf der andern Seite der Straße daherkam ...«

»Ein *anderes* Tagebuchblatt« – fuhr Gerhart fort – »Heut« hab ich meinen ersten Ausgang gemacht, seitdem mein Töchterchen erschienen ist. Da kam mir das Gelüsten, mal wieder alle Bücher zu durchschnüffeln, und bei einem Antiquar bat ich um die Erlaubnis, sein Lager anzusehen. Da fand ich eine Schrift, die sich betitelt: Evangelium der armen Seele. Darin blätternd, überflog ich etliche Seiten. Sie ergriffen mich, und ich kaufte das Büchlein. Es ist mir seitdem Trost und Erbauung geworden. Gedanken, die es mir weckte, seien meinem Tagebuch anvertraut.

Man fühlt sich ja zuweilen so einsam, als lebe man ganz *allein* auf der Welt. Angenommen, es wäre wirklich so, angenommen, ich wäre allein auf einer *einsamen Insel* – und ich hätte nur mein Kindchen, so wäre ich doch *nicht verlassen*; denn *meine Liebe* wäre ja bei mir, und es beseligt mich, wenn die Kleine ihre Äuglein aufschlägt, nach mir verlangt, und dann, nach dem Stillen, in süßen Schlummer sinkt.

So beseligend ist die Macht der Liebe, wo sie auch nur *einen* Menschen mit ihrem Strahl begnaden kann. Hat er die Sehnsucht, alles in sich bereit zu machen, um Güte zu üben, sobald ein bedürftiges Wesen ihm naht, so besitzt er den *größten Reichtum*, den dieses Leben uns bieten kann.«

Ja, selig der Mensch, der sich frühe überwindet; er wird nicht bloß innig und ernst, sondern auch klar die Liebe Gottes und der Menschen verstehen. Und ob ein

Mensch, der in Verirrungen lange dahinging, sich wird
herausfinden, ob er die ewige Liebe ergreifen wird, um
mit Kraft zu überwinden, das wird von Tag zu Tag
zweifelhafter für ihn. Aber selbst in seiner Todesstunde
ist niemand von der Bekehrung ausgeschlossen, nur freilich ist die bloße Todesangst eine schlechte Brücke zu
Gott. Denn nicht das Erdenleben ist das Höchste, sondern die tätige Liebe, weil Gott, aus dem ihr sie schöpfet,
ewig ist. Wer Gott liebt, damit er *lebe*, der liebt nicht
*Gott*, sondern sein eigenes *Leben*, und das ist nicht die
Liebe, durch die man zu Gott kommt. Die Liebe liebt
Gott, weil *er* die volle Liebe für euch ist; sie fragt nicht,
ob man durch diese Gottesliebe ewig leben werde, genug, dass sie durch Gott, was sie lebt, wahrhaft und mit
Genügen am Leben lebt; aber sie erkennt, dass die, welche in der Liebe Gottes stehen, auch ewig in derselben
sind. Sie glaubt an ihre Unsterblichkeit, nicht weil sie
dieselbe wünscht, sondern weil sie sich freut, dass diese
in der ewigen Liebe weset. Die natürliche Angst vor
dem Tode ist somit ein schlechter Führer zu Gott. Auch
tröstet sich der Fromme mit einer Unsterblichkeit, die
ihm versagte Erdengenüsse im Himmel ersetzen soll;
solche Gedanken liegen ihm fern; er ist ausgesöhnt
schon auf Erden mit allen Schicksalen, denn sie alle
nehmen ihm das Eine nicht, was ihm teuer ist, sie alle
bieten ihm Gelegenheit, Liebe zu üben in Kraft der Liebe
Gottes.«

## 48. Das Meer der Liebe

»Auch über ihre sittliche Weltanschauung« – fuhr
Gerhart fort – »gibt ihr Tagebuch Aufschluss. Gott,

schreibt sie, ist die *Liebe*. Er ist in der Tat nichts als Lieben, Güte, Wohltun, nach der Art einer Mutter und eines echten Vaters. Denkt man dabei an eine übernatürliche Persönlichkeit, von der solches Lieben *ausgeht*, oder hält man sich ohne begriffliche Vorstellungen an Tatsachen, wie Menschenliebe, Idealismus und die fast allen Lebewesen eigene Hingabe an Ihresgleichen – das ist im Grunde Nebensache. Solches Geschehen ist einfach da – überflüssig, für solche Ströme noch die *Quelle* zu suchen. Weshalb denken sich Kirchenchristen das göttliche Wesen als eine *Person?* Stilles, gleichmäßiges Genügen, eine tätige Ruhe und eine nie rastende, nie hastende Tätigkeit, einen Frieden, der nicht feiert, sondern immer wohltuend wirkt und darin seinem inneren Gesetz folgt – so möchte ich mir Gottes Seligkeit denken! Sehnsucht hat man nach einem Gott, von dem es heißt: Er lässt seine Sonne aufgehen über die Bösen wie über die Guten und lässt regnen über Gerechte und Ungerechte.

Was ist unter Allmacht der Liebe zu verstehen? Im All die zahllosen Formen und Regungen der Güte und des Wohltuns, die sich an Lebewesen offenbaren, nicht bloß an Menschen, sondern auch an Tieren und in der Pflanzenwelt. Sie schließen sich für unser Begreifen zu einem Meer der Liebe zusammen. Sei du eine Welle in diesem Ozean, und finde darin dein Genügen! Dann hast du am Ewigkeitsleben Anteil und kannst sprechen: Wenn ich nur dich habe, so frage ich nichts nach Himmel und Erde! Gott denke ich mir nicht als Schöpfer und Beherrscher der Natur, sondern lauter Güte und Liebe ist er. Und in wem dieser Gott lebt, der hat *in sich* Seligkeit, *wie auch* sein *äußeres* Leben sich gestalten mag. So ist *das*

*Himmelreich in dir*; wähne nicht, dass es dich erst in einer *jenseitigen* Welt begnaden kann!

Die Kraft zu lieben kommt dir aus der Allgottheit. Durch ihre Liebe bist du umgewandelt worden, und täglich wirst du erneuert, wirst zum Bilde Gottes, dessen bist du so gewiss wie deines eigenen Seins; denn dein Sein ist nicht zu trennen von der Liebe Gottes, und anderen Lebenswegen der Menschen. Dass die Liebe Gottes ewig ist und du ewig in ihr lebendig sein kannst, das siehst du klar. Wohlan, woran zweifelst du noch? O Seele, verbanne deine eigene Schwachheit! Weil alle diese Lehren abweichen in Vielem von dem, was du selbst in deiner Jugend gelernt hast, weil du nur allmählich, unter tausend bangen Fragen und schweren Kämpfen dich hindurchgerungen hast zur Wahrheit, darum willst du diese Wahrheit immer noch nicht als solche ganz und ohne Rückhalt umfassen. Weil du so allein bist mit deiner Erkenntnis und dem Worte Gottes an dich, darum taucht der Zweifel in dir auf.

Blicke hin auf die Menschen, die unter sich übereinstimmen; siehst du nicht, dass sie einig sind mit dir in einem *Teil*, dass du aber von ihnen abweichst in einem anderen? Und siehst du nicht auch, dass deine Abweichung von ihnen wahr und recht sein kann? Nach ihrer Redeweise ist Gott die Liebe! Das ist er auch wirklich! Aber wie haben sie Gott als die Liebe gedacht? Entweder haben sie aus der Liebe die Vollkommenheit gemacht, welche alles kann, *alles* in sich trägt, Gutes *undBöses*, Liebe *und Hass*; und so haben sie aus einem Gott der Liebe einen Gott gemacht, der Liebe und *Unliebe* ist, und nur um Gott als Schöpfer und Regenten zu behalten, haben sie den wahren Gott *verdorben und verkehrt*. Oder sie denken Gott als eine große Kraft, als einen Trieb, sich auszugestalten in der Welt, oder wie einen Künstler, welcher den Weltgedanken in sich trägt, und den es drängt, ihn *außer* sich, in eigner Wirklichkeit der Welt *auszuführen*. Beides ist nicht die Liebe, wie *Gott* sie ist, beides ist der Trieb, wie er in den Dingen der Natur sich zeigt und Gutes wie Böses daselbst auswirkt.

Die Liebe muss fragen: Ist es gut, das zu tun, wozu mein natürliches Verlangen mich führet? So fraget menschliches Lieben, weil's nicht reine Güte ist. So kann *Gott* nicht fragen; denn er ist lauter Liebe, nichts als Liebe, als solche Liebe kennest du ihn. Und weißt du nicht, wie die großen Weisen es machen und die Frommen? Sie sagen, die Welt und alles in ihr muss gut sein, denn es ist von Gott, und Gott ist nichts als Güte und Liebe; aber dabei gestehen die Weisen, sie vermöchten nicht, die Welt selbst ihren großen Zügen nach, als das Werk solcher Liebe zu *erkennen*. So schließen sie mit Entsagung; und die Frommen sprechen: alle eure Zweifel werfet auf den Herrn; was jetzt dunkel ist, wird einst Licht werden, die Weisheit Gottes wird sich herrlich enthüllen am *Ende* der Tage, in der *Ewigkeit*.

Und was sagst *du*? Und erkennst es nunmehr als göttliche Wahrheit? Du sagst, Gott ist die Liebe, aber eben weil er durch und durch Liebe ist, ist er nicht Schöpfer, nicht Regent. Die Liebe, als die wir Gott kennen, verbietet uns, ihn als Schöpfer zu denken, als welchen wir ihn nie erkennen und nie erkannt haben. Alle Beweise, dass Gott Schöpfer und Weltursache sei, haben sie sich nicht längst als null und nichtig herausgestellt? Aber dass

Gott die *Liebe* ist, das ist in den Herzen lebendig und Jedermann kann sich davon Gewissheit verschaffen. Diese Liebe, welche Gott ist, sie führt nicht zur Annahme, dass er die Welt geschaffen habe, sondern sie macht es unmöglich, dies auch nur einzubilden.

Also was ist es, dass du verzagst über deine Gedanken, da sie doch hier die Gedanken Gottes selber sind? Du kennst, was man fälschlich zusammenzuzwingen gemeint hat; du sonderst, was nie vereint war, was kein Verstand der Verständigen, keine Frömmigkeit der Frommen je zum Frieden brachte. Du sprichst aus, was Millionen dunkel vorschwebte, für das sie nur das rechte Wort nicht fanden. Darum scheue dich nicht, sprich dich aus, aber ganz und vollständig! Alles, was dich erfüllt über Religion, das trage unter die Menschen; was du so lange im stillen Herzen geborgen, das verkündige auf den Straßen! Es ist Wahrheit, leicht fassliche, klare Wahrheit.«

Gerhart schloss feierlich das Tagebuch und sagte noch: »So lernte diese Seele ihr höchstes Wesen erleben. Dasselbe suchte sie auch in Versen auszudrücken, die sich an Tersteegens Andacht frei anschließen und in der Vertonung die bekannte Choralmelodie aufnehmen. Der Verstorbenen zum Gedenken wird sie uns Hulda singen.«

Sanft setzte die Orgel ein, dann erhob Helmut die Geige, und Hulda sang zu ihrer Harfe:

>»Ich bete an die Macht der Liebe –
>Wo ist ein Herz, das sie nicht fühlt?
>Ergib dich deinem Edeltriebe,

Und all dein Schmachten wird gekühlt.
Mensch, lerne, dich ans Weltall schenken
Und in das Liebesmeer versenken.«

Tief ergriffen verharrte die kleine Gemeinde in Schweigen, und schüchterne Blicke streiften den einstigen Maschinenmenschen.

Dieser saß versunken – aber seine Gefühle wichen von denen ab, die das verlobte Paar beseelten. Wohl war auch er von einem Geloben erfüllt: Hinfort sollten seine Tage dem Andenken an Julia gehören und durchaus der tätigen Menschenliebe. Doch war in seinem Sinnen auch ein tiefes Weh darüber, dass er versäumt habe, seiner Geliebten beizustehen und für sein Kind zu sorgen.

»Onkel Lamettrie!«, sagte Gerhart, der sich dem Greis genähert hatte, »verzeih, wenn ich Dich aufgeregt habe! Aber diese Erregung war doch wohl auch eine freudige, nicht wahr? Wir alle sind ergriffen von dem, was wir von Deiner Julia gehört haben, von der Größe ihres Charakters.«

»Gewiss, mein guter Gerhart! Und um keine Welt möcht' ich dies glückselig-schmerzliche Erleben missen. Die Nachsicht, die Julia auch für mich hat, ist überwältigend. Bedenket doch!« – so wandte er sich an Helmut und Hulda, die teilnehmend herzugetreten waren, und die Tränen kamen ihm in die Augen – »bedenket, dass sie sich aus meinem Leben entfernte, um mich zu schonen und mir Konflikte zu *ersparen*. Ich aber, der ihr kindliches Vertrauen gar nicht verdiente, ich Heuchler, ließ sie bei dem Glauben, ich wolle Priester werden, und war doch nur ein Streber. Die Reiche der Welt und ihre Herrlichkeit hatte mir der Versucher gezeigt, und dieser Versuchung war ich erlegen. Immerhin, damals, als Julia im Sprechzimmer des Arztes war, befiel mich Reue, und ich fasste den *Entschluss, sie zu heiraten.* Nur hatte ich ihr noch nichts davon *gesagt*, vielmehr ihr nur Aufregung gezeigt, die sie für Furcht vor den Folgen hielt. Solches Missverstehen war schuld, dass sie mir sagen ließ, nie werde ich sie wiedersehen – was mein verstörtes Gewissen dahin deutete, dass sie aus dem Leben scheiden wolle ... Unselige Verblendung! Ein täuschender Dämon ergriff von mir Besitz, und als er sich einmal eingenistet hatte, trieb er's immer toller: Ich verlor alle Selbstprüfung und Zucht. So vermag eine einzige schlimme Anwandlung, eine falsche Vorstellung, wenn sie sich einmal festgesetzt hat, unser Selbst zu zerstören und unser Schicksal zu verderben ... Drum verachtet nicht Exerzitien des Charakters. Habet Verständnis selbst für die Mönchsgeißel des Paters Ambrosius! Mir bleibt sie ein ernstes Mahnzeichen.«

Und der Alte führte sein Taschentuch an die Augen.

## 49. Herzenszweifel und Gewissheit

Tief bewegt standen Hulda und Helmut, zu denen auch Frau Belling getreten war. Wortlos schloss Lamettrie den Enkel in seine Arme und küsste Hulda auf die Stirn.

Dann schüttelte er Frau Belling, von der die Orgel gespielt war, beide Hände: »Dank Euch Dreien für die herrlichen Zusammenklänge!«

Nach einer Pause fuhr er fort: »Julias Seele umschwebt uns – und sie ist's, die mich zu einem höheren Leben führen soll ... Dank auch Ihnen, Frau Rade!«

Die Angeredete strahlte vor Freude: »Ja, sie ist bei uns! Ich meine sie zu sehen, wie sie in den letzten Jahren ihres Lebens war: gütig lächelnd in ihrem Tüllhäubchen mit der grünen Schleife. Auch wie sie früher aussah, als sie noch ihr Kindlein auf dem Arme trug – so feierlich froh, wie dort die Madonna ... Die ersten Mutterjahre waren ihre beste Zeit, als sie von Düren weg nach Münden gezogen war, wo wir uns zusammenfanden, und wo ihr Bruder die Forstschule besuchen sollte. Es war dort für uns ein erfolgreiches Ringen, und jede Erweiterung ihres Tee- und Kaffeegeschäftes stärkte ihr Selbstbewusstsein.«

»Dank Ihnen, Frau Rade, für diese Mitteilung und alle Ihre Hilfe, die sie meiner Julia und ihrem Kinde widmeten. Davon müssen Sie mir noch ausführlich erzählen. Heute war ich einem Sturm von Gefühlen preisgegeben, von dem ich mich etwas erholen muss.«

Herzlich schüttelte ihr der Alte die Hand und wandte sich nun an Herrn Päch, der in schüchternem Warten dastand. Man hatte ihn zu der Feier, wie zum Verlobungsfrühstück eingeladen. Er war ein bevorzugter Angestellter des Museums und für Lamettrie eine Zielscheibe launiger Neckereien, die er stets mit stillem Lächeln über sich ergehen ließ.

»Nun, mein lieber Peter Schlemihl! Ich danke Ihnen, dass Sie erschienen sind. Sie werden nun manches verstehen, was Ihnen vielleicht bisher an mir rätselhaft war.«

»Ja, Herr Möller-Lamettrie! Ihr Schicksal geht mir sehr nahe. Und als sich vorgestern für Sie die düsteren Wolken Ihres Lebens so freundlich aufhellten ...«

Er stutzte und schien mit der Sprache nicht herausrücken zu wollen, weil ihn offenbar die anwesenden Gäste störten. Diese merkten es und ließen ihn mit Lamettrie allein.

»Nun, was ist?« drang dieser in ihn – »haben Sie wieder irgendeinen Streich gemacht?«

»Ich kann nicht glauben, dass es einer ist« – antwortete der Pechvogel, den seine ungeschickte Gutmütigkeit so oft in eine Patsche gebracht hatte.

Nachdem er eine Weile gezögert hatte, wie ein Maikäfer, ehe er sich zum Fluge entschließt, platzte sein Geständnis heraus: »Ich will nämlich *wieder heiraten* – und zwar – meine frühere Frau, von der ich seit einem Jahr *geschieden* bin.«

Prüfend musterte ihn der Alte: »Haben Sie sich das auch reiflich überlegt?«

»Fast eine ganze Nacht hab ich darüber gesonnen, über das Für und Wider. Als ich eingeschlafen war, träumte ich von der Pechmarie, auf die aber ein Goldregen niederging, und beim Aufwachen war mir klar: Ja, so muss es sein!«

Der Alte reichte ihm freundlich die Hand: »Nun, so wünsche ich Ihnen zu Ihrer neuen Verbindung alles Gute. Aber will sie denn auch?«

»Ich habe ihr in einem Eilbrief alles dargelegt. Und sie hat ebenso eilig geantwortet, schon längst habe sie sich heimlich nach mir gesehnt, und deshalb nichts mehr zu überlegen gehabt. Alles »Wider« von einst möge sich in ein glückseliges »Wieder« verwandeln!«

»So, so«, lächelte Lamettrie – »und da ist sie wohl *gleich hergekommen?*«

»Ja« – gestand Päch errötend, »sie ist *hier.*«

»Na, das ging ja rasch!« bemerkte Lamettrie. – »Nun – damit Sie nicht gleich mit Sorgen belastet werden, soll von Ihrer Hochzeit ab Ihr Gehalt verdoppelt werden! Jetzt muss ich die große Neuigkeit aber schnell auch den andern Gästen mitteilen, und gewiss wird Frau Belling das neu verlobte Paar Päch an unserer Verlobungstafel willkommen heißen.«

Päch war starr vor freudiger Überraschung: »Aber Herr Lamettrie« stammelte er – »Ihre gütige Großmut ...« Und er küsste dem Alten die Hand.

Frau Belling hatte etwas von der Unterhaltung gehört, und während Lamettrie sich entfernte, trat sie auf Päch zu, gab ihm ihre Hand und sagte: »Da feiern wir also gleich eine doppelte Verlobung! Viel Glück zu Ihrem Entschluss! Ihre Braut müssen Sie uns sofort vorstellen, und natürlich hat sie an unserer Festtafel ihren Platz an Ihrer Seite.«

Strahlend neigte sich Päch zum Handkuss.

Auch Hulda, Helmut und die anderen traten herzu, um Herrn Päch zu gratulieren, der daraufhin eiligst verschwand, um seiner Braut die frohe Meldung zu machen.

Helmut, die glückselige Braut am Arm, trat mit ihr vor
das Bild der Madonna: »Welch heilige Mutterliebe verklärt das Antlitz der Himmelskönigin! Und wie groß
und tiefsinnig blickt der geborene Erlöser hernieder auf
die Welt, wo so viel Kampf und Unrast tobt! Erinnert
das nicht an Gedanken, die in Großmutters Tagebuch
zum Ausdruck kamen? Ja, grausame Wildheit der Natur
und rücksichtsloser Kampf der Menschen lässt sich nicht
zusammenreimen mit dem Glauben an einen Gott der
Liebe. Neu ist mir die Idee, den Gott der Liebe vom
Schöpfer und Beherrscher der Welt zu unterscheiden.
Nach meiner Ansicht hebt die Ewigkeits-Schau solche
Gegensätze auf. Eine klare Vorstellung können wir uns
allerdings nicht davon machen, weil wir von der Natur
nicht loskommen. Aber ein Gott *unendlicher* Liebe
schließt doch auch diese Gegensätze in sich ein.«

»Was für Rätsel tun sich uns auf? Das ist ja, als ob wir
in eine Götter*dämmerung* schauen!« gestand seufzend die
Braut. »Überall geheimnisvolles *Halbdunkel*, darin wir
uns notdürftig zurecht finden müssen! Bei solchem Her-
umtappen darf man fürwahr keinen sogenannten Sün-
der verdammen!«

Mit tiefem Ernst antwortete Helmut: »Allerdings! Von
Schuld zu reden steht uns nicht zu.«

»Also ist auch Großvater Lamettrie ein *Verkannter*.
Wenn er mit seinen Anlagen zum Rollenspiel, zum Ehr-
geiz und kecken Lebensgenuss auch lange nicht fertig
werden konnte, so war er doch ein ehrlicher Kämpfer! Er
ist eben eine *faustische* Natur, die bis zum Ende heldisch
zu ringen hat, um dem besseren Selbst zum Sieg über
die Leidenschaften zu verhelfen ... Sein Seelenzwiespalt,

der ihn bis zum *doppelten Bewusstsein* trieb, hatte wohl stets eine gewisse Größe – auch in seinen Irrungen kann man ihn noch lieb haben.«

»Ein *Spätvollendeter* ist er« – sagte Helmut.

Als die Verlobten nun wahrnahmen, dass sie vor dem Madonnenbilde und im Saale allein standen, wandte sich Helmut mit zärtlichem Lächeln zu seiner Braut: »Nun, Schatz, gib Deinem Bräutigam einen Kuss!«

Und stürmisch schlossen sie sich in die Arme, schauten einander in die sinnenden Augen, und das Rätsel, das darin wob, suchte Helmut in seiner Weise zu deuten; leise gestand er: »Ich liebe Dich, mein Schatz! Möchte doch meine Liebe von echter Art sein, dass sie nicht das *Ihre* sucht, sondern vor allem *Dein Bestes*, nicht eigenes Glück und Begehren!«

Hulda ergänzte: » *Unser* Bestes willst Du sagen.«

»Ja, das Erlösende soll in unserer Liebe Geltung gewinnen.

Im Bilde der Gottesmutter, die der Welt den Erlöser bringt, strahlt sie. Aber schau! Das Bedeutendste ist doch wohl der Gesichtsausdruck des *Kindes*. Immer kommen mir beim Anschauen die Verse Schopenhauers in den Sinn:

> Sie trägt zur Welt ihn: Und er schaut entsetzt
> In ihrer Gräu'l chaotische Verwirrung,
> In ihres Tobens wilde Raserei,
> In ihres Treibens nie geheilte Torheit,
> In ihrer Qualen nie gestillten Schmerz,
> Entsetzt: doch strahlet Ruh und Zuversicht

Und Siegesglanz sein Aug', verkündigend
Schon der Erlösung ewige Gewissheit.

## 50. Das Verlobungsmahl

Vom Museum begaben sich die Gäste in Frau Bellings
Empfangszimmer; nur Herr Päch mit seiner Erwählten
fehlte noch, und es trat jener Moment ein, von dem es
heißt: Es geht ein Engel durchs Zimmer. Offenbar bedachte man, wie komisch es sei, dass ein Paar, welches
vor einem Jahr geschieden wurde, eilbrieflich überein-
gekommen war, sich wieder zu verloben. In das heitre
Schweigen platzte Gerharts leises Geträller hinein:

»Juwivallera, Schatz!
Scheiden tut weh.
Und die Liebe tut schwanken
Wie ein Schiff auf der See.«

Alles brach in Heiterkeit aus, doch auf einmal hörte
man draußen eine hastige Männerstimme, gleich darauf
meldete das Stubenmädchen: »Herr und Frau Päch!«

Lautlose Spannung. Dann trat zunächst Herr Päch im
Frack und weißer Binde und weißen Handschuhen ein –
atemlos sah er sich im Kreise um, aus dem ihm Frau Belling freundlich entgegentrat. Sich zum Handkusse nei-
gend, stammelte Päch: »Meine Frau ist draußen. Sie geniert sich – war mit ihrer Garderobe nicht auf ein Verlobungsfest eingerichtet.«

Sogleich ging Frau Belling hinaus. Draußen verhandel-
te schüchtern eine Frauenstimme, bis Frau Belling lie-

benswürdig an ihrem Arme eine kleine, verlegen lächelnde Person hereinführte: »Dies ist Frau Päch.«

Lamettrie begrüßte sie höflich: »Wir müssen uns entschuldigen – die späte Einladung ließ sich nicht vermeiden ...«

»Oh! Verehrter Herr Lamettrie!«, erwiderte Frau Päch errötend – »das ist ja klar. Umso inniger muss ich Ihnen und den Herrschaften danken für die große Güte, mit der Sie unser gedenken. Besonders rührt mich, dass ich ... ich ...« Verstummend, weil ihr die Tränen kamen, neigte sie sich zum Kuss über die Greisenhand.

Lamettrie entzog sich ihr, legte ihren Arm in den seinen und führte sie zu Hulda. Diese lächelte: »Wir feiern also zusammen Verlobung!«

Nun gab es Höflichkeiten und Wechselreden. Dann begab sich die Gesellschaft in jenen Speiseraum, der als Wandschmuck das Bild »Gastmahl des Platon« hatte. Diesmal stand inmitten der Tafel bei dem kleinen Springbrunnen ein Gepränge von weißen und dunkelroten Rosen.

Die Herren führten ihre Damen an die Plätze, die durch bemalte Tischkarten bezeichnet waren.

Neben dem Brautpaar saß an Huldas Seite Onkel Lamettrie, den seine Tischkarte als Leo Tolstoi in linnener Bauernbluse darstellte, neben sich ein Limonadenglas, unter seinem Stuhl aber einen Sektkübel.

Neben Helmut saß Frau Rade mit dem Forstmeister, neben diesem Frau Belling, von ihrem Neffen Gerhart geführt. Dann kam das Brautpaar Päch. Ihr munterer Tischnachbar Gerhart zeigte, wozu die Efeuranken und

Nelken neben jedem Gedeck dienen sollten. Seine weiße Nelke steckte er sofort ins Knopfloch, mit der Efeuranke bekränzte er sein Haupt.

Alle Gäste legten nun solchen Schmuck an. Aus dem Wintergarten klang eine Tafelmusik, Geige, Bratschen und Flöte, indessen die Bedienung ein Vorgericht herumreichte.

Gerharts Mutter saß neben jenem Freund Gerharts, der diesen mit Helmut bekannt gemacht hatte. Herr Direktor Linde hatte zur Seite eine muntere Dame, die ihm den Efeukranz um sein kahles Haupt legte.

Links von Herrn Lamettrie saß sein altes Faktotum, diesmal zu den Tafelgästen gerechnet. Seine Steifheit suchte ihm der Alte zu nehmen, indem er englisch mit ihm scherzte und eigenhändig sein Wasserglas mit Burgunder füllte.

Die Speisekarte zeigte als erstes Gericht Rheinlachs an, hierauf gebratenen Kapaun. Den Kopfsalat richtete Herr Lamettrie selber an; nachdem er ihn durch Schwenken in einem Sieb von Wasser befreit hatte, rührte er eine Tunke an aus Zitronensaft und gewiegten Kräutern; Olivenöl und etwas Mostrich. Während dieser Küchenarbeit verbreitete er sich satirisch über die deutsche Hausfrau, deren Talent zur Küche er bezweifelte, während er dem männlichen Geschlecht feineren Geschmack nachrühmte.

Dann kam das Glas Sekt an die Reihe; er ließ es zusammenklingen mit Helmuts und Huldas Gläsern und improvisierte mit wehmütigem Scherz:

Nun wird sie ganz sein eigen.
Der Alte, der sie herb vermisst,
Bleibt abseits und muss schweigen.
Doch gut, o dreimal gut,
Dass man sein eigen Blut
Und dass man alte Liebe nie vergisst!

Das Dichten liegt mir nicht. Ich *stammle* nur, wie mir ums Herz ist, und da muss ich gestehen: Wenn ich mich auch freue, *Wehmut* ist doch dabei.«

»Traure nicht, Du bleibst mein lieber Onkel! Und hast ja nun sogar Deinen Enkel. Und wir beide zusammen umhegen Dich mit kindlicher Liebe.«

Der Greis brach in Tränen aus, Hulda küsste ihn, Helmut umarmte ihn mit Bewegung.

»Sollst sehen, lieber Onkel, welch' eine gute Stütze in Deinen Angelegenheiten Dir Helmut sein wird«, beruhigte Hulda.

»Ich weiß«, erwiderte Lamettrie, indem er die Augen trocknete und mit Zutrauen auf den Enkel blickte, »Und doch bin ich versucht, die Frage an ihn zu richten: »Willst Du – wollt Ihr beide nicht mal hinüber übers große Wasser? Könntet vielleicht Interessantes erleben, wenn Ihr nicht gerade eine Fortsetzung des deutschen Getriebes erwartet und, wie Helmuts Vetter, von deutscher Gemütlichkeit nicht loskommen könnt. Auch auf traute Gewohnheiten muss man zuweilen verzichten können, und sein Herz der neuen Welt aufgeschlossen entgegen bringen, um sie würdigen zu können. Bekämst Du das fertig, Helmut?«

»Wenn Hulda mir zur Seite wäre, dann gewiss!« entgegnete Helmut mit Festigkeit. Der Onkel blickte ihm sinnend ins Auge: »Vielleicht könntet Ihr Eure Hochzeitsreise *nach Amerika* machen?«

Überrascht, aber mit aufleuchtenden Augen sahen die Liebenden einander an.

Mit einem Anflug von Düsterheit fuhr der Onkel fort: »Von geschäftlichem Standpunkt aus gesehen, wäre es sogar wünschenswert, und unliebsame Erörterungen blieben mir erspart. Du könntest als mein Gesellschafter Dich bei meinem Generalpächter gleich als Autorität einführen. Freilich, einer meiner Angestellten müsste mit Euch gehen. Wenn nun das Ehepaar Päch Euch auf der Ozeanfahrt Gesellschaft leisten würde? In New York könntest Du in der Nähe Deines Vetters Erlenbach wohnen.«

»Die Sache« – meinte Helmut, indem er Hulda fragend ansah ... »der Plan scheint mir nicht übel.«

Hulda überlegte, während die kleine Musikkapelle eine neue Weise anstimmte, und alles lauschte – dann als die Gespräche wieder anfingen, stellte sie die leise Frage: »Aus welchem Grunde war eigentlich die Scheidung des Ehepaars Päch erfolgt?«

»Ein komisches Missverständnis« – meinte Lamettrie – »scheint mir da vorzuliegen. Eine sogenannte Schuld haben beide zugegeben. Päch litt an einer hypochondrischen Eifersucht. Dass seine Ehe kinderlos geblieben war, machte ihm Grillen. Als das russische Schrapnell ihm, wie er gerade aus dem Eisenbahnzug gestiegen war, das Bein zerschmettert hatte, und er aus dem Lazarett mit einem Kunstbein entlassen war, kam er unerwartet nach Hause. Wie er nun das Zimmer betreten wollte, hörte er gerade ein Gelächter – seine Frau hatte ein Zimmer an einen jungen Mann vermietet, und dieser stand scherzend bei ihr, als der melancholische Päch eintrat. Sofort fiel ihm auf, wie vergnügt sie mit ihrem Mieter verkehrte, und wie viel besser dieser frische, lebensmutige Mann zu ihr passen würde, als er, Päch, der Pechvogel. Und der schwermütige Gedanke lagerte sich wie eine düstere Wolke über sein Leben. Fortwährend quälte ihn die Einbildung, dass er seiner Frau schuldig sei, ihr zu einem Glück zu verhelfen, das er, als stellungsloser Krüppel ihr nie werde bieten können. Erst seit ich seine Fähigkeiten in Technik und Bücherwesen entdeckt und ihn angestellt habe, hat sein Selbstvertrauen zugenommen. Seine Frau aber, die er mit seiner Eifersucht tief verletzt hatte, hat sich seither auf ihre Liebe für ihn, den Hilfsbedürftigen, besonnen, die ganze Geschichte mit dem Mieter war ja nur eine Grille des vergrämten Gatten. Nun aber sind die Herzenszweifel abgelöst durch neu gewonnene *Gewissheit* des Paares, dass es *zusammengehört*.«

Hulda und Helmut, die gespannt zugehört hatten, beobachteten das Paar, wie es in glückseliges Gespräch vertieft schien.

»Ja!« nickte Hulda – »mit denen können wir's wohl wagen, nicht wahr, Helmut? Aber Onkel, warum willst *Du* uns nicht begleiten?«

Er zögerte mit der Antwort, dann meinte er: »An mir ist es jetzt, mich zu bescheiden und zurückzustehen; das muss ich endlich einmal lernen. Die Einsamkeit soll mir dazu helfen.«

Jetzt erhob sich Gerhart und klingle an sein Glas: »Liebe Freunde! Dass wir meiner Base Hulda und meinem Freunde Helmut innigste Wünsche entgegenbringen, ist mehrfach wiederholt worden. In unserer Mitte befindet sich aber noch ein *zweites* Brautpaar, das durch Missverständnisse getrennt, sich in gegenseitiger Liebe wiedergefunden hat, auch ihm gilt unsere herzliche Gratulation. Unsere *beiden* Brautpaare, *sie leben hoch! Hoch! Hoch!*«

Die Musik fiel ein mit Mozarts Menuett: »Reich mir die Hand, mein Leben!«

## 51. Zusammenbruch

Da die Gäste Interesse am Museum und seinen technischen Geheimnissen zeigten, lud Lamettrie sie ein, nach Beendigung des Verlobungsmahles mit ihm eine Eisenbahnfahrt nach Lappland zu machen.

»Lappland« – schwärmte er – »ist meine Liebe! Und obwohl meine Maschinen-Narretei davon träumte, mit mechanischen Mitteln der Natur gleichzukommen, war ich für Natur, den Gegensatz zur Maschine, begeistert und suchte Erholung vom technischen Getriebe in urwüchsiger Wildnis. So weilte ich während des Weltkriegs auf den lofotischen Felseninseln, die an der Grenze des nördlichen Eismeers, westlich von Skandinavien liegen – wie wenn die schroffen Dolomiten in die See gestellt wären. Auch in den nordschwedischen Einöden, durch die das Nomadenvolk der Lappen seine Rentiere treibt, hielt ich mich mit Vorliebe auf ... Davon möcht ich

Ihnen eine kleine Probe vorführen. Es ist natürlich nur ein *Scherz*; versprechen Sie sich nicht etwa 'ne große Sache; es sind im Grunde *Spielereien*.«

»Ist das ein Kino-Film?«, fragte Herr Direktor Linde.

»Oh! *Kein* Kino!«, antwortete Lamettrie – »mit dem Kino gebe mich erst ab, wenn es mir gelungen ist, einen exakt *sprechenden* herzustellen. Ich hoffe, dies noch zu erleben.«

Direktor Linde hatte einen fragenden Blick, und der Onkel fuhr fort: »Erst ein *Stück* des Lappland-Films ist hergestellt, und ich weiche diesmal von meinem Grundsatze ab, nichts Unfertiges vorzuführen – wer weiß, ob das Bruchstück überhaupt vollendet wird. Doch eben weil ich schwanke, ob ich dies Werk nicht lieber *aufgeben* soll, möcht ich einen Versuch vor Ihnen *wagen*. Es könnte ja sein, dass Sie dabei etliche Unterhaltung finden. Ich möchte besonders beobachten, welchen Eindruck auf Sie die Fahrt mit der *Eisenbahn* macht.«

»Eisenbahn?«, fragte Frau Rade erstaunt.

»Ja« – lächelte Lamettrie – »wir benutzen dies Beförderungsmittel. Haben Sie alles vorbereiten lassen, Friedrich? – Nun dann *wagen* wir die Fahrt.«

Die Gesellschaft begab sich nach dem Museum.

»Kennen Sie die Reise zum Mittelpunkt der Erde von Jules Verne?«, fragte Lamettrie. »Daran dürften Sie erinnert werden, wenn wir jetzt in die Erde eindringen – mit dem Fahrstuhl natürlich – um dann die Eisenbahn zu besteigen. Zunächst kommen wir dann aus einem Tunnel wieder an die Oberfläche – und fahren durchs Ruhrgebiet.«

»Wie wäre das möglich?«, sagte Frau Belling – »da bin ich aber gespannt.« Und im Fahrstuhl ging's gruppenweise zur Tiefe.

Nachdem die Fahrgäste in einem bereitstehenden Eisenbahnwagen unter Friedrichs Leitung je zu Fünfen in einem Abteil Platz genommen hatten, alle nach vorn sitzend und mit dem Ausblick durch die Scheibe links, winkte Friedrich dem Zugführer: »Abfahrt!«

Und der Zug setzte sich in Bewegung; langsam fuhr er in einen Tunnel, der im ehemaligen Schacht zum Gewölbe hergerichtet war. Dunkelheit und Qualm umhüllte die Fahrgäste, und sie empfanden die Erschütterungen des immer schneller fahrenden Wagens. Nach etwa einer Minute *lichtete* sich der Tunnel, und man bemerkte, dass man nun durch eine Wiese mit Gebüschen, Bäumen und bekannten Gebäuden fuhr.

»Unser Haus!«, rief Hulda überrascht – »die Veranda, der Wintergarten! Was ist denn das? Durch unsern Park geht doch keine Eisenbahn! Und diese Landschaft sieht aus – als ob sie *gemalt* wäre!«

In der Tat sah man beim Ausblick durchs Coupéfenster im Vordergrund Telegrafenstangen mit jenen weißen Porzellanhüllen, über welche die Drähte laufen, sah einen Graben längs der Schienen, Böschung und Hecke. Und allerdings hatten die Telegrafenstangen etwas Befremdliches für schärfere Beobachter. Wenn eine Stange im Blickfeld behalten wurde, während der Zug daran vorbeifuhr, schien sie sich auf ihrer Stelle etwas zu drehen. Hollah! Auf einmal erkannten die Beobachter, dass die Telegrafenstangen *nicht körperlich* waren, sondern *bloß gemalt.*

Doch um die Illusion der Anderen nicht zu stören, behielt jeder seine Beobachtung für *sich.*

»Habe doch im Parke hier von Telegrafenstangen nie etwas bemerkt!« staunte Frau Belling und machte ein verdutztes Gesicht. Der Onkel lächelte verlegen.

»Großartig!« spöttelte Gerhart und warf seinem Freunde einen schelmischen Blick zu – »Wie ein Diorama!« Und leise raunte er: »Wäre bloß nicht die fatale *Flächenhaftigkeit* der Telegrafenstangen. *Die* muss ja kitschig wirken.«

Jetzt auf einmal völlige Finsternis – die Fahrt hörte auf – elektrisches Licht erleuchtete den Tunnel – der Zug hielt.

»Dies war eine Probe!«, sagte Lamettrie verdrießlich – »eine *misslungene*! Es klappt nicht, und zum Teil haben Sie meine Täuschungsversuche *durchschaut.* Man sollte sich einbilden, im Eisenbahnwagen zu *fahren.* Zu diesem Zwecke werden die Schienen, auf denen der Wagen steht, zu *Erschütterungen* und *Schwankungen* gebracht; berücken sollte Sie *derselbe* Irrtum, den wir alle Tage erleben, indem wir meinen, die Sonne *durchwandre* den Himmelsraum, während sie *verharrt*, unsere Erde aber sich an ihr vorbeidreht ... Die Sache scheitert am verflixten *Telegrafenstangen*-Motiv. Ich hatte geglaubt, die Fahrgäste würden beim Fahren niemals *rückwärts* blicken; aber unsere Schlauberger Gerhart und Helmut haben es *doch* getan – und natürlich gleich bemerkt, dass die Telegrafenstangen wie alle Gegenstände bloß *gemalt* sind ...

Daher die fatale Illusion, dass sich die Stangen auf ihrem Standpunkt *drehen*. Deshalb habe ich meinen Reisenden bloß auf der *einen* Seite Sitzgelegenheit gewährt und das Fenster so unbequem angelegt, dass Sie sich nach vorn beugen müssten, wollten sie die Rückseite der Stangen zu sehen bekommen ... Na, Schwamm über den faulen Zauber! Nun, Friedrich, wenigstens noch schnell ein paar Dioramen von *lappländischer Wildnis*!« Lamettrie war sehr unzufrieden.

Nach kurzer Verfinsterung hatte man wieder Ausblick in leuchtende Landschaft, und die Erschütterungen des Coupés erweckten die Illusion, als ob man fahre. Öde Moortümpel zogen vorüber – im Vordergrunde Moos und blühendes Beerengesträuch, kriechende Birken und krüppelige Legföhren. Darüber veilchenblauer Himmel und eine rötliche Scheibe.

»Das ist die Mitternachtssonne! So sieht im hohen Norden die Sommersonne um Mitternacht aus – am Himmel steht sie in etlicher Röte, so etwa wie bei uns am späten Winternachmittag ... Einem Auge ähnlich, das von langem Weinen gerötet ist.«

Plötzlich stand Herr Päch im Coupé, bleich und düster. Er war vom Abteil nebenan gekommen. Lamettrie stutzte: »Was gibt's?«

»Verzeihung, Herr Möller! Offengestanden, wir könnten hier abbrechen. – Die Herrschaften sind kritisch – und selbst im Niggerland würden wir uns blamieren ...«

»Ja, ich bin überführt, ich muss es eingestehen, ich war bloß zu feige.«

Alles war peinlich verlegen. Indessen ging am Horizonte das Diorama, zogen plumpe Schneeberge hin, finstre Granitmassen. Diese mehrten sich und in wildes Gebirgstal schien der Zug einzufahren. Zwischen gewaltigen Felsblöcken hielt er. Donnernd stürzte ein Wasserfall hernieder, auf den Höhen war Dickicht von Krüppelföhren und verbogenen Birken. Rötlicher Dunst lag um den Gipfel des Berges. In der Ferne schimmerte ein großer See mit Buchten ...

Helmut hatte sich lächelnd erhoben: »Ja, mein guter Herr Päch – wir müssen *ganz wahr* unsere Überzeugung vertreten, auch wenn wir dadurch Anstoß erregen beim Vorgesetzten. Aber warum sollte der keine ehrliche Kritik vertragen?«

Fassungslos *schwieg* Päch – seine Lippen bebten.

Möller-Lamettrie aber grollte: »Hast recht, Helmut! Zum Kuckuck mit diesem faulen Zauber, der gequält wirkt, weil nicht mal die Technik klappt. Friedrich, sofort abbrechen!«

Das Diorama stand still – dann war's gänzlich verschwunden.

Aus dem Zuge, dessen Rütteln nun aufgehört hatte, nachdem man wieder zur Ausgangsstelle gekommen war – stieg Möller-Lamettrie und hatte wieder seine Haltung: »Uff! Entschuldigen Sie, dass ich Sie jetzt *verlasse*, meine Herrschaften! Ich möchte mich sammeln nach dieser Blamage! Friedrich und Herr Päch werden Sie wieder aus dem Schacht bringen ... Ach ja, mein lieber Peter Schlemihl, warum begingen Sie die Ungeschicklichkeit, mich *ungewarnt* in solche Albernheit hineintaumeln zu lassen! Aber nein, dass Sie nicht rücksichtslos kritisierten, habe ich mir *selber* zuzuschreiben – warum auch bin ich so selbstgefällig, dass Sie mit Ihrem Urteil nicht früher schon herausrückten?«

Päch stand bei diesen Worten betreten, nickte dann und verbeugte sich linkisch vor Lamettrie.

Dieser schritt zum Fahrstuhl, wehrte den herzuspringenden Friedrich ab und drückte den Knopf zur Auffahrt.

»Ein gründlicher Katzenjammer nach dem Maschinenrausch! Herbstlaub taumelt um mich hernieder ... Ich ahne, dass mein Leben zu Ende geht.« Hoffentlich vergönnt mir das Schicksal, noch *etwas* zu taugen! Gnade hat es mir erwiesen – und die möcht ich doch halbwegs zu *verdienen* suchen.«

Plötzlich griff Lamettrie, da er auf Pächs verzerrtem Gesicht Tränen sah, sich stutzig an die Stirn: »Aber mein guter Peter Schlemihl! So habe ichs nicht gemeint! Entschuldigen Sie, dass ich Sie angeschnauzt habe! Das war ungerecht; ich selber bin ja an dem Reinfall schuld! Aber ich war ganz außer mir vor lauter Ratlosigkeit; das gänzliche Versagen meiner Technik bringt mich an den Rand der Verzweiflung. Bitte, seien Sie nicht böse über mein unwirsches Wesen, sondern üben Sie Nachsicht gegenüber einem alten Manne, der sich verrannt, der sich selber überlebt hat! Raten Sie mir, mein lieber Päch, wie etwa ließe sich meine Stümperei korrigieren, halbwegs wenigstens?«

Päch wischte sich nun die Augen, die hatten nun einen warmen Blick, dann aber gerieten sie in ein düsteres

Grübeln, er schüttelte den Kopf und antwortete achselzuckend: »Unmöglich, Herr Lamettrie! Wir stehen an
den Grenzen der Technik, ja an starren, ewigen Grenzen.
Alles Körperliche nämlich – bedenken Sie doch – hat *drei*
Dimensionen, Ihre Raumdarstellung aber kommt über
*zwei* nicht hinaus. Nur gutmütig-unkritische Zuschauer
können übersehen, wie Ihre auf Streifen gemalte Gegenstände, wenn sie vorbeigeglitten sind, keine Hinterfront
haben und den fatalen Schein nicht loswerden, als ob sie
sich auf ihrer Stelle drehten. So was lässt sich eben nicht
korrigieren! Der Nachen unserer Technik muss scheitern
an jenen gewaltigen Klippen, die das Weltgebäude allem
menschlichen Machwerk entgegensetzt. Herr Lamettrie!
Diese misslungene Spielerei belieben Sie gänzlich aufzugeben.« Päch war bleich, und man sah, dass er sich
dieses Geständnis herausquälte, aber er sprach entschieden, ermuntert vom achtungsvollen Blick Helmuts.

## 52. Ausblicke in die Zukunft

Die Gäste hatten sich verabschiedet; nur Frau Rade und
der Forstmeister waren auf allgemeinen Wunsch geblieben. Frau Rade für wenige Tage, da sie mit der weiteren
Vermietung ihrer möblierten Zimmer zu tun hatte.

Der Forstmeister, der sich hier behaglich fühlte, hatte
mit Lamettrie folgenden Plan verabredet: Die Hochzei-
ten beider Paare sollten möglichst bald und in aller Stille
erfolgen, wenige Tage danach ihre Abreise nach Amerika. Bis zum ersten September galt es, den neuen Betrieb
der mechanischen Schaubühnen einzuführen. Dann war
die Mission Helmuts und Pächs erledigt, noch einige
Zeit konnten die Paare drüben bleiben, um das amerika-

nische Leben kennenzulernen und das Geschäft zu beobachten. Dann konnten sie heimkehren.

Inzwischen wollte sich Lamettrie des Umgangs mit
dem Schwager erfreuen und ihn auf einer Reise ins Riesengebirge begleiten. Hier wohnte Erlenbachs Tochter
mit ihrem Manne, der ein schlichter Förster des Grafen
Schafgolsch war. Ihren Vater wieder einmal als Gast zu
haben, darauf hatte sie lange gehofft, und auch den
Forstmeister verlangte nach ihr, insbesondere freute er
sich auf seinen Enkel, den siebenjährigen Friedel.

Das Tagebuch hatte Lamettrie nun ganz gelesen, und
eine Reihe von Abschriften herstellen lassen, um Julias
Leben und Sinnen jedem Verwandten zugänglich zu
machen. Was ihm noch fehlte, waren die mündlichen
Ergänzungen durch den Forstmeister und vor allem
durch Frau Rade, die ja bald abreisen wollte.

Sie und der Forstmeister nebst Helmut und den beiden
Bellings waren daher zu einer Tasse Kaffee in die Einsiedelei geladen. Es war kurz vor der standesamtlichen
Trauung des Paares, an einem freundlichen Junitage. Die
Wände waren noch immer mit schwarzem Sammet be-
schlagen, diese feierliche Ausstattung des unteren Raumes sollte bleiben. Die abgeblühten Rosen waren durch
andere ersetzt.

»Schön! Dass dieser Raum so weihevoll bleibt!« – sagte
Hulda.

Friedrich schenkte den duftenden Kaffee ein und reichte den Kuchen.

»Wer weiß« – sagte ernsthaft der Alte – »ob wir alle uns
hier noch einmal zusammenfinden. Wir kennen das Le-

ben. Da kann sich allerlei ereignen. Du, Hulda, schwimmst mit Deinem Helmut bald auf dem Ozean. Und ich bin ein Greis, dem trotz seiner Rüstigkeit etwas Menschliches zustoßen kann. Wir alle sind jener rätselhaften Macht anheimgegeben, die man Zufall nennt. So muss ich mich wohl beeilen, um noch über Julias Schicksal einiges zu hören. Auf welche Weise sind Sie denn mit ihr in Verbindung gekommen, Frau Rade?«

Nachdem sie in ihrer Tasse gerührt hatte, erwiderte Frau Rade, in den Anblick des vergrößerten Bildes der Schauspielerin vertieft: »Ja! So – nur ernster sah sie aus, als ich ihr vorgestellt wurde vom Vertreter der Bremener Firma, welche nach dem Tode der Frau Linke deren Tee- und Kaffeegeschäft dem Fräulein Erlenbach übertrug, die seit einiger Zeit in Münden ansässig war. Ich sollte nach wie vor Verkäuferin im Laden bleiben, auf dessen Bedienung ich ja eingearbeitet war. Die Firma war für Marie Erlenbach gewonnen durch eine im benachbarten Kassel wohnende Frauenrechtlerin. Obwohl Marie ihr Kind hatte, ließ sie sich doch freimütig Fräulein Erlenbach nennen. Bei unseren Kunden, auch bei Damen, die sonst prüde sind, genoss sie bald allgemeine Achtung wegen ihrer tapferen Mütterlichkeit. So hatten wir tüchtig zu tun, und das Geschäft ging besser als vorher bei der Witwe Linke. Nach einigen Jahren hatte Marie ihr kleines Kapital, das ihr Vater den Kindern hinterlassen hatte, nahezu verdoppelt ...«

»Und die Schauspielkunst?«, fragte Lamettrie. »Julia hatte doch eine glänzende Begabung dafür. Fiel es ihr nicht schwer, darauf zu verzichten?«

»Ich wüsste nicht, dass sie für die Schauspielerei besonders *geschwärmt* hätte«, antwortete Frau Rade. »Doch hatte ich mal gehört, dass Marie Erlenbach mit einem Weihnachtsmärchen auf dem Theater ziemlichen Erfolg hatte. Ich glaube, es wurde in Kassel, Göttingen und Hildesheim gespielt.«

»Um den Text des Weihnachtsspiels will ich mich doch bemühen!« schaltete Lamettrie mit Eifer ein.

»Meine Schwester hat mir nie davon gesprochen«, meinte der Forstmeister – »aber, als ich auf der Mündener Forstschule war, hatte sie Heimlichkeiten mit einer Theateragentur. Will doch unter ihren Briefen von damals nachsehen, ob da vielleicht Hinweise zu finden sind.«

»Ach ja! Tu das!« bat Lamettrie – »ich möchte über alles unterrichtet sein, was ihre Seele bewegt hat. Wie sanfter Abendschein soll mir das den Rest meiner Tage verklären, und Milde wird mein Schicksal durchleuchten.«

»Ja, auch sie war wie Abendsonne« – meinte der Forstmeister gerührt – »in der Enge lebte sie, aber immer ging etwas Strahlendes von ihr aus.«

»Ihre Poesie« – sagte Lamettrie – »hat sie also nicht verlassen – weder in ihrem nüchternen Verkaufsladen noch in ihrer Häuslichkeit. In all den kleinen Zärtlichkeiten für ihr Kind träumte sie von heiterem Elternglück und einer sonnigen Zukunft für ihr Kind, während *mein* Leben ach! So sinnlos verlief – immer darauf eingestellt, möglichst viel Dollars zusammenzuraffen.«

»Überschätze nicht das Glück der Eltern!«, sagte der Forstmeister – »sieh *mich* an, jetzt wo ich mit meinem grauen Bart mein Ruhegehalt habe, bin ich ein *verlassener* Alter. Meine Frau ist weggestorben, der älteste Sohn im Weltkrieg gefallen, der andere nach Amerika ausgewandert, die Tochter, wie Du ja weißt, auch in der Ferne ...«

»Du wirst sie aber bald besuchen« – tröstete Lamettrie – »wirst Dich ihres häuslichen Glückes erfreuen und des Enkels, wirst den Schwiegersohn auf seinen Waldgängen begleiten ...«

Des Forstmeisters Augen leuchteten: »Gewiss! Und *Du* sollst dabei sein. Da kann ich Dir zuweilen von Deiner Julia *erzählen*. Na ja, so werden wir doch noch was haben, wie es scheint, wir alten Knaster!«

Lamettrie schlug in die dargebotene Hand: »Topp! Was aber Deinen Sohn in Amerika betrifft, der soll uns noch dieses Jahr zurück *nach Deutschland*, weil er das amerikanische Treiben durch die deutsche Heimatbrille sieht. Helmut und Hulda! Ihr müsst ihn mit herüber bringen! Er kann in meinem Schachthof-Museum *auch noch* eine Stellung finden, ich will es ja zu einer Anstalt für *Volksaufklärung* erheben.«

»Nun sieh mal, Helmut!«, sagte Hulda – »Mit welcher Unternehmungslust unser Großvater seine Pläne macht; da dürfen wir Jungen auch nicht zurückbleiben.«

»So soll es sein!«, erwiderte Helmut mit Festigkeit – »wir alle wollen am Aufbau zerrütteter Verhältnisse mithelfen, an der Aufklärung und Verständigung der Völker!«

»Ich sehe schon«, meinte Frau Belling wehmütig – »da bin ich auf meine alten Tage allein – oder ich muss noch umlernen.««

»Oho!« warf der Forstmeister ein – »wer noch so rüstig ist, sollte nicht von *alten* Tagen reden. *Ich* fühle mich noch gar nicht alt – und ich bedaure, schon in Ruhestand versetzt zu sein. In allen Waldangelegenheiten bin ich den Jungen gleich. Nur die Gesetzschablone setzt unsereins vorzeitig auf den Altenteil.«

»Ich *gönne* Ihnen die Ruhe« – bemerkte Frau Rade – »die ist Ihr *Recht*. Aber ich muss auch gestehen, Herr Forstmeister, Arbeit und Sorge, so 'n bischen Not, oder Knappheit will ich lieber sagen, ist ein *Sporn* für unser bejahrtes Blut – *das* ist's, was uns jung erhält. Die Jahre des hungrigen Durchhaltens und der Staatsumwälzung sind für uns eine strenge Schule gewesen.«

»Wie denken Sie sich« – fragte Helmut – »nun nach den Veränderungen, die in unseren Verhältnissen eingetreten sind, Ihre wirtschaftliche Zukunft? Da gibt's ja wieder eine Umstellung für Sie ...«

»I! Herr Burger, ganz einfach! *Sie* hatten bisher meine möblierte Wohnung. Nun Sie *heiraten*, freue ich mich Ihres Glücks und nehme einen andern Mieter.«

»Das lässt sich *hören*« – erwiderte Helmut – »aber was wird aus meinem *Schuhladen*?«

»Nun, den verkaufen Sie!«

»So kurzweg möchte ich ein Stück meiner Lebensarbeit nicht abbrechen, einfach durch Verkauf. Was meinen Sie, Frau Rade, wenn nun *Sie* den Laden übernehmen wollten?«

»Ich? Ach du lieber Gott! *Allein* wäre ich einem solchen Geschäft kaum gewachsen.«

Helmut scherzte: »Sie kennen doch das Wort: Es *wächst* der Mensch mit seinen höheren Zwecken?«

Frau Rade erwiderte: »Manchmal mag das ja zutreffen. Aber es gibt noch ein *andres* Sprichwort, und das heißt: Schuster, bleib bei deinem Leisten!«

»Nun denn, Frau Rade, wissen Sie keinen Schuster, mit dem Sie in Verbindung treten könnten? Ich denke an so ne Art Compagnon.«

»Compagnon?« Vor Erregung stieg ihr das Blut zu Kopf – »Nein! Das gäbe bloß Streit. Es müsste schon einer sein ...«

»Der zu Ihnen passte! Etwa wie ...« Helmut zögerte, er weidete sich an ihrer Verlegenheit. Dann mit einem prüfenden Blick fuhr er fort: »Etwa wie Herr ... darf ich mal indiskret sein? Herrn Schuhmachermeister Lüdecke aus der Invalidenstraße meine ich. Sie stehen sich ja gut mit ihm.«

Frau Rade sprang vor Erregung auf, fand aber keine Worte.

»Na, beruhigen Sie sich. Lüdecke ist noch ein rüstiger Kerl und versteht sein Handwerk ... Das Verloben liegt ja ohnehin jetzt in der Luft.«

## 53. Abschied vom Ruhrgebiet

Die standesamtliche Trauung Helmuts und Huldas hatte stattgefunden und war im engsten Kreis mit einer gemütvollen Ansprache Gerharts gefeiert worden.

»Nun bin ich einsam – alle gehen sie fort!«, meinte Frau Belling mit stillen Tränen – »auch Onkel Lamettrie will mit dem Forstmeister ins Riesengebirge fahren.«

»Könntest Du denn Dein Paar nicht auf der Ozeanreise *begleiten*?«, fragte Lamettrie – » *Verzeih*, dass ich erst jetzt daran denke! Das musst Du einem alten Manne, auf den so viel hereingestürzt kam, schon nachsehen, wenn er's an Umsicht fehlen ließ!«

»Ich mitreisen nach Amerika?«, meinte die zaghafte Frau Belling. – »Dank für Deine große Güte! Aber daran dachte ich wirklich nicht ... Aber wenn *Du* Huldchen begleiten möchtest. Geht das wirklich nicht, Onkel Lamettrie?«

»Das wäre wohl schön«, entgegnete Lamettrie – »aber ich muss doch endlich mal aufhören, mich an Hulda wie ihr Schatten zu hängen ... Ja, ja, Kind! Es ist schon besser, ich reise *nicht* mit Euch nach Amerika, sondern fahre mit dem Schwager ins Riesengebirge.«

»Dann haben wir bis Berlin *gemeinsame* Reise« – sagte Helmut – »ich möchte auch noch die Angelegenheit mit Frau Rade in Ordnung bringen – würde mich freuen, wenn sie zu dem Geschäft auch noch einen braven Mann erhielte.«

»Na, und so könnten wir wohl noch im Juli Kehraus auf dem Schachthof machen« – sagte Lamettrie. »Abwarten möcht ich allerdings noch, wie es mit der Brut meines Glücksvogels geht. Nächstes Frühjahr haben wir – sollt mal sehen – *mehrere* Glücksvögel!«

»Falls die *Katze* sie nicht holt!«, fügte scherzend der Alte hinzu.

»Ach!«, seufzte Frau Belling – »warum hat die Natur auch Raubtiere geschaffen?«

»Warum?«, erwiderte Lamettrie – »darauf antwortet der Mensch: Ich *selber* bin Raubtier. Aber gut! Versuchen wir hinfort an Güte zu leisten, was Menschen vermögen.«

Mit diesem Vorsatz trafen sie die Abrede, in Kürze gemeinsam nach Berlin zu fahren, damit Helmut die Übertragung seines Schuhladens in die Wege leite.

Dort nun, an einem warmen Sommertage, machten sie noch eine ruhige Fahrt durch den Tiergarten nach den Zelten. Lamettrie und der Forstmeister saßen mit dem Ehepaar Burger in einer Droschke, in einer zweiten fuhren die andern hinterher. Lamettrie lächelte: »Pferde-Fuhrwerke sind für den Maschinen-Menschen ein Kuriosum! Abschied von meiner Jugend!«

»Dieser Lüdecke« – meinte Helmut – »ist ein gescheiter *Kopf*! – einen alten Lassallaner nannte er sich – ist maßvoll und vaterländisch. Wir hatten ein Gespräch über Sozialismus. Diesen auf dem Weg einer Partei zu verwirklichen – so meinte er – sei für uns Deutsche eine Träumerei. Gewöhnlich werde den Eltern das Wohl *ihrer Familie* mehr am Herzen liegen, als die Partei; vorwiegend die unerfahrene Jugend sei von Partei-Leidenschaft besessen. Anders lerne denken, wer Familie habe. Freie Berufswahl – Befreiung von allem Kastengeist – darin liege der Kern eines gesunden Sozialismus.«

»Recht so!« stimmte Lamettrie bei – »das ist eine allgemeine Richtlinie der Menschheit, nicht eine erträumte Volkswirtschaft.«

»Freie Wahl des Berufes, hm!«, knurrte der Forstmeister – »das wäre ganz gut, wenn nur die Familienzucht nicht manchmal so *wüst* wäre. Will der Förster einen neuen Forst hochziehen, so muss er die Saat der Bäume in Furchen *pflegen*, dann die Bäumchen sorgsam einpflanzen, sich jedenfalls nach den forstwirtschaftlichen Vorschriften richten. Zügellose Familien aber lassen ihre Brut aufwachsen, ohne eine andere Zurechtweisung anzuwenden als zuweilen den jähzornig geführten Prügel. Die Kinder sind den schlimmsten Einflüssen der oft rohen Eltern preisgegeben, haben wohl gar von ihnen ein gefährliches Erbteil im Blute erhalten. Schlechte Gesellschaft bestärkt die üblen Sitten der Jugend, Schnaps und Bier verderben das Volk. Ein Brief meiner Tochter aus Schreiberhau schildert mir ihre Erziehungssorgen um Friedel, der jetzt in die Schule geht. Der Junge sei gesund und gutartig, könne sich aber von der Nachbarschaft nicht ganz fernhalten, und diese bestehe in einer *verkommenen* Familie. Gegen Friedels Altersgenossen, den Karle sei nichts einzuwenden, wenn er zuweilen mit seiner Schulmappe ins Forsthaus komme, um mit Friedel die Schularbeiten zu machen. Die zwei *älteren* Brüder aber, zwanzig- und neunzehnjährige Burschen, seien Glasarbeiter in der Josephinenhütte, nebenher – wie der Vater – Pascher. Der eine sitze wegen Wilddieberei schon im Gefängnis, ihr Mann habe ihn abgefasst. Von solchen Menschen, wie sie meine Tochter schildert, ist nicht viel Gutes zu hoffen – das werdet Ihr zugeben.«

Burger nickte ernst; seine Frau meinte: »Der kleine Karle tut mir leid, den müsste man rausreißen aus seiner Umgebung.«

»Rausreißen? Sodass er seine Familie vergessen muss?«
fragte Lamettrie. – »Überschätze die Einflüsse der Erziehung nicht! Es gibt Wildnisse, die man nicht säubern
kann.«

Die Droschken langten bei den Zelten an. Die Gesellschaft nahm an zusammengerückten Tischen Platz und
bestellte Kaffee.

Der Forstmeister zündete sein Pfeifchen an und paffte
in das eingetretene Schweigen: »Ja, da singen unsere
Soldaten: In der Heimat gibt's ein Wiedersehen! Über wo
sind sie *geblieben*, die so vertrauensvoll ins Leben schauten? Und wo haben wir noch eine Heimat? Wann und
wo werden *wir* uns wiedersehen?«

»Unter der lieben *Sonne*« – antwortete der alte Lamettrie mit wehmütigem Trost. »Morgen bereits zerstreuen
wir uns nach verschiedenen Richtungen – die einen reisen nach Hamburg und über den Ozean, die andern beginnen in Berlin eine neue Geschäfts- und Lebensperiode, und die dritte Gruppe trifft sich mit Friedrich und
Mohrchen auf dem Görlitzer Bahnhof, um ins schlesische Gebirge zu fahren. Wir alle aber bleiben unter *einer*
Sonne, gleichviel ob lebend oder tot. Und wenn es dahin
kommt, dass wir diese Sonne nicht mehr sehen, so ersteht aus den Gräbern neues Leben und geht uns die *Allsonne* auf.«

»Man sagt« – so fuhr der Greis nach etlichem Sinnen
fort – »von der Tropenpflanze Viktoria Regina, dass sie
viele Jahre brauche, um eine einzige Blüte hervorzutreiben – so lange muss sie sich dazu sammeln. Vielleicht
bin ich so was Ähnliches – eine Blüte meines Lebens ha-

be ich nie erreicht – sie bricht wohl erst aus meinem *Sterben* hervor.«

Andern Tags saß Lamettrie mit dem Forstmeister und Friedrich in dem Schnellzug nach Görlitz, der Pudel lag zu ihren Füßen.

»Hier, hinter Görlitz scheint das Riesengebirge zu beginnen« – meinte Lamettrie.

»Ja wohl! Das Gebirge beginnt!« versetzte der Forstmeister – »aber das ist noch nicht das Riesengebirge, sondern die Landeskrone, ein schöner Name für diesen Berg, der wie eine Krone auf einem Königshaupt aussieht. Und doch hat er seine Berühmtheit erst durch eine Sage erhalten, die sich auf den Hirtenknaben Jakob Böhme bezieht, der ein tiefsinniger Denker wurde. Die Sage berichtet, ihm sei in diesem Berg eine Höhle erschienen, die habe von Gold und Edelsteinen geschimmert. Das war eine prophetische Schau in sein Innenleben. Denn natürlich ist kein *äußeres* Gold gemeint, sondern der Lichtschatz, den ein edles Gemüt in seinem *Innern* trägt.« –

Nach einer Weile öffnete sich den Reisenden der Ausblick auf den Riesenkamm, der als große Bogenlinie veilchenblau dalag.

In Hirschberg begaben sie sich auf eine Bahn, die mittels einer Zahnung etwa fünfhundert Meter bergan stieg. Dann kam Schreiberhau mit drei Bahnhöfen. Bei einer Felsenwand, in den Granit eines Berges eingesprengt, war die Station Oberschreiberhau, und hier stiegen sie aus.

Zum Empfange bereit standen Erlenbachs Schwiegersohn, dessen Frau und das Söhnchen: »Gutten Tag, Großvatterla!«, sagte Friedel und reichte dem Forstmeister die Patschhand. Der Riese hob den zierlichen Krauskopf hoch und küsste ihn, gab seiner Tochter gleichfalls einen Kuss und schüttelte seinem Schwiegersohn die Rechte. Dann stellte er vor: »Dies also wäre mein Schwiegersohn, der Hegemeister Schellmann und meine Tochter nebst Söhnchen. Und hier präsentiere ich Euch meinen Schwager, Herrn Möller-Lamettrie und dessen Reisebegleiter Herrn Friedrich. Der Pudel heißt Mohrchen.«

Man befand sich in einem schroffen, mit Landhäusern und Gärten besetzten Tale, das zu dem tief unten gelegenen Orte, andererseits in höheres Waldgebirge führte.

Lamettrie, der sich zu dem Kinde hingezogen fühlte, sagte zu Frau Schellmann: »Liebe Nichte, darf Friedel nun auch etwas mit dem neuen Großonkel gehen? Komm, Friedel, gib mir Deine Hand! Wo ist denn nun Vaters Forsthaus?«

»Droben am Schwarzen Berge!« Der Knabe deutete vorwärts.

»Und Du gehst schon in die Schule? Wo ist sie denn, Deine Schule?«

Der Knabe blickte rückwärts: »Nu! Bei der Kirche!«

Lamettrie blieb stehen und wandte sich um. Er betrachtete den mächtigen Kamm des Gebirges, zu halber Höhe war blaugrüner Tannenforst, nach oben kamen steile Wiesenhänge mit grauragendem Gestein.

Sie gingen durch ein Laubwäldchen, dann auf Pfaden zwischen Grundstücken einen Wiesenhang hinan. Und Schellmann sagte: »Ich denke, Ihr wohnt in dem Logierhaus neben meiner Försterei.«

## 54. Am Kochelfall

Die Erlebnisse im Riesengebirge bilden ein zusammenhängendes Schicksal und den Abschluss der Geschichte vom Maschinenmenschen, indem ihm die Einsicht aufging, dass sein Leben in der Richtung des Ewigen aufsteigen kann. Die einzelnen Ich-Gestalten bilden einen seelischen Gesamt-Organismus und haben eine *Über*seele, aus der die Einzelschicksale folgerichtig hervorquellen, wie an der Welten-Esche Blätter und Zweige, Blüten und Früchte. Dass solches Geschehen nicht nach dem Muster einer Maschine verläuft, sondern nach eigenen, höheren Gesetzen, ward unserem Möller-Lamettrie zur klaren Überzeugung.

Einmal las er in einem Buche, dass der große Maler Segantini durch sein letztes Gemälde sein eigenes Begräbnis gemalt habe, natürlich ohne sich dessen bewusst zu sein. Bei voller Gesundheit nahm er in einem Schweizerhause Wohnung und machte sich daran, folgendes Bild zu malen: Aus eben diesem Hause, das von Gletscherbergen umgeben ist, wird ein Sarg herausgetragen, während eine Frau in städtischer Kleidung ins Taschentuch weint, und Herren in schwarzen Gehröcken, mit gezogenem Zylinder teilnehmend herumstehen. Dass Frau Segantini nebst den leidtragenden Freunden gemeint ist, wird durch letztere bezeugt. Als der Meister dieses Bild vollendet hatte, wurde er unerwartet durch den Tod abberufen und im Sarg hinausgetragen, genau so, wie er es gemalt hatte.

»Hör mal!«, sagte Lamettrie zu seinem Schwager – »wenn dem *so ist*, so muss dem Meister das Bild hellseherisch eingegeben sein. Was in seiner Fantasie aufloderte, kam aus jener *Überseele*, die sich der Einzelseele mitteilte.«

Da der Forstmeister nur schweigend den Kopf schüttelte, war zunächst von der Sache nicht weiter die Rede. Aufblickend zur sonnigen Baude, die am Hang des Reifträgers lag, äußerte Lamettrie versonnen: »Ein wundervoller Sonntagmorgen!«

»Nicht wahr?«, meinte der Forstmeister aufleuchtenden Auges – »und mein Schwiegersohn lässt deshalb bei Dir anfragen, ob Dir ein Gang zum Kochelfall genehm sei. Ich habe nur gezögert, weil Du gerade versonnen bist und ich nicht stören möchte.«

»Oh! Der Spaziergang ist durchaus keine Störung, vielmehr ist mir hier jeder Tag, jede Stunde ein Schauen, das seine Seligkeiten hat.« Hiermit machte er sich zum Ausgehen fertig.

Als nun Schellmann nebst dem kleinen Friedel kam, setzte Lamettrie sein angeschlagenes Thema in gedankenvoller Heiterkeit fort: »Oh! Ich sage Euch, mein Herbst ist jetzt mein bestes Leben. Ich fühle mich reifen an der Sonne Ewigkeit.«

Schellmann lächelte: »Der Zeitlichkeit bist Du eben entronnen, uns Andre hält sie wie ein Raubvogel in den Klauen.«

»Wer wie Du seinen Knaben an der Hand einen Sonntagsgang in den Wald macht, soll nicht klagen. Aber unsereins hat kein Kind, kein' Katz.«

Schellmann stopfte verweilend seinen Pfeifenkopf: »Nanu! Hast doch Deinen Enkel und Deine Pflegetochter, und diesem Paar wird vielleicht auch ein Kindchen beschert. – Auch Dein Mohrchen ist noch da – und, wie ich höre, hast Du einen Glücksvogel.« Wie der Pudel seinen Namen hörte, wandte er den Kopf nach seinem Herrn und hüpfte an ihm empor. Lamettrie aber sagte innig: »Oh freilich, ich will auch nicht *klagen!*«

Den Oberweg am Schwarzen Berg waren sie *talab* gegangen und über die tief eingesprengte Eisenbahn auf einer Brücke geschritten. Das Gasthaus zur Sonne bot einen lieblichen Blick auf die Kuppelwölbung des Breiten Berges, vor dem in einer tiefen Waldschlucht der Zackenfluss dahinschäumte. Ein Holzsteg führte auf einem schattigen Waldweg an die einmündende Kochel, die sich in den trockenen Herbsttagen zu einem raunenden Bächlein besänftigt hatte. Großartig aber war der moosige Felsenkessel zwischen den düsteren Granitwänden, wo riesige Tannen ragten. »Das ist deutsche Romantik« – schmunzelte Lamettrie – »Poesie eines Eichendorff mit ihren lauschigen Heimlichkeiten.«

Durch Walddunkel emporsteigend, sahen sie in den stilleren Kochelbuchten die Forellen wie schwarze Stäbe stehen.

»Und da hätten wir schon die Kochel *baude!*«, sagte Schellmann, als sie das kleine Gasthaus erreichten, unterhalb des Falles, der zwischen schroffen Waldhängen

über ein Wehr etliche Mannslängen hoch in den Felsenkessel stürzt. Während sie dahinschauten, wurde das
Wehr gerade geöffnet, und die gestauten Wassermassen
brandeten nieder.

Der alte Forstmeister strahlte vor Behagen: »Ich lade
Euch ein, in der Baude etwas Warmes zu nehmen, vielleicht Erbssuppe und Schinken, oder heiße Milch.«

Und man trat in eine geheizte Stube, wo einige Männer
saßen, die man in der Dämmerung nicht genau mustern
konnte; wie Arbeiter im Sonntagsrock sahen sie aus. Bis
dahin lebhaft, waren sie beim Eintreten der Forstleute
verstummt.

Dann machte sich ein junger Mann, der wohl angesäu-
selt war, bei den Musikscheiben zu schaffen, wählte aus,
und es begann, eine Melodie aus dem Freischütz zu
klimpern. Er begleitete die Weise mit Bewegungen, die
theatralisch sein sollten, aber lächerlich wirkten, dann
begann er zu grölen: »Durch die Wä –äl –der, durch die
Auen zog ich la –a –aichten Sinns dahin.«

»Holt's Maul, tummer Flägel!«, brummte eine Bassstimme, und Schellmann sah nach dem Sprecher hinüber – »Anton, bring doch Deinen besoffenen Bruder
heeme zu Muttern, da soll a seinen Rausch ausschlofa.
Allong, fix!«

Ein anderer Bursche erhob sich und führte den Lallen-
den aus der Baude hinaus. Dieser setzte draußen seinen
wüsten Gesang fort:

»Alles, was ich konnte schauen – war des sichern Rohrs
Gewi-hi-hin.«

Jetzt erhob sich der Mann am Tisch und sprach zu den eingetretenen Herren hinüber: »Nischt für ungutt, Herr Hegemeister! Der Martin hott ze ville Stonsdorfer hinter de Binde gekippt – aus Freide, dass a aus der Strofanstalt entlassa iis.«

»So, so, Herr Maiwald!«, antwortete Schellmann, stand auf und bot dem Nachbar die Hand, die dieser schüttelte – »So, *Sie* sind es? Wenn man hier hereinkommt, sieht man zuerst alles dunkel ... Also Ihr Sohn ist wieder frei? Freut mich, und ich wünsche alles Gute ... Hm na! Ihr Martin wird sich doch *hinfort* hoffentlich *hüten*. Das Wildern ist ne Leidenschaft, da wird man leicht rückfällig. Wenn er *abermals* gefasst wird, kennt der Richter keine Milde ... Na, wollen das Beste hoffen! Da kommt ja unser Warmes, und mein Schinken mit Rührei. An die Gewehre!«

Der alte Maiwald und die zwei jungen Kerle in der dämmrigen Nische winkten der Kellnerin, kramten ihre schmutzigen Geldscheine zusammen und griffen nach ihren Mützen: »Guten Tack, Herr Hegemeister!« Und sie gingen.

Nur der alle Maiwald, ein Hühne mit tatkräftigem, doch verschmitztem Auge, hatte noch etwas auf dem Herzen: »Wenn Se, Herr Hegemeister – un Se mechten so gutt sein un legten a Wörtel für den Martin in der Josephinenhütte ein, dass a wieder als Glasbläser arbeiten kann.«

»Glasbläser? Hm! Auf die Industrie hab ich keinen Einfluss, Übrigens ist die Bläserei für ihn nichts Passendes.«

»Oh! De Glasschleifer stehn sich dreimal so gutt, wie de Waldarbeiter!«

»Und wenn sie das Zehnfache verdienten – *ich* möchte meine Lunge nicht verbrauchen lassen.«

»Martin is *gesund* uf a Lunge«, warf Maiwald ein.

»Jetzt ist er ein kerngesunder Bursche. Aber wenn er zwanzig Jahr beim Schleifen gehockt und den Glasstaub geschluckt hat, was wird *dann* mit ihm sein?«

»Ich meene ju bluß« – erwiderte Maiwald, »in der Glashütte, wenn er da gutte Arbeit hat, wird a sich ne asu im Wald herumtreiba.«

»Ich habe *andere* Erfahrungen gemacht. Was ein *Kerl* is, der hat kein Sitzefleisch fürs Fabrikwesen. Ab und zu, ja – immer für 'n Weilchen – da *passt* ihm der gute Lohn; doch für die Dauer? Das ist nichts, Vater Maiwald! Aber als *Waldarbeiter* könnt' ich ihn verwenden – vorausgesetzt, dass er sich gut hält – und mir ja nicht wieder auf die *Wilderei* verfällt. Davon müssen Sie ihn abhalten!«

»Ach, Herr Hegemeister! Das macht de verflischte Geldentwertung! Immerfort drucken se Papiergeld – Zehntausendscheine – Hunderttausend! Eene Million! Wenn das so weiter giht, do sind alle Waldarbeiter lauter Milliardäre. Donnerwattr! Verflischt un zugenäht!« Und vor Bitterkeit spuckte der sorgenvolle Familienvater aus.

Schellmann schwieg düster. Maiwald fuhr fort: »Nähmen Se mersch ne ibel! Unsereins mechte äben ock mal Hirschfleisch im Tuppe han, un ne Flasche Stonsdorfer, statt immer blussig Müllers Körnelkaffee – ju, ju, Herr Hegemeister! Un adje!«

Als der Mann gegangen war, schwiegen die Drei lange, sodass man nur das gedämpfte Rauschen des Kochelfalls hörte und das behagliche Seufzen des Pudels, der sich untern Tisch gestreckt halte.

Dann brummte Schellmann vor sich hin: »So *sind* diese Leute! Da soll nu unsereins auf Ordnung halten. Sie übertreten diese Ordnung teils aus Temperament – im Suff oder um sich groß zu tun – aus ihrer kleinen Eitelkeit oder aus Neid; zumeist aber aus Verdrossenheit über ihre traurige Lage, dass sie *auf keinen grünen Zweig* kommen.«

Der Forstmeister löffelte seine Erbsensuppe: »Eigentlich kann ich ihnen nicht so völlig unrecht geben, und immer fiel's mir schwer, ihr Ankläger zu sein.«

Lamettrie meinte: »Zur Natur gehört auch die Wildheit – sie muss also eine heimliche Ordnung enthalten – so wie im Zufall ein Gesetz waltet.«

## 55. Der Totschlag

Etliche Wochen nach dieser Begebenheit machte der Forstmeister Erlenbach noch am späten Abend seinen gewohnten Gang am Schwarzen Berge längs dem Waldrande. Der Pfad, mit Tannennadeln bestreut, machte seine Schritte fast unhörbar. Plötzlich glaubte er ein Menschenpaar dicht vor sich zu sehen und stand stutzig still.

»Martin« – raunte eine weibliche Stimme – »wie kannst Du das denka? Wie soll denn iich der Homann-Clara etwas von Dir pfeifa? Dich tu ich nee verrata, aber treu musst Du mir sein ..«

Der Forstmeister mochte das Liebespaar nicht stören und kehrte sacht um. Während er sinnend ging, kam ihm der Verdacht, der sich immer mehr verdichtete: Was von dir pfeifen? Das war ja Gaunersprache! Das Weib versicherte, den Geliebten nicht zu verraten. Dieser hatte wohl einen Argwohn, sie könne sich bei der Hollmann-Clara verplaudern, also handelte es sich um ein *Unrecht.* Und Martin hieß der Geliebte? War er vielleicht identisch mit jenem Maiwald, der damals am Kochelfall angetrunken das Freischützlied grölte? Diese Beobachtung konnte er seinem Schwiegersohn Schellmann unmöglich verschweigen; hier gebot die Pflicht.

Gleich nach seiner Heimkehr berichtete er alles dem Hegemeister.

»Ich bin Dir dankbar« – erwiderte dieser – »das ist eine wichtige Fährte. Es war Martins Braut, die bei ihm stand, die Neumann-Minna. Ich werde mich vorerst noch nicht mit unserm Schupo-Wachtmeister in Verbindung setzen; es täte mir sehr leid, wenn ich die Existenz des Burschen vernichten müsste.«

»Hast recht!«, meinte Erlenbach – »überstürze nichts. Nimm den jungen Menschen unter vier Augen mal ins Gebet!«

Schellmann verhielt sich mehrere Tage schweigsam. Ein Verdacht war ihm geäußert worden, und zwar von dem Wachtmeister selber. So hing er eines Vormittags die Flinte um und ging den Pfad zum Holzschlag hinter dem Schwarzen Berge.

Als er dort ankam, waren die Leute emsig bei der Arbeit. Gerade sank ein Fichtenstamm, bei dem Vater

Maiwald und sein Sohn Martin standen, jener mit der Axt, Martin mit einem hammerartigen Schlägel von Holz, wie man ihn beim Baumfällen verwendet, um den Keil einzutreiben. Die Fichte stürzte auf den mit Beerengesträuch bedeckten Waldboden; die aufschlagenden Äste knickten prasselnd zusammen.

Martin beobachtete währenddessen, wie der Hegemeister bei seiner Braut, der Minna, stehen blieb, die neben der Schutzhülle, über dem Reisigfeuer eine Blaubeersuppe mit Klößen kochte. Beklemmende Sorge stieg in dem Burschen auf, als er merkte, dass der Grünrock die Minna anzureden schien. Was wurde da verhandelt? O holla! Wenn der vielleicht von irgendwem gehört hätte, und man wieder ins Loch müsste! Rückfälliger Wilderer hieß es dann, und unter einem Jahr ging das nicht ab ...

Jetzt kam der Hegemeister auf *ihn* zu. Unwillkürlich krampfte sich Martins Hand um den Schlägel. Wenn der Grünrock ihn zugrunde richten wollte, dann *wehe ihm!*

»Martin Maiwald, wo waren Sie vorigen Freitag früh zwischen fünf und neun Uhr?«

Martin stammelte: »Freitag? Das weeß ich nee! Geschlofa werd ich han – ju, ju! do ha ich um sechse noch geschlofa!« »Verlässliche Zeugen wollen gesehen haben, wie Sie im ersten Morgengrauen beim Roten Floß mit einer Büchse gelauert haben ...«

Martin wurde verwirrt. »Iich? un mit ...« Er würgte die Worte heraus: »Ich ha doch keene Büchse – längst ne mähr!«

»Es heißt, Sie hätten Ihre alte Büchse beim Liebig-Gustav im Holzschuppen versteckt ...«

Mit lohenden Augen schien Martin den Hegemeister
verschlingen zu wollen. Jetzt trat auch der Vater Maiwald aufgeregt herzu, und die beiden gewalttätigen
Menschen standen dem zierlichen Schellmann gegenüber.

Ruhig wandte dieser sich jetzt zum alten Maiwald: »Sie
sind das Familien*haupt*, gut! Und ich tue meine dienstli-
che *Pflicht*! Es handelt sich einfach darum, sollen Unord-
nung und Gewalt recht behalten, oder Ordnung und Gesetz. Nicht auf den Hirsch kommt es an, den Ihr Sohn,
wie ich weiß, durch seinen Bruder an ein Hotel in Mari-
ental verschärft hat. Halten Sie das Maul, Martin! Es *ist*
so! Ebenso wie ich Ihre Büchse aus dem Versteck her-
vorholen und alles *beweisen könnte*, was ich gesagt habe.«

Im dunkelroten Gesicht des Wilddiebs flammten ge-
hässig die schwarzen Augen; er warf einen schnellen
Blick den Hang des Holzschlags hinab, wo die anderen
Waldarbeiter fast nichts von dem Vorgang sehen konnten, und Minna – nun die war ja seine Braut!

Der alte Maiwald war aschenfahl geworden: »Heeren
Se, Herr Hegemeister! wenn Se – un mein Martin käme
nochamol inns Loch – un mei Wilhelm dazu – *verflischt*
noch emol! denn steh ich *for nischte nee* ...«

Zum Vater Maiwald gewandt, sprach Schellmann mit
ernstem Nachdruck: »Ich warne Sie eindringlich, *noch
weiß kein Mensch etwas Bestimmtes. Ich allein* ...«

Plötzlich sah er, wie der wilde Bursche – dunkelrot vor
Wut – mit dem Schlägel in der Rechten ausholte ... Dann
dröhnte es dumpf, und der Hegemeister sank ins Beerengesträuch.

Minna Neumann stieß einen unterdrückten Schrei aus und griff sich an die Stirn. Die Waldarbeiter drunten hantierten ruhig weiter.

Der alte Waldriese bückte sich und griff nach dem Kopf des Hegemeisters – die Schläfe war zertrümmert, und er war offenbar tot ... Dann spähte er ringsum. Er begegnete dem entsetzten Blick der Braut seines Sohnes. Diese tat sofort, als habe sie nichts gesehen.

»Du!«, raunte er – »de Minna!«

»Die weeß von nischt!«

»Nu – so fass *an*! De Beene! Un *rüber* mit ihm – wo der nächste Baum, der schon ne Kerbe hat – wo a fallen soll.«

Taumlich *wankte* Martin, und seine Gedanken suchten Anhalt bei seiner Braut. Aber der Vater zischelte ihn an: »Zuerst gilt, was ich *befehle, dann* kannste zur Minna gihn.«

So musste der Bursche den Toten zu dem Baum schleppen, der zum Fällen an der Reihe war. »Hierher!« kommandierte leise der Alte – »und Schläfe nach oben!«

Als die beiden den Toten für die geplante Täuschung zurecht gelegt halten, strebte der entsetzte Martin zu seiner Braut, die ihm wie versteinert entgegenblickte.

Inzwischen hatte der Alte mit etlichen Axthieben die Kerbe größer gemacht, sodass die Fichte sich in der Richtung des Toten zu neigen begann. Und nun stemmte er sich mit ganzer Wucht gegen den Stamm, sodass dieser sank und prasselnd mit seiner Krone auf den felsigen Boden aufschlug – dem Toten ins Gesicht. In diesem Momente schrie der Alte auf und gebärdete sich wie rasend: »Oh! Herr Hegemeister!«

Bei seinem Gebrüll stutzten die Waldarbeiter am tieferen Hange, und etliche kamen herbeigehastet.

»Oh! Ah!« wimmerte Vater Maiwald und rang die Hände, bei dem Baume stehend, der auf dem Hegemeister lag – »es *hat ihn! oh, ihr Leute, ihr Leute!*«

Atemlos rannten mehrere herzu, hieben ihre Äxte in den Stamm, und suchten ihn zu drehen, damit er den Hegemeister freigebe, den sie vom Baume getroffen wähnten. Die Fichte drehte sich, und ein Arbeiter rüttelte den Regungslosen: »Herr Hegemeister! Oh! Es hat ihn an die Schläfe getroffen, und die Zacken han ihms Gesicht blutig gehauen!«

Martin wankte scheu daher. Minna stand noch beim Feuer und schluchzte in ihre Schürze.

»Tot! Den Schädel hot's an der Seite getroffa!«, sagte ein Kerl – »nischt ze machen! Tragt ihn heeme!«

Sie hieben mehrere Stangen, legten Tannenzweige quer darüber und betteten die Leiche darauf. Dann hoben vier Mann die Bahre auf ihre Schultern.

Einer nahm die Büchse und den Försterhut auf, ohne zu beachten, dass diese Gegenstände mehrere Schritte vom gefällten Baume lagen.

Hinter dem Zuge, in dem sich der heuchlerische Vater Maiwald befand, wankten mit etlichem Abstand Martin und Minna in starrem Schweigen.

»Minna! De wirscht doch Deinen Bräutigam ne verrota?«, raunte er ängstlich. Auf einmal schlug er sich an

die Stirn und stöhnte: »O Himmel! der Schlägel mechte
mich verrota!«

Und seine Minna ließ er stehen und hastete zurück an
die Stelle des Totschlags. Kein Mensch war da, und noch
immer lag der Holzhammer, wohin der Täter ihn hatte
fallen lassen. Minnas Suppenfeuer brannte bei der
Schutzhütte.

Martin trat scheu zum Hammer und bemerkte daran
Blutflecken. Entsetzen durchschauerte ihn: Wäre der
Schlägel beachtet worden, dann gings ihm an den Kra-
gen.

Verstohlen sah er sich um. Nein! Es war kein Mensch
mehr da. Und den Holzhammer legte er mit der blutigen
Stelle auf die Glut, bis er ansengte. Dann wieder
schwankte er, ob er das Werkzeug nicht über die Schulter nehmen solle. Er hatte nicht den Mut dazu. Beklommen suchte er die verräterische Stelle durch Schaben zu
entfernen, dann schleuderte er den Schlägel außerhalb
des Holzschlages in eine niedrige Schonung.

## 56. Wie Verhohlenes herauskommt

Inzwischen war einer der Holzarbeiter zur Frau Hegemeister gelaufen mit der Meldung, bei der Abforstung
am Schwarzen Berg sei ihrem Mann eine Fichte auf den
Kopf gefallen – wahrscheinlich schlimm. Aufschluchzend schlug die Frau die Hände zusammen und hastete
mit dem Waldarbeiter zur Unglücksstätte. Und da
brachten sie den Hegemeister auf der Bahre und hielten
an. Die Frau sah das bleiche blutige Gesicht, die zer-

trümmerte Schläfe des Reglosen und wimmerte verzweifelt.

Die aufgeregten Waldarbeiter erzählten den herbeigelaufenen Leuten, wie sich der Vorfall zugetragen habe:

»Der Maiwald schrie auf eenmal, wie der Baum niederkrachte – aber es war zu spät.« – »Der Maiwald-Martin?« – »Der Martin nee! Der Vatter Maiwald hat den Anhieb getan.« – »Schellmann is doch sunsten so vorsichtig. Nee! A *su a* Malör.«

Sie trugen den Toten vollends zum Forsthause und hielten es für gut, ihn im Holzschuppen abzusetzen.

Nun kam der Wachtmeister Schuchart mit überlegener Amtsmiene: »Wer stand dabei?« – »Nu, der Vatter Maiwald.«

– »Wer noch?« – Die Waldarbeiter sahen einander fragend an und schwiegen.

»Na, es muss doch wenigstens noch einer beim Fällen gewesen sein?«

»Herr Wachtmeister!«, sagte vortretend der alte Maiwald: »Der Hegemeister und ich waren dabei. Iich stemmte mich gegen die Fichte, mei Sohn hatte die Kerbe gemacht.«

»Also Ihr Sohn war noch dabei?« – »Martin stand, wie das Unglück geschah, bei der Neumann-Minna am Suppenfeuer.« Die Augen des Wachtmeisters blickten suchend und barsch sagte er: »Martin Maiwald vortreten!« Alle sahen sich im Kreise um, Martin war nicht da.

Eine weibliche Stimme, die Hollmannsche sagte: »Den Martin ha ich gesihn, wie a mit der Neumann-Minna a brinkel hinter uns war. Uf eenmol ließ der Martin de Minna stehn un lief zurück, als ob er was vergessa hält!«

»So hm! Minna Naumann? Ist die hier?« – »Se is och furt!«

»Und wohin?« – Niemand konnte Auskunft geben.

Nach einem Weilchen meinte der Wachtmeister mürrisch: »Das war falsch gemacht, Ihr Leute, dass Ihr den Hegemeister sofort wegtransportiert habt. In Fällen, wo man nicht genau weiß, wie es zugegangen is, soll man warten, bis alles klar liegt – sonst kann man Spuren verwischen.«

Alles stutzte verlegen. Im Vater Maiwald schienen Angst und Grimm zu gären. »Aber, Herr Wachtmeister«, muckte er auf – »hier *liegt* doch alles klar – bloß dass der eene Zeuge ne räden kann, weil a äben tot is.«

»Habe ich Sie um Ihre Meinung befragt?«, sagte der Wachtmeister patzig.

»Das ne!«, erwiderte der Alte – »aber alle haben wer's doch mitangesihn, un keener kann uns nachsagen – von wegen Spuren verwischa – das is ne *Beleidigung für uns alle!*«

»Für Euch alle? Wer von Euch hat denn mit angesehn? *Wer?* Ihr schweigt? Also keiner, der hierüber was aussagen kann.«

Ein Waldarbeiter trat vor: »Ich ha' gesihn – gleich wie der Baum gefallen is, lag der Hegemeister unter der Fichte, von den Zweigen war ihm's Gesicht bluttig gekratzt. Der Försterhutt und de Büchse lagen nahe dabei.«

» *Wie* nahe denn?«

»Nu – sieben Schritte oder acht können's gewesen sain – da lag ock der Holzschlägel ...«

Der Wachtmeister lächelte grimmig: »Nachdem der Baum gefallen war, *darauf kommt es nich an.* Sondern hat der Baum den Hegemeister erschlagen? Un *wie* is das zugegangen?«

Der alte Maiwald war fahl, es flackerte sein schwarzes Auge, beklommen brummte er: »Wer denn sunst? Keener von uns hatte ju was gegen den Hegemeister!«

»Nu, Schellmanns Aussage hatte doch Ihren Sohn ins Gefängnis gebracht, un man weiß ja, wie Sie darüber erbost sind.«

»Iich?«, zischelte der Alte in lodernder Wut – »Iich? Nu soll wohl iich – un *nee* der Baum – den Hegemeister ...«

Eine maßlose Aufregung überkam die Leute, sie eiferten und tobten aufeinander los.

»Das geht den *Staatsanwalt* an!«, brüllte der Wachtmeister, und alles verstummte. »Also *lassen* wir diese Frage vorerst auf sich beruhen. Maiwald, Sie kommen mit mir zum Herrn *Amtsvorsteher*! Leute, geht auseinander! Hier habt Ihr nichts weiter zu suchen! Wer was zu *Protokoll* zu geben hat, soll mit aufs Amt kommen. Auch Minna Neumann mag sich das gesagt sein lassen!«

Bestürzt und mit verbissener Tücke zögerte Vater Maiwald noch, dann bequemte er sich, dem Wachtmeister zu folgen, indem er dumpf murrte: »Das wärdn wr ju sähn! *Iich* soll'n derschlag'n ha'n, *iich*? Wenn a noch den

*Martin* – un a hätte *den* in Verdacht gebracht ... Aber der *Martin stand ju beim Feuer* ...«

Nachdem auf dem Amt ein Protokoll aufgenommen war, und zwei Leute von Schreiberhau, wohin sich das Vorgefallene wie ein Lauffeuer verbreitet hatte, die Meldung brachten, Martin Maiwald sei gerade noch im letzten Moment in den *Zug nach Grüntal* gestiegen, wurde der alte Maiwald entlassen.

»Nicht *er* ist mir verdächtig« – sagte der Amtsvorsteher – »schon eher der *Martin*, und ich lasse sofort an die Stationen telefonieren, man soll nachforschen, wo der Bursche ausgestiegen ist. Bitte, Herr Wachtmeister, bleiben Sie noch so lange hier, bis Antwort erfolgt. Wenn er plötzlich ins Böhmische entwichen ist, würde er sich verdächtig machen.«

Bald kam die Nachricht, Martin Maiwald habe in Oberschreiberhau eine Fahrkarte bis Grüntal, also ins Böhmische, gelöst, sei aber schon in Jakobstal ausgestiegen.

Mittags erschien die Minna Neumann. Sie gab zu Protokoll, Martin Maiwald sei bei ihr am Feuer gestanden, wo sie Klöße mit Blaubeeren gekocht habe. Auf einmal sei ein Baum niedergekracht – etwa vierzig Schritt von Martins Standort entfernt – gleichzeitig habe der Vater Maiwald aufgeschrien, die Holzfäller seien den Abhang heraufgelaufen und hätten unter dem Fichtenbaum den toten Hegemeister hervorgeholt.

Der Wachtmeister begab sich zu dem Arzte, der gleich im Forsthaus den Toten untersucht hatte.

Dieser meinte, sonderbar sei es, dass vorn am Gesicht Wunden seien, die offenbar vom Wipfel der Fichte herrühren, während die Schläfe, die zertrümmert sei, kaum mit solcher Wucht vom fallenden Baume hätte getroffen werden können.

Das war eine *wichtige* Bekundung und jetzt auf einmal fiel dem Wachtmeister auf, was der Waldarbeiter Glumm wie beiläufig ausgesagt hatte, Hut und Büchse seien etwa sieben Schritte von der Leiche entfernt gelegen. Wie war das möglich? Und auch der Holzschlägel sei dabei gewesen. Welcher Holzschlägel? Der müsste also noch auf dem Platze sein – oder hatte man ihn in die Schutzhütte getan?

Der Wachtmeister begab sich nochmals auf den Holzschlag am Schwarzen Berg, da lagen oben bei dem Kamme ein paar gefällte Fichten, deren Zweige man noch nicht abgehauen hatte. Hier bei der Schutzhütte war auch die Feuerstelle, in der Hütte waren die Werkzeuge geborgen, ein Holzschlägel lag *nicht* dabei, auch nicht an der Unglücksstelle. *Wohin* war er gekommen? Hatte ihn jemand mitgenommen? Martin vielleicht?

Mit der Minna war dieser dem Trupp gefolgt, der den toten Hegemeister geleitete – dann plötzlich war er zurückgegangen und verschwunden. Das alles machte ihn verdächtig, war aber noch ein Rätsel; hatten ihn doch die Waldarbeiter, als der Baum niederprasselte und Vater Maiwald aufschrie, *bei der Minna stehen sehen.*

Minna Neumann wurde vom Wachtmeister scharf ins Verhör genommen, und bei der eindringlichen Frage, ob sie *schwören* könne, dass sie die reine Wahrheit gesagt, und nichts verhohlen habe, brach sie in Tränen aus.

Schließlich gab sie zu, dass sich die Sache anders verhalte, doch *über das Wie verweigerte sie die Aussage.*

»Wirklichkeit lässt sich *auf die Dauer nicht verhehlen*« – meinte Lamettrie zum Forstmeister – »nur für eine Weile vor den Leuten, allmählich wühlt sich alles selber heraus, wie es gewesen ist. Bedenke, dass stets in meinem Gewissen lebendig war, was ich an Deiner Schwester verfehlt habe, obwohl es durch meine aufgeregte Fantasie schrecklich verzerrt und missdeutet wurde. Am Ende kam die Wahrheit zutage, wenn auch erst nach fünfzig Jahren. *In der Ewigkeit gibt es nichts Verborgenes.*«

»Was kümmert sich Martin Maiwald um die Ewigkeit!«, brummte der Forstmeister.

Als ob sich die *Macht der Wahrheit* zeigen wolle, machte Lamettrie, den es auf einem Waldgange zu der Stelle des Unfalls gezogen hatte, folgende Entdeckung: In der Schonung nahebei kläffte Mohrchen, und als sein Herr sehen wollte, was es gäbe, zerrte der Hund an dem Schlägel, den der verstörte Martin dorthin geschleudert hatte.

War nicht – so überlegte Lamettrie – bei der Untersuchung von einem Holzhammer die Rede, über dessen Verbleib man nichts weiß?

Lamettrie betrachtete das Werkzeug – am Klotz war eine versengte Stelle. In Feuersglut ist er gehalten, hinterher hat jemand mit dem Messer geschabt. Zu welchem Zweck wohl? Aha! Blutspuren sind daran. Die also hat er *tilgen* wollen, durch Anglühen und Schaben. Schließlich hat er den Hammer in die Schonung geworfen und das Weite gesucht …

Passend zu dem Fund des blutigen Hammers war des Arztes Gutachten und nun klärte sich der Sachverhalt.

Lamettrie hielt es für seine Pflicht, der Ortspolizei Meldung zu tun. Darauf sagte der Wachtmeister Minna Naumann ins Gesicht, *Martin habe den Förster mit dem Holzhammer erschlagen.*

Zusammenbrechend *gestand* das Mädchen alles, was sie gesehen hatte. Aber darüber ließ man nichts laut werden.

Ein Steckbrief gegen Martin blieb erfolglos. Später munkelte man, er sei im rumänischen Siebenbürgen als Glasarbeiter.

## 57. Im Leben und Sterben ein Kind der Güte

Während Friedel ahnungslos in der Schule saß, hatte die Witwe den Erschlagenen waschen und in der Balkenstube aufbahren lassen.

Da lag nun die Leiche ernst, aber friedlich. Die Kopfwunde hatte man durch einen Kranz von Tannenreisern und Buchenlaub verborgen. Der tote Förster trug seinen Parade-Anzug, mit einem Orden geschmückt, den Federhut hatte man ihm auf die Brust, die Büchse in den rechten Arm gelegt. So ruhte er fast wie schlafend – und war doch jäh dem blühenden Leben entrissen.

Forstleute, der Oberförster, auch viele benachbarte Männer und Frauen waren gekommen, ihn noch einmal zu sehen. Sie starrten in das bleiche Antlitz, weinten still oder flüsterten miteinander über die Frage, ob ein *Unfall* vorliege oder ein *Verbrechen.*

Einige meinten, die Sache könne einfach so passiert sein, dass der gekerbte Stamm, als der alte Maiwald mit Riesenkraft sich dagegen gestemmt, plötzlich abgebrochen und dem unachtsamen Förster auf den Kopf gefallen sei. Dass sich Martin aus dem Staube gemacht habe, komme wahrscheinlich daher, dass er eine neue Wilddieberei auf dem Kerbholz habe.

Andere äußerten, der Wachtmeister, ein findiger Kopf, werde den Hergang schon herausbringen; der sei nochmals an die Waldstelle gegangen und forsche nunmehr nach dem Holzschlägel, der vorher dort gelegen; wo er geblieben sei, wisse niemand anzugeben, hier sei etwas nicht richtig.

Als mittags die Schule aus war, begleitete der Lehrer, den die Witwe hatte bitten lassen, den kleinen Friedel zum Forsthause und teilte ihm schonend mit, dass sich beim Abholzen ein Unglück zugetragen habe.

Wie erstarrt stand der Knabe, ließ die Hand des Lehrers los, und verzog das Gesicht zu leisem Weinen. Der erschütterte Lehrer drückte das Kind stumm an sich.

Sie waren beim Forsthause angelangt: »Nu hast du ju dein *Mutterla!*«

»Ju, ju«, wimmerte Friedel.

Lamettrie eilte ihm entgegen und hob das Kind zärtlich auf seine Arme, während ihm die Augen voll Tränen standen.

Die Witwe, die bereits ein dunkles Kleid angezogen hatte, schien gefasst, mit schmerzlichem Blick übernahm sie das Kind und trug es in die Balkenstube, wo der Tote lag.

»Vatterla!«, klagte Friedel scheu – »kann a denn *ne* mehr ufwacha?«

»Nein, mein Kind, *nie* mehr! aber *denken* können wir immer an ihn, und nicht wahr? Du wirst brav, wie Vatterla war?«

Nun kam auch der Forstmeister Erlenbach. Er und Lamettrie, diese beiden gütigen Riesen, waren neben der weichen Mutter Trost für Friedels Herz.

»Wir nehmen Euch mit uns auf den Schachthof« – sagte Lamettrie – »Großvater hat sich entschlossen, auch dahin überzusiedeln, Und da werden wir alle eine Familie sein und den Jungen *gemeinsam* aufziehen! Ich besonders werde mich um ihn kümmern, ich habe sonst keinen, dem ich etwas sein könnte.« So zogen Trost und neue Aussichten in die Herzen der verwaisten Familie ein.

In Lamettries Mietwohnung befand sich dieser und der Forstmeister, beflissen, die Witwe und die Mutter Schellmanns aufzurichten.

Dann kam das Begräbnis: Der Sarg wurde von sechs Förstern zum Niederdorf getragen; es folgten die Witwe neben dem Geistlichen, Großmutter Schellmann und Lamettrie hatten den kleinen Friedel zwischen sich an ihrer Hand; Mister Friedrich trug mit steifer Würde einen mächtigen Lorbeerkranz. Neben ihm ging der Forstmeister. Trompeten und Hörner bliesen einen Trauermarsch. So zog man den Oberweg hinab bis zu einem aufsteigenden Hang, zum Friedhof, wo auf den Hügeln der Gedenksteine weiße Rosen und lila Astern blühten, von Trauerweiden überschattet. Und hier war das Grab für den Förster; ein Schwarm von Neugierigen hatte sich schon herum versammelt, machte aber dem Gefolge Platz.

Ragend auf dem Erdhügel stand ein noch junger Geistlicher. Er suchte die Witwe und die alte Mutter des jählings Dahingeschiedenen zu trösten, indem er auf Gottes ewigen Ratschluss verwies, dem wir alle uns beugen müssen. Dabei glaubte er ein Gerücht erwähnen und dem Fühlen des Volkes ein Zugeständnis machen zu dürfen: »Sollte hier« – so redete er – »etwas *Schlimmeres* als Unfall vorliegen, – sollten *Mächte der Finsternis* im Spiel gewesen sein, so wird die Vorsehung ihre Schliche an den Tag bringen und das Wort des allmächtigen Weltenherrn erfüllen: *Die Rache ist mein! Ich will vergelten.*«

»O heilige Einfalt!«, raunte auf dem Heimweg Lamettrie dem Forstmeister zu: »Sieht denn der Pfarrer nicht, welchen *Rattenkönig von Widersprüchen* er als Gottes Wort gelten lässt? Vorsehung und schleichende Mächte der Finsternis! Der allmächtige Weltenherr, der zugleich Gott der Liebe und doch der Rachsucht sei!«

»Hm, Du hast recht« – meinte der Forstmeister – »aber Waldarbeiter und Landleute *verstehen* es nicht besser, zu denen *muss* man wohl so reden!«

»Also soll man sie bei ihrer Dumpfheit *lassen?*«, brummte Lamettrie.

Als sie mit der Witwe, ihrer Schwiegermutter und Friedel in Lamettries Laube saßen, und vor ihnen ausgebreitet, von der Sonne verklärt, die gewaltige Bergwildnis lag, sprach Lamettrie: »Wie *heilig* ist die Sonne, die den Bösen wie den Guten scheint! Wenn sie auch nicht weiter bedeutete, als unerschütterlichen Gleichmut gegenüber allem, was den Geschöpfen geschieht, so wäre sie noch viel *besser* als ein Gott der *Rachsucht*. Aber im Evangelium der armen Seele wird der Gott verkündet, der nichts als *Güte* ist.«

Und er holte das Büchlein und las still darin. Er fand folgende Stelle: »Ein Mensch, der von Gott bloß weiß als von einem, der uns versorgt, der hat den wahren Gott noch nicht erlebt! Ist es nicht unter den Menschen jetzt eine gangbare Rede, dass von Religion eines Volkes erst gesprochen werden könne, wenn dessen Gottesglaube sich anschließe an seine sittlichen Vorstellungen? Zu dem, der da jammert, dass ihm ein Stück seines Gottesglaubens entzogen werde, sprich: Es wird dir *das* entzogen, was durch Missverstand in deinen Gottesglauben hineingekommen ist; und was dir entzogen zu werden *scheint*, das wird auf einer andern Seite *ergänzt*. Denn deine Liebe zu den Brüdern in Kraft der Liebe Gottes ist kein müßiges Ding, kein Betrachten und sich selbst und seine schöne Empfindung Genießen, sie ist eine Kraft Gottes, welche da treibt, Werke der Liebe zu wirken. Da gehe hin und lerne die Gesetze der Natur und wende sie an, damit der Ertrag deiner Arbeit groß und gewiss sei, und *dasselbe* sollen *alle* Menschen tun, von gleichem Geist der *Liebe* getrieben; und wenn an einem Orte Hagel und böse Wetter der Ernte Schaden tun, so soll der Überfluss des andern Ortes den Mangel ergänzen, und ihr sollt euch zusammentun, den Schaden der Einzelnen *gemeinsam* zu tragen.«

Der Alte sann eine Weile – dann las er schweigend weiter: »Dies leibliche Leben ist der Tummelplatz und Übungsplatz für ein frommes Wirken – das sollt ihr hochhalten. Bisher glaubtet ihr, Wind und Wolken seien Boten Gottes; dieser Glaube wird abgetan, Wind und Wolken und alle Dinge folgen ihrer *Natur* und dem, was sich aus dem Zusammenhang mit allem Andern ergibt. An Gott dürft ihr euch für Wind und Wetter *nicht* mehr wenden und von ihm etwas der Art *nicht* fordern. Die Welt und ihre Dinge stehen nicht *unmittelbar* unter Gottes Einfluss, aber *mittelbar* bleiben sie demselben nach wie vor untertan. Du fragst, wie das zugehe, ich will es dir sagen: Das geschieht durch die Menschen. Die Menschen können die Welt sich mehr und mehr unterwerfen, indem sie ihr die Gesetze ihres Wirkens ablernen und mit diesen die Welt selbst, soviel sie vermögen, *besiegen*. Wenn du am Bett eines Kranken stehst, so betest du *nicht* mehr: Herr, erhalte ihn, sondern: Allquell der *Liebe*, ich wünsche, dass er noch leben bleibe, denn ich möchte ihm noch viele Beweise meiner Liebe geben; darum flehe ich zu dir, stärke *meine* Kraft, dass ich nicht verwirrt werde in meiner Angst, sondern Herz, Sinne und Verstand am rechten Fleck bleiben, damit ich alles tue, was den Kranken etwa noch zu *erhalten* imstande ist; vor allem aber, heilige Güte, bin ich des froh und gewiss, dass wir im Leben und Sterben *dir* angehören können.« Nun schloss Lamettrie das Buch und sprach innig: »Die ewige Liebe ist allmächtig, durch die Menschen, in die sie strahlt – aber sie ist kein Mittel zu einem *Zwecke*, kein Mittel, das man wie eine *Mechanik* anwendet, um etwas zu erreichen, was dem Körper nottut. Nein, Liebe *wirkt unmittelbar*, ihr *eigenes* Wesen strahlt sie aus – und das ist die *vergottete* Welt.«

## 58. Wie die Maschine zum Segen werden könnte

In der Balkenstube saßen sie abends beisammen – Lamettrie, Mister Friedrich und der Forstmeister mit der Familie Schellmann. Vom altväterischen Ledersessel sah der Amerikaner empor zu den dunkelbraunen Balken, über welche die Decke genagelt war: »Wie alt mag dies Haus sein?«

»Nu!« versetzte die Försterin – »über der Haustür steht die Jahreszahl 1687 und der Spruch:

> Die Tür geht uf – die Tür geht zu –
> Genade Gott uns ewige Ruh!

Hier innen aber ist mit glühenden Feuerhaken in das Holz gebrannt: »Undank ist der Welt Lohn!«

»Weisheit armer Waldmenschen« – meinte Lamettrie – »die unter ihrem Dach in Ruhe gelassen sein wollen.«

Schläfrig takte die Kastenuhr, der Försterhund lag mit Mohrchen auf seiner Decke am Ofen und seufzte mit wehmütigem Behagen. Es war noch September und das Wetter mild, doch abends in der Balkenstube konnte man schon etwas Heizung vertragen.

»Das ist hier fast wie droben in den Bauden. Da heizen sie auch im Sommer« – bemerkte Frau Schellmann – »im hohen Gebirge hat seit alter Zeit jedes Waldhaus eine Balkenstube, ganz aus Fichtenstämmen gefügt, mit Moos und Pech luftdicht gemacht, um die Fensterrahmen ist noch ein Mooskranz gelegt, damit nicht Sturm, Regen und Schnee hineindringen, drum ist's in solch einer Balkenstube bei schlimmstem Wetter ganz mollig. Sieh auch mal den prächtigen Ofen an! Man kann sich bequem dahinter legen, da ist Raum für Wolldecken, die sengen nicht an, nur mit warmen Steinen kommt man in Berührung. Kacheln waren in alten Zeiten wegen ihrer Kostspieligkeit noch nicht üblich.«

»Auch – wie ich sehe – keine messingene Ofentürchen vor der Wärmenische«, sagte Lamettrie – »sonderbar spielt der Zufall, dass solche Ofentüre mich in jungen Jahren beim Sinnieren über den Maschinenmenschen zu einer Erfindung angeregt hat.«

»Wie war denn das, Großonkla? Erzähl mal!«, bat Friedel, der auf einer Fußbank vor seinem greisen Freunde Lamettrie kauerte.

Um das Kind, das vom Begräbnis noch verschüchtert war, seiner Schweigsamkeit zu entreißen, begann Lamettrie zu berichten: »Die Messingtür am elterlichen Kachelofen seh' ich noch vor mir, blank geputzt, und höre, wie der Bühnenkollege meines Vaters einen Tanz von Chopin vorspielt, von dessen einem Ton die Messingscheibe in leises Klirren und Zittern geriet. Dies fiel mir auf – und den Klavierspieler ersuchte ich, durch Wiederholung der betreffenden Stelle herauszufinden, für welchen Ton die Blechplatte empfänglich sei. Als ich dies wusste, war mir im Geiste meine Erfindung gegenwärtig. Es handelte sich um Übertragungen von Schallschwingungen auf empfängliche Platten oder schwingende Stäbe. Wenn beispielsweise eine Stimmgabel schwingt, kann von ihren Tönen eine zweite Stimmgabel angesteckt werden. Hieraus entsprang mir der Gedanke, auf mechanischem Wege könne ein Befehl des Menschen eine Bewegung mit der Zuverlässigkeit des Naturgesetzes auslösen. Nicht wahr, Schwager, Du verstehst, welche Anziehung auf mich allerlei Fantasien von einem Maschinenmenschen damals ausübten? Ich war Student, und wie ein Prometheus geladen mit himmelstürmenden Plänen.«

Der Forstmeister grunzte Beistimmung und paffte eifrig: »Ein Maschinenmensch ist ja im Grunde *jede Maschine!* Ob Dampfkessel, Kolben, Räder grade mit einer *menschenähnlichen Gestalt* verbunden sind, ist Nebensache – eine spielerische Beigabe, nichts Wesentliches.«

»Gewiss!« nickte Lamettrie. »Und wenn ich mich vom Maschinen- *Menschen* abgekehrt habe, bin ich nicht von der *Maschine* überhaupt abgekommen, nur von den *Verblendungen und Versklavungen*, zu denen heutzutage der rauschartige Übermut unsere Technik verführt.«

»Du denkst also nicht so, wie einst die Weber im schlesischen Gebirge« – nahm Frau Schellmann das Wort – »Großmutter gelt? Deine Eltern erzählten, dass die Weber im Gebirge ihre Webstühle *zertrümmert* haben, aus Wut über die Mechanik ...«

»Das ist ein unsinniger Versuch, das Rad der Zeit rückwärts zu drehen. Solange noch die Gesinnung der Menschheit von Misstrauen heimgesucht wird und von jener ansteckenden Massenfurcht vor dem Notgespenst, so lange hat der Friede zwischen den Volksklassen und Staaten eben keinen Wurzelboden. Die Maschine *kann* die Arbeiter versklaven, wenn nämlich nicht *wir die Maschine* besitzen, sondern wenn *sie uns besitzt.* Der Mensch muss erst lernen, in Wahrheit Herr seiner Werkzeuge zu werden, muss all seine Organisationen mit Seele durchdringen, dann erst wird uns die Maschine zum Segen.

Vorläufig entfremdet sie uns der Natur und erniedrigt den Menschen, der sie bedienen muss, zum stumpfen Werkzeug. O welch ein Heil könnte von der Technik kommen, wenn sie ganz im Dienste *höchsten Lebens* stände!«

Der Forstmeister paffte aus seiner Pfeife wie eine Lokomotive, die nun auf Bahnen des neuen Fortschritts laufen möchte. Dann fragte er mit einem ernsten Blick seiner buschigen Augen: »Was *verstehst* Du unter höchstem Leben?«

Lamettrie besann sich, um zu antworten: »Julias Tagebuch und Helmut haben mich dazu angeregt, die Menschheit als eine lebendige Gliedergestalt, mit Abstufungen anzusehen, sodass die Unterstufen von höheren Werten überwölbt werden – von *Vernünftigkeit, Güte, Liebe.*«

Der Forstmeister sah schief aus zwinkernden Augen: »Liebe? Klingt das nicht wie weichselige Redensart? Wer sich nach Liebe und Güte orientiert, ist oft zu schwach, um Vernunft und Ordnung streng durchzuführen. Im Verwaltungsdienst und im Geschäftsleben gilt kühle *Sachlichkeit*, Ordnung und Gerechtigkeit.«

»Gut, Schwager, Sachlichkeit und Gerechtigkeit im Dienst gehört eben auch zu dem, was Du liebst. Liebe erstreckt sich nicht bloß auf das Verhalten zu einzelnen Menschen, sondern auch auf Verhältnisse, die dem wahren Heile dienen.«

Der Forstmeister und Friedrich schwiegen ehrerbietig, Friedels Großmutter nickte sinnend, der Knabe schaute geweiteten Auges.

»Ja!«, fuhr Lamettrie mit Innigkeit fort – »wäre die Menschheit von Liebe durchdrungen, so würde sie sich nicht mehr bekämpfen und zersplittern in Christen, Juden, Heiden.«

»Heiden!« stutzte Frau Schellmann – »ich habe mich bei meiner Konfirmation zum *Christentum* bekannt, was haben wir mit dem Glauben der *Heiden* zu tun?«

»Das sind doch unsere *Mit*menschen, die mit uns zusammenarbeiten, da müssen wir uns doch mit ihnen verständigen, auch überliefern sie uns aus ältesten Zeiten Schätze der Weisheit.«

»Nu ja, unsere Missionare möchten sie zum Glauben an unsern Heiland bekehren – und der bringt ihnen die Seligkeit! Was haben die Heiden *uns* dagegen zu bieten?« meinte die Witwe des Försters Schellmann.

»Heiden« – erwiderte Lamettrie – »das klingt so verächtlich überlegen. So nannten unsere Stadtbewohner, als sie längst Christen waren, die in den Heiden hausenden Jäger, Hirten und Ackersleute, bei denen das Christentum noch nicht eingeführt war. Aber die Anhänger des bäuerlichen Donnergottes, des Jagdgottes Wotan, des Lenzgottes Baldur können mit ihren Vorstellungen *dieselbe* Andacht verbinden wie die *Christen* mit den Ihrigen. Nur dass sich die Ideale der Völker und Zeiten entwickeln. Christus verkörpert das allerhöchste Sehnen der Menschen, die Sehnsucht nach jener Liebe, durch welche die Welt zum Reich Gottes umgewandelt werden könnte.«

»Halt ein, Schwager!«, rief der Forstmeister – »zu schön ist Dein Traum, um je in Erfüllung zu geh'n.«

»Weshalb denn *könnte* er's nicht?«, fragte Lamettrie mit sanftem Lächeln. »Ihr werdet einwenden, Jahrmillionen ist die Menschheit wild und wüst gewesen, und so wird's durch Jahrmillionen *weitergehen*. Aber warum sollte sich das Menschengeschlecht nicht *veredeln*? Vorbilder wie Christus, Buddha, Franz von Assisi und von meinen Amerikanern der prophetische Walt Whitman zeigen uns, zu welcher Höhe die Menschheit gelangen könnte, wenn sie ihre Innerlichkeit ganz aufs Ewige richten würde. Und was Einzelmenschen möglich ist, sollte das nicht auch der *Menschheit* einigermaßen gelingen können? Vor allem müssten Not und Furcht vor Lieblosigkeit aus der Welt geschafft werden.«

Alle achteten nun auf die Förstersfrau, die ihr Tuch vor die Augen hielt und leise schluchzte: »Wie schön könnte die Welt sein, wenn es soweit wäre, hätte ich nicht auf so schreckliche Weise meinen Mann verloren!« Als Friedel seine Mutter weinen sah, kamen auch ihm die Tränen. Großmutter suchte das Kind zu beschwichtigen.

Lamettrie legte seine Hand auf das Haupt der Witwe: »Dein Weh hat recht. Doch Trost wird Dir aus dem Leid quellen, eine neue Sonne wird den Erdbewohnern scheinen, wenn auf der Welt die Güte regiert.«

Da wird den Menschen auch die Technik zum Segen werden. Wenn die Maschine den Menschen entlastet und ihm zur Freiheit hilft, dann erst ist er der Herr des Werkzeugs.

## 59. Letzte Wegfahrt

Die Übersiedlung der verwaisten Familie Schellmann
wurde von Lamettrie sofort in die Wege geleitet. Aus
Nordamerika, wohin das Geschehene berichtet war, ka-
belte Hulda: »Völlig einverstanden, Ende Oktober sind
wir Schachthof.«

»Also!«, meinte Lamettrie munter zu Frau Schellmann
– »wirst sehen, wie wir alle Euch mit Treue umhegen.
Ihr sollt Euch *wohl*fühlen im Ruhrgebiet, da bilden wir
eine harmonische Familie. Von Hulda und dem Freun-
despaar Helmut und Gerhart kann ich Dir *viel* versprechen, und wie freue ich mich, Friedel *miterziehen* zu dürfen! Seinem Vater und seiner Mutter soll er mal Ehre
machen.«

Marta Schellmann brach in Tränen aus. Die Güte ihrer
neuen Verwandte ergriff und tröstete sie.

Von ihrem Bruder – es war ja derselbe Vetter Helmuts,
der jenen bedeutsamen Brief aus Amerika geschrieben
hatte – erhielt Frau Schellmann ein Schreiben voll echter
Teilnahme am Tode ihres Mannes und voll Dankbarkeit
über die Wendung des Schicksals der Familie Erlenbach.

Nach einem regnerischen Sommer war ein Herbst voll
traumhaft schönem Sonnenwetter über die Gebirgswelt
gekommen. Ende Oktober sollte die Familie durch den
Forstmeister zum Schachthofe gebracht werden. Vor
dem Scheiden vom Riesengebirge aber wollten die beiden Alten noch etliches von dessen Großartigkeit durch
eine Wanderung über den Kamm kennenlernen. Da sie
noch rüstig zu Fuß waren, hatten sie den Plan, von
Krumhübel über die Hampelbaude zur Schneekoppe zu

gehen. Daselbst wollten sie übernachten und am nächsten Vormittage weiter marschieren bis zur neuen schlesischen Baude. Dorthin sollte Friedrich den kleinen Friedel von Schreiberhau aus begleiten, damit dieser vor seinem Scheiden vom Riesengebirge wenigstens den Aufstieg längs des Zackelfalls und den Kammweg ins Böhmische kennenlerne.

Der erste Tag der Wanderung war von trockenem Sommerwetter begünstigt. Der Weg zur Schneebaude wurde aber so windig und rau, dass Lamettrie zum Forstmeister bemerkte: »Gut, dass Mohrchen bei Friedrich geblieben ist, und dass ich diesem den Auftrag gab, meinen Pelzmantel zur Neuen schlesischen Baude mitzubringen.«

»Pelzmantel? Ist der nicht zu schwer? Wir hatten doch bisher ganz warmes Herbstwetter, und so werden die paar Tage auch noch schön bleiben.«

»Es ist ein *sibirischer* Pelzmantel, der sich außerordentlich leicht trägt und doch sehr warm hält. Allerdings gibt es im Tal ab und zu noch Rosen, auch eine Herbstgrille hörte ich an einem warmen Tage zirpen; aber das Wetter kann plötzlich umschlagen, dann würde der Pelzmantel in seine Rechte treten.«

Wie Jünglinge schritten die beiden Alten dahin. Der Forstmeister, von breiter Brust und wallendem Graubart, erinnerte an den Geist der Berge. Der lange, glattrasierte Lamettrie hatte trotz seiner fünfundsiebzig Jahre noch viel Spannkraft.

Den bequemen, mit Kies bestreuten Fußweg zwischen kahlen Felsen und vereinzelten Wettertannen marschier-

ten sie flott und schauten in der Tiefe den Großen und
den Kleinen Teich, die ganz in die wilde Höhenwelt ge-
hörten. Die Teiche drohten wie unheilvolle Träume,
Gewölk wallte um die Granitklippen des Ufers. An Ab-
gründen geht es vorbei, wo Ausblicke sind, zu blauen
Fernen über dunkle Bergwälder, vorbei an Hängen, wo
mit ihren klapprig läutenden Glocken schräg kletternde
Rinder werden; auch durch Knieholz, das zwischen den
Steinen am Boden kriecht.

Nachdem sie im burgartigen Schneegrubenhotel Brot
und Milch genossen und die vom Winde kalten Glieder
erwärmt hatten, wollten sie einen Blick tun in die dreihundert Meter tiefen Schneegruben.

Sie traten an den Abgrund, aber die Aussicht war ihnen
benommen durch brodelnden Nebel. Einen Felsengrat
stiegen sie abwärts, da gewann der Nebel Gestalt; wie
ruhevolle Meereswogen wallte er um die ragenden Felsen und nahm Formen an – Gewölk, das immer tiefer
sank. Dann sahen sie durch eine Lücke Nadelwipfel,
und herauslugte lächelnd ein Stück Bachtal, von blauem
Himmel übersonnt.

Die Greise hatten sich an die steile Halde gebettet und
starrten träumerisch auf die Wolkenmassen – auf den
Kampf, der sich abspielte zwischen wüsten und freundlichen Mächten. Aus dem hellgrauen, von Sonne über-
glänzten Nebelmeer blickten Wälder golden und hell-
grün, mit Schlössern, wie es schien, neben freundlichen
Wohnstätten. Eine Insel der Seligen im grauen Meer.

»Wie ein Vergissmeinnicht-Auge«, schwärmte Lamettrie – »wie das Glück meiner Jugend lächelt in der Ferne

der blaue Höhenzug hinter einem Teich. Es grüßt noch einmal mein Leben im lichten Schleier der Maja. Freilich auch Abgründe sind da, Sturmwolken, trotzige Felsen. Doch Julias *Vermächtnis* verklärt alles, auch meine *düstere Schroffheiten.*«

Plötzlich stutzte der Greis; ein lyrisches Wort war ihm von der Landschaft erweckt: Zuletzt – so sann er – wenn die Sonne dunkelrot versinkt, erst dann kann man ungeblendet ihr ins Antlitz schauen. Und hieraus folgt: Wenn mir jetzt mein verflossenes Leben deutlich aufgeht, muss wohl der *Untergang* meiner Sonne nahe sein. *Lebwohl* denn, Welt! – Oder ahne ich den Aufgang *neuen* Tages? Am Horizont erscheint ja frühmorgens *dieselbe* Purpurscheibe, die abends hinuntergesunken ist – von fernen Völkern wird sie als *Morgen* begrüßt. Gegensätze, Abendsonne und Morgensonne, fallen also in Eins zusammen ... Doch ich werde ja schauen, was mir der Tod beschert, Frieden ist es jedenfalls.

Und aus seinem Grübeln erwacht, erhob sich Lamettrie freudig: »Nun, Schwager, auf! Zur Neuen schlesischen Baude, wo der kleine Friede! Vielleicht schon unser harrt!«

Und weiter gingen die beiden Alten. Rechts ein ragender Felsen, der Veilchenstein, von Gewölk umbrodelt, kalt pfiff der Wind.

Als sie in die geheizte Baudenstube traten, kam der Wirt grüßend: »Heißt einer der Herren vielleicht Lametter oder so ähnlich?«

»Ja, Lamettrie!«

»Dann übergebe ich Ihnen den Pelzmantel, den der Postbote für Sie abgegeben hat. Ok a Briefel is drbei!«

Von Mister Friedrich war der Brief, und mit eingeschlossen war ein Brief aus Amerika. Friedrich schrieb: »Wir ist ein kleiner Unfall passiert: Habe *den Fuß verstaucht*, kann daher den kleinen Friedel nicht begleiten. Aber Großmutter Schellmann bringt ihn zur Zackelfallbaude und übergibt ihn dem Knecht, der immer mittags zur Neuen schlesischen Baude geht.«

»Hm!«, brummte Lamettrie – »hier wird ein *Knecht* erwähnt, der werde einen siebenjährigen Knaben bringen. Ist das Kind schon da?«

»Nein! Aber in etwa einer Stunde trifft mein Knecht hier ein.«

Der Brief aus Amerika war kurz, und nachdem ihn der Alte überflogen, lachte er bitter auf: »Welch ein Hohn auf meine Absicht, wiedergutzumachen! Helmut meldet, der Generalpächter habe die Bedingungen mit Kusshand angenommen und mache mit dem Antihumbug Bombengeschäfte. So komme ich also nicht los von meiner Zauberbude – nur ist sie zeitgemäß reformiert ... O Natur und Wildnis! Du bist besser als alle Zivilisation! – Wo ist nun mein Pelzmantel? Ich muss hinaus in die freie Luft, Sturm und Einsamkeit und zu dem Kinde!«

Ein altes Mütterlein brachte den Pelzmantel. Sie lächelt, indem sie den zarten Pelz streichelte: »Asu fein is a!« Dann stutzte sie, sah durchdringend den langen Alten an und murmelte dazu.

» *Was* meinen Sie? Sie wollten etwas sagen?«

»Nu – »iich *wees* ne – aber es is mir so düster und ängstlich.« – Dabei schüttelte sie den Kopf: »Ach nee, Herr! *Asu* schlimm wird's ja ne sain! Nähmen Se mer'sch ne iebel! Grads war mer'sch, als ob Se – im Se lägen blass und starr vor mir im Schnee.« Dann starrte sie die beiden Greise abwechselnd an, als wäre sie entsetzt, dass sie sich verplappert habe.

Lamettrie warf einen fragenden Blick auf die Alte und zog seinen Pelzmantel über den leichten Überzieher an: »Wie meine Karte zeigt, ist der Weg zur Zackelbaude nicht zu verfehlen.«

»Gewiss ne!«, versicherte der Wirt. – »Vorm Hause der Wegweiser zeigt nach dem Zackelfall – immer bergab!«

»Willst Du dem Friedel entgegen gehen?«, fragte der Forstmeister zögernd – » *nötig* wäre es ja *nicht* – der Baudenknecht liefert ihn *sicher* hier ab.«

»Schon recht!«, lächelte Lamettrie – »doch ich habe grade Sehnsucht nach dem Kleinen – bin nun mal so'n Kindskopf ... Du aber, Schwager, lass Dich nicht abhalten, mach Dir's behaglich und iss was Warmes! In einer Stunde werden wir hier sein.«

»Wir wärdn aber bald Sturm bekommen – un Regen«, wagte der Wirt einzuwenden – »hier is es *rauer* als wie eim Tale.«

»Ein Stündchen wird's Wetter wohl leidlich bleiben. Na – und ich habe ja meinen *Pelzmantel*.« Hiermit trat Lamettrie seinen Schicksalsgang an.

»Ju, ju! da iis ju dr Pelz! *der* hält warm!« meinte der Wirt zum Forstmeister, der seelenruhig aus seiner Pfeife paffte. »Na, un wenn's ock länger als 'ne Stunde dauern kann, dr Weg is gor ne zu verfählen.«

»Was war denn das mit der alten Frau, die den Pelz beschnüffelte und ein so wunderliches Gerede hatte?«, fragte der Forstmeister.

»Ach, de ale Gottsteinsche!«, brummte der Wirt – »das iis Aberglauben! Se bildt sich asu Ahnungen ein! Aber bloß *manchmal* hat se recht behalten. Tummes Gemare!«

## 60. In der Irre

Draußen pfiff der Nebelwind. Der Wegweiser deutete die steile Halde abwärts. Da waren verschiedene Furchen von Fuhrwerken mit schleifenden Baumstämmen durch den kurzen Rasen der Viehweide gezogen. Alle mündeten sie in den Fahrweg, der auch noch durch eingesetzte Stangen von doppelter Mannshöhe bezeichnet war, wohl wegen des hohen Schnees im Winter, Weiter unten kamen vereinzelte Stangen von knorrigem Wuchs.

Etwa eine halbe Stunde mochte Lamettrie abwärts gegangen sein, als er den Knecht mit dem Bübchen kommen sah. »Großonkla!«, lacht das Kind – »Mutterla un Großmutterla lassen ock grüßa.«

»Ich danke Dir, Friedel! – Und ich danke auch Ihnen« – wandte er sich an den Knecht, der mit breiter Freundlichkeit dastand – »hier, nehmen Sie dies dafür, dass Sie den Kleinen begleitet haben. Und nun gehen Sie Ihren Schritt weiter, wir beide kommen sachte hinterdrein.« Der Knecht grinste und verschwand langbeinig und rasch im Nebel.

»Und was macht Friedrich?«, fragte Lamettrie den Kleinen.

»A hot sich halt an Fuß vertreta.«

Dichte Schleier umhüllten alles, *sodass* die nächsten Tannen und Felsen kaum sichtbar waren.

»Ob es einen Rübezahl gibt? Wie *kommst* Du darauf?«

Das Kind wollte nicht mit der Sprache heraus und sah sich verlegen um. Dann lächelte es und zuckte wegwerfend die Achseln: »Der Riebezohel – ne woahr? *Gor* nischte ne kann a uns!«

»Nein! Gar nichts kann er uns tun! Gewiss nicht! Bloß Regen scheint er zu bringen.«

»Schnee!«, meinte Friedel – und in der Tat flogen ein paar weiße Graupeln durch die Luft, dann kamen sie dichter.

So sollte denn das schone Herbstwetter, der prächtige Sonnenschein jählings zu Ende sein? Lamettrie war zufrieden, dass er seinen sibirischen Pelzmantel anhatte ...

Mer Friedel? War denn *der* warm genug gekleidet?

»Es friert Dich doch nicht?«

»Nee!«

»Der Wind scheint nachzulassen – aber sieh doch! Wie auf einmal der Schnee stöbert! Und Dunkelheit bricht herein!«

Ein grauer Schleier legte sich vor die Landschaft, die Ferne wurde verhüllt, und schon sah man drüben das Knieholz nicht mehr. Rasch nahm die weiße Decke zu – auch die Abkühlung der Luft.

Lamettrie verlegte sich aufs Rufen. Den Standort unter den Wettertannen mochte er vorerst nicht aufgeben. »Erlenbach! Karl! Halloh!«, schrie er durch vorgehaltene Hände. Aber es kam keine Antwort.

Von dem Ruf aufgeschreckt, war ein junger Hirsch aus seinem Unterschlupf gekommen und äugte ringsum, dann barg er sich. »A kann sich noch ne zurechte finda«; meinte Friedel altklug.

Das Gebrause und Aufheulen war in ein gleichmäßiges Gewoge übergegangen. Schneetreiben tobte. Da war es geraten, abzuwarten, bis man den Weg zur Baude nehmen konnte. Und ganz nahe musste diese ja liegen.

»Wie gut, dass wir einander gefunden haben, *bevor* das Wetter losbrach!«

»Ja, Großonkla!«, antwortete der Knabe mit einem Blick des Vertrauens.

»Bist Du auch warm, Friedel?«

Der Alte fühlte die Hand des Kindes unter dem gestrickten Handschuh; kalt war sie, und seine Lippen bebten. Lamettrie hatte Zeitungen von amerikanischem Riesenformat in der Tasche seines Pelzmantels. Das Druckpapier konnte zur Erwärmung dienen.

»Rasch zieh Deine Stiefelchen aus! Hier ist eine geschützte Stelle, und nun wickle ich Deine Füße in Papier. Da werden sie mollig, sollst mal sehen.«

Das Kind begriff und folgte willig. Die neue Bekleidung ging flott vonstatten. Unter die Strümpfe und Handschuhe wurde anschmiegsames Zeitungspapier gelegt, dann kamen noch *über* die Wolle etliche Bogen, und die Schnürstiefelchen wurden gelockert.

»Ist es so besser?«

»Au ja! Besser!«, nickte das Kind.

Nun wurden auch unters Mäntelchen, auf Brust und Rücken Zeitungsbogen gebreitet. » *So*, mein Kerlchen! So wird's gehen.«

Lächelnd stampfte der Knabe mit seinen Stiefelchen zum Zeichen, dass es sich damit ausschreiten lasse, und meinte zufrieden: »Nu uf zur Baude! *Asu* werds gihn!«

Freilich spürten sie sogleich, wie beschwerlich es ist, einem Schneesturm entgegenzuschreiten. Das Gesicht vornüber geneigt, bekamen sie pricklige Schneekörner in die zwinkernden Augen und konnten kaum etwas Anderes wahrnehmen, als einen grauen Schleier und zu ihren Füßen dickbeschneiten Boden, aus dem Knieholz und Felsgestein ragten. Von Weg war keine Spur mehr zu sehen.

Den Knaben hatte der Alte fest an der Hand.

Plötzlich wurde die Richtung, in der sie schritten, von einer Gestalt gekreuzt; ein Waldarbeiter schien's zu sein.

»Halloh!«, rief Lamettrie; und der Mann, der etwas wie ein *Fässchen* auf seiner Schulter trug, blieb stehen.

Näher tretend, gewahrte Lamettrie, dass ein wilder Kerl ihn misstrauisch oder neugierig betrachtete.

»Wo liegt die Neue schlesische Baude?«

Keine Antwort. Nach einer Weile kam es mürrisch zurück: »Wees ne!« Und im Schneetreiben verschwand die Gestalt.

Das hab ich ungeschickt angefasst! Dachte Lamettrie, ich hätte ihm gleich Geld bieten sollen, da würde er uns Bescheid gesagt haben!

Aber sieh, noch ein zweiter Mann kam mit einem Fässchen. Der gewitzigte Alte zog einen Fünfdollarschein aus der Geldtasche und bot ihn dar: »Bringen Sie uns, bitte, zur Baude!«

Der Mann blieb stehen und schaute verächtlich auf den Schein, den er wohl für *deutsches* Papiergeld hielt, nahm den Pfeifenkopf, aus dem er paffte, aus dem Mund und sagte langsam: »Zur Baude? I nu! Wir gihn zu keener Baude!«

»Aber dies hier ist *amerikanisches Geld*, fünf Dollar!«

Der Kerl spuckte verlegen aus: »Wo soll denn iich amerikanisches Geld wechsla?«

»Wir haben uns *verirrt*!«

»Iich ha kee Zeit!«, antwortete der Kerl verdrossen.

»Sagen Sie uns wenigstens, in welcher Richtung man zur Baude kommt! Sie muss doch *dort* liegen. Nicht?«

»Nu ju, ju!« war die unfreundliche Antwort, und er deutete unsicher nach der von Lamettrie bezeichneten Richtung. Gleich aber entschwand auch *diese* Gestalt im Flockengewimmel.

» *Sonderbare* Leute!« murrte der verdutzte Lamettrie. Friedel meinte scheu: »Das sain *Pascher*, mecht mer gleeba.«

»Magst recht haben. Und Ungarwein wollen sie über die Grenze schmuggeln – bei solchem Wetter haben's die

Wachtposten schwer. In einer Baude mögen sie sich nicht sehen lassen.«

Noch eine Weile stapften sie durch das Schneetreiben, dann *konnten* sie nicht weiter. Friedel sank mit seinen Beinchen manchmal bis über die Knie ein.

Auf einmal ließ der grausige Flockensturm nach, und man sah wieder deutliche Wolken, sie waren allerdings düster ...

Und nun sogar erschien ein Fleckchen Himmelblau. Friedel jubelte.

»Läge nur der Schnee hier nicht gar so *hoch*!«, brummte Lamettrie.

Sie konnten jetzt gut miteinander reden, da das Toben der Lüfte plötzlich aufgehört hatte.

»Aber es ist noch kein Verlass auf dauernde Besserung«, meinte der Alte.

Die Formen des Gebirges waren deutlich geworden: Oben steile Blankflächen und Wettertannen, im Schnee fast begraben. Felsen ragten dort, wo man die Baude vermutet hatte.

»Da sieht man, wie irreführend die Auskunft des Schmugglers war! Rücksichtsloses Gesindel! Friedet, wir sind jetzt ganz auf *uns* angewiesen. Rasten wir mal und überlegen!«

## 61. Vergebliche Versuche

Sie setzten sich auf einen Schneewall, mit dem Blick ins Tal, das jetzt in Abendsonne lächelte. »Päterschdorf«, vermutete Friedel.

Die Ortschaften in der Ferne konnten den verirrten Kamm« Wanderern nichts helfen. Doch *lieblich* waren sie anzuschauen, und für kurze Zeit begeisterte sich der Knabe an dem Anblick. »De Abendburg!« schwärmte er und deutete auf eine Spiegelung des Abendpurpurs in den Fensterscheiben einer Hütte, die am Berghang lag – sie sah wie ein aufgeblühtes Wunder aus. Dann wieder fuhr er mit dem Arm entgegengesetzt nach der dunkelforstigen Gebirgswege, wo Felsenzacken ragten und noch Wolkenballen lagen. Er faselte: »Das sain die Draisteien!«

Sein Aufmerken wurde gefesselt von einem Eichhörnchen, das über die Schneefläche hastete, den buschigen Schwanz waagrecht gestreckt: »A Aichhernle! Do humpelt's!«

Der Alte war in Sinnen versunken, dann stand er entschlossen auf: »Versuchen wir's mal mit dem *Abstieg*! Vielleicht, dass wir da zur Zackelfallbaude gelangen. Ich werde Dich *tragen*.«

Erst stutzte Friedel – dann hockte er sich auf des Alten Rücken, und nun ging es abwärts, weglos im dicken Schnee. Anfangs im Geschwindschritt, bisweilen rutschend. Dann kamen *felsige* Stellen, und über Knieholz hatte der Greis zu steigen. Das brachte ihn außer Atem.

Als er sah, dass er an einen steilen Hang geraten war, setzte er das Kind ab und sagte verdrossen: »Wir müssen wieder ein Stück aufwärts! Hier gähnt ja eine *Schlucht*, und die Dämmerung bricht schon ein.«

Der Junge mochte nicht mehr getragen sein, was Lamettrie auch schon gewünscht hatte, um möglichst rasch niederwärts zu kommen.

Nunmehr wollten sie wieder aufwärts nach der Baude suchen. Zunächst an die Stelle *zurück*, wo sie bei Ausbruch des Schneegestöbers gestanden hatten. Dort war besser zu beurteilen, *wo* die Baude liegen müsse.

Erst konnten sie ihre Spur im Schnee noch *verfolgen*, dann ging dem bejahrten Manne der Atem aus, schnaufend hielt er an.

Sorgenvoll schaute er zum Himmel: »Das Wetter ist *klar* geworden, aber auch kalt, und wir kriegen wohl *nochmals* die Schneewolken. Ich möchte mich mal auf das *Rufen* verlegen. Jetzt könnte es zu Deines Großvaters Ohren dringen: »Halloh, Halloh, Er –lenbach!«

Keine Antwort! So oft auch der Ruf wiederholt wurde. Und jetzt war's dunkel geworden.

Weil ihre Spuren aufhörten, fanden sie nicht genau zurück. Unerwartete Vorsprünge, die der Berg zeigte, ließen vermuten, dass sie *irre* gegangen waren. »Wahrscheinlich liegt die Baude nicht weiter entfernt, als höchstens zwanzig Minuten.«

»Ju, Großonkla!«

»Nun, Friedel, merke genau, was ich sage! Ich gehe jetzt *allein*, die Baude suchen. Du bleibst unter dem Gezweige dieser Tanne; siehst Du, sie ist ähnlich so, wie die am früheren Standort. Damit ich nun immer weiß, in welcher Richtung Du zu finden bist, werde ich von Zeit zu Zeit Halloh rufen, dann musst Du *auch* mit Halloh antworten. Verstanden?«

»Ju, Großonkla!«

»Nun kriechst Du dicht an diesen *Felsen* heran, auf die Stelle, wo der Schnee nicht hingeweht ist! Siehst Du? Da ist es *trocken*. Und in meinen Pelz, den ich Dir jetzt gebe, mummelst Du dich *gut* ein. Willst Du?«

Der Kleine nickte. Dass Großonkel mit seinem Pelz für ihn sorgte, kam ihm selbstverständlich vor. Und nun ging das Ankleiden vonstatten: Lamettries großer Pelzmantel ließ sich derart über das Kind hüllen, dass er den Rumpf nebst den Beinchen fest umschloss.

»Bist Du jetzt warm? Jetzt kann Dir Wind und Schnee nichts anhaben. Nun lege Dich hieher!«

»Au ja! Aber nu musst Du ja frieren?«

»Ich habe noch einen Pack *Zeitungen*, die lege ich mir jetzt unter. So! Und so! Das hält warm – und nun kann ich auch besser *gehen*, als im schweren Mantel.«

Der auslugende Knabe sah, wie der Alte flott ausschritt, wie ihn dann die Dämmerung *verschlang*.

»Auf Wiedersehen! Friede!!« rief der Alte aus dem Dunkel – und nach geraumer Zeit erscholl fernher sein Ruf: »Halloh, Ho!«

Der Knabe antwortete vernehmlich: »Halloh, hier!«

Nun aber wurde das Wehen stärker, der Himmel verfinsterte sich, Schneefall setzte von Neuem ein.

Gespannt lauschte der Junge, aber es erscholl *kein* Ruf. Und er ängstigte sich schon.

Nach einer Weile kam es dem Kinde vor, als ob aus dem Stöhnen der Lüfte und dem Geriesel des körnigen Schnees, kaum hörbar der Schrei käme: »Halloh!«

Friede! Antwortete nach bester Kraft, und das Halloh wiederholte sich – »Halloh, ho, halloh!«

Zugleich aber nahm der Schneesturm zu, und seinem Heulen lauschte nun das Kind. Bis endlich nach einer bangen Pause ganz *nah* der Ruf erscholl: »Halloh, ho!«

»Halloh, hier!«, antwortete der Knabe.

Und da nahm er wahr, dass der Alte an seine Seite kroch und ihm einen Kuss gab: »Friedel, mein Kind, wie froh bin ich, dass ich Dich gefunden habe! Der Schneesturm *donnert* ja geradezu! *Umsonst* war mein Versuch. Von Baude keine Spur. Beinahe wär' ich eingeschneit!«

Wie der Knabe in Lamettries Anwesenheit seinen Trost fand, lag er bald in ruhigem *Schlaf*.

Indessen ging dem Greise durch den Sinn, was ihm der Forstmeister von den Wettertannen erzählt hatte: »Gewöhnliche Tannen sind es, nur seltsam unregelmäßig gewachsen; weil auf den Bergeshöhen nur drei bis vier Monate Wachstum ist, geraten sie nur kurz und gedrungen. Der zarte Schoß des mühsam emporgekommenen Wipfels wird bisweilen von lastendem Schnee abgebrochen. Aber nun erhebt sich ein Nebenschoß und übernimmt die Führung. So kommt im Verlauf der Jahre ein krüppeliges, knorriges Gebilde zustande. Aber auch das ist Leben.«

In sein *Wachträumen* war der Greis versunken. Es kam ihm vor, er setze das Gespräch mit dem Forstmeister fort.

»Jawohl, Leben!«, glaubte er zu antworten – »der *ältere* Wuchs muss herhalten, wo der *junge* Trieb verunglückt.«

Es war ihm, als höre er die Zustimmung des Schwagers und fühle seinen Händedruck.

Und seine Betrachtungen setzte er fort: »Gewiss! Selbstverständlich ist es meine Pflicht, für alle in bester Treue einzustehen. In erster Linie sind dazu wir Alten berufen – wir, deren karger Lebensrest keine bessere Verwendung finden kann ...«

Und es war dem Greis, als höre er, was er sann, wie ein *wirkliches* Zwiegespräch. Der Forstmeister sagte: »Nicht wahr, guter Schwager, wir nehmen uns doch *gemeinsam* des kleinen Friedel an?«

»O natürlich! Er ist ein so gutes Kerlchen. Er und seine Mutter kommen auf den Schachthof, da sind sie geborgen.«

»Und wenn wir beide *tot* sind, wer kümmert sich dann um sie?«

»Dann treten Helmut und Hulda an unsere Stelle. Gerhart und Frau Belling sind *auch* noch da. Unser Leben ist gemeinsamer Dienst für unsere Lieben.«

Der Schneesturm heulte wie ein wildes Tier.

Da kam dem Alten in den Sinn, was Julia in ihr Tagebuch geschrieben hatte. Wie jenes höchste Wesen, das für ein gütiges Herz unmittelbare Gewissheit hat, unvereinbar sei mit dem Glauben an einen Schöpfer und Beherrscher der Natur.

»Das höchste Wesen ist Liebe, lauter Ordnung und Wohltun. Das bezeugt uns unser Gemüt. Aber damit verträgt sich nicht die erbarmungslose *Wildheit*, als die uns der Naturverlauf entgegentritt. Freilich ist das nur *eine* Seite; *unendlich viele* Möglichkeiten aber bieten sich, wenn wir allumfassend betrachten könnten!

Wie eine *Bestätigung* war es ihm, dass er im tobenden Sturme wundervolle Harmonien zu vernehmen glaubte, und trotz dem Schneegeriesel hörte er den sanften Zuspruch, mit dem Hulda zu beruhigen verstand. Aus ihrem Munde kamen abermals die erhabenen Worte: »So viel der Himmel *höher* ist als die Erde, so sind auch *meine* Gedanken höher als *eure* Gedanken, und *meine* Wege höher als die *eurigen!*«

Dunkel war's geworden, und nun war das Suchen nach ragenden Wegstangen wohl aussichtslos. Aber sein Sinnen richtete sich noch einmal auf die Tröstungen, die er im Gemüt erlebt hatte: »Wenn des Ewigen Wege höher sind als alle Menschenwege, dann müsste auch alles menschliche Gutsein von seiner Güte unendlich übertroffen werden, und Pfade zum Heile bereit haben, die wir nicht einmal *ahnen* können, sodass er mit seiner Liebe auch die wilde Natur umfasst.«

## 62. Ergebung

Auf den Knaben hinzublicken, wie er von Lamettries Mantel warm umhüllt im Schnee gebettet lag, tat dem Greis unendlich wohl. Ein Schnarchen, das zuweilen durch den Schneesturm hindurch vernehmlich war, zeigte an, dass Friedel sanft *schlief* unter dem niederhängenden Gezweig der Wettertanne. Ringsum aber schnob und pfiff der Sturm. Schon hatten die Flocken im Schutz des Granitsteins eine weiße Bedachung gebildet, und so konnte das Schneetreiben noch *weiter* gehen, vielleicht die ganze Nacht hindurch.

War es nicht besser, einen letzten Versuch zu machen, auf jenen Weg zu gelangen, der durch eingepflanzte *Stangen* bezeichnet war? Unschlüssig beobachtete Lamettrie das Wetter – es tobte, ohne die geringste Änderung zu zeigen ... Oder –?

Jetzt kam es dem Alten so vor, als lasse das Flockengestöber *nach*, eine benachbarte Felsengruppe mit Knieholz wurde sichtbar. Der Moment schien günstig. Das Kind lag bis auf Weiteres geborgen und würde weiterschlafen. Lamettrie betastete es sacht, ob es auch nicht kalt sei. Das junge Körperchen versprach die nötige Wärme zu *behalten*, dank dem Pelzmantel, der es umhüllte. Der Alte richtete sich auf und kroch behutsam aus seinem Schlupfwinkel hervor, um ja keinen Schnee zum Niederstäuben zu bringen. Noch einen Blick warf er zurück – der Knabe lag ganz ruhig. Nun konnte das Stapfen losgehen.

Lamettrie hatte sich einen *Plan* zurechtgedacht: Aus der Lage des Hanges schloss er, dass die Baude in etwa zehn Minuten zu erreichen sei, immer *schräg aufwärts* musste er klimmen.

Zunächst kam er flott vorwärts, obwohl das Flockengestöber dicht wurde, und vom Steigen über unebenen Boden, bei dem Sturm, der schräg ins Gesicht blies, das Atmen immer schwerer fiel.

Schon regten sich Zweifel, ob er das Ziel erreichen werde – da, zu seiner Überraschung glaubte er – durch den plötzlich dünneren Schleier des Schnees hindurch – ein *Gebäude* ragen zu sehen. Gleich darauf freilich war der Ausblick wieder benommen. Immerhin hatte ihn die tröstliche Erwartung angefeuert.

»Halloh, ho!«, rief er – die Stimme war kaum hörbar im einförmigen Pfeifen des Windes. Auf einmal brachte ihn seine Hast zum Rutschen – und da lag er.

Er hatte sich seinen Ellenbogen an einem Stein verletzt. Als er nach Minuten mühsam wieder aufstand, um zur Baude emporzuklimmen, zeigte sich: Was er dafürgehalten hatte, war nur ein ragender Granitblock. Wildnis, wüste Felsen und Wettertannen, trostloses Schneetreiben ringsumher …

Da ward ihm klar, wenn er sich jetzt verirrte, ohne dorthin zurückzufinden, wo sein Schützling vertrauensvoll schlief, konnte Unglück entstehen – die Finsternis würde noch viele Stunden anhalten, und wer weiß, ob sich Friedel nicht eine Erkältung zuzog.

Nein! Das liebe Kind durfte keiner Gefahr ausgesetzt werden. Er wollte es bewachen und behüten! Vor allem aber musste er es *wieder*finden!

Er schrak zusammen – vor ihm stand das Gespenst des zurückgelassenen Kindes, wie es nach Stunden des Schlafs kalt erwachen könnte und sich dann einsam, ganz im Dunkel finden würde, während der Schneesturm heulend tobte. Friedel würde rufen, sich ängstigen und weinen. Wenn er nur seinen *Platz* beibehielte! Und nicht gar den wärmenden *Pelz verlöre*! Im Schnee versinkend, konnte er bei dem rauen Sturm *erfrieren* … oh! Es *schauderte* den Greis, der sich auf einmal *matt* fühlte.

Die noch vorhandene Kraft des Gedächtnisses nahm er zusammen – jeden seiner Schritte musste er ja *wieder*finden, bevor sie vom Schnee völlig verweht waren. Das Rufen wollte er möglichst unterlassen, um Friedels Schlaf nicht zu stören.

Der Gang ließ sich gut an – es zog sich eine Furche im Schnee – und wenn auch schließlich ein dicker weißer Teppich darüber lag, die frühere Spur war noch zu erkennen. Auf einmal aber stand er stutzig zwischen Knieholz und einer überschneiten Tannengruppe und war am Wege irre. Doch siehe, unter tief hängendem Schneedach beim Felsen lag etwas Dunkles, und das war sein Friedel, der noch immer schlief. Beglückt atmete der Alte auf. Dann schlüpfte er unters Schneedach und legte sich neben seinen Schützling.

Und von Neuem lauschte er auf das Winseln des Schneetreibens, auf das Sausen der Tannenwipfel. Er malte sich aus, wie das wüste Wetter endlich doch vorübergehn würde, wie er nun Friedel wecken und ohne besondere Schwierigkeit zur warmen Baude bringen wollte ... Oh! Wie würde dann die heiße Milch wohltun! Wie wollte man sich freuen des geretteten Lebens!

Er, Lamettrie, war allerdings schon bejahrt, immerhin noch sehr rüstig, wie ja das Aushalten dieser Sturmstrapaze nach stundenlanger Gebirgswanderung erwies. So konnte er vielleicht noch ein Jahrzehnt seinem Friedel Helfer und Berater sein. Würde er dann sterben, so wäre aus seinem Leben noch zu guter Letzt etwas *mehr* geworden als ein kümmerliches *Bruchstück*.

Sterben – ja *alle* müssen wir das – und es hat keinen Sinn sich einschüchtern zu lassen durch die Vorstellung, das Leben könne plötzlich erlöschen. Solange man sich noch *spürt*, so lange sitzt der Reiter im *Sattel* und kann das Roß zu einem *Ausweg* lenken. Also warten wir ab! –

Horch! War das nicht eines Mannes Ruf? Der suchende Forstmeister vielleicht? Doch nein! Eine blökende Baudenkuh war es wohl. Vielleicht weht der Sturm solchen Laut her. Dann lässt sich vermuten, wo etwa die Baude liegt. Aber Rufen will ich lieber unterlassen, um *Friedel* nicht zu wecken, möglicherweise war's auch wieder *Täuschung* ... Gespannt horchte Lamettrie – minutenlang. Aber nur der Sturm schnob und wogte, immerfort sprühten die Flocken, *nichts* war's mit dem Ruf und dem Kuhgebrüll ...

Nur nicht verzagen! Das ist die *Hauptsache*, wenn man retten will. Ein Erstaunen kommt mir darüber, dass Menschen *überhaupt* Furcht hegen können, sich wohl gar von Verzweiflung übermannen lassen. Als ob nicht sterben das sicherste Los aller Geschöpfe wäre.

Mich fröstelt! Zwar der anstrengende Versuch, zur Baude zu gelangen, hat in meinem Körper die Verbrennung verstärkt, aber nur für *kurze* Zeit, und jetzt kühlt der Frostwind umso mehr ab ... die Zähne fangen an zu klappern. Mein Pelzmantel hatte mich verwöhnt. Sterben werde ich ja nicht daran – vielleicht werde ich noch älter als achtzig Jahre. Und nachher könnten Hulda und Helmut für Friedel sorgen. Oh welch ein Segen, dass ich sie *gefunden* habe! Sonst würde ich grilliger Sonderling doch nur Schaden anrichten. Eigentlich sollte ich mir sagen: Wer sich so lange von einem düsteren Lebensbild beherrschen ließ, ist zum Erzieher *verdorben* und sollte die Hand *davon* lassen ... Aber Friedel *hat* nun mal mein

Herz. Und jetzt gilt's, ihn aus allen Schwierigkeiten herauszubringen.

Ihn schauderte. Durch Bewegung musste er sich erwärmen. Er spähte nach dem Kinde; es atmete friedlich in seiner Umhüllung – wie gut, dass er den Pelzmantel mitgenommen hatte!

Gebückt kroch er unter den schneebedeckten Zweigen hervor und schlug mit den Armen heftig gegen seine Schultern, bis sich wohltuende Wärme einstellte. Dann legte er sich wieder an Friedels Seite ...

Sein *Sinnen* nahm er wieder auf: Dies Ich, ja, das muss – wie der Vogel Phönix im eigenen Neste – flammend sich *verzehren*, aber es hinterlässt ein Ei, und ein *neuer* Phönix muss aus der Asche auffliegen. Keine leere Fabel ist das! Phönix ist ja die Sonne, wie sie aufgeht, ihre Himmelsbahn durchfliegt und im Westen untergeht.

Auch *ich* werde untergehen, aber der Tod bringt uns zu neuen Formen des Lebens ...

Fiel da nicht etwas vom Nadelgezweige? War das Schneedach herabgerutscht? Glücklicherweise nicht ins Gesicht des Kindes, das ruhig weiter schlief. Indessen fehlte nun dem Unterschlupf die Bedachung; kälter und zugiger wurde es daher.

Aber dann auf einmal war er in der warmen Baude, wo der Forstmeister aus seiner Pfeife paffte. Jene Alte glaubte er zu sehen, die so wunderlich gemurmelt hatte, als sie den Pelzmantel beschnüffelte. Was sagte sie doch? Ein Gesicht von der Zukunft war das – ob ich alter Knabe dann noch am Leben und nicht erfroren bin, steht dahin. Aber das ist ja gleichgültig! ...

Horch! Ein Schuss fernher. Also jetzt haben sie eine Flinte und Patronen aufgetrieben! Jetzt, wo ich gerade mollig zu ruhen anfange! – Aber ja doch, ich komme gleich! Nur noch ein wenig Kraft möcht' ich mir sammeln ...

Wo war ich denn mit meinen Gedanken?

Ah richtig, das alte Weib! Was meinte sie? Vom schlesischen Wandersmann sagte sie etwas, einem Cherub soll er gleichen ... Gott ist ein lauter Nichts, ihn rührt kein Nun, noch Hier; je mehr du nach ihm greifst, je mehr entwird er dir ... Ja, so ist es. Und – indem sie Licht verbreitet, verzehrt sich die Kerze ...

Horch, wie die Schellen am Riemenzeug der sibirischen Pferdchen klingeln. Behaglich reist es sich durch Sibirien im Schlitten – sogar durch Schneegestöber – wenn man in seinen Pelz gemummelt ist. Und er glaubte, seinen Mitreisenden sagen zu hören: Bloß soll man sich davor hüten, im Schnee auf eiskaltem Erdboden einzuschlafen – sonst erfriert man!«

Und im Heulen des Schneesturms tönte es orgelhaft wie ein Choral ...